Peter Grosche

Trilogie:
Im Netz der Schatten – Olsen ermittelt

Band 3

Die Bruderschaft

· Endspiel im Dunkeln ·

Peter Grosche

Die Bruderschaft
· Endspiel im Dunkeln ·

Die Bruderschaft – ein unsichtbares Netzwerk aus Macht, Korruption und Gewalt, welches die Welt in seinen Fängen hält.

Bernd Olsen steht vor seiner gefährlichsten Mission: Die letzten verbliebenen Anführer der Bruderschaft zu jagen und ihren finalen Angriff auf die globalen Finanzmärkte zu vereiteln. Von den abgelegenen Wäldern Bulgariens bis in die glitzernden Straßen Dubais stößt er auf einen mächtigen Feind – den mysteriösen „Schatten", der im Verborgenen die Fäden zieht.

In einem Wettlauf gegen die Zeit setzt Olsen alles aufs Spiel, um das globale Verbrecherimperium zu zerschlagen. Doch die Gegner sind gnadenlos, und ein falscher Schritt könnte das Ende bedeuten. Die letzte Schlacht gegen die Bruderschaft hat begonnen.

Impressum

Text/Story: © 2024 by: Peter Grosche

Umschlaggestaltung: © 2024 by: Peter Grosche

Verlag: BoD · Books on Demand GmbH
                       In de Tarpen 42, 22848 Norderstedt

Druck: Libri Plureos GmbH
                       Friedensallee 273, 22763 Hamburg

ISBN: 978-3-7693-0123-6

Die Deutsche Nationalbibliothek verzeichnet diese Publikation in der
Deutschen Nationalbibliografie; detaillierte bibliografische Daten sind im
Internet über http://dnb.dnb.de abrufbar.

Die automatisierte Analyse des Werkes, um daraus Informationen insbe-
sondere über Muster, Trends und Korrelationen gemäß §44b UrhG ("Text
und Data Mining") zu gewinnen, ist untersagt.

Inhaltsverzeichnis

Prolog

Das Geräusch des fallenden Regens schien die einzige Konstante in dieser Nacht zu sein. Er prasselte unermüdlich auf die rostigen Wellblechdächer der verlassenen Lagerhallen, tropfte von zerbrochenen Fenstern und vermischte sich mit dem fernen Echo der Wellen, die unablässig gegen die alten Docks schlugen. Über der Hamburger Hafenszenerie hing ein dichter Nebel, der sich wie eine lebendige Präsenz durch die Straßen schob, verschluckte, was sich nicht im Lichtkegel der wenigen flackernden Lampen verbarg. Es war eine Nacht wie geschaffen für Verschwörungen.

Bernd Olsen stand still und bewegungslos, das Gewicht seiner Dienstwaffe fühlbar in der Hand, während seine Augen die Dunkelheit durchdrangen. Der Regen zog feine Linien auf der Oberfläche seines Mantels, lief in Tropfen von der Krempe seines Hutes. Jede Faser seines Körpers war angespannt, jede Nervenbahn zu einer schmerzhaften Saite gestreckt, die nur darauf wartete, dass jemand sie berührte und den Schmerz entfesselte. Er wusste, dass sie ihn beobachteten – irgendwo hinter diesen undurchdringlichen Schatten.

Sie hatten immer zugesehen.

Die letzte Woche hatte alles verändert. Sorokin war nur ein kleiner Fisch, aber das Netz, das sich hinter ihm aufspannte, reichte tiefer, als Olsen zu Anfang geglaubt hatte. Sie waren nicht nur einfache Drogenhändler oder Waffenlieferanten – das war größer. Eine Bedrohung, die weit über alles hinausging, was er jemals gejagt hatte. Und sie wussten von ihm.

Das „Cartel de la Muerte" war nur ein Zahnrad in einer viel größeren Maschine. Die „Bruderschaft" – der Name, der in jedem Flüstern, in jeder abgefangenen Nachricht auftauchte – schien ein Phantom zu sein, das sich im Schatten bewegte, ungreifbar und doch überall.

Er spürte, wie sich seine Brust verkrampfte, als die Erinnerung an das Telefonat ihn einholte. Die Stimme – kühl, emotionslos, beinahe mechanisch – hatte ihm nur eine Botschaft hinterlassen: „Du wirst versagen. Deine Zeit läuft ab, Olsen. Wir kommen näher."

Es war keine Drohung gewesen. Es war ein Versprechen.

Sein Blick schweifte über den verlassenen Kai, wo zerfallene Gebäude in der Finsternis ragten wie die gespenstischen Überreste eines längst vergessenen Imperiums. Der Nebel verschluckte die Details, ließ Formen verschwimmen, Schatten ineinanderfließen, bis nichts mehr eindeutig war. Eine perfekte Metapher für die Feinde, die er jagte – geisterhafte Figuren, die sich immer wieder seiner Reichweite entzogen, immer einen Schritt voraus. Er hatte das Gefühl, durch eine Dunkelheit zu tappen, die nicht nur um ihn herum, sondern in ihm wuchs. Eine Unsicherheit, die er nicht abschütteln konnte.

Ein Geräusch. Ein leises, fast nicht hörbares Klicken hinter ihm, als ob Metall auf Metall getroffen wäre. Reflexartig drehte Olsen sich um, seine Finger fest um den Griff seiner Waffe. Nichts. Nur das endlose Trommeln des Regens und die schmale Gasse zwischen den Lagerhallen, die im Nebel ertrank. Er hatte dieses Spiel schon zu oft gespielt. Sie machten ihm ihre Präsenz bewusst, nur um ihn zu zermürben, um seine Nerven bis an die Grenze zu strapazieren. Ein Vorbote, dass die Jagd bald beginnen würde – oder vielleicht hatte sie längst begonnen.

„Wir werden dich brechen, Olsen." Diese Worte hatten sich wie Gift in sein Bewusstsein gefressen. Jeder Schritt, den er machte, jeder Hinweis, den er sammelte, fühlte sich nun an, als würde er sich tiefer in eine Falle bewegen, deren Ränder er noch nicht einmal sehen konnte. Die Bruderschaft war nicht nur eine Organisation. Sie war ein Kollektiv aus Gesichtern, die sich hinter Macht und Reichtum versteckten, unantastbar in ihren Elfenbeintürmen. Und doch... jede Struktur hat ihren

Schwachpunkt. Sorokin hatte ihm einen kleinen Einblick gewährt. Nur ein flüchtiger Blick in das, was wirklich hinter den Kulissen lief. Aber es reichte aus.

„El Fantasma war nur der Anfang", flüsterte Olsen vor sich hin, als wäre die Wahrheit zu schwer, um sie laut auszusprechen.

Er kannte nicht einmal die wahren Drahtzieher. Nicht die Männer, die im Rampenlicht standen – nein, die wirkliche Macht lag bei jenen, die es meisterhaft verstanden, sich zu verbergen, während sie den Lauf der Geschichte manipulierten. Ihre Waffen waren keine Schüsse oder Messerstiche. Ihre Waffen waren politische Intrigen, Korruption und das Schweigen jener, die sich in ihre Schuld begaben. Und doch... sie hatten einen Fehler gemacht, indem sie ihn unterschätzt hatten.

Ein weiteres Geräusch. Diesmal etwas näher, am Rand seines Wahrnehmungsfeldes. Sein Atem beschleunigte sich, während seine Finger den Abzug seiner Waffe berührten. Er drehte sich in die Richtung des Geräuschs und spähte in die Dunkelheit. Ein Schatten bewegte sich im Nebel. Schnell, zu schnell. Das Adrenalin schoss durch seinen Körper, jede Muskelfaser angespannt, bereit zum Angriff. Aber bevor er handeln konnte, war es wieder still.

Nichts. Die Nacht verhöhnte ihn.

„Wir sehen alles."

Die Stimme in seinem Kopf verstummte nicht. Sie begleitete ihn, immer präsent, wie ein Echo, das nicht abklingen wollte. Die Bruderschaft wusste alles. Jeder Schritt, jede Entscheidung, jede Schwäche. Sie hatten den Vorteil, ihn in die Enge zu treiben, bis er zu verzweifeln begann. Doch er wusste eines: Diese Schatten hatten auch Angst. Angst vor dem Moment, wenn er die Schwachstelle in ihrem Netz finden würde.

Ein weiteres, dumpfes Geräusch durchbrach die Stille, als irgendwo in der Ferne eine Autotür zuschlug. Der Moment war vorbei.

Die Jagd hatte offiziell begonnen, aber die Wahrheit war, dass sie schon viel früher begonnen hatte – vielleicht Jahre zuvor. Vielleicht schon in dem Moment, als er den ersten Fall über das „Kartell" annahm.

Aber diesmal war er bereit, bis zum Ende zu gehen.

Der Regen prasselte weiter, während Olsen durch die Finsternis schritt.

Jeder Schritt führte ihn tiefer in das Herz der Dunkelheit – zu der Bruderschaft, zu Sorokin, zu einem Feind, der weit gefährlicher war, als er sich jemals hätte vorstellen können.

Jagd auf Sorokin

Der Regen prasselte leise gegen die Scheiben des unscheinbaren Büros, in dem Moritz Kramer tief in die digitalen Spuren eintauchte, die Nikolai Sorokin hinterlassen hatte. Er war der IT-Spezialist des Teams, ein Genie an der Tastatur und ein Meister darin, Geheimnisse zu entwirren, die andere niemals finden würden. In der Ecke des Raums summte leise ein Hochleistungsrechner, während Kramer über mehreren Bildschirmen hing, auf denen unzählige Datenströme vorbeirauschten – Finanztransaktionen, Offshore-Konten, verschleierte Überweisungen, die sich wie ein komplexes Netz um die dunklen Machenschaften Sorokins legten.

Das Licht des Monitors war das Einzige, was den Raum durchdrang, in dem sonst nur die Dunkelheit und die Stille eines regnerischen Abends in Hamburg herrschten. Kramer bewegte sich schnell und präzise durch die Dateien, jede Codelinie offenbarte ein weiteres Mosaikstück in dem Bild, das sich immer mehr vor ihm zusammenfügte.

Er entdeckte eine verschlüsselte Überweisung in Höhe von 3,5 Millionen Dollar, die von einem vermeintlichen Immobilienunternehmen in Zypern an eine Privatbank in St. Petersburg gegangen war. Ein weiteres Konto, das nicht einmal existieren sollte.

„Bernd, ich habe was. Und das hier wird dir nicht gefallen," murmelte Kramer vor sich hin, während er die Verbindung zu Sorokin feststellte. Er wusste, dass Olsen, der in seinem Büro nebenan saß, wie ein Raubtier auf die Neuigkeiten wartete. Kramer nahm einen tiefen Atemzug, bevor er die Daten abschickte und seine Stimme durch das Telefon erklang. „Bernd, wir haben es. Ich bin auf einen Datensatz gestoßen, der eindeutig auf Sorokin zurückzuführen ist. Du solltest das sehen."

Olsen stieß die Bürotür auf und trat mit schnellen, energischen Schritten ein. Die Müdigkeit war ihm ins Gesicht geschrieben, doch in seinen Augen loderte der unnachgiebige Kampfgeist, der ihn immer angetrieben hatte. Er beugte sich über Kramers Schulter und betrachtete die komplexe Kette von Offshore-Konten, die sich vor ihm ausbreitete. Auf den ersten Blick wirkten die Transaktionen harmlos – legale Immobilienkäufe, Investitionen in Unternehmen, die sich auf den ersten Blick nichts zuschulden kommen ließen. Aber Kramer hatte längst gelernt, die unsichtbaren Verbindungen zu erkennen.

„Das sind keine gewöhnlichen Transaktionen. Sorokin verbirgt hier Milliarden, die durch Drogen- und Waffengeschäfte zusammengekommen sind. Er nutzt Strohmänner, um alles durch Immobilienfirmen in Zypern und der Schweiz zu waschen. Und das ist erst der Anfang." Kramer tippte eine weitere Befehlszeile ein und ließ einen neuen Datensatz aufleuchten. „Das hier ist der Schlüssel. Eine Überweisung aus Kolumbien. 4,8 Millionen Dollar, die in Sorokins Netzwerke geflossen sind. Das Geld stammt direkt aus dem Drogenhandel des Cartel de la Muerte."

Olsen kniff die Augen zusammen. Die Verbindung, die sie gesucht hatten, war endlich da. Sorokin war der Mann hinter den Vorhängen, der Drahtzieher, der das kolumbianische Kartell mit den europäischen Verbrecherclans verband. Seine Rolle war größer als gedacht. Er war der Financier, der Mann, der die Fäden in den Händen hielt und sicherstellte, dass der Drogen- und Waffenfluss nicht nur über den Atlantik lief, sondern auch tief in die internationalen Märkte und politischen Systeme Europas einsickerte.

„Das bedeutet, er ist der Mann, der Europa zu ihrem Hauptumschlagplatz gemacht hat", sagte Olsen leise, mehr zu sich selbst als zu Kramer. „Er ist der Grund, warum Hamburg brennt, warum die Straßen mit Blut getränkt sind. Sorokin muss fallen."

Kramer nickte langsam. „Es ist schlimmer als das, Bernd. Ich habe Verbindungen zu paramilitärischen Gruppen in Osteuropa gefunden. Er nutzt sie, um das Geschäft zu sichern, und liefert Waffen an Terrornetzwerke im Nahen Osten. Es ist nicht nur das Kartell – er hat eine globale Operation aufgebaut."

Olsens Kiefer spannte sich an. Die Bruderschaft, dieses unsichtbare Netzwerk, von dem sie in den letzten Monaten immer wieder geflüstert hatten, war realer, als sie gedacht hatten. Ein unsichtbares Imperium, das im Dunkeln agierte, jenseits der Grenzen von Recht und Gesetz. Er griff nach seinem Handy und wählte Maren Starkes Nummer.

„Maren, wir haben es. Sorokin ist unser Mann. St. Petersburg ist der Schlüssel."

Drei Tage später befanden sich Olsen und Maren Starke auf einem Flug nach St. Petersburg. Der eisige Wind des russischen Winters hatte die Straßen der alten Zarenstadt in eine kalte, graue Landschaft verwandelt.

St. Petersburg – ein Ort, der in Geschichte und Intrigen getränkt war. Eine Stadt, die ihre Geheimnisse in den verworrenen Gassen und prachtvollen Palästen verbarg. Doch es waren nicht die Touristenattraktionen, die Olsen hierhergeführt hatten. Hier, in den Schatten dieser prunkvollen Metropole, operierte Nikolai Sorokin.

Sorokin war kein gewöhnlicher Krimineller. Er war jemand, der seine Wurzeln tief in den Finanzmärkten und Machtstrukturen Europas und Russlands verankert hatte. Durch ihn floss das Geld, das Drogen, Waffen und Menschen bewegte, und er wusste genau, wie er es verschleiern konnte. Seine Offshore-Konten waren in den entlegensten Winkeln der Welt verborgen, seine Transaktionen so verschlüsselt, dass selbst die besten Sicherheitssysteme sie nicht aufspüren konnten. Doch jetzt hatten Olsen und Kramer einen Weg gefunden, durch das Netz zu brechen.

Der Plan war klar: Olsen und Maren würden zusammen mit dem russischen FSB und Europol eine verdeckte Operation in St. Petersburg starten, um Sorokin aufzuspüren und seine Machenschaften zu zerschlagen. Sie wussten, dass Sorokin sich nicht ohne weiteres fangen lassen würde. Doch diesmal hatten sie etwas, das sie nie zuvor gehabt hatten – einen Fehler, den er gemacht hatte.

„Er wird wissen, dass wir kommen", sagte Maren leise, während sie das Dossier durchblätterte, das Kramer ihnen vorbereitet hatte. „Jeder in seiner Position weiß, wie man auf solche Situationen reagiert. Er wird Vorbereitungen getroffen haben."

Olsen nickte. „Aber er wird nicht wissen, dass wir schon so nah sind. Wir haben seine Offshore-Konten, wir haben die Transaktionen. Wir wissen, wo er sich versteckt."

Sorokin war mehr als nur ein einfacher Drahtzieher im internationalen Drogenhandel. Er war die Verbindung zwischen den Drogenkartellen in Kolumbien, den paramilitärischen Gruppen in Osteuropa und den Terrornetzwerken im Nahen Osten. Seine Macht ging weit über den Drogenschmuggel hinaus – er finanzierte Kriege, unterstützte Aufstände und destabilisierte Länder. Wenn sie ihn festnehmen konnten, würde das einer der mächtigsten Verbrechensorganisationen der Welt einen entscheidenden Schlag versetzen.

„Das hier ist nicht nur ein gewöhnlicher Fall, Bernd", sagte Maren, als sie das Dossier schloss und ihn ernst ansah. „Wenn wir Sorokin erwischen, könnten wir die Bruderschaft treffen."

Olsen starrte aus dem Fenster des Flugzeugs, während die Stadt unter ihnen auftauchte, ihre Lichter im dichten Nebel des frühen Abends glommen. St. Petersburg würde der Ort sein, an dem sie Sorokin zu Fall brachten – oder an dem sie scheiterten.

Der kalte Wind trieb Eiskristalle durch die breiten Straßen von St. Petersburg, als Bernd Olsen und Maren Starke in der Stadt ankamen. Ihr Flug hatte Verspätung gehabt, und die Nacht war bereits über die Stadt hereingebrochen, als sie sich aus dem Flughafen schoben und in die düstere Atmosphäre eintauchten. St. Petersburg wirkte in diesem Moment wie eine Stadt, die ihre Geheimnisse fest in den Tiefen der alten Bauten verbarg – eine passende Kulisse für einen Mann wie Nikolai Sorokin, der sich meisterhaft in dieser Schattenwelt bewegte.

Das Auto, das sie abholte, war unscheinbar, ein grauer Lada, der zu den Fahrzeugen des FSB, des russischen Inlandsgeheimdienstes, gehörte. Ein bulliger Mann im Anzug stieg aus, hielt ihnen wortlos die Tür auf und setzte sich wieder hinter das Steuer. Der Kontaktmann des FSB, Dimitri Petrov, wartete auf sie in einem sicheren Haus im Industrieviertel der Stadt, weit entfernt von den Touristenströmen und den leuchtenden Palästen.

„Wir werden ihn finden," sagte Olsen leise, mehr zu sich selbst als zu Maren, als sie sich in das Auto setzten. „Sorokin kann sich nicht ewig verstecken."

Maren nickte, während sie die Stadt durch das Fenster betrachtete. „Aber er weiß, dass wir kommen. Er wird Vorbereitungen getroffen haben."

Der Wagen beschleunigte und tauchte in die düsteren Gassen ein. Die Jagd hatte begonnen, doch sie wussten, dass Sorokin ein anderes Spiel spielte. In diesem Katz-und-Maus-Spiel hatte er die Macht und die Ressourcen, die besten Sicherheitsdienste zu manipulieren und seine Gegner immer einen Schritt voraus zu sein.

Sie erreichten das sichere Haus spät in der Nacht. Es lag in einem stillen Teil des Viertels, versteckt zwischen alten, heruntergekommenen Fabrikgebäuden.

Im Inneren erwartete sie Petrov, ein harter Mann mit kahl geschorenem Kopf und der Aura eines Soldaten, der mehr gesehen hatte, als er jemals preisgeben würde.

Die Luft im Raum war stickig, und der Rauch seiner Zigarette mischte sich mit dem dumpfen Geruch von kaltem Kaffee. Er wirkte, als hätte er seit Tagen nicht geschlafen, doch seine Augen waren wachsam, als er Olsen und Maren musterte.

„Sorokin ist ein Mann, der keine halben Sachen macht," begann Petrov ohne Umschweife. „Er hat Verbindungen zu paramilitärischen Gruppen in der gesamten Region. Ich spreche von Leuten, die sich den höchsten Bietern anbieten – Söldner aus dem alten Jugoslawien, russische Ultrarechte und ehemalige Offiziere, die jetzt für den besten Preis morden."

Olsen lehnte sich zurück, seine Augen fixierten den Russen. „Was genau wissen wir über diese Verbindungen? Wie tief reicht seine Kontrolle?"

Petrov zündete sich eine weitere Zigarette an und blies den Rauch langsam aus. „Sorokin hat Zugang zu militärischem Gerät, das nur in bestimmten Kreisen erhältlich ist. Er finanziert private Armeen, kleine paramilitärische Gruppen, die bereit sind, Gewalt auszuüben, wann und wo es nötig ist. Diese Gruppen sind gut trainiert und bestens ausgerüstet. Sie sind seine Handlanger – sie führen die schmutzigen Aufträge aus, die ihm selbst zu riskant sind."

Maren warf einen fragenden Blick auf die Karte, die Petrov auf dem Tisch ausbreitete. „Was wissen wir über ihre Standorte?"

„Sie operieren außerhalb der offiziellen Grenzen – hauptsächlich in Transnistrien, Abchasien und der Region des Donbass. Die Staaten haben keine Kontrolle über diese Gebiete, also nutzen sie die Instabilität. Sorokin stellt ihnen Waffen zur Verfügung, darunter schwere Maschinengewehre, gepanzerte Fahrzeuge und sogar Raketenwerfer. Er hat den Schwarzmarkt fast vollständig unter seine Kontrolle gebracht." Petrov tippte auf einige Punkte auf der Karte. „Hier – in diesen unkontrollierten Regionen – haben sie Trainingscamps eingerichtet. Sorokin beliefert sie nicht nur mit Waffen, sondern sorgt auch dafür, dass sie Schutz erhalten."

Olsen kniff die Augen zusammen, während er die Informationen aufnahm. „Das bedeutet, er könnte sich diese Söldnertruppen auch zunutze machen, um seine Operationen in Europa abzusichern. Er hält sich selbst aus dem Rampenlicht heraus, während diese Gruppen für ihn die Drecksarbeit erledigen."

„Exakt," erwiderte Petrov und nahm einen tiefen Zug von seiner Zigarette. „Und nicht nur das – er verwendet sie auch, um politische Instabilität in verschiedenen Regionen zu schüren. Wo immer es Konflikte gibt, dort ist Sorokin nicht weit. Er hat es verstanden, diese Paramilitärs als Werkzeuge zu nutzen, um die Herrschaft über den Drogen- und Waffenhandel zu behalten."

Während die Gespräche im sicheren Haus weitergingen, wurde das Bild von Sorokins globaler Reichweite immer klarer. Nicht nur paramilitärische Gruppen waren Teil seines Imperiums. Seine Verbindungen reichten weit in die internationalen Terrornetzwerke hinein – und das war der Punkt, der Olsen am meisten beunruhigte.

„Sorokin ist nicht einfach nur ein Krimineller. Er ist ein Geschäftsmann – ein Finanzier," erklärte Petrov weiter, während er eine Reihe von Fotos auf dem Tisch ausbreitete. Die Aufnahmen zeigten Männer mit verdeckten Gesichtern, Waffen in den Händen und Symbole terroristischer Gruppen auf ihren Uniformen. „Seine Geschäfte mit Drogen und Waffen finanzieren nicht nur seinen eigenen Wohlstand. Er hat Verbindungen zu extremistischen Gruppen in Syrien, Afghanistan und dem Irak."

Olsen studierte die Fotos und die Gesichter der Männer, die er nicht kannte, aber deren Namen ihm nur allzu vertraut waren. „Welche Gruppen genau?"

„IS-Reste und Al-Nusra-Front," sagte Petrov trocken. „Das sind seine Hauptkontakte im Nahen Osten. Er versorgt sie mit Waffen und Munition. Im Gegenzug bieten sie ihm eine Art Schutz und Zugang zu ihren Netzwerken. Sorokin hat diese Gruppen mit moderner Technologie ausgerüstet – Drohnen, Nachtsichtgeräte, militärische Kommunikationssysteme. Er hat sie effizienter gemacht, hat sie stärker gemacht. Die Kämpfe in Syrien und Afghanistan haben ihm einen riesigen Markt eröffnet. Es gibt keine Regeln mehr, nur noch Profit."

Maren sah zu Olsen hinüber, ihre Stirn in Sorgenfalten gelegt. „Das bedeutet, er liefert Waffen an Terroristen, die diese nicht nur gegen ihre eigenen Feinde einsetzen, sondern auch gegen den Westen. Und dafür sorgt er, dass der internationale Drogenhandel stabil bleibt, indem er Terrornetzwerke mit Drogen finanziert."

Petrov nickte. „Genau. Er hat es geschafft, das ideale Gleichgewicht zwischen Terror und Profit zu finden. Durch die Drogen, die er von Kolumbien über Mexiko nach Europa bringt, finanziert er nicht nur seine eigene Macht, sondern auch die Waffen für die Terroristen. Es ist ein Kreislauf, der sich selbst nährt. Und Sorokin sitzt ganz oben, regiert das alles mit einem unsichtbaren Zepter."

Olsen seufzte tief. Die Verbindungen waren komplexer, als er ursprünglich gedacht hatte. Sorokin war nicht einfach nur ein Drogenboss. Er war der Mann, der das Chaos steuerte. Über paramilitärische Gruppen und Terrornetzwerke hatte er nicht nur die Macht, Waffen und Drogen zu kontrollieren – er konnte ganze Regionen destabilisieren. Jeder Konflikt, jedes Feuer in einer Kriegszone, war eine weitere Gelegenheit für ihn, seine Fäden zu ziehen.

„Und was ist unser nächster Schritt?" fragte Maren und schaute Petrov an, der nun eine weitere Karte ausrollte, die St. Petersburg zeigte.

„Wir wissen, dass Sorokin sich regelmäßig in der Stadt bewegt, allerdings unter strenger Bewachung. Seine Sicherheitsleute sind Profis – ehemalige Spezialeinheiten. Und hier kommt seine Verbindung zu den Paramilitärs ins Spiel. Wenn er das Gefühl hat, dass seine Deckung auffliegt, wird er seine Söldnertruppen und Kontakte zu diesen Gruppen aktivieren. Sie werden ihn decken. Und wenn wir nicht schnell genug sind, ist er weg."

„Also müssen wir ihn überraschen," sagte Olsen entschlossen.

Petrov nickte. „Es gibt ein paar Orte in der Stadt, die er regelmäßig besucht. Vor allem seine Geschäfte laufen über diskrete Kanäle. Er trifft sich mit internationalen Partnern – darunter Waffenhändler und andere Verbrecherbosse. Das nächste Treffen könnte bereits in den kommenden Tagen stattfinden. Wir bereiten die Überwachung vor, aber wir müssen sehr vorsichtig sein."

Olsen blickte Maren an, und sie verstand sofort. Dies war ihre beste Chance. Aber es war auch die gefährlichste. Sorokin hatte sich wie eine Spinne in einem Netz aus internationalen Verbindungen gesponnen, die ihn unantastbar machten. Eine falsche Bewegung, und er würde ins Nichts verschwinden – genauso wie all die anderen Schatten, die Olsen bereits gejagt hatte.

„Wir müssen bereit sein," sagte Olsen schließlich. „Sorokin spielt auf einem anderen Level. Aber diesmal holen wir ihn. Egal, was es kostet."

Es waren lange, unruhige Tage der Überwachung. Olsen und sein Team hatten kaum geschlafen, während sie jede Bewegung von Nikolai Sorokin beobachteten. Die russischen Sicherheitskräfte und Europol hatten in St. Petersburg mehrere Kontaktpersonen aus Sorokins Netzwerk identifiziert – Waffenhändler, Söldner, sogar Politiker, die ihm Schutz gewährten. Jede Sekunde zählte, und jeder Fehler könnte Sorokin genug Zeit geben, um erneut im Untergrund zu verschwinden.

Olsen starrte auf den Bildschirm vor sich, wo die Live-Überwachung eines prunkvollen Hotels in St. Petersburg zu sehen war. Es war eines der luxuriösesten Gebäude der Stadt, ein Symbol für Reichtum und Macht, welches sich direkt an der Newa erhob. Die goldenen Verzierungen an den Fenstern leuchteten im Licht der Straßenlaternen, während teure Limousinen lautlos in den Eingang fuhren. Sorokin war hier. Das wussten sie. Aber wie nah er in diesem Moment war, wussten sie erst seit wenigen Stunden.

„Das ist unsere einzige Chance," murmelte Olsen leise, als er neben Maren Starke und Petrov stand. „Er wird nicht lange bleiben, und wenn wir zu früh zuschlagen, könnte er entkommen."

„Unsere Leute haben die komplette Umgebung gesichert," fügte Petrov hinzu und zog nervös an einer Zigarette. „Sorokin weiß, dass er überwacht wird. Deshalb ist er so vorsichtig. Aber dieses Treffen – das ist anders. Waffenhändler aus dem Nahen Osten, Leute mit Verbindungen zu Al-Nusra und anderen Gruppen. Er muss persönlich anwesend sein, um das Geschäft abzuschließen."

Olsen nickte, während er seine Hand über das Funkgerät legte. „Es gibt keinen Raum für Fehler. Sobald er den Deal abgeschlossen hat und die Verträge unterschrieben sind, schnappen wir ihn. Er wird nicht ahnen, was auf ihn zukommt."

Drinnen, in den luxuriösen Konferenzräumen des Hotels, herrschte eine ganz andere Welt. Der schwere Duft von Zigarren hing in der Luft, vermischt mit dem Aroma teurer Cognacs, die in Kristallgläsern serviert wurden. Um einen massiven Tisch aus dunklem Holz saßen fünf Männer, ihre Gesichter in der Halbbeleuchtung kaum zu erkennen. Sorokin war in der Mitte, die Aura eines Mannes, der alles unter Kontrolle hatte. Vor ihm lag ein silberner Koffer, dessen glänzendes Metall kalt im Licht aufblitzte.

„Die Lieferung wird in einer Woche durch den Schwarzmeer-Korridor verschifft," erklärte einer der Männer, ein stämmiger

Kerl mit einem dichten Bart. „Die Route ist gesichert. Eure Söldner sind bereits informiert."

Sorokin lehnte sich zurück, nippte an seinem Glas und sprach mit ruhiger, autoritärer Stimme. „Ich hoffe, ihr habt die entsprechenden Summen vorbereitet. Diese Art von Lieferung ist nicht leicht zu organisieren, und ich erwarte, dass alle Partner ihre Verpflichtungen erfüllen."

Es war das Geschäft seines Lebens. Millionen von Dollar würden innerhalb weniger Augenblicke den Besitzer wechseln. Maschinengewehre, Granatwerfer, Raketen – alles sollte in die Krisengebiete des Nahen Ostens gelangen. Waffen, die wiederum das Überleben terroristischer Gruppen sicherten, die unter Sorokins Kontrolle standen.

Plötzlich ertönte ein leises Piepen aus einem der Koffer. Eine Bestätigung. Die Transaktion war abgeschlossen. Sorokin nickte zufrieden.

„Dann sind wir uns einig," sagte er und erhob sich. „Es war mir ein Vergnügen, mit euch Geschäfte zu machen."

Die Kälte der Nacht legte sich wie ein Gewicht auf Olsens Schultern, als er draußen vor dem Hotel auf den richtigen Moment wartete. Sein Herzschlag pochte in seinen Ohren, während er jede Bewegung der Zielpersonen durch die Nachtsichtoptik beobachtete. Die Wärme der Menschen drinnen war als grüne, zitternde Silhouette zu erkennen. Jede Sekunde zählte. Der Regen, der sanft auf das Dach des Lieferwagens trommelte, in dem Olsen und Maren sich mit dem russischen Team versteckten, war das einzige Geräusch, das die Stille der Stadt durchbrach.

„Bestätige, Sorokin bewegt sich in Richtung Lobby," meldete eine Stimme im Funkgerät. Es war Petrov, der über einen der verdeckten Agenten im Hotel sprach. „Er hat zwei bewaffnete Männer bei sich, plus die vier Waffenhändler."

Olsen straffte seine Haltung und griff fester um seine Waffe. Sein Körper war auf Hochspannung eingestellt, jede Bewegung der Gegner, jede Veränderung der Situation sofort registrierend. Neben ihm saß Maren, ebenso fokussiert, ihr Gesicht von der schwachen Beleuchtung des Monitors in ein hartes, entschlossenes Licht getaucht. Es war der Moment, den sie seit Tagen geplant hatten. Ein einziger Fehler, und Sorokin würde im Chaos der Stadt verschwinden – vielleicht für immer.

„Alle Teams bereit?" fragte Olsen leise in sein Funkgerät.

„Bestätigt. Team Boreas bereit," ertönte die Antwort der russischen Spezialeinheiten, die sich an den Seiteneingängen des Hotels postiert hatten. „Team Vega in Position."

Das Hotel war komplett umstellt. Jede Gasse, jeder Hinterausgang war abgeriegelt. Es gab keine Möglichkeit für Sorokin zu entkommen. Aber das wussten sie nur zu gut: Ein Mann wie Sorokin würde niemals einfach aufgeben. Er war zu gerissen, zu gefährlich, um kampflos zu kapitulieren.

Die Augenblicke dehnten sich zu einer quälenden Ewigkeit. Olsens Muskeln spannten sich weiter an, sein Atem wurde flacher. Sein Instinkt sagte ihm, dass etwas nicht stimmte. Es war zu ruhig, zu perfekt. Ein Mann wie Sorokin machte selten Fehler.

„Zugriff in 10 Sekunden," gab Petrov über Funk bekannt. „Er tritt gleich durch die Lobbytüren."

Olsen spähte durch das Zielfernrohr, das auf die Eingangsfront des Hotels gerichtet war. Die Limousinen standen in einer perfekt aufgereihten Linie, der schwarze Lack glänzte im Scheinwerferlicht. Er sah, wie die Sicherheitsleute hektisch ihre Positionen einnahmen. Ihre Gesichter waren angespannt, aber professionell. Sie wussten, dass jede Sekunde entscheidend war.

Dann öffneten sich die Türen.

Sorokin trat hinaus, seine Silhouette im Schein der Lobbylichter scharf umrissen. Er trug eine lange, dunkle Jacke, der Kragen hochgestellt gegen die Kälte. Zwei seiner Männer folgten ihm, ihre Blicke prüften aufmerksam die Umgebung. Es war klar, dass sie etwas witterten, aber sie hatten keine Ahnung, wie nah die Gefahr wirklich war.

„Bereit... bereit...", flüsterte Olsen zu sich selbst, während er die Finger um den Abzug seiner Waffe spannte.

Plötzlich trat einer der Bodyguards zurück, sein Blick schoss über den Parkplatz. Eine Bewegung – ein Schatten. Er hatte etwas gesehen. Olsen spürte, wie sich sein Magen zusammenzog. Sie hatten sie entdeckt.

„Los! Zugriff!" rief Olsen in das Funkgerät, und die Hölle brach los.

Im gleichen Augenblick schossen die Türen der Limousinen auf, und schwer bewaffnete Männer sprangen aus den Fahrzeugen. Sie zogen ihre Waffen und eröffneten das Feuer. Kugeln durchschlugen die Luft, zischten über den Platz und krachten in die Betonmauern der Umgebung. Das Funkgerät explodierte in einer Kakophonie von Befehlen und Rufen.

Olsen hechtete aus dem Wagen, dicht gefolgt von Maren und dem russischen Team. Sie rollten sich hinter die Deckung eines niedrigen Lieferwagens, als eine Salve von Kugeln nur Zentimeter über ihre Köpfe hinwegpfiff. Der metallische Klang von Geschossen, die in das Auto einschlugen, hallte durch die Luft.

„Feuer erwidern!" schrie Olsen, während er über die Motorhaube schnellte und zwei gezielte Schüsse in Richtung der Sicherheitsleute feuerte. Einer der Männer fiel sofort, getroffen im Brustbereich. Der andere zuckte zur Seite, schoss blindlings in ihre Richtung.

Maren und Petrov arbeiteten koordiniert zusammen, als sie die Angreifer in die Mangel nahmen.

Russische Spezialeinheiten stürmten aus den umliegenden Gassen hervor, ihr Anblick im Dunkel der Nacht kaum zu erkennen, während sie das Feuer eröffneten. Das donnernde Rattern ihrer Maschinenpistolen erfüllte die Straßen, während Sorokins Männer versuchten, Deckung hinter den Limousinen zu suchen.

Olsen sah Sorokin, wie er zurückwich, sein Blick war kalt, berechnend. Er wusste, dass dies der Moment war, in dem sich alles entscheiden würde. Sorokin hatte sich nie persönlich in solche Kämpfe verwickeln lassen. Dies war eine Verzweiflungstat.

Einer seiner Bodyguards griff nach einem Funkgerät – er gab Befehle. Olsen wusste sofort, was das bedeutete. Verstärkung. Noch mehr Männer würden bald auftauchen.

„Wir müssen ihn jetzt schnappen!" rief Olsen und machte sich bereit, den letzten Vorstoß zu unternehmen.

Mit einem Schrei sprang Olsen hinter der Deckung hervor und sprintete auf die Limousinen zu, während um ihn herum Kugeln den Boden aufrissen. Maren folgte dicht hinter ihm, ihre Waffe im Anschlag, während sie das Feuer in kurzen, präzisen Salven erwiderte. Zwei weitere Sicherheitsleute stürzten, getroffen von gezielten Kopfschüssen.

Die Limousinen wurden zur tödlichen Festung. Ein Bodyguard zog eine Maschinenpistole und feuerte blindlings in ihre Richtung. Olsen warf sich auf den Asphalt, rollte sich ab und schoss im Liegen auf den Mann. Der Bodyguard brach zusammen, das Blut verteilte sich in einem Bogen auf die glänzende Limousine.

Sorokin, der die Situation schnell begriff, sprintete in die entgegengesetzte Richtung – ein geübter Plan, um in der Verwirrung des Feuergefechts zu entkommen. Doch Olsen hatte ihn im Visier.

„Sorokin!" brüllte Olsen und stürmte ihm hinterher.

Ein letzter bewaffneter Mann trat aus dem Schatten und schwang einen Granatwerfer, zielte auf die Einsatzkräfte. Olsen sah die Gefahr und wusste, dass er handeln musste. Ohne zu zögern feuerte er zwei Schüsse ab – beide trafen den Mann in den Brustkorb. Der Granatwerfer löste sich aus den Händen des Mannes und rutschte über den Asphalt, kam gefährlich nah an einem der russischen Fahrzeuge zum Stillstand.

Sorokin rannte weiter, ein Raubtier auf der Flucht. Doch Olsen war schneller. In einem letzten Satz warf er sich gegen Sorokin und riss ihn brutal zu Boden. Der Aufprall war hart, beide Männer rollten über den nassen Asphalt.

Sorokin kämpfte wild, seine Fäuste trafen Olsens Seite, doch Olsen konterte und stieß Sorokin mit aller Kraft zu Boden. In einer fließenden Bewegung zog er seine Waffe und hielt sie direkt an Sorokins Kopf.

„Es ist vorbei!" keuchte Olsen, seine Stimme fest und unnachgiebig.

Sorokin, schwer atmend, sah ihn ausdruckslos an, seine blutunterlaufenen Augen fixierten Olsens Blick. „Für dich vielleicht," flüsterte er mit einem bitteren Grinsen. „Aber für mich... das Spiel hat gerade erst begonnen."

Die letzten Schüsse verklangen, und die Einsatzkräfte begannen, die Überlebenden festzunehmen. Sorokin wurde hart auf den Boden gedrückt, während man ihm die Handschellen anlegte. Er bot keinen Widerstand mehr. Seine Männer waren entweder tot oder lagen verletzt auf dem Asphalt. Der Plan war gelungen, aber der Sieg fühlte sich unvollständig an.

Maren trat neben Olsen und wischte sich den Regen aus dem Gesicht. „Wir haben ihn."

Olsen nickte, doch der Druck in seiner Brust löste sich nicht. „Das ist noch nicht vorbei."

Sie halfen Sorokin auf die Beine und führten ihn zum Einsatzfahrzeug, das ihn in Gewahrsam bringen sollte. Sorokin schien ruhig, fast zu ruhig. Er war ein Mann, der immer einen Plan B hatte, und das ließ Olsen keine Ruhe.

„Sagt Europol, sie sollen alles für den Transfer nach Hamburg vorbereiten," sagte Olsen leise. „Sorokin wird dorthin zum Verhör gebracht. Wir holen uns jede Information, die er hat."

Maren blickte ihn an, als sie Sorokin abführten. „Meinst du, er wird reden?"

Olsen sah, wie Sorokin in das gepanzerte Fahrzeug gestoßen wurde, die Handschellen straff um seine Handgelenke gelegt. Der Mann hatte keinen einzigen Laut von sich gegeben, keine Drohung, keine Flüche, kein Flehen um Gnade. Sein Gesicht war eine Maske aus unbeirrbarer Gelassenheit, als wüsste er etwas, was niemand sonst verstand.

„Er wird reden," sagte Olsen schließlich. Doch in seiner Stimme lag keine Überzeugung, eher eine Hoffnung, die ihn selbst nicht ganz überzeugte. Er wusste, dass Männer wie Sorokin anders funktionierten. Sie redeten nur, wenn es ihnen selbst einen Vorteil verschaffte. Wenn sie etwas zu gewinnen hatten. „Jeder redet, wenn der Druck hoch genug ist."

Maren beobachtete Sorokin, wie das Fahrzeug mit ihm davonrollte. Der russische FSB und Europol hatten bereits alles vorbereitet, um ihn nach Hamburg zu bringen, wo ihn eine lange Nacht des Verhörs erwartete.

Doch etwas an der Stille von Sorokin, seiner Unerschütterlichkeit, ließ sie nicht los. „Es fühlt sich zu einfach an, Bernd. Ich meine, wir haben ihn, aber... warum war er so ruhig?"

Olsen rieb sich das Gesicht, als die Erschöpfung allmählich über ihm zusammenschlug. „Weil er etwas plant. Das hat er immer gemacht."

Er konnte die Last auf seinen Schultern spüren, die drückende Ahnung, dass dies erst der Anfang war. Sorokin war ein gefährlicher Mann, und obwohl sie ihn gefasst hatten, spürte Olsen, dass der wahre Feind noch im Verborgenen lauerte. Die Bruderschaft – dieser Name, der in den Verhören seiner Komplizen gefallen war, hatte mehr Gewicht, als sie bisher begreifen konnten. Sorokin war Teil eines Netzwerks, das weit über das hinausging, was sie sich vorgestellt hatten.

„Ich weiß nicht, was er plant, aber Hamburg wird uns Antworten liefern," sagte Olsen. „Sobald wir ihn in unserer Gewalt haben, werden wir alles aus ihm herauspressen, was wir brauchen. Und dann, Maren... dann kommen wir der Bruderschaft näher."

Maren nickte langsam, doch die Sorge in ihren Augen blieb. „Und wenn er wirklich nur eine Figur im Spiel ist?"

Olsen sah ihr in die Augen, die Müdigkeit wich einen Moment lang dem unnachgiebigen Willen, der ihn immer wieder antrieb. „Dann finden wir die Spieler, die hinter ihm stehen."

Der Regen fiel nun in schweren Tropfen, die St. Petersburg in eine noch düsterere Kulisse verwandelten. Sorokin war auf dem Weg nach Hamburg, doch der wirkliche Kampf – der gegen die Bruderschaft – hatte gerade erst begonnen.

Während Sorokin abgeführt wurde, begannen die Verhöre seiner Komplizen sofort. Die russischen und europäischen Behörden arbeiteten unermüdlich, um aus den festgenommenen Waffenhändlern und Söldnern so viele Informationen wie möglich herauszupressen. Die meisten Männer schwiegen, entweder aus Angst oder aus Loyalität. Doch einer, ein älterer Waffenhändler aus dem Nahen Osten, brach nach Stunden des Drucks ein.

„Ihr versteht es nicht," flüsterte er erschöpft, während der Schweiß ihm von der Stirn lief. „Sorokin... er ist nur ein Teil davon. Es gibt noch viel mehr. Ihr habt keine Vorstellung davon, wie tief dieses Netz reicht."

Olsens Herz schlug schneller, als er den Raum betrat, in dem das Verhör stattfand. „Was meinen Sie? Wer steckt dahinter?"

Der Mann schüttelte langsam den Kopf. „Die Bruderschaft... eine Organisation, die alle Fäden zieht. Ihr glaubt, Sorokin ist der Kopf? Er ist nur eine Schachfigur. Das wirkliche Spiel wird an anderer Stelle gespielt. Ihr habt keine Ahnung, wie groß das ist. Wie weit es wirklich reicht."

„Wo können wir sie finden?" Marens Stimme war fest, als sie sich vorbeugte, doch der Mann lachte nur trocken.

„Ihr könnt sie nicht finden. Sie finden euch."

Olsen wusste, dass dies erst der Anfang war. Sorokin mag in Handschellen vor ihm stehen, aber die größere Bedrohung, die Bruderschaft, hatte sich gerade erst gezeigt. Die Fäden dieses Netzwerks reichten tiefer, als er je erwartet hätte, und Sorokin war vielleicht der Schlüssel, um das alles aufzudecken.

Sorokin wurde jetzt direkt zum Flughafen gebracht um nach Hamburg überführt zu werden, wo ihn ein ausführliches Verhör erwartete. Ein Verhör, das hoffentlich die fehlenden Teile des Puzzles enthüllte.

Der Konvoi fuhr langsam durch die kalten Straßen von St. Petersburg, in Richtung Flughafen.

Die Jagd auf Sorokin war vorbei, aber der Krieg gegen die Bruderschaft hatte gerade erst begonnen.

Die Bruderschaft

Es war spät in der Nacht, als die Maschine in Hamburg landete. Der kalte Wind trieb den Regen über die Rollbahn, während die Lichter des Flughafens verschwommen in der Dunkelheit flimmerten. Der Flieger setzte hart auf der nassen Landebahn auf. Das Dröhnen der Triebwerke verebbte langsam, während das Flugzeug zur Position rollte, die eigens für die Ankunft von Sorokin gesichert worden war. Der Regen prasselte unaufhörlich gegen die Fensterscheiben, und draußen lag der Hamburger Flughafen in einer dichten, grauen Decke aus Wolken gehüllt. Es war mitten in der Nacht, die Lichter der Landebahn spiegelten sich auf dem glänzenden Asphalt.

Bernd Olsen spürte die Schwere dieses Moments, als er aufstand und in Richtung Flugzeugtür ging. Der Transfer von Sorokin nach Hamburg war ein bedeutender Schritt – einer, der vielleicht das Ende eines Teils dieser Jagd, aber auch den Anfang von etwas viel Größerem markierte. Hinter ihm folgten Maren und die russischen Beamten, die ihn nach Deutschland eskortiert hatten. Keiner sprach ein Wort.

Die schwere Flugzeugtür wurde geöffnet, und der kalte, feuchte Wind der Nacht schlug ihnen entgegen. Olsen blinzelte gegen den Regen, als er die Treppe hinunterstieg. Sorokin wurde dicht hinter ihm von zwei schwer bewaffneten Polizisten in Handschellen geführt. Trotz der Kälte wirkte der russische Kriminelle unbeeindruckt, seine Augen glitten ruhig über die Szenerie, als wäre dies nur eine weitere Geschäftstransaktion.

Am Boden warteten bereits mehrere Fahrzeuge, darunter ein gepanzertes Transportfahrzeug, das Sorokin in das LKA-Hauptquartier bringen sollte. Eine Eskorte schwer bewaffneter Polizisten umgab das Flugzeug, während sie die Übergabe vorbereiteten.

Olsen warf einen kurzen Blick auf Sorokin. Dessen Schritte schienen ruhig und gelassen, als hätte er die volle Kontrolle über die Situation. Doch Olsen wusste, dass dieser Mann gefährlicher war, als er aussah. Seine Ruhe war nicht die eines Mannes, der besiegt worden war – es war die Gelassenheit eines Raubtiers, das auf seine nächste Chance wartete.

„Alles vorbereitet?" fragte Olsen, als er sich neben einen der Einsatzleiter stellte.

„Ja," antwortete der Mann und deutete auf das gepanzerte Fahrzeug. „Er wird direkt zur Hochsicherheitszelle gebracht. Keine Zwischenstopps."

Sorokin wurde wortlos in das Fahrzeug gestoßen und die Tür fest verriegelt. Olsen und Maren stiegen in ein weiteres Fahrzeug, das sich langsam in Bewegung setzte, als der Konvoi vom Rollfeld fuhr. Der Regen peitschte unaufhörlich gegen die Scheiben, während sie durch die leeren Straßen fuhren. Die Stadt Hamburg lag still und dunkel vor ihnen – eine schlafende Metropole, die keine Ahnung hatte, welche kriminellen Machenschaften sich direkt in ihrem Herzen abspielten.

Olsen spürte das Gewicht des bevorstehenden Verhörs schwer auf seinen Schultern. Sorokin war ein Mann, der nicht leicht zu brechen war, und die Bruderschaft, über die sie bisher nur Fetzen von Informationen gesammelt hatten, lauerte irgendwo im Hintergrund – unsichtbar und unantastbar.

„Denkst du, er wird reden?" fragte Maren leise neben ihm, ohne den Blick von den regennassen Straßen abzuwenden.

Olsen starrte in die Dunkelheit. „Er hat keine Wahl. Wir werden ihn zum Reden bringen."

Der Verhörraum war kalt und nüchtern eingerichtet. Ein Stahlstuhl, ein Tisch, karge Wände und das leise Summen der Lüftung.

Sorokin saß auf der einen Seite des Tisches, gefesselt an den Handgelenken, doch er ließ sich davon nicht beeindrucken. Seine Augen waren ruhig, fast desinteressiert, als wäre dies für ihn nur eine unangenehme Formalität, ein weiteres Geschäftstreffen, welches er hinter sich bringen musste.

Olsen stand auf der anderen Seite des Tisches, seine Finger leicht auf der Tischkante ruhend, während er den Mann ansah, der so viel Zerstörung angerichtet hatte. Die Luft im Raum war schwer von unausgesprochenen Drohungen.

„Du weißt, warum du hier bist, Sorokin," begann Olsen, seine Stimme fest und kontrolliert. „Es gibt keinen Ausweg mehr. Du bist gefasst, deine Leute sind gefasst. Die Verhandlungen sind vorbei. Der beste Weg für dich, hier rauszukommen, ist zu reden."

Sorokin lehnte sich zurück, seine Augen auf Olsen gerichtet, ohne auch nur die geringste Regung zu zeigen. „Ihr glaubt, ihr habt gewonnen. Aber das hier ist ein Spiel, das ihr nicht versteht. Das hier geht weit über mich hinaus."

Olsen ließ sich nicht beirren. „Wir wissen, dass du das Netzwerk in Europa kontrollierst. Die Waffenlieferungen, der Drogenhandel, die paramilitärischen Gruppen. Alles läuft über dich."

Sorokin lächelte kalt. „Ihr habt keine Ahnung. Ihr denkt, das ist mein Netzwerk? Nein, Olsen. Ich bin nur der Verwalter. Es gibt Kräfte, die ihr nicht einmal erahnt. Mächte, die weit größer sind als alles, was ihr je gesehen habt."

Maren, die hinter Olsen stand, schaltete sich ein, ihre Stimme scharf und herausfordernd. „Dann erzähl uns von diesen Kräften. Erzähl uns von der Bruderschaft."

Zum ersten Mal veränderte sich etwas in Sorokins Miene. Ein kaum merkliches Zucken seiner Augenbraue, ein Blitzen in seinem Blick, das sich sofort wieder legte. Doch es war genug, um Olsen zu zeigen, dass sie eine Wunde getroffen hatten.

„Die Bruderschaft," wiederholte Sorokin, als hätte er den Namen nie zuvor gehört. „Ihr denkt, ihr seid nah dran. Aber ihr seid so weit entfernt wie am ersten Tag. Ihr jagt ein Phantom."

Olsen verschränkte die Arme vor der Brust und beugte sich leicht nach vorn. „Wir wissen, dass du für sie arbeitest. Du bist der Mann, der das Geld und die Waffen liefert. Aber du bist nicht der Kopf. Du bist nur das Werkzeug. Also, Sorokin – wer zieht die Fäden?"

Sorokin ließ den Kopf zur Seite kippen, sein Lächeln wurde breiter, fast spöttisch. „Ihr werdet es nie verstehen. Was ich tue, ist nichts. Ich bin nur ein Teil des Getriebes. Wenn ihr mich tötet, wird ein anderer meinen Platz einnehmen. Das Rad dreht sich weiter."

Olsen verließ den Raum, das Zufallen der Stahltür hinter ihm schallte dumpf durch den Korridor. Maren trat an seine Seite. „Er weiß, dass wir hinter der Bruderschaft her sind," sagte sie leise. „Aber er wird uns nicht einfach so die Informationen geben."

„Er spielt ein Spiel," stimmte Olsen zu. „Aber wir haben Zeit. Er hat keine."

Während Sorokin schweigend im Verhörraum saß, wurden seine Handlanger in anderen Räumen befragt. Einige von ihnen waren hartgesottene Profis, Männer, die wussten, wie man schweigt, selbst unter größtem Druck. Doch nicht alle waren so standhaft. Ein junger Mann, der als Verbindungsmann zwischen Sorokin und einem Waffenhändler in Serbien gedient hatte, begann unter der Last der Fragen zu brechen.

„Ich weiß nicht viel," sagte er, seine Hände zitterten leicht, während er auf dem Stuhl saß. „Ich habe nur Befehle ausgeführt. Sorokin hat das meiste geregelt, aber er hat immer von jemandem gesprochen, der über ihm stand."

Olsen stand hinter dem Spiegel und beobachtete das Verhör. „Wie viel weiß er?" fragte er den Verhörspezialisten neben ihm.

„Nicht viel," antwortete der Mann. „Aber er hat uns einen Namen gegeben, der immer wieder gefallen ist: Adler. Ein Mann, den Sorokin fürchtet. Es scheint, dass dieser Adler der Kontakt zur Bruderschaft ist."

Olsen nickte und dachte nach. Adler – ein Name, der ihm nichts sagte, aber es war der erste konkrete Hinweis, den sie bekommen hatten. Jemand, der über Sorokin stand, jemand, der vielleicht noch größere Macht besaß.

Zurück im Verhörraum trat Olsen erneut Sorokin gegenüber. Diesmal ging er anders vor, direkter. „Adler. Wir haben seinen Namen gehört. Er steht über dir, nicht wahr? Du hast ihn für die Bruderschaft angeworben."

Sorokins Lächeln erstarb nicht ganz, aber es wirkte nun gezwungener. Er wusste, dass sie etwas hatten, aber er würde nicht so leicht nachgeben.

„Adler ist ein kleiner Fisch im Vergleich zu dem, was wirklich passiert. Ihr könnt ihn jagen, aber am Ende werdet ihr in einem endlosen Labyrinth landen."

Olsen ließ sich nicht täuschen. „Also gibt es ein Labyrinth? Das bedeutet, du weißt mehr. Hilf uns, und vielleicht können wir für dich eine Lösung finden."

Sorokin sah ihn schweigend an, dann sprach er, seine Worte sorgfältig gewählt. „Die Bruderschaft... sie ist nicht das, was ihr denkt. Sie ist keine Organisation, wie ihr sie euch vorstellt. Sie ist ein Prinzip. Eine Ideologie. Ein Netz aus Loyalitäten, das von Menschen in den höchsten Ebenen gewartet wird - aber auch in den niedrigsten Ebenen. Menschen wie du und ich... wir sind nur Schachfiguren."

Olsen spürte, dass sie noch immer nicht das ganze Bild hatten. Doch sie waren näher dran als zuvor. Sorokin hatte etwas eingeräumt – er hatte ihnen bestätigt, dass die Bruderschaft existierte und dass ihre Macht tiefer und größer war, als sie sich vorstellen konnten.

Maren trat neben Olsen und sah Sorokin fest in die Augen. „Du wirst uns alles über diese Bruderschaft erzählen. Früher oder später. Du wirst nicht entkommen. Hamburg ist nur der Anfang."

Sorokin lehnte sich zurück und schloss die Augen. „Das hoffe ich für euch," murmelte er. „Denn wenn ihr weitermacht, werdet ihr Dinge entdecken, die besser im Dunkeln bleiben."

Die Neonlichter des kleinen Raums flimmerten leicht, während Moritz Kramer tief über seinem Bildschirm saß, die Finger fliegend über die Tastatur. Vor ihm flossen endlose Zahlenkolonnen, verschlüsselte Daten und versteckte Finanztransaktionen, die er Schicht für Schicht freilegte. Jede Bewegung, jedes Klicken der Tasten war ein Schritt tiefer in die Abgründe des Netzwerks, das Sorokin aufgebaut hatte. Kramer war ein Meister darin, diese digitalen Spuren zu verfolgen, und diesmal wusste er, dass er etwas Großes in der Hand hielt.

„Das hier ist gewaltig, Bernd," sagte Kramer, seine Augen immer noch fest auf den Bildschirm gerichtet, während Olsen und Maren den Raum betraten. Der spärlich eingerichtete Raum war überfüllt mit Monitoren, Kabeln und Ausdrucken, die Kramers akribische Arbeit dokumentierten. An einer Wand hing eine Karte Europas, auf der mit roten Linien und Stecknadeln Verbindungen gezogen waren – ein Wirrwarr, das dem Chaos in Sorokins Netzwerk gerecht wurde.

„Was hast du?" fragte Olsen und trat näher an Kramers Arbeitsplatz, seine Augen auf den zentralen Bildschirm fixiert. Er hatte schon oft Kramers Fähigkeiten bewundert, doch diesmal schien der Fall eine Komplexität zu erreichen, die sie alle überraschte.

„Ich habe mich durch die verschlüsselten Finanztransaktionen gearbeitet, die wir aus Sorokins Datensätzen sichergestellt haben. Zunächst sah es wie typische Geldwäsche aus – Offshore-Konten, verschleierte Überweisungen, alles, was man erwarten würde. Aber je tiefer ich grabe, desto mehr erkenne ich, dass dies nicht nur Geld aus dem Drogen- und Waffenhandel ist. Das hier sind Gelder aus anderen Quellen, die weit über das hinausgehen."

Olsen zog die Stirn kraus. „Welche Quellen?"

Kramer drehte sich auf seinem Stuhl um, seine Augen hellwach, als er eine Reihe von Dokumenten auf einem anderen Monitor öffnete. „Politische Stiftungen, Investitionsfonds, sogar Regierungsprojekte. Sorokin – oder besser gesagt, das Netzwerk hinter ihm – hat es geschafft, legitime Kanäle zu infiltrieren. Das hier ist nicht nur Geldwäsche für Kriminelle. Sie verschieben Milliarden über Netzwerke von Banken und Unternehmen, die offiziell keine Verbindung zu illegalen Aktivitäten haben."

„Und du meinst, das alles ist Teil der Bruderschaft?" fragte Maren, während sie auf die digitalen Spuren starrte.

Kramer nickte langsam. „Es sieht ganz danach aus. Die Bruderschaft nutzt Politiker, Geschäftsleute und Kriminelle in ganz Europa, um diese Gelder zu bewegen. Es gibt Verbindungen zu Investmentbanken in London, zu Immobilienunternehmen in Spanien und sogar zu Rohstoffhändlern im Nahen Osten. Diese Leute spielen auf höchster globaler Ebene."

Kramer zoomte auf einen Teil der Karte, die vor ihnen auf dem Bildschirm erschien. „Schaut euch das an. Das ist keine gewöhnliche kriminelle Organisation. Sie operieren auf so vielen Ebenen gleichzeitig, dass es fast unmöglich ist, sie zu fassen. Das Netzwerk der Bruderschaft verbindet korrupte Politiker mit Geschäftsleuten, die in den globalen Finanzmärkten tätig sind, und nutzt diese Verbindungen, um Drogen- und

Waffenhandel, Menschenhandel und sogar Terrorismus zu finanzieren."

Er deutete auf eine Reihe von Namen, die auf dem Bildschirm aufleuchteten – bekannte Persönlichkeiten aus Politik und Wirtschaft. „Hier haben wir einen russischen Oligarchen, der über ein Netz von Scheinfirmen den Drogenhandel in Europa finanziert. Und hier, ein deutscher Geschäftsmann, der in den europäischen Finanzmärkten aktiv ist und Sorokins Gelder wäscht. Diese Leute sind nicht nur Mitläufer, sie sind die Architekten dieses Systems."

Maren beugte sich näher an den Bildschirm. „Du meinst, diese Männer sind Teil der Bruderschaft?"

Kramer nickte und scrollte weiter durch die Daten. „Ja, und nicht nur das. Sie benutzen diese Gelder, um politische Macht auszuüben. Schaut euch das an." Er öffnete eine Reihe von Dokumenten, die auf geheime Parteispenden und finanzielle Unterstützung für Wahlkämpfe in verschiedenen Ländern hinwiesen. „Die Bruderschaft beeinflusst politische Wahlen in ganz Europa. Sie setzen ihre Leute in Positionen, in denen sie politische Entscheidungen beeinflussen können, die ihnen Vorteile verschaffen. Steuererleichterungen, lockere Regulierungen für internationale Geschäfte – das sind keine einfachen Bestechungen, das ist strategische Kontrolle."

Olsen ließ die Informationen auf sich wirken. „Du willst also sagen, dass sie nicht nur den Drogen- und Waffenhandel kontrollieren, sondern auch die globalen Finanzmärkte manipulieren und die Politik beeinflussen?"

„Genau," bestätigte Kramer. „Es ist, als hätten sie eine unsichtbare Hand, die alles lenkt. Wenn man sich ansieht, wo das Geld herkommt und wie es bewegt wird, dann sieht man ein Muster. Die Bruderschaft ist ein Machtnetzwerk, das nicht nur im Schatten operiert, sondern auch die Fäden hinter den Kulissen der legalen Welt zieht."

Während Kramer weiter durch die Daten scrollte, öffnete er eine neue Datei. „Hier wird es noch interessanter. Wir haben immer gewusst, dass Sorokin tief in den Waffenschmuggel involviert war, aber das hier zeigt das volle Ausmaß. Seht euch das an."

Auf dem Bildschirm erschien eine Liste von Waffenlieferungen – darunter Panzerabwehrsysteme, automatische Waffen und sogar Raketenwerfer. „Diese Lieferungen gingen nicht nur an paramilitärische Gruppen in Osteuropa," erklärte Kramer. „Sie gingen auch an Terrororganisationen im Nahen Osten, wie wir schon vermutet hatten. Aber das ist nur die Spitze des Eisbergs. Die Bruderschaft hat direkte Verbindungen zu Waffenhändlern in den Vereinigten Staaten und China. Sie kontrollieren einen Großteil des Schwarzmarktes für militärisches Gerät."

Olsen verschränkte die Arme und trat einen Schritt näher. „Das erklärt die militärische Effizienz dieser Gruppen. Sie erhalten modernste Ausrüstung, während wir versuchen, mit veralteten Informationen zu arbeiten."

„Aber es wird noch schlimmer," fuhr Kramer fort. Er öffnete eine weitere Datei, die eine Reihe von Schiffsladungen zeigte. „Diese Schiffe wurden ursprünglich als Waffenlieferungen deklariert, aber sie transportierten nicht nur Waffen. Menschenhandel. Hunderte von Frauen und Kindern wurden als Fracht über die europäischen Grenzen geschmuggelt."

Maren starrte auf die Daten, ihre Hände fest an den Tisch gepresst. „Also kontrolliert die Bruderschaft auch den Menschenhandel?"

„Ja," antwortete Kramer ernst. „Und es sieht so aus, als ob sie ein komplettes System dafür aufgebaut haben. Sie nutzen Flüchtlingskrisen, Kriege und wirtschaftliche Instabilität, um ihre Opfer zu rekrutieren. Es gibt Hinweise darauf, dass einige dieser Menschen an reiche Kunden in Europa und im Nahen

Osten verkauft werden. Es ist ein Geschäft, das Milliarden einbringt."

Olsen zog tief die Luft ein. Die Bruderschaft hatte ihre Finger in allen Bereichen des Verbrechens, aber auch in der legalen Welt. Sie hatten ein System erschaffen, das sowohl die dunklen Seiten des Schwarzmarkts als auch die hellen, glänzenden Fassaden der internationalen Politik und Wirtschaft vereinte. Es war kein Netzwerk, das einfach zerstört werden konnte. Es war ein gigantisches, globales Konstrukt, das so gut wie unantastbar schien.

„Schaut euch das hier an," sagte Kramer und öffnete eine weitere Datei. „Es gibt Verbindungen, die weit über Europa hinausgehen. Die Bruderschaft ist global. Sie operieren in Lateinamerika, Asien, Afrika – überall dort, wo es instabile Regierungen und wirtschaftliche Krisen gibt."

Auf dem Bildschirm leuchtete eine Weltkarte auf, auf der rote Punkte die Orte markierten, an denen die Bruderschaft aktiv war. „Sie nutzen korrupte Politiker, um sich Einfluss zu erkaufen. In einigen Ländern finanzieren sie sogar Putschversuche oder destabilisieren ganze Regierungen, um ihre Geschäfte zu schützen."

„Sie handeln also nicht nur mit Waffen und Drogen," stellte Olsen fest, „sondern sie schüren aktiv Konflikte, um ihre eigenen Märkte zu sichern."

„Genau," bestätigte Kramer. „Das macht sie so gefährlich. Sie sind kein reines kriminelles Netzwerk. Sie sind eine Macht, die die Weltordnung verändert. Sie finanzieren Kriege, inszenieren politische Krisen und sichern sich auf diese Weise die Kontrolle über ganze Länder. Und das alles bleibt verborgen, weil sie sich hinter legalen Fassaden verstecken."

Maren blickte auf die Karte, ihr Gesicht spiegelte die wachsende Erkenntnis wider. „Das ist größer, als wir dachten. Viel größer. Sie sind überall."

Kramer lehnte sich zurück und rieb sich die Augen. „Ja. Und das bedeutet, dass wir es mit einem Feind zu tun haben, der nicht nur im Schatten agiert, sondern auch in den höchsten Rängen der globalen Machtstrukturen sitzt."

Olsen trat einen Schritt zurück und sah die Monitore an, die vor ihm flimmerten. Die Bruderschaft war überall. Sie kontrollierten nicht nur den Schwarzmarkt, sondern auch Teile der Weltpolitik. Jeder Versuch, sie zu fassen, würde gegen unsichtbare Wände aus Macht und Einfluss prallen.

„Wir müssen vorsichtig sein," sagte Olsen leise. „Wenn wir versuchen, sie frontal anzugreifen, werden sie uns vernichten, bevor wir auch nur eine Chance haben."

Kramer nickte. „Die Bruderschaft ist eine globale Machtstruktur, die eng mit den mächtigsten Menschen der Welt verknüpft ist. Ein falscher Schritt, und wir könnten eine Lawine auslösen."

„Und genau deswegen müssen wir sie aufspüren," fügte Maren entschlossen hinzu. „Wir müssen tiefergraben und herausfinden, wer hinter all dem steckt."

Olsen sah zu Kramer hinüber. „Setz dich an diese Verbindungen. Finde heraus, wie tief das Netz reicht. Wir haben jetzt Namen, Orte und Spuren. Es ist Zeit, die Bruderschaft aus ihrem Versteck zu holen."

Es war kurz nach Mitternacht, als Olsen den Anruf erhielt. Eine leise, raue Stimme am anderen Ende der Leitung, schwer verständlich durch das Knacken und Rauschen der internationalen Verbindung, ließ seinen Herzschlag einen Moment aussetzen.

Die Stimme gehörte einem Mann, den Olsen in den letzten Wochen nur als „El Contacto" gekannt hatte – ein Informant, der tief in den südamerikanischen Netzwerken des Drogen- und Waffenschmuggels verwurzelt war.

Dieser Mann hatte überlebt, indem er sich diskret zwischen den Fronten bewegte, immer auf der Jagd nach Informationen, die seinen Kopf über Wasser hielten. Und jetzt hatte er etwas, das Olsen seit Wochen suchte: Beweise für die globalen Operationen der Bruderschaft.

„Es gibt einen Mann, Señor Olsen," sagte die Stimme leise, kaum mehr als ein Flüstern. „Ein Mann, der tiefer in die Bruderschaft verwickelt ist, als Sie es sich vorstellen können. Er ist das Bindeglied zwischen Europa und Südamerika. Sie nennen ihn 'El Embajador'."

Olsen stand regungslos, das Handy fest an sein Ohr gedrückt. „Was weißt du über ihn?" Seine Stimme war flach, doch sein Inneres bebte vor Spannung. Dies war der erste konkrete Hinweis, der sie über die Grenzen Europas hinausführen würde.

Die Stimme am anderen Ende zögerte kurz, als ob sie abwog, wie viel sie preisgeben sollte. „Er ist derjenige, der die Verbindungen zwischen dem Cartel de la Muerte und der Bruderschaft aufgebaut hat. Er nutzt die Handelsrouten, die das Kartell kontrolliert, um Waffen, Drogen und Menschen zu verschieben. Aber er arbeitet nicht allein. Er ist nur ein weiterer Bauer im Spiel der Bruderschaft. Wenn Sie ihn finden wollen, Señor Olsen, müssen Sie nach Buenos Aires kommen."

Olsens Hand verkrampfte sich um das Telefon. Buenos Aires – die Stadt, die in den letzten Jahren zum Knotenpunkt des lateinamerikanischen Verbrechens geworden war. Wenn die Bruderschaft wirklich dort operierte, dann war dies die Spur, die sie brauchten, um die Fäden des Netzwerks tiefer zu entwirren.

„Wann und wo?" fragte Olsen knapp.

„Ich werde Ihnen alles schicken," antwortete die Stimme hastig. „Aber Sie müssen vorsichtig sein. El Embajador hat viele Augen und Ohren. Wenn er merkt, dass Sie ihn jagen, wird er verschwinden."

Ein letztes Knistern in der Leitung, dann war die Verbindung tot.

Am nächsten Morgen saß Kramer in seinem Büro, seine Augen wie immer auf den Bildschirmen vor ihm fixiert, während Olsen und Maren hereinkamen. Der Raum war erfüllt von dem leisen Summen der Elektronik. Die Monitore zeigten unzählige Datensätze, Geldströme und Verbindungen, die Kramer in der Nacht zuvor entdeckt hatte.

„Wir haben jetzt einen Namen," begann Olsen, ohne Zeit zu verlieren. „El Embajador. Er ist das Bindeglied zwischen dem Kartell und der Bruderschaft. Unser Informant sagt, er ist in Buenos Aires aktiv."

Kramer nickte und schob ein Dokument auf seinem Bildschirm in den Mittelpunkt. „Das passt zu dem, was ich letzte Nacht entdeckt habe. Hier sind die Transaktionen, die ich verfolgt habe – Gelder, die von Europa nach Südamerika geflossen sind. Zuerst sah es aus wie gewöhnliche Überweisungen für Immobiliengeschäfte. Aber es sind viel größere Summen. Und einige davon scheinen durch argentinische Banken geschleust worden zu sein."

Auf dem Bildschirm blinkten Zahlen und Diagramme auf. Olsen erkannte die Muster sofort – Geldströme, die systematisch durch ein Netz von Offshore-Konten und undurchsichtigen Unternehmen bewegt wurden.

Diese Gelder waren das Rückgrat der Bruderschaft, Mittel, die sie für ihre Operationen nutzten, um Waffen zu kaufen, Drogen zu verschiffen und Menschenhandel zu betreiben.

„Hier ist der entscheidende Punkt," sagte Kramer, als er auf einen besonders großen Transfer deutete. „Eine Zahlung von 50 Millionen Dollar, die aus einem europäischen Investmentfonds an die argentinische Firma 'Estancias del Sur' geflossen ist. Auf den ersten Blick ein legitimes Immobilienunternehmen, das große Ländereien in Argentinien kauft.

Aber bei genauerer Betrachtung stellt sich heraus, dass diese Firma eine Schlüsselfunktion in der Bruderschaft hat. Sie dient als Deckmantel für den Transfer von Waffen aus Europa in den Süden."

Maren runzelte die Stirn, während sie die Daten betrachtete. „Also nutzen sie Immobilienfirmen als Tarnung, um Gelder zu waschen und Waffen zu verschiffen?"

„Genau," antwortete Kramer und zeigte auf einen weiteren Punkt auf der Karte. „Es gibt auch Hinweise darauf, dass dieselbe Firma über Verbindungen zum Kartell verfügt. Es sieht so aus, als ob sie nicht nur den Waffen- und Drogenhandel koordinieren, sondern auch Menschenhandel betreiben. Frauen und Kinder, die aus Kriegsgebieten nach Europa und Nordamerika verschifft werden."

Olsen warf einen Blick auf die blinkenden Punkte auf der Karte. „Das bedeutet, Buenos Aires ist ein zentraler Knotenpunkt für ihre Operationen."

„Es ist noch schlimmer," fügte Kramer hinzu. „Die Verbindungen reichen nicht nur nach Argentinien. Diese Gelder fließen auch weiter nach Kolumbien und Venezuela. Sie haben ein Netzwerk aufgebaut, das die ganze Region abdeckt. Und der Mann, der all das überwacht, ist El Embajador."

Olsen kniff die Augen zusammen. „Dann müssen wir ihn aufspüren. Wenn er der Verbindungsmann zwischen dem Kartell und der Bruderschaft ist, dann könnte er uns genau sagen, wer in Europa die Fäden zieht."

Sie durften keine Zeit verlieren. Die Informationen waren frisch, und jede Sekunde, die sie zögerten, konnte bedeuten, dass El Embajador die Spur witterte und untertauchte.

Olsen wusste, dass sie schnell handeln mussten. Die Verbindung zu Südamerika war der Schlüssel – ein Weg, um das Netz der Bruderschaft zu durchbrechen und endlich an die Köpfe der Organisation heranzukommen.

„Wir müssen nach Buenos Aires," sagte Olsen, als er zusammen mit Maren und Kramer den Einsatz plante. „Ich will, dass du hierbleibst, Kramer, und weiterhin die Daten analysierst. Verfolge die Gelder, finde heraus, ob es weitere Spuren gibt, die uns näher an die Führung der Bruderschaft bringen."

Kramer nickte und tippte bereits neue Befehle in seinen Computer ein. „Ich werde mich auf die Geldströme konzentrieren und sehen, ob ich Hinweise auf weitere Verbindungen in Südamerika finde. Ich habe auch ein Auge auf die argentinischen Banktransaktionen – wenn sich etwas bewegt, werde ich es wissen."

Olsen wandte sich an Maren, die bereits die ersten Berichte über die Sicherheitslage in Buenos Aires durchging. „Maren, du kommst mit mir. Wir müssen den Kontaktmann vor Ort treffen und herausfinden, was er weiß. Ich habe den Verdacht, dass wir in ein Wespennest stechen werden. El Embajador wird uns nicht willkommen heißen."

Maren nickte entschlossen. „Die Flugtickets sind bereits gebucht. Wir haben Kontakte in der argentinischen Polizei, die uns unterstützen werden. Aber wir sollten vorsichtig sein. Buenos Aires ist ein chaotischer Ort, und wenn die Bruderschaft dort wirklich operiert, dann werden sie auf uns vorbereitet sein."

Olsen griff nach seiner Tasche und warf einen letzten Blick auf die Bildschirme in Kramers Büro. Die Punkte, die die globalen Verbindungen der Bruderschaft symbolisierten, blinkten wie Sterne auf einer dunklen Karte.

„Wir müssen schneller sein als sie," sagte er leise, mehr zu sich selbst als zu den anderen.

„Wir werden sie kriegen, Bernd," sagte Maren fest. „Buenos Aires wird uns den Schlüssel liefern."

Der Flug nach Buenos Aires war für den nächsten Morgen angesetzt, und Olsen wusste, dass die nächsten Tage entscheidend sein würden.

Dies war der Moment, in dem sie die Bruderschaft frontal angreifen konnten. Wenn sie es schafften, El Embajador festzunehmen oder zumindest genug Informationen von ihm zu bekommen, könnten sie den nächsten Schritt in Europa vorbereiten.

Aber das Risiko war hoch – und sie wussten nicht, wie tief die Bruderschaft in den politischen und kriminellen Strukturen Südamerikas verankert war.

„Pack deine Sachen," sagte Olsen schließlich. „Wir haben eine lange Reise vor uns."

Südamerika Connection

Der Flug war gebucht, die Vorbereitungen abgeschlossen und der internationale Kontaktmann bereits informiert.

Der Flughafen war wie immer belebt, doch für Olsen und Maren fühlte sich der Trubel unwirklich an. Sie hatten gerade die gefährlichste Phase ihrer Ermittlungen erreicht, und die bevorstehende Reise nach Buenos Aires würde sie direkt in das Herz des lateinamerikanischen Verbrechens führen.

„Bist du bereit?" fragte Maren leise, während sie ihren Blick über die Sicherheitskontrollen schweifen ließ. Die Hektik der Reisenden, die um sie herum strömten, war ein krasser Kontrast zu der Anspannung, die sie beide spürten.

„So bereit, wie man nur sein kann," antwortete Olsen und ging die Checkliste in seinem Kopf durch. Pässe, Decknamen, der Kontakt in Argentinien. Sie waren auf alles vorbereitet, aber er wusste, dass die Bruderschaft in Buenos Aires eine Macht war, mit der nicht zu spaßen war.

Kramer hatte ihnen in der Nacht zuvor die neuesten Informationen zugespielt. Die Bruderschaft nutzte Argentinien als Knotenpunkt für ihre Operationen in Südamerika, besonders durch den Drogenhandel und die Allianz mit paramilitärischen Gruppen, die in den abgelegenen Regionen agierten. Buenos Aires war der Schlüssel, und wenn sie El Embajador ausfindig machen konnten, würden sie einen gewaltigen Schritt im Kampf gegen die Bruderschaft machen.

Als das Boarding begann, tauschten Olsen und Maren noch einen letzten Blick aus. Der Flug nach Buenos Aires dauert etwa 16 Stunden, doch die eigentliche Herausforderung würde erst nach der Landung beginnen.

Die Turbulenzen über dem Atlantik waren heftig. Das Flugzeug schwankte kräftig, während das monotone Dröhnen der

Triebwerke die Kabine erfüllte. Maren schlief, die Augen hinter ihrer Sonnenbrille verborgen, während Olsen aus dem Fenster starrte, die Dunkelheit draußen war undurchdringlich. Der Gedanke an das, was vor ihnen lag, ließ ihn nicht los.

Die Bruderschaft. Ein unsichtbares Netz, das sich über die ganze Welt spannte, die Fäden in Politik, Wirtschaft und kriminellen Netzwerken geschickt gezogen. Sie hatten in Europa bereits genug Hinweise gesammelt, um zu wissen, dass die Bruderschaft nicht nur ein Mythos war. Doch die Dimensionen, die sie nun aufdeckten, waren noch größer. In Buenos Aires würden sie mit einem völlig anderen Aspekt der Organisation konfrontiert werden – dem Teil, der sich tief in die Machtstrukturen Südamerikas verankert hatte.

Olsen ließ seine Gedanken zu den paramilitärischen Gruppen wandern. Kramer hatte berichtet, dass diese Gruppen nicht nur als bewaffnete Kräfte der Bruderschaft fungierten, sondern auch entscheidend für die Kontrolle der Drogenrouten waren. In den undurchdringlichen Dschungeln Kolumbiens, Venezuelas und Brasiliens operierten sie wie Schattenarmeen, die mit modernen Waffen ausgerüstet waren – bereit, jeden auszuschalten, der sich ihnen in den Weg stellte. Die Bruderschaft versorgte sie mit allem, was sie brauchten, im Gegenzug für die Kontrolle über den Drogenhandel. Kokain war eine ihrer wichtigsten Einnahmequellen, und Buenos Aires war einer der wichtigsten Umschlagplätze.

„Das ist eine ganz andere verdammte Liga," murmelte Olsen leise zu sich selbst.

Er wusste, dass sie vorsichtig sein mussten. Die Bruderschaft hatte überall Augen, und wenn sie ahnten, dass Olsen und sein Team auf dem Weg waren, würde das Spielfeld schnell kippen.

Als sie den Flughafen in Buenos Aires erreichten, war es früh am Morgen. Die Sonne war gerade erst über den Horizont gestiegen, und die Luft war drückend warm, obwohl es noch früh war. Olsen und Maren gingen schweigend durch die lange Schlange an der Passkontrolle, ihre Papiere sorgfältig vorbereitet und unter falschen Namen ausgestellt. Die Kontrolle war streng, aber sie hatten die Unterstützung der argentinischen Behörden – offiziell waren sie als zivile Berater eingereist, doch nur wenige wussten von ihrer wahren Mission.

„Wir haben einen Fahrer, der uns abholt," flüsterte Maren, als sie durch die Glastüren ins Freie traten. Eine Welle von Hitze und Lärm empfing sie, als sie die geschäftige Ankunftshalle verließen. Menschenmengen drängten sich um sie, während sie sich durch die wartenden Taxi- und Busfahrer schoben.

Ein schwarzer SUV mit getönten Scheiben wartete am Rand der Straße. Der Fahrer, ein muskulöser Mann mit kurz geschorenem Haar, nickte ihnen zu, als sie sich näherten. Er trug keine Uniform, aber Olsen erkannte sofort, dass er kein gewöhnlicher Fahrer war – er war einer der Kontaktleute, die sie vor Ort unterstützen würden.

„Willkommen in Buenos Aires," sagte der Mann auf Spanisch und öffnete ihnen die Tür. Sein Akzent war scharf, seine Bewegungen professionell. „Ich bin hier, um euch sicher zu eurer Unterkunft zu bringen. Alles ist vorbereitet."

Olsen nickte nur knapp und stieg ein. Das Fahrzeug beschleunigte schnell, tauchte in den Verkehr ein, der bereits am frühen Morgen zu den Hauptstraßen strömte. Buenos Aires wirkte auf den ersten Blick wie jede andere Großstadt – hohe Gebäude, schmutzige Straßen, ein ständiges Hupen und das Geräusch von Motoren, die durch die endlosen Avenidas brummten. Doch Olsen wusste, dass unter der Oberfläche eine ganz andere Welt existierte.

„Die Stadt wirkt ruhig," sagte Maren leise, als sie durch das Fenster schaute.

„Die Ruhe vor dem Sturm," erwiderte Olsen knapp.

Sie fuhren weiter durch die Stadt, vorbei an Vierteln, die von Hochhäusern dominiert wurden, und in die abgelegeneren Gegenden, wo das Geld der Reichen und Mächtigen die schmutzige Realität verdeckte.

Doch Olsen wusste, dass die Bruderschaft auch hier ihre Fäden zog. Es gab keine wirklich sicheren Orte mehr.

Nach ihrer Ankunft in einer sicheren, diskreten Unterkunft im Herzen von Buenos Aires trafen sich Olsen und Maren sofort mit einem argentinischen Ermittlerteam, das ihnen zur Seite gestellt worden war. Sie saßen in einem engen Raum, nur beleuchtet von schwachem Neonlicht, während über ihnen der Lärm der Stadt weiterging.

Der leitende Ermittler, Alejandro Vargas, ein erfahrener Mann mit müden Augen und einem strengen Gesichtsausdruck, verteilte Dokumente über den Tisch. „Wir haben seit Wochen Hinweise darauf, dass die Bruderschaft eine Allianz mit mehreren paramilitärischen Gruppen in den Grenzregionen von Argentinien, Brasilien und Paraguay geschlossen hat," begann er. „Sie nutzen diese Gruppen, um den Drogenhandel abzusichern. Sie haben Waffenlager in abgelegenen Regionen und arbeiten mit einigen der gefährlichsten Männer zusammen, die wir je gesehen haben."

Er legte Satellitenbilder vor, auf denen schwer zugängliche Gebiete im Dschungel zu sehen waren – Lager mit Zelten, Fahrzeugen und sogar Panzerfahrzeugen, die weit außerhalb der Reichweite staatlicher Autoritäten lagen. „Diese Gruppen operieren im Verborgenen. Die Bruderschaft nutzt sie, um sowohl den Kokainfluss zu kontrollieren als auch ihre Macht in der Region zu festigen."

„Das erklärt, warum die Bruderschaft hier so stark ist," sagte Maren, als sie die Fotos betrachtete. „Sie haben nicht nur das Geld, sondern auch die Feuerkraft, um ihre Interessen zu schützen."

„Genau," stimmte Vargas zu. „Und sie sind nicht nur hier. Die Bruderschaft hat paramilitärische Verbündete in ganz Südamerika. Diese Männer sind brutale Söldner, die für Geld alles tun."

Olsen nickte langsam. „Und die Bruderschaft nutzt das Chaos, das sie mit dem Drogenhandel erzeugen, um ungestört zu operieren. Sie destabilisieren ganze Regionen."

„Und das ist noch nicht alles," fuhr Vargas fort. „Kramer hat uns letzte Nacht Informationen geschickt. Wir haben Hinweise darauf, dass ein großer Teil ihrer Operationen über verschlüsselte Darknet-Kanäle gesteuert wird. Diese Kanäle wurden hier in Buenos Aires eingerichtet. Sie nutzen Kryptographie, um Gelder zu verschieben, Informationen zu teilen und Waffenlieferungen zu organisieren, ohne dass die Behörden sie aufspüren können."

„Das erklärt, warum sie bisher so schwer zu fassen waren," murmelte Maren. „Das Darknet bietet ihnen den perfekten Schutz. Aber wir haben jetzt einen Ansatzpunkt."

Olsen lehnte sich in seinem Stuhl zurück und sah Vargas an. „Wir müssen diese Kanäle knacken. Wenn wir herausfinden, wo ihre Operationen gesteuert werden, können wir einen entscheidenden Schlag landen."

Vargas nickte entschlossen. „Wir haben bereits ein Team darauf angesetzt. Aber das wird nicht einfach. Die Bruderschaft hat Profis, die ihre Spuren verwischen. Aber wenn wir diese Netzwerke aufbrechen können, haben wir eine Chance."

Es war kurz vor Mitternacht, und die stickige Hitze von Buenos Aires hatte die Straßen in eine drückende, dunstige Atmosphäre gehüllt.

Olsen stand am Fenster der sicheren Wohnung, die sie als Operationsbasis nutzten, und blickte auf die pulsierende Stadt unter ihm. Die Lichter der Nacht flackerten trübe, und das beständige Summen der Stadt war in der Ferne zu hören – eine lebendige Kulisse für die dunklen Geschäfte, die in ihren Schatten stattfanden.

Heute Nacht würden sie einen entscheidenden Schritt weitergehen.

„Bist du sicher, dass er vertrauenswürdig ist?" fragte Maren, die neben ihm stand, ihre Arme vor der Brust verschränkt. Sie hatte die Augen seit ihrer Ankunft nicht wirklich geschlossen, immer wachsam, immer vorbereitet auf das Unvorhersehbare.

„So sicher, wie man bei so jemandem sein kann," antwortete Olsen und drehte sich zu ihr um. „Der Mann, den wir treffen, ist kein einfacher Informant. Er hat als Mitglied einer der gefährlichsten paramilitärischen Gruppen in Südamerika gearbeitet. Aber er ist ausgestiegen – angeblich, weil er gesehen hat, wie weit die Bruderschaft bereit ist zu gehen. Er weiß, wie sie ihr Geld bewegen. Wenn er uns die Informationen gibt, die wir brauchen, könnten wir die Spur der Finanzströme verfolgen und einen entscheidenden Durchbruch erzielen."

Der Kontakt, den sie heute Nacht treffen würden, war ein ehemaliger Söldner, der jahrelang für die Bruderschaft gearbeitet hatte. Sein Wissen über ihre Operationen war einzigartig – besonders über die Geldströme, die durch legale Unternehmen und Krypto-Währungen verschleiert wurden. Doch Olsen wusste auch, dass dieser Mann gefährlich war. Menschen wie er lebten in einer Welt, in der Loyalität zum höchsten Bieter gehörte, und seine Entscheidung, sich gegen die Bruderschaft zu wenden, könnte ebenso gut ein Versuch sein, sich selbst zu retten.

„Er trifft uns in einem alten Lagerhaus am Stadtrand," fuhr Olsen fort und überprüfte seine Waffe. „Es wird keine einfache Übergabe von Informationen. Dieser Typ traut uns genauso wenig wie wir ihm."

Maren nickte. „Also halten wir unsere Augen offen. Wenn er versucht, uns eine Falle zu stellen, werden wir vorbereitet sein."

Der alte, verfallene Teil von Buenos Aires, in den Olsen und Maren sich begaben, war ein Labyrinth aus leeren Fabrikhallen, heruntergekommenen Lagerhäusern und verlassenen Bahngleisen, die in der Dunkelheit wie die Überreste einer längst vergangenen Ära wirkten. Es war der perfekte Ort für illegale Geschäfte – fernab von neugierigen Augen und schwer zugänglich für die Behörden.

Das Lagerhaus, in dem das Treffen stattfinden sollte, lag inmitten dieser trostlosen Umgebung, sein rostiges Wellblechdach war teilweise eingestürzt, und die Fenster waren von der Witterung blind geworden. Es war kein Ort, den man freiwillig betrat. Doch genau das machte ihn so attraktiv für Leute wie ihren Kontaktmann.

„Das ist es," sagte Olsen leise, als sie das Lagerhaus erreichten und sich durch die schmalen Gassen bewegten. Der Lichtkegel ihrer Taschenlampen schnitt durch die Dunkelheit, und ihre Schritte hallten auf dem nassen Asphalt. „Bleib wachsam. Wir wissen nicht, ob er allein ist."

Maren nickte und schob ihre Waffe ein Stück höher an ihrer Seite. Sie hatten beide das ungute Gefühl, dass dies mehr als nur ein einfaches Treffen werden könnte.

Der Mann, den sie treffen sollten, war kein Freund. Er war ein Überlebenskünstler – jemand, der in den Abgründen von Gewalt und Korruption gewachsen war

„Denkst du, er wird auftauchen?" fragte Maren.

„Er hat keine Wahl," antwortete Olsen. „Wenn er uns die Informationen gibt, hat er die Chance, sein Leben zu retten. Die Bruderschaft wird ihn jagen, wenn sie herausfinden, dass er mit uns gesprochen hat. Er weiß, dass er uns braucht."

Sie näherten sich dem Haupteingang des Lagerhauses, die schwere Metalltür stand leicht offen, knarrte leise im Wind. Olsen spähte hinein und sah nur Dunkelheit und Schatten.

„Ich gehe zuerst," sagte er und schob sich durch die Tür, die langsam hinter ihm ins Schloss fiel.

Der Innenraum des Lagerhauses war still, fast unheimlich in seiner Leere. Alte Kisten und Schrott lagen verstreut, und der Geruch von Rost und feuchtem Beton hing in der Luft. Olsen ließ seinen Blick durch die Schatten wandern, jede Bewegung mit Vorsicht ausführend. Plötzlich trat eine Gestalt aus den Schatten am Ende der Halle. Er war groß, breitschultrig, sein Gesicht von einer tief ins Gesicht gezogenen Kapuze teilweise verdeckt.

„Ihr seid es also," sagte der Mann, seine Stimme tief und rau, als er sich auf sie zubewegte. „Ich habe schon überlegt, ob ihr es wirklich wagt, hierherzukommen."

Olsen trat einen Schritt vor, seine Hände ruhig an den Seiten. „Wir sind hier, weil du Informationen hast, die für uns wichtig sind. Du hast gesagt, du willst mit uns reden – also rede."

Der Mann – sein Name war Miguel Ortiz – blieb stehen und zog langsam seine Kapuze zurück. Sein Gesicht war von tiefen Falten durchzogen, Narben zeichneten sich an seiner Wange ab, ein Beweis für die Kämpfe, die er hinter sich hatte. Er sah nicht aus wie jemand, der schnell Angst bekam, doch in seinen Augen lag etwas, das Olsen sofort erkannte: Angst. Eine tiefe, existenzielle Angst vor der Bruderschaft.

„Ich habe jahrelang für sie gearbeitet," begann Ortiz und zündete sich eine Zigarette an, als wolle er die Nervosität überdecken. „Die Bruderschaft. Diese Leute sind nicht nur Drogenhändler oder Waffenlieferanten. Sie haben eine Macht, die du dir nicht vorstellen kannst. Sie kontrollieren alles – Geld, Politik, die Straßen. Aber was sie wirklich mächtig macht, ist, wie sie ihr Geld bewegen."

Olsen verschränkte die Arme. „Erzähl mir davon. Wie genau funktioniert das?"

Ortiz zog an seiner Zigarette und blies den Rauch langsam aus. „Sie nutzen legitime Unternehmen. Firmen, die scheinbar völlig sauber sind. Immobiliengeschäfte, Banken, sogar Regierungsprojekte. Alles läuft über offizielle Kanäle. Aber unter der Oberfläche wird schmutziges Geld gewaschen, in Milliardenhöhe. Und dann kommt das wirklich Geniale: Krypto-Währungen."

Maren trat näher heran, ihre Augen fixierten Ortiz scharf. „Krypto-Währungen?"

Ortiz nickte. „Ja. Sie haben ein Netzwerk aus verschlüsselten Kanälen im Darknet aufgebaut, das es ihnen ermöglicht, riesige Geldmengen über Krypto-Währungen zu bewegen. Es ist praktisch unmöglich nachzuverfolgen. Sie nutzen digitale Wallets, die über die ganze Welt verteilt sind, und verschleiern so ihre Transaktionen. Niemand kann genau sagen, wo das Geld herkommt oder wohin es geht. Es verschwindet einfach im digitalen Äther."

Olsen runzelte die Stirn. „Und du hast Beweise dafür?"

Ortiz zog ein kleines USB-Laufwerk aus seiner Tasche und hielt es hoch. „Hier. Auf diesem Laufwerk findet ihr Transaktionen, die ich kopiert habe, bevor ich ausgestiegen bin. Es sind Spuren von Geldflüssen, die durch Krypto-Börsen laufen, die von der Bruderschaft kontrolliert werden. Aber seid vorsichtig – wenn ihr damit an die Öffentlichkeit geht, werdet ihr sterben, bevor ihr eine Zeile veröffentlicht habt."

Olsen nahm das Laufwerk und steckte es in seine Tasche. „Warum tust du das? Warum riskierst du dein Leben, um uns diese Informationen zu geben?"

Ortiz zögerte, und in seinen Augen flackerte für einen Moment etwas auf, das wie Schuld aussah. „Weil ich keine Wahl habe," sagte er schließlich. „Ich habe jahrelang für diese Leute gearbeitet. Ich habe gesehen, wie sie Länder zerstören, Familien zerschlagen. Ich habe dabei zugesehen, wie sie ganze Wirtschaften manipulieren, nur um noch mehr Geld zu machen. Und jetzt... jetzt bin ich selbst in ihrer Schusslinie."

„Was meinst du damit?" fragte Maren, ihre Stimme ruhig, aber mit einem Hauch von Unruhe.

Ortiz sah sie an, und seine Stimme wurde leiser. „Die Bruderschaft hat jemanden wie mich nicht mehr nötig. Ich habe zu viel gesehen. Wenn sie herausfinden, dass ich mit euch gesprochen habe, bin ich tot. Aber das ist nicht der Grund, warum ich das tue." Er zögerte. „Sie haben meine Familie."

Olsen starrte ihn an. Das war es also. Der Mann hatte Angst um sein eigenes Leben, ja, aber es war seine Familie, die ihn wirklich trieb. Er war bereit, alles zu tun, um sie zu retten – sogar, sich gegen die Bruderschaft zu wenden.

„Wir werden das untersuchen," sagte Olsen ruhig. „Und wenn deine Informationen echt sind, werden wir sehen, was wir tun können."

Ortiz nickte, aber in seinen Augen lag keine Hoffnung. „Ihr müsst vorsichtig sein," flüsterte er. „Die Bruderschaft ist überall. Sie haben Verbindungen, die ihr nicht einmal erahnt."

Olsen und Maren standen in einem provisorischen Besprechungsraum in der Polizeizentrale von Buenos Aires. Es war früh am Morgen, die Sonne schien bereits durch die vergilbten Fensterläden und tauchte den Raum in ein düsteres Licht.

Die Luft war stickig, und die Spannung im Raum war förmlich greifbar. Um sie herum standen argentinische Beamte, schwer bewaffnet und bereit, in den kommenden Stunden gegen eines der wichtigsten Finanzzentren der Bruderschaft vorzugehen.

„Das hier ist kein gewöhnliches Finanzbüro," begann Vargas, der leitende Ermittler der argentinischen Behörden, als er eine

Karte auf den Tisch legte. Sie zeigte das Viertel im Stadtzentrum, in dem sich das Ziel befand. „Dieses Gebäude mag nach außen hin wie ein legitimes Finanzunternehmen aussehen, aber dahinter steckt viel mehr. Die Bruderschaft nutzt es als Zentrum, um ihre Geldflüsse zu verschleiern. Immobilienfonds, Aktien, Krypto-Währungen – sie waschen alles durch dieses Büro. Es ist der Knotenpunkt, den sie für ihre Operationen in Südamerika brauchen."

Kramer hatte die letzten zwei Tage unermüdlich gearbeitet, um die verschlüsselten Daten aus dem USB-Laufwerk von Ortiz zu entschlüsseln. Seine Ergebnisse waren erschütternd.

„Die Finanzströme, die wir hier aufgedeckt haben, sind gewaltig," erklärte Kramer per Videoübertragung aus Hamburg. „Es handelt sich nicht nur um Geld aus Drogenhandel oder Waffenverkäufen. Sie nutzen legitime Unternehmen in Europa und Südamerika, um Gelder zu verschieben, die sie dann in Krypto-Währungen umwandeln. Diese Währungen werden weltweit verwendet, um Transaktionen zu verschleiern – von Buenos Aires bis Zypern und Dubai. Sie haben ein globales Netzwerk geschaffen, das schwer zu fassen ist."

Maren studierte die Karte und sah die markierten Punkte an, die Kramers Recherchen hervorgebracht hatten.

„Wenn wir dieses Büro ausschalten, können wir den Geldfluss unterbrechen. Aber das wird nicht einfach. Die Bruderschaft wird alles tun, um ihre Operationen zu schützen."

Vargas nickte. „Wir haben das Gebäude seit Tagen überwacht. Es gibt Sicherheitsleute, die sich unauffällig im Hintergrund halten, aber wir wissen, dass sie schwer bewaffnet sind. Wenn wir nicht schnell und entschlossen vorgehen, wird das Ganze eskalieren."

Olsen lehnte sich über den Tisch und blickte in die Gesichter der versammelten Beamten. „Wir müssen mit chirurgischer Präzision zuschlagen. Unsere Zielpersonen dürfen nicht entkommen, und wir müssen so viele Daten wie möglich sichern, bevor sie alles vernichten können. Die Drahtzieher der Bruderschaft sitzen nicht nur hier. Wenn wir sie nicht fassen, werden sie in Zypern und Dubai weitermachen."

„Verstanden," antwortete Vargas. „Wir haben eine Spezialeinheit, die bereit ist. Wir greifen gleichzeitig an – vorn, hinten und über das Dach."

Die Mittagshitze brannte gnadenlos auf die Straßen von Buenos Aires, als sich die gepanzerten Einsatzfahrzeuge durch die engen Gassen des Geschäftsviertels bewegten. In einem der Wagen saß Olsen, neben ihm Maren, beide angespannt und hochkonzentriert.

Vor ihnen lag das Ziel: ein unscheinbares Bürogebäude. Hier flossen Millionen – möglicherweise Milliarden – durch die Bücher, verschleiert hinter einer Fassade aus legitimen Geschäftsaktivitäten. Doch das war heute nicht mehr von Bedeutung. Sie würden zuschlagen.

„Alle Einheiten, bereithalten," ertönte Vargas' Stimme im Funk. „Das Team Löwe übernimmt den Fronteingang, Team Jaguar den Hintereingang."

Olsen und Maren saßen im Wagen von Team Löwe, das direkt vor dem Haupteingang zugreifen würde. In einem anderen Fahrzeug, weiter hinten, warteten die Männer und Frauen von Team Jaguar, die sich um die Hintertür kümmern und verhindern sollten, dass jemand entkam.

„Erwartet harten Widerstand," fügte Vargas hinzu, seine Stimme unnachgiebig. „Die Sicherheitskräfte der Bruderschaft werden vorbereitet sein."

Die Fahrzeuge kamen zum Stehen, das Summen der Motoren verklang, und für einen Augenblick schien die Welt stillzustehen. Olsen sah auf die Uhr: es waren nur noch Sekunden bis zum Zugriff. Der Plan war einfach: simultane Angriffe auf den Fronteingang und den Hintereingang, während eine weitere Einheit – Team Falke – sich über das Dach abseilte, um den Überraschungsmoment zu nutzen.

„Los!" befahl Olsen.

Team Löwe stürmte in einer perfekten Choreographie aus dem Fahrzeug. Die mit schwerer Schutzausrüstung gepanzerten Beamten liefen geduckt auf das Gebäude zu, ihre Waffen im Anschlag. Vor ihnen ragte die massive Glastür des Bürogebäudes auf, dahinter konnte Olsen bereits die Bewegung der Sicherheitsleute erkennen. Es würde keine friedliche Übergabe geben.

Ein schwerer Ruck – die Tür flog auf, als die Spezialeinheit sie mit einem Rammbock durchbrach. Drinnen ertönten Rufe, und das Geräusch von Metall, das auf Beton prallte, hallte durch die Eingangshalle.

Die Sicherheitsleute der Bruderschaft hatten sich bereits in Position gebracht. Kugeln pfiffen durch die Luft, als der Kampf begann.

Olsen und Maren drängten sich hinter die ersten Deckungen. Die Eingangshalle verwandelte sich in ein Chaos aus Rauch, Schreien und Salven von Kugeln.

Die Söldner der Bruderschaft, gut ausgerüstet und organisiert, erwiderten das Feuer mit tödlicher Präzision.

„Deckung, Feuer erwidern!" schrie Olsen und feuerte zwei schnelle Schüsse ab, die einen der Männer in der Nähe des Treppenhauses trafen. Neben ihm war Maren bereits in eine Seitennische geflüchtet, von wo aus sie auf die Sicherheitsleute am Ende der Halle feuerte.

„Team Jaguar meldet Zugriff!" hallte es durch das Funkgerät. Das hintere Tor war aufgebrochen worden, und das zweite Team drang nun durch den hinteren Teil des Gebäudes ein.

„Sichert die Fluchtwege!" befahl Olsen und sah, wie einige der Gegner versuchten, sich in die oberen Stockwerke zurückzuziehen. „Keiner darf entkommen!"

Plötzlich ertönte ein dumpfes Dröhnen, als eine Granate explodierte und eine dichte Rauchwolke den Eingangsbereich füllte. Der Lärm war ohrenbetäubend, und für einen Moment war die Sicht auf das Innere des Gebäudes vollkommen versperrt. Olsen hustete, als der stechende Geruch von verbranntem Metall und Rauch seine Lungen füllte. Doch seine Aufmerksamkeit blieb unerschütterlich. Sie mussten weiter vorrücken.

„Ich geh vor!" rief Maren und sprang aus ihrer Deckung. Sie lief in gebückter Haltung zur Treppe, die ins obere Stockwerk zum Serverraum führte – der Schlüssel zum gesamten Finanzimperium der Bruderschaft.

Olsen folgte ihr dicht, als sie die Treppen hochrasten. Die Schüsse hallten durch das Treppenhaus, während die Gegner versuchten, ihren Vormarsch zu blockieren. Doch Team Löwe war schneller und härter.

Oben angekommen sah Olsen, dass die Büroräume in einem desaströsen Zustand waren. Die Schreibtische waren umgestürzt, Computer zerstört, und Papiere lagen überall verstreut.

Einige der Männer der Bruderschaft hatten sich hinter Barrikaden verschanzt, aber sie wussten, dass es nur eine Frage der Zeit war, bis sie überwältigt wurden.

„Sichert die Server!" rief Maren, während sie sich auf eine kleine, verstärkte Tür zubewegte, die ins Herz des Gebäudes führte – den Serverraum, wo die geheimen Daten der Bruderschaft aufbewahrt wurden.

Die Tür war versperrt, doch ein Sprengsatz genügte, um sie zu öffnen. Ein lautes Krachen, und die Tür flog aus den Angeln. Drinnen sahen sie die blinkenden Serverreihen, die in der

Mitte des Raums aufgereiht waren, und Technikpersonal, das bereits verzweifelt versuchte, die Daten zu löschen.

„Stoppt sie!" schrie Olsen und stürmte in den Raum. Maren war schon da, packte einen der Techniker und schleuderte ihn zu Boden, während Olsen auf den anderen zielte und ihn zur Aufgabe zwang.

„Die Server werden gelöscht!" rief einer der IT-Spezialisten des Teams, die mit den argentinischen Einheiten zusammenarbeiteten. „Wir müssen schnell sein!"

Olsen warf einen Blick auf die blinkenden Bildschirme. Wenn sie die Daten nicht in den nächsten Minuten sichern konnten, würden alle Beweise über die internationalen Finanznetzwerke der Bruderschaft verschwinden.

„Kopiert alles - schnell!" befahl er.

Die Schlacht im Inneren des Gebäudes tobte weiter, doch die argentinischen Spezialeinheiten gewannen langsam die Oberhand. Raum für Raum wurde gesichert, Gegner wurden überwältigt oder gefangen genommen, und der Widerstand der Söldner der Bruderschaft brach allmählich zusammen. Doch die Nachricht, die über Funk kam, brachte Olsens Blut in Wallung.

„Hier Team Jaguar," ertönte es, das schwere Atmen des Teamleiters war überdeutlich zu hören. „Zwei Fahrzeuge haben das Gebäude verlassen. Sie haben die Hintergasse benutzt und sind auf dem Weg in die Innenstadt. Wir konnten sie nicht aufhalten."

„Verdammt!" fluchte Olsen und rannte zur Fensterfront, von wo aus er die Straßen überblicken konnte. Zwei schwarze Limousinen rasten durch die schmalen Gassen, außer Reichweite der Polizeikräfte. Die wichtigsten Drahtzieher, die Leiter dieser Operation, waren entkommen.

„Schickt sofort ein Verfolgerteam hinterher!" befahl Olsen, doch er wusste, dass die Chancen schlecht standen, die Männer einzuholen. „Sie dürfen nicht entwischen!"

Während die Jagd auf die Flüchtenden begann, sammelten sich die Spezialisten um die gesicherten Serverdaten. Die Spannung war spürbar, als die ersten verschlüsselten Dokumente geöffnet wurden. Olsens Herzschlag beschleunigte sich, als er die ersten Zahlen und Transaktionen sah, die über den Bildschirm liefen.

„Das ist es," murmelte Maren neben ihm. „Das sind die Verbindungen, die wir gesucht haben."

Kramer meldete sich erneut aus Hamburg, seine Stimme ruhig, aber voller Fokus. „Das sind Datenströme, die direkt nach Zypern und Dubai führen. Ihr habt einen Volltreffer gelandet."

„Aber wir haben auch einige der wichtigsten Leute verloren," erwiderte Olsen knapp. „Die Bruderschaft wird jetzt wissen, dass wir sie verfolgen."

„Das war unvermeidlich," sagte Kramer ruhig. „Aber diese Daten sind unbezahlbar. Sie zeigen uns den Weg nach Zypern."

Zurück in der Unterkunft in Buenos Aires saßen Olsen und Maren in dem kleinen, stickigen Büro und starrten auf die Bildschirme. Die gesicherten Daten liefen weiter durch Kramers Hände, und die nächsten Schritte formten sich vor ihnen wie ein komplexes Mosaik.

„Zypern ist unsere nächste Station," sagte Maren leise, während sie die Karten der Offshore-Konten betrachtete, die über das gesamte Mittelmeer und den Nahen Osten verteilt waren. „Wir haben genug Informationen, um die nächsten Schritte der Bruderschaft zu verfolgen."

Olsen nickte. „Die Spur führt zu den Banken und den Scheinfirmen, die sie in Zypern eingerichtet haben. Wenn wir dort zuschlagen, können wir ihre Geldwäscheoperationen weiter stören. Aber diesmal dürfen sie uns nicht entkommen."

„Flüge sind gebucht," sagte Maren, als sie auf ihr Telefon blickte. „Wir fliegen morgen früh."

Olsen stand auf und schnappte sich seine Tasche. „Bereiten wir uns vor. Zypern wird uns alles abverlangen."

Die Mission in Buenos Aires war nicht vollständig erfolgreich gewesen, doch sie hatten genug, um den Kampf gegen die Bruderschaft auf globaler Ebene fortzusetzen.

Und Zypern würde der nächste große Schauplatz sein.

Spur nach Zypern

Die Sonne brannte unerbittlich über dem Mittelmeer, als Olsen und Maren aus dem Flugzeug stiegen und die Hitze Zyperns sie sofort umfing. Die warme Brise roch nach Salz und trockener Erde, und über ihnen strahlte ein wolkenloser Himmel, der im scharfen Kontrast zu den düsteren Geheimnissen stand, die sie hierhergeführt hatten.

Die malerische Insel, die für ihre Strände und Geschichte bekannt war, war für Olsen jedoch nichts anderes als der Knotenpunkt eines riesigen, unsichtbaren Netzwerks.

Zypern, die Insel im Herzen des östlichen Mittelmeers, hatte sich zu einem Paradies für internationale Finanzjongleure entwickelt, die ihre dunklen Geschäfte hinter der Fassade legaler Strukturen betrieben. Die Bruderschaft hatte sich hier eingenistet – geschützt durch ein Netzwerk aus korrupten Anwälten, Bankiers und Geschäftsleuten, die bereit waren, für den richtigen Preis beide Augen zuzudrücken. Die Spuren, die sie in Buenos Aires gesichert hatten, führten genau hierher.

„Es ist schwer zu glauben, dass so ein schöner Ort die Heimat solcher Machenschaften ist," murmelte Maren, als sie durch die Fenster des Flughafens auf die strahlend blauen Küstenlinien blickte.

„Die Fassade ist gut gepflegt," antwortete Olsen trocken. „Aber wir wissen, was sich dahinter abspielt."

Kramer war bereits seit Stunden damit beschäftigt, die Daten, die sie aus Buenos Aires mitgebracht hatten, weiter zu entschlüsseln.

Der große Durchbruch war eine Spur zu einer der bedeutendsten Banken Zyperns – der 'Arcadia Sovereign Bank'. Nach außen hin ein respektables Finanzinstitut, das sich auf Investments und Vermögensverwaltung spezialisierte, war es in

Wahrheit ein zentraler Drehpunkt für die Operationen der Bruderschaft.

„Die Arcadia Sovereign Bank ist nur die Spitze des Eisbergs," hatte Kramer in einem ihrer letzten Gespräche erklärt. „Sie nutzen diese Bank, um illegale Gelder in scheinbar legitime Investments zu verwandeln – Immobilien, Aktienfonds, Unternehmensbeteiligungen. Aber der Großteil des Geldes stammt aus Drogenhandel, Menschenhandel und Waffenverkäufen. Das Problem ist, dass sie gut geschützt sind. Die meisten Bankiers und Anwälte, die mit ihnen arbeiten, sind tief in die Machenschaften verwickelt."

„Und wir werden ihnen auf den Zahn fühlen," hatte Olsen entschieden. Jetzt, da sie auf der Insel waren, begann der Plan, den er und Kramer ausgearbeitet hatten, konkrete Formen anzunehmen. Sie würden nicht frontal zuschlagen. Nein, das wäre viel zu gefährlich. Stattdessen würden sie die Strukturen der Bruderschaft von innen heraus aufbrechen.

Zypern war bekannt für seine vorteilhaften Finanzgesetze, die es zu einem Magneten für Offshore-Unternehmen machten. Diese Grauzone zwischen legal und illegal war der perfekte Nährboden für Organisationen wie die Bruderschaft.

Olsen und Maren hatten sich in einem kleinen, diskreten Hotel im Zentrum von Nikosia einquartiert. Von dort aus beobachteten sie in den nächsten Tagen die Bewegungen der Bankiers und Anwälte, die Kramer in den Daten identifiziert hatte.

„Sie operieren mit chirurgischer Präzision," sagte Maren eines Morgens, während sie durch das Fernglas auf eines der imposanten Bürogebäude blickte, in dem sich eine Anwaltskanzlei befand, die eng mit der Bruderschaft zusammenarbeitete. „Alles ist perfekt organisiert – keine auffälligen Bewegungen, nichts, was direkt auf ihre illegalen Aktivitäten hinweist."

„Das ist genau das Problem," murmelte Olsen, während er sich über einen Laptop beugte, auf dem er Kramers neuesten

Bericht las. „Diese Leute wissen, wie man Spuren verwischt. Sie haben die besten Anwälte und Finanzexperten, um alles so aussehen zu lassen, als ob es sauber wäre. Aber jeder, der genauer hinsieht, erkennt die Wahrheit."

Eines der auffälligsten Merkmale der Bruderschaftsoperationen auf Zypern war die Art und Weise, wie sie Krypto-Währungen in ihren Finanzkreislauf eingebunden hatten. Millionen von Dollar wurden über digitale Wallets bewegt, die schwer zu verfolgen waren, und dann in Immobilien und Luxusgüter umgewandelt. Dieses Geld floss zurück in legitime Märkte, verschleiert durch Scheinfirmen und Offshore-Konten.

„Sie nutzen die Banken hier, um den Ursprung des Geldes zu verschleiern," erklärte Kramer per Videoübertragung. „Es gibt Dutzende von Konten, die auf verschiedene Briefkastenfirmen laufen. Sobald das Geld gewaschen ist, wird es in legale Vermögenswerte investiert. Von außen betrachtet sieht es aus wie völlig legitimes Geschäftsgebaren."

„Und genau das macht es so schwer, sie zu fassen," fügte Olsen hinzu. „Wir brauchen einen Weg, in dieses System einzudringen."

Ihre einzige Chance bestand darin, jemanden zu finden, der bereit war, die Bruderschaft zu verraten – jemanden, der tief genug in ihren Strukturen steckte, um die Machenschaften offenzulegen.

Und sie hatten einen Namen: Elias Xenakis, ein angesehener Anwalt, der seit Jahren für die Bruderschaft arbeitete. Kramer hatte Informationen darüber, dass Xenakis in letzter Zeit Druck von seinen Mandanten bekam und möglicherweise bereit war, mit den Ermittlern zu kooperieren, um sich selbst zu retten.

„Er ist unser Mann," entschied Olsen schließlich. „Wenn wir ihn dazu bringen, zu reden, können wir das gesamte Finanznetzwerk der Bruderschaft aufdecken."

Der nächste Schritt war riskant, aber notwendig. Olsen und Maren würden Xenakis verdeckt treffen. Sie hatten erfahren, dass er regelmäßig eine bestimmte Bar im Zentrum von Nikosia besuchte, wo er sich mit anderen hochrangigen Bankiers und Anwälten traf. Es war ein exklusiver Ort – abseits von neugierigen Augen und ideal, um diskrete Geschäfte zu führen.

„Das hier könnte unser einziger Versuch sein," sagte Olsen, während sie die Pläne durchgingen. „Xenakis wird nicht ewig warten. Wenn er merkt, dass wir ihm auf der Spur sind, könnte er untertauchen oder – schlimmer noch – von der Bruderschaft beseitigt werden."

„Wir müssen vorsichtig sein," stimmte Maren zu. „Wenn wir ihn zu sehr unter Druck setzen, könnte er in Panik geraten und uns verraten."

Sie wählten ihre Decknamen, kleideten sich unauffällig und machten sich bereit, in die Bar zu gehen. Kramer hatte ihnen alle relevanten Informationen geliefert: Xenakis' Gewohnheiten, seine Vorlieben, seine potenziellen Schwachstellen. Sie wussten, dass der Anwalt sich in einer Zwickmühle befand – die Bruderschaft übte Druck auf ihn aus, und es gab Gerüchte, dass er sich selbst zunehmend in Gefahr sah. Diese Situation wollten Olsen und Maren zu ihrem Vorteil nutzen.

Als sie sich der Bar näherten, klopfte Olsen unbewusst an die Innenseite seiner Jacke, um sicherzustellen, dass seine Waffe sicher verstaut war. Der Einsatz würde verdeckt laufen, aber er wusste, dass alles schiefgehen konnte. Die Bruderschaft hatte überall Augen, und sie mussten schnell und geschickt vorgehen, um nicht entdeckt zu werden.

Die Bar war gehobenen Stils, schummrig beleuchtet, und die Musik war dezent, sodass Gespräche leicht im Hintergrundrauschen verschwanden. Olsen und Maren betraten den Raum und ließen ihren Blick unauffällig umherschweifen. Xenakis saß am hinteren Ende der Bar, allein an einem Tisch, ein Glas Whisky vor sich. Der Mann sah aus wie der Prototyp eines erfolgreichen Geschäftsmannes: teurer Anzug, perfekt sitzendes Haar, doch seine Augen verrieten, dass er nicht so unbesiegbar war, wie er nach außen hinwirken wollte.

Olsen und Maren setzten sich an den Tresen, wo sie Xenakis gut im Auge behalten konnten, ohne aufzufallen. Sie bestellten unauffällig und warteten auf den richtigen Moment.

„Er sieht nervös aus," flüsterte Maren. „Irgendetwas stimmt nicht."

Olsen nickte leicht. „Er weiß, dass er in Gefahr ist."

Nach einigen Minuten stand Xenakis auf und ging in Richtung Hintertür, die zu einem privaten Raum führte. Olsen und Maren folgten ihm, als er die Tür öffnete und den Raum betrat. Dort drinnen war es noch dunkler, die Atmosphäre schwerer – und als sie eintraten, spürten sie sofort, dass dies der kritische Moment war.

„Herr Xenakis?" sprach Olsen ruhig und setzte sich ihm gegenüber. „Wir müssen reden."

Xenakis blickte auf, seine Augen weit vor Angst. „Wer sind Sie?" fragte er zögernd.

„Das spielt keine Rolle," antwortete Maren leise. „Was zählt, ist, dass wir wissen, für wen Sie arbeiten. Und Sie wissen genauso gut wie wir, dass Ihre Zeit abläuft, wenn Sie nicht kooperieren."

Der Mann, der ihnen gegenübersaß, sah äußerlich ruhig aus – mit seinem maßgeschneiderten Anzug und der sorgfältig polierten Fassade eines erfolgreichen Anwalts. Doch seine Augen verrieten ihn. Sie waren erfüllt von einer tiefen, unausgesprochenen Angst.

„Sie müssen verstehen," begann Xenakis, als sie sich setzten, „dass es hier um mehr geht, als nur um ein paar illegale

Transaktionen. Die Bruderschaft ist eine globale Macht, und niemand kann ihnen entkommen. Nicht einmal ich."

„Aber genau deswegen sind wir hier," antwortete Olsen ruhig. „Sie haben einen Ausweg – wenn Sie mit uns kooperieren."

Xenakis zog nervös an einer Zigarette und sah sie durch den Rauch hindurch an. „Und was genau erwarten Sie von mir? Sie wollen, dass ich mein eigenes Todesurteil unterschreibe."

„Wir wollen, dass Sie uns die Struktur geben," fuhr Maren fort. „Wie operiert die Bruderschaft auf Zypern? Wo sind ihre Schwachstellen?"

Xenakis zögerte. Dann sprach er leise: „Es gibt keine Schwachstellen. Nicht wirklich. Die Bruderschaft ist tief in das Finanzsystem integriert. Sie haben Anwälte, Bankiers, Politiker – alle arbeiten sie zusammen. Die Offshore-Konten und Scheinfirmen, die wir verwalten, sind nur die Spitze des Eisbergs. Alles läuft durch uns, aber das wahre Geld... das wird durch Dubai gewaschen."

Olsen hob überrascht eine Augenbraue. „Dubai?"

Xenakis nickte langsam. „Ja. Die Verbindungen gehen weit über Zypern hinaus. Dubai ist der Dreh- und Angelpunkt für ihre globalen Operationen. Von dort aus kontrollieren sie nicht nur ihre Geldflüsse, sondern auch ihre Handelsrouten – Drogen, Waffen, Menschen. Alles fließt durch die Banken und Schattennetzwerke in Dubai."

„Das ist neu," murmelte Maren. „Wir hatten Vermutungen, aber keine Beweise."

„Und jetzt haben Sie die Beweise," sagte Xenakis und legte einen USB-Stick auf den Tisch. „Darauf finden Sie die Spuren. Transfers, die direkt nach Dubai führen. Aber glauben Sie nicht, dass das einfach wird. Die Leute, die diese Geldströme kontrollieren, sind mächtig. Sehr mächtig."

Olsen nahm den Stick und nickte. „Das wissen wir. Aber das bedeutet auch, dass sie angreifbar sind."

Xenakis sah ihn ernst an. „Sie werden es nicht zulassen, dass Sie ihnen zu nahekommen. Dubai ist anders als Zypern. Die Leute dort spielen nicht nach den gleichen Regeln."

Olsen und Maren standen auf. Sie hatten, was sie brauchten. Doch sie wussten, dass dies nur der Anfang war. Zypern hatte ihnen das Tor geöffnet, aber Dubai würde die wahre Schlacht sein.

Zurück in ihrer Unterkunft in Nikosia saßen Olsen und Maren vor den Bildschirmen, während Kramer aus Hamburg zugeschaltet war. Die Daten, die sie von Elias Xenakis erhalten hatten, waren detailliert und brisant.

Der USB-Stick enthielt eine Reihe von Finanztransaktionen, die sich wie eine Spur aus bröckelnden Brotkrumen durch verschiedene Banken und Offshore-Konten zogen, aber der entscheidende Punkt waren die Verbindungen nach Dubai.

„Das hier ist der Kern ihrer Operationen," erklärte Kramer, als er die Daten analysierte. „Die Bruderschaft nutzt Dubai als Zentrum für ihre Geldwäsche. Die Gelder, die über Zypern und andere Knotenpunkte fließen, enden oft in Dubai. Dort werden sie in Immobilien, Luxusgüter und Krypto-Währungen investiert. Aber das meiste davon sind Schattenoperationen, die unter dem Radar laufen."

Olsen beugte sich vor, seine Augen auf die Bildschirme gerichtet, auf denen Kramer verschiedene Transaktionen hervorhob. „Sie bewegen hier riesige Summen, die sie mit legalen Geschäften verschleiern. Wenn man nicht weiß, wonach man sucht, sieht alles sauber aus."

„Und das ist der Trick," fuhr Kramer fort. „Die Bruderschaft hat ein Netz aus Unternehmen und Banken geschaffen, die von außen wie legitime Firmen wirken. Sie nutzen sie, um

Milliarden in den legalen Kreislauf zu schleusen, aber darunter steckt schmutziges Geld aus Drogenhandel, Waffenverkäufen und Menschenhandel."

Maren sah auf die langen Listen von Konten und Unternehmen, die auf den Bildschirmen aufgelistet waren. „Dubai ist ein schwer zu durchdringender Ort. Wenn sie dort so stark sind, wie wir vermuten, werden wir auf einen noch größeren Widerstand stoßen."

„Genau das," stimmte Kramer zu. „Dubai ist nicht nur eine Finanzdrehscheibe, sondern auch ein Ort, an dem die Bruderschaft Verbindungen zu anderen internationalen Netzwerken pflegt – von der organisierten Kriminalität in Russland bis hin zu Terrornetzwerken im Nahen Osten. Sie nutzen diese Stadt, um ihre Operationen auf globaler Ebene abzusichern."

„Das bedeutet, dass Dubai der nächste Schritt ist," sagte Olsen ruhig und studierte die Daten weiter. „Aber bevor wir dorthin aufbrechen, müssen wir sicherstellen, dass wir alle Informationen aus Zypern extrahieren. Wenn wir die Bankdaten hier nutzen, können wir ihren gesamten Finanzfluss aufdecken."

„Dubai ist der Schlüssel," fügte Maren hinzu, „aber wir dürfen hier keinen Schritt übersehen."

Kramer nickte, während er weitere Daten aufrief. „Es gibt noch mehr. Ich habe Verbindungen zu Unternehmen in anderen Ländern gefunden – besonders in Osteuropa und Asien. Die Bruderschaft arbeitet auf so vielen Ebenen, dass es schwer wird, sie mit einem einzigen Schlag zu erwischen. Aber die Verbindungen, die von Zypern nach Dubai führen, sind unsere beste Chance, den größten Teil ihres Netzwerks zu zerstören."

Olsen setzte sich zurück und atmete tief durch. „Wir sind nah dran, aber es wird gefährlich. Dubai ist eine Festung, und die Bruderschaft wird alles tun, um ihre Operationen zu schützen."

„Das wird nicht einfach," stimmte Kramer zu. „Aber wenn wir den richtigen Zeitpunkt erwischen, können wir ihnen das Rückgrat brechen."

„Das müssen wir," sagte Olsen, seine Stimme fest. „Aber bevor wir diesen Schritt machen, müssen wir sicherstellen, dass wir hier alles gesichert haben. Die Bruderschaft wird uns nicht entkommen."

Die Sonne war bereits untergegangen, als Olsen und Maren die letzten Details der geplanten Festnahme durchgingen. Der Zugriff auf einen hochrangigen Kontaktmann der Bruderschaft in Zypern stand kurz bevor – ein korrupter Bankier, der maßgeblich an den Geldwäscheoperationen beteiligt war. Sie hatten den Mann seit Tagen überwacht und wussten, dass er in den kommenden Stunden ein Treffen in einem der gehobenen Viertel Nikosias abhalten würde.

„Das ist unsere Chance," sagte Olsen leise, als er den Stadtplan betrachtete. „Er wird mit zwei anderen Geschäftsleuten sprechen, die vermutlich ebenfalls in das Netzwerk involviert sind. Wenn wir jetzt zuschlagen, können wir wertvolle Informationen aus ihm herausholen, bevor er misstrauisch wird."

Maren nickte, ihre Augen ruhig und fokussiert. „Aber wir müssen schnell sein. Wenn er merkt, dass wir ihm auf den Fersen sind, wird er sofort untertauchen. Die Bruderschaft hat überall Augen und Ohren."

Sie hatten den Ort bereits ausgespäht: ein unscheinbares Café in einer ruhigen Seitenstraße, umgeben von hoch aufragenden Zypressen und abgeschirmt von den Hauptstraßen der Stadt. Es war ein perfekter Treffpunkt für diskrete Geschäfte – und ein idealer Ort für einen Zugriff. Doch Olsen wusste, dass sie in diesem Moment auf dünnem Eis tanzten. Die Bruderschaft war wachsam, und ein falscher Schritt konnte fatale Folgen haben.

„Die Spezialeinheit ist bereit," meldete sich Vargas, der Leiter der lokalen Ermittlungen, über Funk. „Unsere Männer sind in Position. Sobald der Mann das Café betritt, schlagen wir zu."

Olsen und Maren überprüften ihre Ausrüstung ein letztes Mal und machten sich bereit, in die Nacht hinauszugehen. Alles schien nach Plan zu laufen – bis die ersten Anzeichen auftauchten, dass sie nicht allein waren.

Olsen und Maren fuhren in einem unauffälligen Wagen durch die engen Gassen von Nikosia, immer auf dem Weg zu dem geplanten Treffpunkt.

Doch etwas stimmte nicht. Der Verkehr war ungewöhnlich ruhig, und auf den Straßen herrschte eine seltsame Leere. Olsen spürte ein leichtes Unbehagen in seiner Brust aufsteigen. Er hatte schon zu oft erlebt, wie eine Mission schiefging, und dieser Moment fühlte sich an wie die Ruhe vor dem Sturm.

„Hast du das gesehen?" fragte Maren plötzlich, ihre Stimme angespannt.

Olsen blickte in den Rückspiegel und sah ein dunkles Fahrzeug, das in sicherer Entfernung folgte. Es war schwer zu sagen, ob es nur ein Zufall war, aber sein Instinkt sagte ihm, dass sie beobachtet wurden.

„Das Auto hält Abstand, aber es ist uns seit einer Weile auf den Fersen," fügte Maren hinzu. „Ich denke, sie wissen, dass wir kommen."

Olsen zögerte nur einen Moment. „Sie müssen uns aufgespürt haben. Die Bruderschaft hat Wind von unserer Operation bekommen."

Er schaltete abrupt auf eine andere Route um, die durch eine enge Seitenstraße führte. Doch das dunkle Auto blieb ihnen dicht auf den Fersen, und Olsen wusste, dass sie in eine Falle geraten waren.

„Sie wollen uns in die Enge treiben," sagte Maren ruhig, während sie ihre Waffe aus dem Holster zog. „Was ist der Plan?"

„Wir müssen sie abhängen," antwortete Olsen und trat das Gaspedal durch. Das Auto beschleunigte, während sie sich durch die engen Gassen schlängelten. Doch das Verfolgerfahrzeug ließ sich nicht so leicht abschütteln.

Plötzlich bog ein zweites Fahrzeug aus einer Seitenstraße vor ihnen ein und versperrte den Weg. Die Falle war zugeschnappt. Olsen riss das Lenkrad herum und brachte das Auto zum Stehen. In der Ferne hörte er das Motorengeräusch der Verfolger lauter werden.

„Raus, schnell!" rief Olsen, als er die Fahrertür aufriss und hinter das Fahrzeug hechtete. Maren folgte ihm, ihre Waffe in der Hand.

Kaum hatten sie sich in Deckung gebracht, brach das Chaos los. Das erste Verfolgerfahrzeug kam zum Stehen, und mehrere schwer bewaffnete Männer stiegen aus – Söldner der Bruderschaft, gnadenlos und präzise in ihren Bewegungen. Sie eröffneten sofort das Feuer auf Olsen und Maren.

„Deckung!" schrie Olsen und zog Maren hinter eine Reihe geparkter Autos. Die Kugeln prallten von den Metallkarosserien ab, und die enge Straße hallte wider vom lauten Krachen der Schüsse.

„Verdammt," keuchte Maren, als sie über die Motorhaube eines Autos lugte und das Feuer erwiderte. „Sie haben uns definitiv auf dem Radar."

Olsen stieß einen Fluch aus und sah, wie weitere Söldner aus dem zweiten Fahrzeug ausstiegen und sich über die Straße verteilten. Sie hatten keine Chance, sie alle in einem offenen Schusswechsel auszuschalten.

„Wir müssen hier weg," rief er, während er auf die gegenüber-liegende Seite der Straße deutete, wo eine schmale Gasse ins Labyrinth der Altstadt führte.

„Los, auf mein Zeichen!" Olsen wartete, bis die Söldner nachlu-den, dann sprinteten er und Maren in die Gasse. Die Schüsse verfolgten sie, als sie in die Dunkelheit eintauchten, doch die engen Gassen boten ihnen genügend Deckung, um ihren Ver-folgern zu entkommen – zumindest für den Moment.

Olsen und Maren rannten durch die schmalen, verwinkelten Gassen von Nikosia, ihre Schritte hallten auf dem Kopfstein-pflaster wider. Hinter ihnen hörten sie das Rufen der Söldner und das Aufheulen von Motoren, die die Suche verstärkten. Es war klar, dass die Bruderschaft sie nicht so leicht entkommen lassen würde. Sie mussten einen Weg finden, ihre Verfolger ab-zuschütteln, bevor es zu spät war.

„Wir müssen einen sicheren Ort finden," keuchte Maren, als sie um eine weitere Ecke bogen und in eine enge Gasse traten, die kaum breit genug war, um zwei Menschen nebeneinander gehen zu lassen.

„Da vorne," sagte Olsen und deutete auf eine heruntergekom-mene Werkstatt, die halb verborgen zwischen zwei größeren Gebäuden lag. „Vielleicht können wir uns dort verstecken."

Sie eilten in die Werkstatt und verschlossen die Tür hinter sich. Drinnen war es still, und der schwache Geruch von Öl und Metall hing in der Luft. Olsen sah sich um und fand eine Leiter, die zu einem Dach führte. „Schnell, wir nehmen das Dach."

Maren folgte ihm, während sie die Leiter hochkletterten und sich auf dem flachen Dach niederduckten. Von hier oben hat-ten sie eine gute Sicht auf die Straßen, die jetzt von den Söld-nern der Bruderschaft durchsucht wurden. Olsen konnte se-hen, wie sie sich in kleineren Teams aufteilten, um das Gebiet abzusuchen.

„Sie sind überall," flüsterte Maren, während sie über die Kante des Daches spähte. „Wenn sie uns hier finden, sind wir tot."

„Nicht, wenn wir sie vorher überraschen," antwortete Olsen ruhig. „Wir müssen einen Weg finden, sie abzulenken."

Er blickte sich um und entdeckte einen Haufen alter Rohre und Gerümpel, die auf dem Dach verstreut lagen.

„Wir könnten das hier nutzen," sagte er und hob eines der Rohre hoch. „Wenn wir sie ablenken, haben wir eine Chance, unbemerkt zu entkommen."

Maren nickte und nahm eines der Rohre. Sie warteten, bis ein Söldnertrupp näherkam, dann warf Olsen das Rohr in eine andere Richtung, wo es mit einem lauten Knall auf das Pflaster prallte. Die Söldner, alarmiert von dem Geräusch, liefen in die falsche Richtung.

„Jetzt!" rief Olsen und sprang vom Dach auf eine niedrigere Ebene. Maren folgte ihm dicht auf den Fersen, und sie rannten durch die Schatten der engen Gassen, bis die Geräusche der Verfolger hinter ihnen verklangen.

Sie hatten es geschafft – zumindest vorerst.

Als sie sich schließlich in einem abgelegenen Unterschlupf in Nikosia in Sicherheit wähnten, setzten sich Olsen und Maren erschöpft auf eine alte Couch. Die letzten Stunden hatten ihnen alles abverlangt, und sie wussten, dass die Bruderschaft sie nun ins Visier genommen hatte.

„Das war knapp," murmelte Maren, während sie sich über das Gesicht wischte. „Wir können nicht bleiben. Sie werden uns weiter jagen."

Olsen nickte, sein Blick war hart und entschlossen. „Wir haben hier alles erreicht, was wir konnten. Die Bruderschaft weiß, dass wir ihnen gefährlich nahegekommen sind. Unser nächster Schritt führt uns nach Dubai."

Kramer meldete sich über Funk. „Ihr habt genug Beweise, um die nächste Phase in Dubai zu starten. Die Flüge sind bereits gebucht. Es ist Zeit, das Zentrum ihrer Operationen ins Visier zu nehmen."

Olsen stand auf und ging zum Fenster, wo er auf die nächtliche Stadt blickte. „Dubai wird anders," sagte er leise. „Es wird härter, und sie werden besser vorbereitet sein."

„Dann sollten wir auch bereit sein," fügte Maren hinzu. „Lass uns die letzten Dinge hier abschließen und dann aufbrechen. Diesmal fliegst du mit Kramer. Du wirst ihn dort dringend benötigen."

Olsen und Maren packten ihre Sachen und organisierten umgehend die Rückflüge nach Hamburg. Ihnen war klar, dass die Bruderschaft inzwischen voll alarmiert war.

Das machte ihren nächsten Schritt umso entscheidender: Sie mussten in Dubai ankommen, bevor die Bruderschaft ihre Spuren endgültig verwischen konnte.

Am frühen Nachmittag landeten sie in Hamburg. Ohne Zeit zu verlieren, fuhren Olsen und Maren direkt zum LKA, um sich kurz mit Kramer abzustimmen. Alles musste sorgfältig geplant werden.

Der Flug nach Dubai war für den nächsten Morgen angesetzt.

Der Nahe Osten

Hamburg, Flughafen. Der Nieselregen prasselte sanft auf die großen Glasfenster der Abflughalle, als Bernd Olsen und Moritz Kramer, beide in schlichten Jacken gekleidet, durch die Menschenmenge schritten. Die Reisenden um sie herum wirkten unbeschwert, ahnungslos, viele auf Urlaubsreisen, während die beiden Männer eine der gefährlichsten Missionen ihrer Karriere antraten.

Der Unterschied zwischen ihnen und den anderen Passagieren war greifbar – unter der Fassade einer normalen Flugreise verbarg sich ein gefährliches Spiel, das Leben kosten konnte.

„Alles bereit?" fragte Olsen ruhig, während er einen Blick auf Kramer warf, der gerade die Sicherheitskontrolle hinter sich ließ.

„Bereit so gut es geht," antwortete Kramer, seine Augen wachsam, während er seinen Laptop in die Tasche packte. Er war nervös, das war klar. Für ihn war diese Mission anders als die vorherigen. Er hatte bisher nur im Hintergrund gearbeitet, die digitalen Fäden gezogen, aber jetzt stand er im Mittelpunkt – und Dubai würde kein leichtes Pflaster sein.

Olsen nickte nur. Sie hatten die letzten Stunden mit den Vorbereitungen für diesen Einsatz verbracht, doch der wirkliche Druck lag noch vor ihnen.

Die Bruderschaft war in Dubai tief verwurzelt, und jede falsche Bewegung könnte sie verraten. Doch die Spuren, die sie in Zypern gesichert hatten, ließen keinen Zweifel: Dubai war der Knotenpunkt für das globale Geldwäschenetzwerk der Bruderschaft. Hier wurden Milliarden Dollar durch Banken geschleust, versteckt hinter verschachtelten Offshore-Konten und Investitionen in scheinbar legale Unternehmen.

Am Gate angekommen, zeigten Olsen und Kramer ihre Bordkarten vor und stiegen in die Maschine. Der Flug würde lang werden, und die kommenden Tage noch länger.

Im Flugzeug, Business Class – eine Tarnung, die zur Umgebung passen musste, denn in Dubai sah niemand zweimal hin, wenn man mit einem teuren Anzug durch die Wolkenkratzer ging. Kramer holte sofort seinen Laptop heraus, als sie Platz genommen hatten. „Ich werde die Zeit nutzen, um die Daten noch einmal durchzugehen," sagte er leise, während die anderen Passagiere sich setzten. „Wir müssen jede Spur im Blick behalten."

Olsen sah aus dem Fenster, wo die letzten Regentropfen auf das Flugzeug prasselten. Es war ein langer Weg bis nach Dubai – nicht nur physisch, sondern auch emotional. Doch dieser Flug brachte sie näher an den Kern der Bruderschaft, und das war der Grund, warum er keine Sekunde zögerte.

Während das Flugzeug abhob, lehnte Olsen sich zurück und ließ seine Gedanken schweifen. Sie hatten viel erreicht, doch Dubai würde der entscheidende Schlag sein. Hier konnte die Bruderschaft sich nicht länger verstecken – nicht, wenn sie die richtigen Beweise fanden.

Der Flug verlief ruhig, und die Zeit verging schneller als erwartet. Kramer war die ganze Zeit in seine Arbeit vertieft, die letzten Feinheiten ihrer Operation analysierend. Olsen hingegen versuchte, sich zu entspannen, wissend, dass die wirklichen Schwierigkeiten erst nach der Landung beginnen würden.

Als die Lichter Dubais unter ihnen auftauchten, spürte Olsen, wie die Anspannung in ihm stieg. Diese Stadt, die sich in der Wüste erhob wie eine schimmernde Oase aus Glas und Stahl, war das Epizentrum der Macht – und der Korruption. Hier hatten die Reichen und Mächtigen ihre Spielwiese, und die Bruderschaft war mittendrin.

Die Ankunft am Dubai International Airport verlief reibungslos. Es war kurz nach Mitternacht, doch der Flughafen war so belebt wie am Tag. Menschen in Designeranzügen und traditionellen Gewändern eilten durch die Hallen, die von luxuriösen Boutiquen und Restaurants gesäumt waren. Überall glänzten die Symbole des Reichtums, doch Olsen wusste, dass dieser Reichtum oft auf Blut und Verbrechen gebaut war.

„Willkommen in Dubai," murmelte Kramer, als sie durch die Sicherheitskontrolle kamen. Seine Augen wanderten nervös über die Gesichter der Menschen um sie herum. „Das ist nicht Zypern. Hier wird anders gespielt."

Olsen nickte nur und ging den Weg zum Ausgang. Sie hatten bereits vorab arrangiert, dass sie von einem Kontaktmann abgeholt werden würden – jemandem, der ihre Ankunft diskret halten würde. Dubai war ein Ort, an dem viele Informationen ihren Preis hatten, und jede Bewegung konnte beobachtet werden.

Am Ausgang wartete ein schwarzer SUV mit getönten Scheiben. Ein Mann in einem makellosen Anzug stieg aus und nickte ihnen zu. „Herr Olsen, Herr Kramer?" fragte er höflich, mit einem leichten arabischen Akzent. Sein Gesicht war ruhig, doch seine Augen wirkten wachsam.

„Richtig," antwortete Olsen und schüttelte ihm die Hand. „Sie sind unser Kontakt?"

Der Mann nickte und öffnete die Hintertür des Wagens. „Mein Name ist Faisal. Ich wurde beauftragt, Sie in Ihrem Auftrag zu unterstützen und Ihre Anonymität zu wahren. Die Bruderschaft hat ihre Augen überall in dieser Stadt, aber ich habe meine eigenen Wege, um unbemerkt zu bleiben. Bitte steigen Sie ein."

Olsen und Kramer setzten sich in den Wagen, und Faisal schloss die Tür hinter ihnen, bevor er sich ans Steuer setzte. Der SUV glitt fast geräuschlos durch die nächtlichen Straßen

Dubais. Die Stadt funkelte um sie herum, während sie an Wolkenkratzern und luxuriösen Einkaufszentren vorbeifuhren, die wie Symbole für den Reichtum und die Macht aufragten.

„Wir haben alles vorbereitet," sagte Faisal, während er den Wagen in Richtung eines abgelegenen Hotels lenkte. „Sie werden in einem sicheren Haus untergebracht, das abseits der belebten Viertel liegt. Es ist besser, sich in Dubai unauffällig zu bewegen, besonders wenn Sie vorhaben, jemanden zu finden, der nicht gefunden werden will."

Olsen nickte und warf einen Blick auf Kramer, der auf seinem Handy noch immer die Daten durchging. „Was wissen Sie über die Finanzoperationen der Bruderschaft hier?" fragte Olsen schließlich.

Faisal warf einen kurzen Blick in den Rückspiegel. „Ich weiß genug, um zu verstehen, dass Dubai ein wichtiger Knotenpunkt ist. Die Bruderschaft nutzt diese Stadt, um ihre Gelder zu waschen, besonders durch Krypto-Währungen und Immobilien. Viele der größten Projekte hier wurden mit schmutzigem Geld finanziert – aber sie sind gut geschützt. Ihre Verbindungen reichen bis in die allerhöchsten Kreise."

Der Wagen bog in eine ruhigere Straße ein, die von Bäumen und Villen gesäumt war. „Aber das wissen Sie bereits, nicht wahr? Die Bruderschaft hat überall ihre Finger im Spiel. Wenn Sie etwas aufdecken wollen, müssen Sie tief graben – und dabei dürfen Sie niemandem vertrauen."

Sie kamen vor einem unscheinbaren Gebäude zum Stehen, das äußerlich wie eine einfache Villa aussah, doch Olsen spürte sofort die diskreten Sicherheitsmaßnahmen, die überall in der Nähe versteckt waren. „Hier sind Sie sicher," sagte Faisal, als sie ausstiegen. „Von hier aus können Sie Ihre nächsten Schritte planen."

Im Inneren der Villa richteten Olsen und Kramer ihr provisorisches Hauptquartier ein. Die Räume waren schlicht, aber funktional, mit allem, was sie brauchten, um ihre Operation fortzuführen. Kramer startete sofort seinen Laptop und begann, die gesicherten Daten durchzugehen, um die Fäden weiter zu entwirren, die sie von Zypern nach Dubai geführt hatten.

„Die ersten Spuren sind eindeutig," sagte Kramer, während er durch die Kontobewegungen scrollte. „Es gibt mindestens drei große Banken hier, die in die Geldwäsche der Bruderschaft involviert sind. Aber das eigentliche Ziel ist eine Investmentgesellschaft, die als Front für ihre Operationen dient. Sie investieren in Immobilienprojekte, die Milliarden wert sind, aber das Geld dahinter stammt aus illegalen Quellen."

„Wir müssen an diese Gesellschaft herankommen," murmelte Olsen. „Wenn wir ihre Transaktionen sichern können, dann haben wir die Beweise, die wir brauchen."

Kramer nickte, seine Finger flogen über die Tastatur. „Ich werde versuchen, tiefer in ihre Systeme einzudringen. Aber das wird nicht einfach. Die Bruderschaft hat hier mächtige Freunde, und wenn sie merken, dass wir ihnen auf die Spur kommen, werden sie uns schneller eliminieren, als wir uns bewegen können."

„Dann dürfen wir keine Fehler machen," sagte Olsen entschlossen. „Dubai mag ein Spielplatz für die Reichen und Mächtigen sein, aber wir wissen, wie man im Schatten agiert."

Die Nacht war ruhig. Olsen wusste, dass sie in Dubai einem wachsamen Gegner gegenüberstanden. Die Bruderschaft hatte diese Stadt als ihren globalen Finanzknotenpunkt gewählt, und sie würde alles tun, um ihre Macht zu schützen. Doch genau das war ihre Schwäche – und Olsen war bereit, diese Schwäche zu nutzen.

Es war zwei Tage nach ihrer Ankunft in Dubai, als Olsen und Kramer endlich einen entscheidenden Durchbruch erzielten. Kramer hatte es geschafft, tiefer in die Finanzstrukturen der

Bruderschaft einzudringen, und ein Name tauchte immer wieder in den Daten auf: Amir Khalid. Ein hochkarätiger Bankier, der bekannt dafür war, mit den schmutzigsten Netzwerken der Welt zu arbeiten, ohne jemals selbst im Rampenlicht zu stehen. Er war der perfekte Mittelsmann, jemand, der sich zwischen den Gesetzen bewegte und dabei half, illegale Gelder in legale Investments zu verwandeln.

„Khalid ist der Schlüssel," sagte Kramer, während er auf die Bildschirme starrte. „Er arbeitet direkt für die Bruderschaft und verwaltet ihre Geldströme durch Dubai. Ohne ihn läuft nichts. Aber es wird nicht einfach sein, an ihn heranzukommen."

Olsen nickte. „Wenn er für die Bruderschaft so wichtig ist, müssen wir ihn vorsichtig angehen. Wir dürfen ihn nicht verschrecken – aber er muss wissen, dass es für ihn eine Möglichkeit gibt, sich abzusichern, wenn er uns hilft."

Die Verhandlungen mit dem Mittelsmann, der den Kontakt zu Khalid herstellte, waren langwierig und voller Misstrauen. Khalid war vorsichtig, und das zu Recht. Die Bruderschaft verzieh keinen Verrat. Doch am Ende stimmte der Bankier einem Treffen zu – unter der Bedingung, dass es an einem neutralen, diskreten Ort stattfand und absolute Vertraulichkeit garantiert wurde.

Der Treffpunkt wurde vereinbart in einem der luxuriösen Hotels im Herzen von Dubai, in einer privaten Suite, die abseits der neugierigen Blicke lag. Olsen und Kramer wussten, dass sie hier nicht nur gegen die Bruderschaft kämpften, sondern auch gegen die unsichtbare Macht, die die Stadt regierte: das Geld.

Die Suite war elegant eingerichtet, mit schweren Vorhängen und einer beruhigenden, gedämpften Beleuchtung. Olsen und Kramer saßen am niedrigen Glastisch, während die Geräusche der Stadt weit entfernt schienen. Sie warteten. Beide wussten, dass dieses Treffen ihre einzige Chance war, die

Finanzstrukturen der Bruderschaft weiter aufzudecken. Und sie wussten auch, dass Khalid nicht ohne Grund gekommen war. Er brauchte etwas – Schutz.

Die Tür öffnete sich, und Amir Khalid trat ein. Ein schlanker Mann mittleren Alters, mit feinen Gesichtszügen und einem Blick, der sowohl Berechnung als auch Nervosität verriet. Er trug einen maßgeschneiderten Anzug und bewegte sich mit der Selbstsicherheit eines Mannes, der wusste, dass er mächtige Geheimnisse hütete.

„Herr Olsen," sagte er mit einem leichten Nicken, während er sich setzte. „Herr Kramer." Sein Ton war kühl, aber nicht feindselig. „Ich hoffe, Sie verstehen, dass es ein großes Risiko ist, sich mit Ihnen zu treffen."

Olsen lehnte sich leicht vor. „Wir wissen, wie gefährlich die Bruderschaft ist. Aber wir wissen auch, dass Sie etwas brauchen. Sie wären nicht hier, wenn Sie nicht eine Möglichkeit suchen würden, sich selbst zu retten."

Khalid ließ einen Moment der Stille verstreichen, bevor er langsam nickte. „Ich habe lange Zeit für die Bruderschaft gearbeitet. Die Leute vertrauen mir, weil ich diskret bin. Aber in letzter Zeit hat sich etwas geändert. Die Dinge werden... unberechenbar."

„Unberechenbar?" fragte Kramer. „Was genau meinen Sie damit?"

Khalid sah sich nervös um, als ob er sicherstellen wollte, dass niemand zuhören konnte.

„Die Bruderschaft hat ihre Operationen in den letzten Jahren ausgeweitet. Sie nutzt Dubai und Beirut als zentrale Knotenpunkte für ihre Geldwäscheoperationen. Über Dubai schleusen sie Milliarden durch - legale Investitionen, Immobilien und Firmenbeteiligungen. Aber Beirut..." Er hielt inne, als ob ihm der nächste Satz schwerfiel. „Beirut ist anders. Dort waschen sie nicht nur Geld. Dort kaufen und verkaufen sie Waffen. Und diese Waffen gehen an einige der gefährlichsten Gruppen im Nahen Osten."

„Terrorgruppen?" fragte Olsen mit scharfer Stimme.

Khalid nickte langsam. „Ja. Die Bruderschaft verdient nicht nur an Drogen und Menschenhandel, sondern auch am Krieg. Sie liefern Waffen an militante Gruppen, die sich durch die instabilen Regionen im Nahen Osten ziehen. Über Beirut steuern sie die gesamte Logistik – vom Kauf der Waffen bis zur Verschiffung in die Krisengebiete. Und das Geld, das durch diese Transaktionen fließt, wird mittels der Banken in Dubai gewaschen."

Olsen fühlte, wie sich die Schlinge um die Bruderschaft enger zog. „Sie sind also das Bindeglied zwischen Dubai und Beirut," sagte er ruhig. „Und Sie wollen aussteigen, weil Sie wissen, dass es nur eine Frage der Zeit ist, bis das ganze Konstrukt zusammenbricht."

Khalid verzog leicht das Gesicht, doch er widersprach nicht. „Ich habe immer gewusst, dass dieses Geschäft gefährlich ist, aber jetzt ist es außer Kontrolle geraten. Die Bruderschaft wird unvorsichtig. Und wenn die Dinge in Beirut aus dem Ruder laufen, wird auch Dubai fallen."

„Und wie genau läuft das ab?" fragte Kramer, der tief in Gedanken versunken war. „Wie waschen sie das Geld und führen die Waffengeschäfte?"

Khalid zögerte, doch dann begann er zu erklären: „Das Geld aus den Waffengeschäften wird über verschleierte Kanäle nach Dubai transferiert. Es wird durch eine Reihe von Offshore-Konten geleitet, die von verschiedenen Briefkastenfirmen kontrolliert werden. Die meisten dieser Firmen existieren nur auf dem Papier. Von dort aus fließt das Geld in Immobilienprojekte, die überteuert verkauft oder vermietet werden. Das ist der erste Schritt. Sobald das Geld in den Immobilienmarkt integriert ist, wird es in Krypto-Währungen umgewandelt und in verschiedene internationale Investments gesteckt."

„Und Beirut?" fragte Olsen. „Was passiert dort?"

Khalid runzelte die Stirn. „Beirut ist der Knotenpunkt für den Waffenhandel. Die Bruderschaft hat enge Verbindungen zu militärischen Lieferanten in Osteuropa und Russland. Sie kaufen Waffen, Panzer und sogar hochentwickelte Technologien, die dann in den Nahen Osten geschmuggelt werden. Die Waffen werden oftmals über Seewege transportiert, mit gefälschten Dokumenten und unter dem Schutz korrupten Zollpersonals. Es ist ein perfektes System – zumindest war es das."

Olsen spürte, dass sie einen gewaltigen Durchbruch erreicht hatten. „Und warum kommen Sie zu uns?"

Khalid lehnte sich zurück, seine Hände fest verschränkt. „Weil ich weiß, dass es bald vorbei ist. Die Bruderschaft hat zu viele Feinde, und ihre Verbindungen sind zu tief. Früher oder später wird alles auffliegen, und ich will nicht derjenige sein, der dafür zur Rechenschaft gezogen wird. Ich kann Ihnen alles geben – die Konten, die Transfers, die Namen. Aber ich brauche Schutz. Wenn sie herausfinden, dass ich geredet habe, bin ich tot."

Der Raum war von einer bedrückenden Stille erfüllt, als Olsen und Kramer die Schwere der Situation erfassten. Khalid hatte ihnen gerade das gesamte Netzwerk der Bruderschaft in Dubai und Beirut offenbart, doch es war klar, dass er nur im Austausch gegen Schutz bereit war, alle Details preiszugeben.

„Sie wissen, dass wir Ihnen Schutz bieten können," sagte Olsen ruhig. „Aber das wird nicht einfach. Wenn wir die Bruderschaft zu Fall bringen wollen, müssen wir die Informationen sofort an die Behörden weitergeben."

Khalid sah ihn skeptisch an. „Die Behörden? Meinen Sie die Polizei? Sie haben keine Ahnung, wie tief die Bruderschaft in den Strukturen von Dubai und Beirut verankert ist. Es gibt hohe Beamte, die ihre schützende Hand über sie halten. Wenn ich Ihnen helfe, brauche ich garantierten Schutz – und zwar international."

Kramer mischte sich ein: „Wir können nicht sofort garantieren, dass Sie außerhalb von Dubai sicher sind. Aber wenn Sie uns alles geben, was Sie wissen, können wir dafür sorgen, dass Sie untertauchen."

Khalid überlegte einen Moment lang, seine Augen suchten die Gesichter von Olsen und Kramer nach einem Zeichen von Vertrauenswürdigkeit. Schließlich seufzte er schwer. „Ich habe keine andere Wahl. Geben Sie mir Schutz, und ich gebe Ihnen alles."

Die Stimmung in der Suite hatte sich verändert. Olsen und Kramer hatten gerade einen bedeutenden Durchbruch erzielt. Amir Khalid hatte ihnen Details über das weltweite Netzwerk der Bruderschaft geliefert, aber die Atmosphäre war angespannt, mehr als angespannt. Khalid wusste, dass sein Leben nun am seidenen Faden hing – und das machte ihn nervös.

„Wann kann ich mit meinem Schutz rechnen?" fragte Khalid, seine Stimme war ruhig, aber ein Zittern darin verriet seine Angst. „Die Bruderschaft wird bald merken, dass ich verschwunden bin. Wir dürfen keine Zeit verlieren."

Olsen lehnte sich vor, seine Augen fixierten Khalid. „Wir haben bereits Maßnahmen ergriffen. Sobald wir Ihre Informationen verifiziert haben, bringen wir Sie an einen sicheren Ort. Aber Sie müssen vollständig kooperieren, Amir. Wir brauchen jede Kleinigkeit – alle Verbindungen, alle Namen."

Khalid schluckte schwer und rieb sich über das Gesicht. „Ich habe Ihnen alles gesagt, was ich weiß. Dubai ist der Knotenpunkt für das Geld, Beirut für die Waffen. Die Bruderschaft hat überall Verbündete – Banken, Regierungsbeamte, Sicherheitskräfte. Wenn Sie einen von ihnen angreifen, wird das gesamte Netz zusammenbrechen, aber es wird nicht ohne Kampf geschehen."

Olsen spürte die drückende Last dieser Worte. Sie hatten eine gewaltige Operation vor sich – die Bruderschaft würde nicht kampflos untergehen. „Geben Sie uns noch etwas mehr Zeit, und dann bringen wir Sie raus."

Doch tief in seinem Inneren spürte Olsen, dass Khalid keine Zeit mehr hatte.

Olsen und Kramer verließen die Suite nur für kurze Zeit, um sich mit Faisal zu treffen und ihre nächsten Schritte zu besprechen. Die Luft in Dubai war stickig, und die blendenden Lichter der Stadt gaben Olsen das Gefühl, beobachtet zu werden. Die Verabredung mit Khalid schien gut gelaufen zu sein, doch ein beklemmendes Gefühl ließ ihn nicht los. In den letzten Jahren hatte sein Instinkt ihn selten getäuscht – und auch diesmal spürte er die Gefahr, lange bevor sie zuschlug.

Als sie zurück zum Hotel gingen, merkte Olsen sofort, dass etwas nicht stimmte. Die normalerweise geschäftige Lobby des luxuriösen Gebäudes war leerer als gewöhnlich, die wenigen Gäste bewegten sich in einem merkwürdigen Tempo. Es war, als ob die Stadt in diesem Moment einen Atemzug anhielt.

„Hast du das bemerkt?" fragte Kramer, der den gleichen Druck spürte. „Es ist... zu still."

Olsen nickte nur. Sein Blick wanderte zur offenen Tür der Suite, die einen Spalt weit aufstand. „Bleib wachsam," sagte er leise, als sie sich der Tür näherten. Der Griff seiner Waffe war fest in der Hand, als er sie aufdrückte und die Dunkelheit dahinter betrat.

Das Licht in der Suite war gedämpft. Die schweren Vorhänge waren zugezogen, und der Geruch von Schweiß und... etwas Metallischem hing in der Luft. Olsen wusste sofort, was das bedeutete.

„Khalid?" rief Kramer leise, während er die Hände an die Seiten seines Kopfes legte, als ob er die Antwort bereits kannte.

Auf dem Boden, kaum sichtbar im schwachen Licht, lag Amir Khalid in einer Lache aus Blut. Sein Körper war seltsam verdreht, und in seiner Brust steckte ein Messer, das bis zum Heft in ihn eingedrungen war. Es war ein sauberer, gezielter Mord – kalt, präzise und leise.

„Verdammt!" fluchte Olsen, als er sich neben Khalids reglosen Körper niederkniete. Der Bankier war tot, keine Frage. Sie hatten ihn eliminiert, bevor er noch mehr preisgeben konnte. Die Bruderschaft war schneller, als sie erwartet hatten.

„Wir haben nur eine Stunde gebraucht," sagte Kramer fassungslos. „Wie konnten sie so schnell zuschlagen?"

„Sie haben uns im Auge gehabt," murmelte Olsen, während er mit klarem Blick die Umgebung absuchte. „Sie wussten, dass er uns Informationen gegeben hat. Sie haben nicht gezögert, ihn zu eliminieren."

Ein lautes Krachen aus dem Flur ließ beide zusammenfahren. Olsen sah Kramer an, und sie wussten sofort, dass sie nicht viel Zeit hatten. Die Mörder waren nicht nur gekommen, um Khalid auszuschalten. Sie waren auch hinter ihnen her.

„Raus hier!" rief Olsen, während er aufsprang und zur Tür eilte. Aber es war zu spät.

Kaum hatten sie die Tür geöffnet, stürmten mehrere bewaffnete Männer den Flur hinunter. Olsen erkannte sofort, dass es sich um Söldner handelte – Profis, die auf Tötung aus waren.

Die Bruderschaft machte keine halben Sachen. Sie hatten Männer geschickt, die dafür trainiert waren, in der Dunkelheit zu töten und keine Zeugen zurückzulassen.

„RUNTER!" brüllte Olsen und stieß Kramer in den nächsten Flur, während die ersten Schüsse durch den Gang krachten.

Kugeln zersplitterten die Wände und ließen Staub und Mörtel in die Luft fliegen. Olsen hechtete hinter eine Ecke und zog seine Waffe, während er den Kopf knapp über die Kante hob.

Einer der Söldner rannte auf sie zu, die Waffe im Anschlag. Olsen ließ zwei Schüsse los. Einer traf den Mann in die Schulter, der zweite in den Hals. Der Söldner stürzte lautlos zu Boden, doch es waren noch mehr hinter ihm. Der Flur hallte wider von schweren Schritten und dem metallischen Echo der Waffen.

Kramer keuchte, seine Hände zitterten, während er die nächste Ecke erreichte. „Sie sind überall! Was machen wir jetzt?"

„Zurückziehen!" rief Olsen, während er den Feuerknopf drückte und mehrere Schüsse abgab, um die Angreifer in Deckung zu zwingen. „Zur Treppe, jetzt!"

Sie rannten, die Schüsse der Söldner prasselten hinter ihnen her, während sie die schmale Treppe hinunterstürmten. Die Geräusche der Angreifer wurden lauter, als sie näherkamen. Es war ein Wettlauf gegen die Zeit, und Olsen wusste, dass sie kaum eine Chance hatten, wenn sie in dieser engen Umgebung gefangen blieben.

Die Treppe führte sie in einen engen Korridor, der hinaus in die Hintergassen des Hotels führte. Doch kaum hatten sie die Tür erreicht, sprang einer der Söldner aus dem Schatten hervor. Er packte Kramer an der Schulter und zog ihn nach hinten.

Olsen reagierte blitzschnell. Er riss die Waffe hoch und feuerte zwei Schüsse, die den Angreifer in die Brust trafen. Der Mann sackte schwer atmend zusammen, und Kramer fiel keuchend gegen die Wand.

„Du musst dich sammeln!" rief Olsen, als er Kramer hochzog. „Das ist noch nicht vorbei."

Sie hatten es in die engen, dunklen Straßen von Dubai geschafft, doch der Feind war ihnen dicht auf den Fersen. Die

Lichter der Stadt funkelten über ihnen, doch in den Gassen herrschte Finsternis.

Olsen wusste, dass die Bruderschaft genau wusste, wo sie sich befanden. Jeder ihrer Schritte wurde verfolgt.

„Wir müssen uns verstecken!" keuchte Kramer, als sie um eine weitere Ecke rannten. „Es sind zu viele!"

Olsen hielt inne, lauschte auf die Schritte der Verfolger. Sie kamen näher. „Hier rein!" rief er und zog Kramer in eine Seitengasse, die zu einem alten Lagerhaus führte. Die Tür war rostig und schwer. Olsen stieß sie auf und schloss sie hinter ihnen.

Drinnen war es still, nur ihr schweres Atmen durchbrach die Dunkelheit. Olsen ließ sich gegen die Wand sinken und griff nach seinem Funkgerät. „Faisal," sprach er gedämpft. „Wir brauchen hier sofort Hilfe. Khalid ist tot, und die Bruderschaft hat uns im Visier."

Die Antwort kam schneller als erwartet. „Ich bin unterwegs. Haltet durch."

Doch die Ruhe hielt nicht lange an. Die Schritte der Söldner waren wieder zu hören, diesmal viel näher. Olsen und Kramer wussten, dass sie bald aufgespürt werden würden. Sie mussten schnell handeln.

„Wenn sie uns hier finden, sind wir tot," flüsterte Kramer.

Olsen nickte und zog seine Waffe. „Wir müssen sie überraschen. Das hier ist ein Hinterhalt, aber diesmal drehen wir den Spieß um."

Sie hatten keine Zeit zu verlieren. Olsen drückte sich an die Wand und lauschte auf die Schritte, die immer lauter wurden. Er konnte das Klicken von Waffen hören, als die Söldner sich näherten. Es war klar, dass sie nicht einfach nur suchen – sie waren auf der Jagd.

„Bereit?" fragte Olsen leise.

Kramer nickte, seine Augen weiteten sich vor Angst, doch er hielt die Waffe fest in den Händen. „Ich bin bereit."

Die Tür des Lagerhauses öffnete sich mit einem langsamen, knarrenden Geräusch. Zwei Söldner betraten den Raum, ihre Waffen vor sich, als sie durch die Dunkelheit drangen. Olsen wartete, bis sie nahe genug waren, dann sprang er aus seinem Versteck und eröffnete das Feuer.

Die Schüsse hallten laut in der engen Halle wider. Einer der Söldner fiel sofort zu Boden, getroffen von Olsens präzisem Schuss, doch der andere war schneller. Er hob seine Waffe und feuerte auf Olsen, der sich gerade noch rechtzeitig hinter eine Kiste werfen konnte.

Kramer, panisch, aber entschlossen, schoss ebenfalls und traf den zweiten Mann in die Seite. Der Angreifer wankte zurück, bevor er regungslos zusammenbrach.

Doch es war noch nicht vorbei. Weitere Schritte waren von draußen zu hören – Verstärkung war unterwegs. Sie mussten schnell weg.

„Jetzt raus!" rief Olsen, als er Kramer in Richtung eines Ausgangs führte. Sie hatten keine Zeit, um durchzuatmen. Die Söldner würden nicht lange brauchen, um ihre Toten zu rächen.

Draußen erwartete sie Faisal in einem schwarzen SUV, der Motor brummte leise. „Los, los!" rief er, als Olsen und Kramer in den Wagen sprangen.

„Khalid ist tot," sagte Olsen schwer atmend.

„Faisal nickte ernst. „Ich habe es befürchtet. Wir müssen sofort verschwinden."

Während sie durch die nächtlichen Straßen Dubais rasten, war Olsen klar, dass dies nur der Anfang war.

Khalid war tot, aber die Jagd war noch lange nicht vorbei. Die Bruderschaft würde alles daransetzen, sie zu stoppen, und der Mord an Khalid war nur ein Vorgeschmack auf das, was noch kommen sollte. Sie hatten die tödliche Ernsthaftigkeit dieser Organisation unterschätzt. Jetzt wussten sie, dass es für die Bruderschaft keine Grenzen gab, kein Zögern, wenn es darum ging, ihre Macht zu sichern.

Faisal steuerte den Wagen durch die engen Straßen, weg von der Hauptverkehrsader der Stadt, während die Lichter von Dubai hinter ihnen verblassten.

Olsen sah in den Rückspiegel. Für den Moment hatten sie ihre Verfolger abgeschüttelt, aber das bedeutete nichts. Die Bruderschaft hatte überall Augen und Ohren, und sie würden nicht ruhen, bis Olsen und Kramer entweder tot oder unschädlich gemacht waren.

„Was jetzt?" fragte Kramer atemlos, seine Stimme noch immer zitternd vor Adrenalin. „Wir haben Khalid verloren. Und sie wissen, dass wir hinter ihnen her sind."

Olsen sah in die Dunkelheit vor ihnen. „Khalid hat uns genug gegeben, bevor sie ihn erwischt haben. Dubai und Beirut sind nur zwei Teile des Puzzles. Aber es gibt noch mehr. Fournier."

Kramer nickte, als er sich wieder an seinen Laptop setzte und die gesammelten Daten durchging. „Jean-Luc Fournier..." murmelte er. „Er ist in Paris. Ein hochrangiger Finanzmogul mit Verbindungen zu allen großen europäischen Bankhäusern. Wenn jemand die Bruderschaft in Europa zusammenhält, dann er."

„Wir müssen ihn so schnell wie möglich erreichen," sagte Olsen fest. „Bevor die Bruderschaft uns einholt. Fournier wird wissen, dass wir auf dem Weg sind, wenn sie herausfinden, was in Dubai passiert ist."

Faisal fuhr den Wagen in eine Seitenstraße und brachte ihn zum Stehen. „Ihr müsst sofort von hier verschwinden," sagte er ruhig. „Dubai ist nicht mehr sicher für euch. Ich kann euch hier nicht länger schützen."

Olsen drehte sich zu Faisal um und sah die Sorge in seinen Augen. „Ich weiß," sagte er leise. „Wir müssen raus. So schnell wie möglich."

Kramer schloss seinen Laptop und sah Olsen an. „Wir müssen den Flug nach Paris planen. Sobald wir Fournier haben, können wir die Bruderschaft von innen heraus zerschlagen."

Olsen nickte. Die Jagd war noch nicht vorbei – sie hatte jetzt erst wirklich begonnen.

Mit Khalids Tod hatte die Bruderschaft bewiesen, wie weit sie gehen würde, um ihre Operationen zu schützen. Aber Olsen wusste, dass sie nun verwundbar war. Paris war der nächste Schritt, und dort würde die Bruderschaft ihren nächsten schweren Schlag spüren.

Während der Motor des Wagens noch leise brummte, blickte Olsen in die Ferne.

Die Reise nach Paris war unvermeidlich – und sie mussten jeden Schritt planen, als hinge ihr Leben davon ab.

Der Schlag in Paris

Olsen saß an seinem Schreibtisch im provisorischen Unterschlupf in Dubai, während der Klang der wachsamen Stadt um ihn herum hallte. Der Tod von Amir Khalid lastete schwer auf ihm, doch er wusste, dass sie vorankommen mussten.

Sie hatten die Operationsbasis der Bruderschaft in Dubai enttarnt, aber es hätte ihn und Kramer beinahe ausgelöscht. Aber sie hatten es überlebt – und die Informationen, die Khalid ihnen gegeben hatte, enthüllten eine noch größere Bedrohung: Paris.

„Jean-Luc Fournier," sagte Olsen leise, während er die digitalen Daten vor sich durchging. „Er ist der Schlüssel für die Bruderschaft in Europa."

Maren Starke, die in den letzten Tagen in Hamburg geblieben war, hatte bereits intensive Recherchen über Fournier angestellt. Er war ein Name, der in der High Society bekannt war – ein einflussreicher Mann, dessen Reichtum und Verbindungen ihm eine makellose Fassade verliehen.

Doch unter dieser Oberfläche war Fournier weit gefährlicher. Er koordinierte die europäischen Aktivitäten der Bruderschaft und stellte die Verbindung zwischen den mächtigen, legalen Finanziers und den dunkelsten Elementen des Schwarzmarkts her: Waffen, Drogen und Menschenhandel.

„Fournier hat ein Netz aufgebaut, das in die größten Städte Europas reicht," erklärte Maren über die verschlüsselte Verbindung aus Hamburg.

„Er kontrolliert den Schwarzmarkt von Paris aus – Waffenlieferungen nach Osteuropa, Drogenhandel in Italien, Menschenhandel in Deutschland. Alles läuft über ihn."

Olsen rieb sich nachdenklich das Kinn. „Das bedeutet, wenn wir Fournier ausschalten, treffen wir das Herz der europäischen Operation der Bruderschaft."

Maren nickte auf dem Bildschirm. „Richtig. Aber er ist nicht leicht zu fassen. Fournier ist bestens vernetzt, und er hat Verbindungen zu den höchsten politischen Kreisen in Frankreich. Er wird nicht alleine dastehen."

Olsen seufzte. „Das wissen wir. Doch wir haben keine Wahl. Wenn Fournier fällt, destabilisieren wir das gesamte Netzwerk der Bruderschaft in Europa. Es ist ein riskanter Zug, aber wir müssen es versuchen."

Olsen saß weiterhin nachdenklich vor dem Bildschirm, seine Gedanken rotierten förmlich. Fournier war der Schlüssel, das war unbestritten. Doch der Mann war ein Meister der Tarnung, gut geschützt von einem Netzwerk mit Einfluss, Geld und Gewalt. Der Zugriff musste perfekt sein – ein falscher Schritt, und Fournier würde sich zurückziehen und nahezu unantastbar werden.

„Wir können ihn nicht alleine schnappen," sagte Olsen schließlich und sah auf den Bildschirm, wo Maren auf seine Worte wartete. „Das ist kein Einsatz, den man im Alleingang erledigt."

Maren nickte. „Fournier ist zu gut abgesichert. Wenn wir zuschlagen, müssen wir als Team auftreten. Du, ich und Kramer – wir brauchen jeden, um diesen Mann zu fassen."

Kramer, der hinter Olsen stand und die Daten durchging, schaltete sich ein: „Genau. Ich habe Zugang zu den Bankbewegungen und seinen Netzwerken. Aber wenn wir Paris erreichen, wird es keine rein digitale Jagd mehr sein. Wir brauchen jeden von uns vor Ort – Maren für die Infiltration und ich für die Überwachung der digitalen Strukturen in Echtzeit."

Olsen wusste, dass Kramer Recht hatte. Die Herausforderung lag nicht nur in der Gefahr vor Ort, sondern auch in den komplexen Finanzströmen und der taktischen Überwachung, die nur Kramer in Echtzeit sicherstellen konnte. Maren hingegen war unersetzlich, wenn es darum ging, diskret und strategisch in gefährliche Situationen vorzudringen.

Paris war ein Knotenpunkt der Macht – und ein Schlachtfeld, welches keiner von ihnen alleine bewältigen konnte.

„In Ordnung," sagte Olsen entschlossen. „Wir gehen zu dritt. Maren, du packst in Hamburg. Kramer und ich fliegen direkt von Dubai nach Paris und treffen dich dort. Wir legen einen sauberen Plan fest, aber wir müssen bereit sein, zu improvisieren. Fournier hat ein engmaschiges Netz – wir dürfen ihm keine Sekunde Vorsprung lassen."

Maren dachte nach, doch ein Hauch von Entschlossenheit lag in ihren Augen. „Ich bin dabei. Wir müssen schnell handeln, bevor er etwas wittert."

„Schnell und leise," fügte Kramer hinzu und schnappte sich seinen Laptop. „Paris wird nicht wie Dubai sein – hier sind wir mitten in Europa, unter den Augen der Öffentlichkeit. Aber wenn wir Fournier zu Fall bringen, dann fällt mit ihm auch der europäische Schwarzmarkt der Bruderschaft."

Olsen nickte. „Gut. Es ist entschieden. Wir bereiten alles vor und treffen uns in Paris."

Damit war der Plan klar: Paris war das nächste Ziel. Die Bruderschaft war im Zentrum Europas verwurzelt, und Fournier war das Herzstück ihres Netzwerks.

Sie hatten einen riskanten Weg vor sich, aber es gab keine Alternative – dieser Schlag könnte die entscheidende Wendung im Kampf gegen die Bruderschaft sein.

Der Flug aus Dubai landete spät am Abend in Paris. Olsen und Kramer hatten eine lange, angespannte Reise hinter sich, und beiden war bewusst, dass dies nur der Anfang der nächsten, gefährlichen Etappe war. Während der Bus des Flughafens sie langsam zur Ankunftshalle rollte, sah Olsen in Kramers Gesicht dieselbe Mischung aus Entschlossenheit und Besorgnis.

„Bereit?" fragte Olsen ruhig, als sie auf die dunklen Lichter der Pariser Skyline blickten, die in der Ferne schimmerten.

Kramer nickte, ohne den Blick von seinem Laptop zu nehmen. „Ja! Wir haben genug Informationen gesammelt, um Fournier in die Enge zu treiben, aber es wird nicht einfach. Paris ist sein Terrain."

Kaum hatten sie die Sicherheitskontrollen hinter sich, sah Olsen am Ausgang der Ankunftshalle eine vertraute Gestalt. Maren Starke stand mit verschränkten Armen und einem aufmerksamen Blick da, eine leichte Tasche an ihrer Seite. Sie wirkte ruhig, doch die Anspannung lag spürbar in der Luft. Auch sie hatte keine Zeit verloren und war direkt aus Hamburg nach Paris gekommen.

„Willkommen in Paris," sagte sie knapp, als sie auf die beiden zukam. Ihre Augen suchten Olsens Blick, und in ihrem Ausdruck lag die Frage, die sie beide beschäftigte: Sind wir bereit für das, was kommt?

„Wie läuft's in Hamburg?" fragte Olsen, als sie die letzten Meter zur Taxihaltestelle gingen.

„Ich habe alles vorbereitet. Fournier wird schwer zu fassen sein, aber ich habe ein paar nützliche Kontakte aktiviert. Wir wissen, dass er sich sicher fühlt – und das könnte sein Fehler sein."

„Gut," antwortete Olsen knapp. „Wir haben nicht viel Zeit. Fournier plant in den nächsten zwei Tagen ein großes Treffen mit Mitgliedern der Bruderschaft. Das gibt uns die beste Gelegenheit, zuzuschlagen."

Maren nickte, während sie zusammen in eines der bereitstehenden Taxis stiegen, das sie zu ihrem Unterschlupf bringen sollte.

„Das Treffen ist der Schlüssel. Er wird dort sein – aber auch die wichtigsten Leute der Bruderschaft in Europa. Wenn wir die Gelegenheit nicht nutzen, könnte er uns entkommen."

Während das Taxi durch die Pariser Nacht fuhr, spürte Olsen die Last der Verantwortung auf sich. Paris war nicht Dubai. Die Bruderschaft hatte hier Wurzeln geschlagen, die tief in das europäische Machtgefüge reichten – Politiker, Geschäftsleute, sogar Mitglieder der Strafverfolgungsbehörden könnten in ihren Einfluss verstrickt sein. Dies war kein einfacher Auftrag, sondern ein Schritt in das Herz des Netzwerks.

„Fournier hat Verbindungen bis in die höchsten politischen Kreise Frankreichs," fuhr Maren fort. „Wir haben es hier nicht nur mit einem kriminellen Netzwerk zu tun. Er ist geschützt, nicht nur durch seine Handlanger, sondern auch durch die Macht, die er in der Gesellschaft besitzt."

Olsen runzelte die Stirn. „Er ist nicht unantastbar. Wir müssen ihn an einer Stelle treffen, an der er sich nicht schützen kann. Dieses Treffen wird der Moment sein, in dem er sich verwundbar zeigt."

Kramer mischte sich ein. „Wir haben genug Daten, um seine Bewegungen zu überwachen. Sobald er in der Villa ankommt, werden wir zuschlagen. Aber ich warne euch – diese Operation wird nicht einfach. Seine Sicherheitsleute sind nicht die einzigen, die wir beachten müssen. Die Bruderschaft hat in Paris Augen und Ohren überall."

Olsen sah die beiden an und nickte. „Wir dürfen keine Fehler machen. Diesmal wird jeder Schritt entscheidend sein."

Olsen, Kramer und Maren fuhren schweigend durch die nächtlichen Straßen von Paris. Der Verkehr war zu dieser späten Stunde spärlich, doch die Lichter der Stadt schienen immer präsent – ein blendendes Geflecht aus Illusion und Realität. Für die meisten Menschen war Paris die Stadt der Liebe und Kultur, doch für Olsen und sein Team bedeutete diese Stadt etwas völlig anderes: Verrat, Macht und Gefahr. Die Bruderschaft hatte hier ihre Zentrale, versteckt in der schillernden Fassade einer globalen Metropole.

Das Taxi rollte in eine Seitenstraße im 16. Arrondissement, weit entfernt vom Lärm und der Geschäftigkeit der Pariser Innenstadt. Hier, zwischen den eleganten Wohnhäusern und gut gesicherten Villen, hatte Faisal einen sicheren Unterschlupf für das Team organisiert. Olsen hatte Vertrauen in Faisals Netzwerk – sie hatten es in Dubai bereits getestet – doch sie wussten, dass nichts absolut sicher war.

„Das ist es," sagte Kramer, als das Taxi vor einem unauffälligen, dreistöckigen Gebäude hielt. Es sah aus wie jedes andere Gebäude in der Gegend – nichts Besonderes, keine offensichtlichen Hinweise darauf, dass sich hier ein Team von Ermittlern versteckte, die eine der mächtigsten kriminellen Organisationen der Welt zu Fall bringen wollten.

Maren bezahlte den Fahrer, während Olsen das Gebäude musterte. „Fournier wird uns hier nicht erwarten," sagte sie leise. „Aber wir dürfen uns nicht in Sicherheit wiegen. Wenn die Bruderschaft merkt, dass wir hier sind, sind wir so gut wie tot."

„Richtig," stimmte Olsen zu, während er aus dem Auto stieg und sein Gepäck nahm. „Wir halten den Kontakt auf das Nötigste beschränkt und bewegen uns diskret. Wir haben wenig Zeit."

Sie betraten das Gebäude durch einen schmalen Eingang und nahmen den kleinen Aufzug in die dritte Etage. Der Korridor war schmal, aber sauber. Es gab keine überflüssigen Details, nur schlichte Wände und nummerierte Türen. Olsen zog den Schlüssel aus der Tasche, den Faisal ihm am Flughafen überreicht hatte, und öffnete die Tür zum Apartment.

Das Innere war minimalistisch, aber funktional. Es war kein Luxusdomizil, sondern ein schlichtes Versteck. Zwei

Schlafzimmer, ein Wohnzimmer, eine kleine Küche und ein Badezimmer – alles, was sie brauchten, um ihre Operation planen und durchführen zu können. Kramer zog sofort seinen Laptop aus dem Rucksack und richtete sich am Esstisch ein, während Maren das Wohnzimmer auf mögliche Überwachungstechnik überprüfte.

„Sauber,“ sagte sie nach einigen Minuten, als sie den letzten Winkel der Räume durchsucht hatte. „Zumindest soweit ich das beurteilen kann.“

Olsen nickte und ließ sich auf das Sofa sinken. „Gut. Dann lasst uns loslegen.“

Sobald sie sich eingerichtet hatten, verwandelte sich das Apartment in eine Kommandozentrale. Auf dem kleinen Tisch lagen die Pläne der Villa, in der das Treffen der Bruderschaft stattfinden sollte. Maren hatte bereits die Informationen aus Hamburg mitgebracht, und Kramer fügte die Daten hinzu, die er während des Fluges analysiert hatte.

„Die Villa liegt am Rande von Paris, im Westen, nahe Versailles,“ begann Kramer und projizierte die Satellitenbilder auf seinen Laptop-Bildschirm. „Das Gebiet ist ruhig, gut abgeschirmt, mit hohen Mauern und Sicherheitskameras. Fournier und seine Gäste werden am frühen Abend eintreffen. Wir haben ein kleines Zeitfenster, um uns Zugang zu verschaffen, bevor die Hauptveranstaltung beginnt.“

Maren studierte die Karten, während sie sich auf die Details konzentrierte. „Die Sicherheitsleute werden uns die größten Probleme bereiten. Fournier wird keine Amateure dabeihaben – das sind Profis. Wir müssen schnell und präzise handeln.“

Olsen stand auf und ging um den Tisch herum, seine Augen suchten jeden Winkel der Karten ab. „Wir teilen uns in zwei Teams auf. Maren und ich gehen rein. Kramer, du bleibst hier und überwachst die Sicherheitskameras. Du hackst dich in das System der Villa ein und schaltest die Kameras ab, sobald wir uns nähern."

„Ich kann die Kameras für etwa zehn Minuten offline halten, ohne dass es auffällt," sagte Kramer. „Das sollte genug Zeit sein, um euch ins Gebäude zu bringen. Aber danach wird's heikel – wenn etwas schiefläuft, wissen sie sofort, dass wir da sind."

Olsen nickte. „Zehn Minuten reichen. Wir müssen Fournier und seine Leute überraschen, bevor sie reagieren können. Sobald wir ihn haben, holen wir ihn raus und übergeben ihn an Europol. Das wird unser erster großer Schlag gegen die Bruderschaft in Europa."

Maren zog eine Karte der Villa näher an sich heran. „Es gibt einen versteckten Personaleingang auf der Rückseite des Grundstücks. Wenn wir uns von dort aus Zugang verschaffen, können wir die Patrouillen umgehen und ins Haupthaus eindringen. Die Wachen werden den vorderen Bereich bewachen, aber die Hinterseite ist schwächer gesichert."

„Dann ist das unser Zugangspunkt," entschied Olsen. „Wir müssen so leise wie möglich vorgehen. Sobald Fournier uns bemerkt, wird er fliehen, und dann ist das gesamte Netzwerk alarmiert."

Kramer blickte von seinem Laptop auf. „Und wenn das passiert, haben wir nicht nur die Bruderschaft, sondern auch die französischen Behörden am Hals. Fournier hat hier mächtige Freunde."

Olsen sah in die Runde und wusste, dass sie keine andere Wahl hatten. Sie mussten Fournier ausschalten, bevor er weiter operieren konnte. „Gut. Wir haben unseren Plan. Wir schlagen morgen Abend zu."

Die Nacht lag schwer auf Paris, als sich Olsen, Maren und Kramer auf das vorbereiteten, was die entscheidende Schlacht gegen die Bruderschaft in Europa sein könnte. Sie hatten nur einen Versuch – es würde keine zweite Chance geben.

In der Dunkelheit des nächsten Abends näherten sich Olsen und Maren vorsichtig den hohen Mauern der Villa.

Kramer war in ihrem Unterschlupf in Paris geblieben, wo er mit seinem Laptop und zwei Bildschirmen das Sicherheitssystem der Villa überwachte. Die Spannung war greifbar – dies war der entscheidende Moment. Sie hatten sich in schwarze Kleidung gehüllt, die in der Dunkelheit kaum auffiel, und jede Bewegung war präzise und durchdacht. Sie durften keinen Fehler machen.

„Kameras sind in zwei Minuten offline," meldete Kramer über das Funkgerät, seine Stimme ruhig und konzentriert. „Ihr müsst euch beeilen. Ich kann das System nicht länger als zehn Minuten manipulieren, ohne dass es auffällt."

Olsen und Maren duckten sich hinter ein niedriges Gebüsch, nur wenige Meter von der hohen Steinmauer entfernt, die das Grundstück umgab. Maren überprüfte ihre Ausrüstung und nickte Olsen zu. „Bereit."

„Los." Olsen winkte sie vor, und sie schlichen im Schutz der Schatten zur Rückseite des Anwesens, wo sich der schwächer gesicherte Personaleingang befand, den sie in den Plänen entdeckt hatten. Es war ein schmaler, unscheinbarer Eingang, der vor allem von den Sicherheitsleuten der Villa genutzt wurde.

Kramer hatte die Kameras bereits in diesem Bereich deaktiviert, sodass sie sich lautlos an die Tür heranmachen konnten.

Maren zog einen kleinen Codebrecher aus ihrer Tasche, ein Gerät, das speziell für die Umgehung von Sicherheitsschlössern entwickelt wurde. Es dauerte nur wenige Sekunden, bis die grüne LED aufleuchtete, und mit einem leisen Klicken öffnete sich die Tür.

„Wir sind drin," flüsterte Olsen ins Mikrofon.

„Ich habe eure Position," antwortete Kramer. „Noch acht Minuten. Macht schnell."

Olsen und Maren schlüpften durch die Tür und fanden sich in einem schmalen, dunklen Korridor wieder, der ins Herz der Villa führte. Die Schritte der beiden waren kaum zu hören, während sie sich durch den Gang bewegten.

Der Plan war einfach: sie mussten sich bis zum Haupthaus vorarbeiten und Fournier in seinem Büro festsetzen, bevor das Treffen richtig beginnen konnte. Doch sie wussten, dass sie nur wenig Zeit hatten – und dass jeder Fehler fatal sein könnte.

Als Olsen und Maren tiefer in das Anwesen eindrangen, merkten sie, dass der Weg zum Haupthaus schwerer bewacht war, als sie erwartet hatten. Sie hatten zwar den Personaleingang unbemerkt passiert, aber weiter vorne, im Innenhof der Villa, patrouillierten mindestens vier bewaffnete Männer. Die Wachen standen in gleichmäßigen Abständen voneinander, ihre Blicke wachsam, die Waffen entsichert.

„Wir haben vier Wachen im Innenhof," flüsterte Olsen ins Funkgerät. „Wir müssen einen anderen Weg finden."

„Ich sehe sie," antwortete Kramer. „Ihr könntet es über den Seiteneingang im Ostflügel versuchen. Ich kann den Alarm dort kurzzeitig deaktivieren, aber das gibt euch nur drei Minuten, bevor das System wieder hochfährt."

Maren nickte Olsen zu, und die beiden bewegten sich vorsichtig um den Innenhof herum, immer in Deckung hinter den dichten Hecken und den Schatten der hohen Wände. Die Zeit tickte. Sie wussten, dass jeder Moment zählte.

Kramer deaktivierte den Alarm des Ostflügels, und sie schlüpften durch die Tür in einen weiteren Korridor, der direkt zum Büro von Fournier führte.

Doch kaum hatten sie den Flur betreten, hörten sie hinter sich das leise Geräusch von Schritten.

„Verdammt," murmelte Olsen. „Sie haben uns bemerkt."

Eine der Wachen, der anscheinend seine Runde im Ostflügel machte, stand plötzlich am Ende des Korridors. Für einen Moment sah er sie nicht, aber als Olsen und Maren sich weiter in Richtung der Bürotür bewegten, hob der Mann seine Waffe und brüllte etwas in sein Funkgerät.

Olsen reagierte sofort. Er zog seine Waffe und feuerte zwei präzise Schüsse ab, die die Stille der Nacht durchbrachen. Der Mann stürzte getroffen zu Boden, aber der Alarm war nun aktiviert. Sie hatten keine Zeit mehr.

„Sie wissen, dass wir hier sind!" rief Maren und stieß die Tür zum Büro auf. „Wir müssen Fournier holen, bevor sie Verstärkung rufen!"

Kaum waren sie im Büro, als die Türen hinter ihnen aufgerissen wurden. Mehrere bewaffnete Männer stürmten hinein, ihre Waffen auf Olsen und Maren gerichtet. Sie hatten keine Wahl mehr – die verdeckte Operation war gescheitert. Jetzt mussten sie kämpfen.

„Runter!" rief Olsen und stieß Maren hinter einen schweren Schreibtisch, während die ersten Schüsse durch den Raum peitschten. Kugeln zischten an ihnen vorbei, prallten von den Wänden und Möbeln ab, während Olsen das Feuer erwiderte. Es war ein chaotisches Durcheinander, der Lärm der Schüsse hallte durch die Villa, und draußen konnten sie bereits die Rufe der Verstärkung hören.

„Kramer!" schrie Olsen ins Funkgerät, während er hinter dem Schreibtisch in Deckung blieb. „Wir sind aufgeflogen!"

„Verdammt," hörte er Kramers Stimme über die knisternde Leitung. „Ich habe versucht, die Sicherheitsprotokolle zu blockieren, aber es war zu knapp. Ihr müsst da raus!"

Olsen wusste, dass sie sich jetzt zurückziehen mussten. Doch Fournier war noch immer in der Villa, irgendwo in diesem Chaos. „Maren," rief er, während er einen der Angreifer niederstreckte. „Wir müssen Fournier finden, bevor wir abhauen!"

„Verstanden!" rief sie zurück und warf eine Rauchgranate in den Flur. Der dichte Rauch füllte den Raum, und in der Verwirrung konnten sie sich wieder in Richtung des Korridors bewegen, wo sie Fournier vermuteten.

Der Rauch bot ihnen nur einen kurzen Moment der Deckung, doch es reichte, um tiefer in die Villa vorzudringen. Kugeln prasselten in die Wände, und Olsen wusste, dass sie eigentlich in einer ausweglosen Lage waren. Sie hatten Fournier nicht gefasst, und die Villa wimmelte von Wachen, die sie gnadenlos jagten.

„Wir müssen raus hier!" rief Kramer über das Funkgerät. „Sie holen schweres Geschütz!"

Maren, die an einer Ecke in Deckung gegangen war, nickte. „Wir haben keine Wahl. Wenn wir hierbleiben, sind wir tot."

„Raus!" entschied Olsen, während sie sich hastig durch das Labyrinth der Villa zurückzogen. Sie bewegten sich schnell, über das Anwesen und zurück in Richtung des Personaleingangs. Es war ein Wettlauf gegen die Zeit, und überall hörten sie Schritte, Schreie und das Knistern von Funkgeräten.

Als sie endlich den Ausgang erreichten, erwartete sie bereits ein Fluchtwagen, der von Faisal bereitgestellt worden war. Sie sprangen in das Auto, und der Fahrer startete durch.

Sie hatten es nicht geschafft, Fournier zu fassen, und die Bruderschaft wusste nun, dass sie in Paris aktiv waren. Die Stimmung war düster, während sie sich sammelten und die Lage besprachen.

„Wir haben Fournier verfehlt," sagte Olsen. „Aber wir haben etwas erreicht – wir haben sie in die Enge getrieben. Die

Bruderschaft wird jetzt wissen, dass sie in Europa nicht mehr sicher ist."

Kramer blickte ihn an. „Wir haben noch einen Trumpf. Die Sicherheitsdaten, die ich beim Hacken des Systems heruntergeladen habe. Es gibt Hinweise auf ein weiteres Versteck der Bruderschaft – und es ist in Hamburg."

Olsens Blick verfinsterte sich. „Hamburg. Also planen sie, dort zuzuschlagen."

„Genau," antwortete Kramer. „Sie planen einen massiven Angriff auf Hamburg. Fournier und seine Leute könnten sich dort verschanzen, um ihre Operationen fortzusetzen."

Olsen atmete tief durch. „Dann ist Hamburg unser nächstes Ziel. Wir haben Fournier nicht bekommen – noch nicht. Aber in Hamburg wird sich alles entscheiden."

Zurück im Unterschlupf war die Stimmung gedrückt. Olsen und Maren hatten die Villa zwar verlassen können, aber sie hatten ihr Hauptziel – die Festnahme von Jean-Luc Fournier – verfehlt. Kramer, der den Zugriff aus der Ferne überwacht hatte, war sichtlich immer noch frustriert, aber seine Finger flogen weiterhin über die Tastatur. Er ging die Sicherheitsdaten durch, die er während der Operation extrahiert hatte.

„Kein Gefangener, kein Fournier," sagte Olsen, als er sich erschöpft auf einen Stuhl sinken ließ. Der Schweiß glänzte auf seiner Stirn, und seine Kleidung war von der Hitze des Feuergefechts durchnässt. „Verdammt! Wir waren so nah dran."

Maren rieb sich über das Gesicht. „Wir konnten einige der Wachen ausschalten, aber sie hatten zu viel Feuerkraft. Fournier muss geahnt haben, dass etwas nicht stimmt. Er war vorbereitet."

„Das hat er mit Sicherheit," murmelte Kramer, ohne den Blick von seinem Bildschirm zu nehmen. „Aber... wir haben mehr erreicht, als ihr denkt."

Olsen und Maren sahen ihn fragend an. „Was meinst du?" fragte Olsen.

Kramer drehte den Laptop um und zeigte auf den Bildschirm.

„Während des Angriffs habe ich es geschafft, eine große Menge an Daten vom Sicherheitssystem der Villa zu extrahieren. Fournier mag entkommen sein, aber diese Daten geben uns ein klares Bild von den nächsten Schritten der Bruderschaft."

Kramer tippte schnell auf den Tasten, und eine Datei öffnete sich auf dem Bildschirm. Es war eine verschlüsselte Nachricht, die während des Treffens in der Villa zwischen Fournier und anderen hochrangigen Mitgliedern der Bruderschaft verschickt wurde.

„Hier," sagte Kramer und vergrößerte die Nachricht. „Sie planen – wie schon gesagt - definitiv einen großangelegten Angriff auf Hamburg. Das war eines der Hauptthemen ihres Treffens in der Villa."

Olsen starrte auf die Anzeige. „Ein Angriff? Was für eine Art von Angriff?"

„Ich konnte nicht alle Details entschlüsseln," gab Kramer zu. „Aber es ist klar, dass sie in Hamburg eine bedeutende Operation planen. Sie sprechen von einer großangelegten Aktion, die den europäischen Schwarzmarkt für Waffen und Drogen langfristig absichern soll. Hamburg wird ihr neuer zentraler Umschlagplatz."

„Verdammt," flüsterte Maren. „Sie wollen Hamburg genauso kontrollieren wie die Drogenkartelle Cali oder Medellín. Das wäre verheerend."

Olsen lehnte sich zurück und starrte nachdenklich auf den Bildschirm. Die Entdeckung war von entscheidender Bedeutung. Auch wenn sie Fournier nicht gefasst hatten, wussten sie nun, wo der nächste Schlag der Bruderschaft erfolgen würde. Hamburg – seine Heimatstadt – war in akuter Gefahr.

Während Kramer weiter in den Daten wühlte, um mehr Informationen über den geplanten Angriff zu finden, wurde die Bedrohung, die über Hamburg hing, immer klarer. Die Bruderschaft wollte die Stadt zu ihrem europäischen Zentrum machen – zu einem Knotenpunkt für Waffen, Drogen und Menschenhandel. Ihre Pläne waren bereits weit fortgeschritten, und sie hatten hochrangige Kontakte in der Stadt, die ihnen dabei helfen würden, den letzten Schlag auszuführen.

„Wir haben nur wenig Zeit," sagte Kramer schließlich. „Sie bereiten alles vor. Das bedeutet, dass Fournier und seine Leute schon bald nach Hamburg aufbrechen werden, um die Operation zu koordinieren."

Olsen stand auf und ging im Raum auf und ab, seine Gedanken rasten. „Wir müssen schneller sein als sie. Wenn sie Hamburg unter ihre Kontrolle bringen, wird es nicht nur den kriminellen Schwarzmarkt betreffen – sie könnten die gesamte Region destabilisieren. Es wird ein Kampf um Macht und Einfluss."

Maren trat zu ihm und legte ihm eine Hand auf die Schulter. „Wir dürfen nicht zulassen, dass sie uns wieder entkommen. Hamburg ist unsere Chance, das Blatt zu wenden."

„Wir müssen Europol einweihen," sagte Olsen entschieden. „Wir brauchen jede Unterstützung, die wir kriegen können."

Die nächsten Stunden waren hektisch. Kramer analysierte weitere Daten, um die genauen Pläne der Bruderschaft für Hamburg zu entschlüsseln, während Maren und Olsen bereits mit den Vorbereitungen für ihre Rückkehr nach Deutschland begannen. Sie kontaktierten Europol und die Behörden in Hamburg, um sie auf die drohende Gefahr aufmerksam zu machen.

„Wir müssen sofort aufbrechen," sagte Olsen, als er das Telefon auflegte. „Die Bruderschaft könnte jede Minute ihre Operation starten. Wir müssen in Hamburg sein, bevor sie zuschlagen."

Maren nickte. „Es wird kein leichter Kampf. Diesmal ist es nicht nur Fournier, sondern ein ganzer Teil ihres Netzwerks. Sie werden alles daransetzen, um Hamburg zu übernehmen."

Olsen war entschlossen. „Dann müssen wir schneller und klüger sein als sie. Wenn wir sie in Hamburg aufhalten, könnten wir den ganzen europäischen Arm der Bruderschaft zerschlagen."

Sie packten hastig ihre Sachen, während Kramer noch immer an seinem Laptop saß. „Ich habe noch etwas," sagte er plötzlich und zeigte auf eine weitere Datei. „Es scheint, dass Fournier mit einem wichtigen Mitglied der Bruderschaft in Hamburg zusammenarbeitet – jemandem, der über große finanzielle Mittel und politische Verbindungen verfügt. Sie haben ihn in den Daten ‚Der Architekt' genannt."

Olsen zog die Augenbrauen hoch. „Der Architekt?"

„Das ist nur ein Codename," erklärte Kramer. „Aber es scheint, dass er derjenige ist, der die Operation in Hamburg anführt. Wenn wir ihn finden, könnten wir die gesamte Struktur der Bruderschaft in Europa lahmlegen."

Olsen nickte. „Dann ist das unser nächstes Ziel. Wir müssen herausfinden, wer dieser ‚Architekt' ist."

Die letzten Vorbereitungen waren abgeschlossen. Olsen, Maren und Kramer machten sich auf den Weg zum Flughafen, diesmal mit einem klaren Ziel vor Augen.

Hamburg war nicht nur Olsens Wahlheimat – es war das Zentrum, um das sich der nächste entscheidende Kampf drehen würde.

Als sie am Flughafen ankamen und auf ihren Flug warteten, spürte Olsen die Schwere der bevorstehenden Mission. Der Angriff auf Paris hatte sie zwar zurückgeworfen, aber sie hatten wertvolle Informationen gewonnen. Nun lag es an ihnen, in Hamburg einen letzten, entscheidenden Schlag zu führen.

„Wir müssen in Hamburg bereit sein," sagte Olsen ernst, während sie im Terminal saßen und auf das Boarding warteten. „Diesmal darf nichts schiefgehen. Wir haben die Bruderschaft ins Wanken gebracht – jetzt müssen wir sie zu Fall bringen."

Maren und Kramer nickten entschlossen. Sie wussten, dass dies die letzte Chance sein könnte, die Pläne der Bruderschaft zu durchkreuzen. Die Zeit lief, und Hamburg war das Schlachtfeld, auf dem alles entschieden würde.

„Wir haben den Überraschungseffekt auf unserer Seite," sagte Kramer. „Die Bruderschaft wird nicht erwarten, dass wir sie so schnell in Hamburg aufspüren."

„Wir müssen sie überraschen," stimmte Maren zu."

„Es geht los. In Hamburg endet es – so oder so," sagte Olsen leise, während sie den Aufruf zum Boarding hörten.

Der innere Kreis

Nach ihrer Rückkehr nach Hamburg waren Olsen, Maren und Kramer in einem Wettlauf gegen die Zeit gefangen. Die Bruderschaft hatte es nicht nur auf Hamburg abgesehen – das war mittlerweile klar.

Während Kramer die Sicherheitsdaten aus Paris und die neu gewonnenen Informationen weiter analysierte, tauchten immer tiefere Verbindungen auf. Die Bruderschaft war weit größer und komplexer als sie bisher angenommen hatten.

In den Stunden nach ihrer Ankunft in Hamburg zeigte Kramers detaillierte Analyse der Daten ein bedrohliches Bild. Die Fäden der Bruderschaft zogen sich nicht nur durch Europa, sondern auch in andere Kontinente. Verbindungen zu Unternehmen in Nordamerika, Banken im Nahen Osten und Investmentfirmen in Asien tauchten auf. Doch ein Name stach besonders hervor: Marcus Adler.

„Hier," sagte Kramer und schob Olsen und Maren eine Akte über den Laptop zu. „Das ist Marcus Adler. Ein hochrangiger Finanzmogul. Seine Finger sind in praktisch jeder globalen Geldbewegung, die mit der Bruderschaft in Verbindung steht."

Olsen blickte auf die Informationen. „Adler... der Name ist mir bisher nicht untergekommen. Wo hat er seine Basis?"

„In London," erklärte Kramer. „Er ist eine zentrale Figur in der City of London, dem Finanzherz Europas. Seine Rolle besteht darin, die Gelder der Bruderschaft zu waschen und zu verschieben, über Offshore-Konten, Scheinfirmen und verdeckte Investitionen. Er hat Zugang zu globalen Ressourcen, und er verwaltet Milliarden – sowohl legal als auch illegal."

„Er ist also einer der Finanzierer der Bruderschaft," murmelte Olsen, als er die Akte durchging. „Aber warum taucht sein Name erst jetzt auf?"

„Das Netzwerk der Bruderschaft hat Schichten. Wir haben bisher nur an der Oberfläche gekratzt. Fournier und Khalid waren zwar bedeutend, aber Adler gehört zu den wahren Drahtziehern – zu denjenigen, die das gesamte globale Netzwerk kontrollieren. Das ist der innere Kreis."

Maren sah Kramer nachdenklich an. „Wenn Adler einer der wichtigsten Strippenzieher ist, warum hat er sich nie öffentlich exponiert?"

Kramer tippte weiter, seine Finger flink über die Tasten gleitend. „Weil er ein Meister darin ist, sich zu verstecken. Er operiert nicht nur unter verschiedenen Namen, sondern nutzt auch hochentwickelte Verschleierungstaktiken. Er lässt die illegalen Gelder der Bruderschaft durch völlig legitime Firmen laufen – Investitionen in Immobilien, Technologiefirmen und sogar wohltätige Organisationen. Alles sieht sauber aus, aber darunter liegt das wahre Netzwerk."

Olsen fühlte den Druck steigen. Die Bruderschaft war ein global agierendes, finanziell abgesichertes Netzwerk, das politische und wirtschaftliche Systeme infiltrierte.

Wenn Marcus Adler einer der Köpfe dieses Netzwerks war, dann bedeutete das, dass die Bruderschaft noch weit mehr Macht besaß, als sie bisher angenommen hatten.

„Wir sprechen hier nicht mehr nur von Drogen, Waffen und Menschenhandel," sagte Olsen und sah zu Maren hinüber. „Adler kontrolliert einen großen Teil der Geldströme, die all das finanzieren. Wenn er fällt, könnten wir einen großen Teil des Netzwerks lahmlegen."

„Aber das ist ein sehr großes WENN," fügte Maren hinzu. „Er hat wahrscheinlich politische Verbindungen, die uns das Leben schwer machen werden. So jemand wie Adler bewegt sich in den höchsten Kreisen. Er wird nicht einfach so zu fassen sein."

„Das ist wahr," stimmte Kramer zu. „Adler ist eng vernetzt mit Oligarchen, Großinvestoren und Politikern. Aber ich habe etwas Interessantes entdeckt." Kramer öffnete eine weitere Datei. „Er ist Mitglied eines exklusiven Clubs in London, der sich 'Der innere Kreis' nennt. Es handelt sich dabei um eine elitäre Gruppe von Finanzmogulen, die weltweit Einfluss ausüben. Und was noch interessanter ist – viele dieser Männer haben direkte Verbindungen zur Bruderschaft."

Olsen starrte auf die Daten und versuchte, die Verstrickungen zu begreifen. „Der innere Kreis..."

Kramer nickte. „Das ist keine offizielle Organisation. Es ist eher eine geheime Vereinigung, in der die mächtigsten Männer der Welt zusammenkommen, um ihre Geschäfte abzustimmen – sowohl die legalen als auch die illegalen. Adler ist eine Schlüsselfigur darin."

Maren überlegte einen Moment. „Wenn wir ihn ausschalten, brechen wir nicht nur die Geldströme der Bruderschaft. Wir zerschlagen auch ihre Machtbasis."

Während Kramer tiefer in die Welt des inneren Kreises und Marcus Adlers Verbindungen eintauchte, stieß er auf etwas, das sie überraschte.

„Hier," sagte Kramer plötzlich, seine Stimme aufgeregt. „Ich habe einen Hinweis gefunden. Adler mag gut darin sein, seine Spuren zu verwischen, aber es gibt eine Sache, die er nicht verstecken konnte: eine Reihe von Transaktionen, die direkt mit einem anderen hochrangigen Mitglied der Bruderschaft verknüpft sind."

Olsen trat näher an den Bildschirm. „Wen meinst du?"

„Es erscheint immer wieder der Name 'Der Architekt'," erklärte Kramer und zeigte auf eine verschlüsselte Transaktion, die er entschlüsselt hatte.

„Er ist eine Schlüsselfigur, die nicht nur in Hamburg, sondern auch in anderen Teilen Europas aktiv ist. Adler und der Architekt arbeiten eng zusammen, um die Operationen der Bruderschaft in Europa zu finanzieren und zu koordinieren."

„Der Architekt," wiederholte Olsen nachdenklich. „Wir sind ihm in Hamburg schon einmal begegnet, aber wir haben nie herausgefunden, wer er wirklich ist."

Kramer fuhr fort. „Es scheint, dass der Architekt in Hamburg eine großangelegte Operation plant, die sowohl politische als auch wirtschaftliche Ziele hat. Er ist derjenige, der die Macht der Bruderschaft in Europa festigt, während Adler das Geld bereitstellt."

Maren lehnte sich zurück. „Das bedeutet, dass Adler und der Architekt nicht nur in London und Hamburg aktiv sind – sie ziehen die Fäden in ganz Europa."

Olsen sah die beiden an. „Dann müssen wir beide aufhalten. Adler ist unser nächstes Ziel. Wenn wir ihn fassen können, haben wir eine Chance, den Architekten aus dem Verborgenen zu locken. Aber das wird nicht einfach."

Kramer nickte. „Es wird schwer, aber nicht unmöglich. Adler ist gut vernetzt, aber wir haben die Chance, ihn in London zu überführen. Es gibt einige Schwachstellen, die wir ausnutzen können. Er ist mächtig, aber auch er hat Fehler gemacht."

Die Erkenntnisse über Marcus Adler und den inneren Kreis der Bruderschaft hatten Olsen und sein Team in eine neue Dimension des Kampfes gegen das Netzwerk geführt.

Sie wussten, dass Adler der Schlüssel war, um die Geldströme der Bruderschaft zu kappen, und dass sie sich beeilen mussten, bevor die Bruderschaft ihre Macht in Hamburg und anderen europäischen Städten festigen konnte.

„Adler ist nicht nur ein weiterer Spieler," sagte Olsen schließlich. „Er ist eine der Hauptfiguren im globalen Netzwerk der Bruderschaft."

„Wir müssen ihn in London fassen," sagte Maren entschlossen. „Das ist unsere beste Chance, die gesamte Struktur zu durchbrechen."

„Aber wir müssen vorsichtig sein," fügte Kramer hinzu. „Adler ist nicht Fournier. Er wird sich nicht einfach in die Enge treiben lassen. Seine politischen und finanziellen Verbindungen machen ihn extrem gefährlich. Wenn wir einen Fehler machen, wird er sofort entkommen."

Olsen starrte auf die Karte von London, die vor ihnen lag. „Wir müssen alles bis ins kleinste Detail planen. London wird der Ort sein, an dem wir die Bruderschaft endgültig zerschlagen – oder scheitern."

Nach den jüngsten Entdeckungen war klar, dass London das nächste Ziel war. Die Verstrickungen von Marcus Adler in das globale Netzwerk der Bruderschaft stellten eine noch größere Bedrohung dar, als Olsen und sein Team ursprünglich vermutet hatten.

Wenn Adler weiterhin ungehindert operierte, könnten die finanziellen Netzwerke der Bruderschaft ungehindert wachsen – und Hamburg, wie auch andere europäische Städte, würden unter seiner Kontrolle stehen.

„Wir müssen nach London," sagte Olsen, während er auf den Bildschirm starrte. Die Informationen, die Kramer gesammelt hatte, deuteten darauf hin, dass Adlers Machenschaften tiefer und komplexer waren, als sie je erwartet hätten. „Das ist unser nächster Schritt. Wenn wir Adler aufhalten, können wir die Geldströme der Bruderschaft kappen."

Kramer, der an seinem Laptop saß, nickte. „Es wird nicht leicht. Adler ist ein Phantom – er operiert im Verborgenen, seine Geschäfte laufen über verschachtelte Firmen und Offshore-Konten. Aber wenn wir ihn in London erwischen, können wir die Verbindungen zerschlagen."

„Wie lange brauchen wir, um alles vorzubereiten?" fragte Maren, während sie sich bereits mental auf die bevorstehende Mission einstellte.

„Wir müssen so schnell wie möglich fliegen," antwortete Olsen. „Jede Verzögerung könnte Adler Zeit geben, seine Spuren zu verwischen."

Kramer tippte auf seinem Laptop herum und organisierte die Flüge. „Ich habe für uns den nächsten Flug nach London gebucht. Wir haben einen Direktflug von Hamburg nach Heathrow. Es bleibt wenig Zeit, packt nur das Nötigste."

„Und was ist mit unserer Unterkunft?" fragte Maren. Sie wusste, dass Diskretion das Wichtigste war – sie mussten in London unter dem Radar bleiben, wenn sie Adler überwachen wollten.

„Ich habe über eine alte Kontaktperson bei Europol eine unauffällige Wohnung im Herzen von Kensington arrangiert," sagte Kramer. „Es ist diskret und abseits gelegen, aber nah genug, um schnell in die City of London zu gelangen."

Olsen nickte. „Gut. Wir fliegen sofort nach London. Wir dürfen keinen Fehler machen – das ist unsere Chance, Adler zu fassen, bevor er noch tiefer ins Netzwerk abtaucht."

Der Flug von Hamburg nach London verlief ohne größere Zwischenfälle, doch die Anspannung im Team war spürbar. Jeder von ihnen wusste, dass die Operation in London entscheidend war.

Sie hatten nur eine Chance, Adler und seine Machenschaften aufzudecken – und jeder Fehler könnte das gesamte globale Netzwerk der Bruderschaft wieder im Dunkeln verschwinden lassen.

Olsen saß am Fenster und beobachtete die Wolken, die träge vorbeizogen. Seine Gedanken rasten. London war das Finanzzentrum Europas – ein Ort, an dem Milliarden von Dollar täglich den Besitzer wechselten. Es war der perfekte Schauplatz für einen Mann wie Marcus Adler, der sich im Schatten der legalen Geschäfte bewegte, um illegale Transaktionen zu verbergen.

„Was wissen wir über Adlers Geschäfte in London?" fragte Maren, die neben Kramer saß und durch ihre Notizen blätterte.

Kramer sah auf seinen Laptop und antwortete ruhig: „Adler nutzt mehrere legale Firmen als Deckmantel. Er investiert in Immobilien, Technologieunternehmen und Hedgefonds.

Aber die Gelder, die in diese Firmen fließen, stammen oft aus dunklen Quellen – Drogengelder, Waffenhandel, Menschenhandel. Er wäscht das Geld über scheinbar legitime Unternehmen und verschiebt es dann in andere Länder."

„Und was ist mit seinen Verbindungen?" fragte Olsen. „Wer schützt ihn?"

„Das ist das Problem," sagte Kramer und runzelte die Stirn. „Adler hat enge Verbindungen zu hochrangigen Politikern und Wirtschaftsführern in London. Er wird nicht einfach zu fassen sein. Jeder, der ihm zu nahekommt, riskiert, von seinen Verbindungen blockiert oder sabotiert zu werden."

Olsen seufzte leise. „Also haben wir es nicht nur mit einem Mann zu tun, sondern mit einem ganzen Netzwerk von Schutzleuten."

„Genau," bestätigte Kramer. „Aber wir haben einen Vorteil. Durch die Informationen aus Paris wissen wir, dass Adler sich in den nächsten Tagen mit anderen Mitgliedern des inneren Kreises treffen wird. Das ist unsere Chance, ihn zu erwischen – wir müssen zuschlagen, bevor er weiß, dass wir da sind."

Der Landeanflug auf Heathrow ließ die Lichter Londons wie ein schillerndes Netz unter ihnen aufblitzen. Die Stadt wirkte majestätisch, ein Ort der Geschichte und der Macht. Doch Olsen wusste, dass hinter der glitzernden Fassade eine andere Welt lauerte – eine Welt aus Korruption, illegalen Geschäften und dunklen Allianzen, in der Männer wie Marcus Adler die Strippen zogen.

Sie gingen durch die Kontrollen und holten ihr Gepäck ab. Niemand sprach viel – die Spannung und das Bewusstsein der bevorstehenden Gefahr lag schwer auf ihnen. London war ein gefährliches Pflaster, und die Bruderschaft hatte hier mächtige Verbündete.

Draußen auf dem Vorplatz des Flughafens wartete ein Taxi auf sie. „Unser Kontakt hat uns ein Apartment in Kensington gesichert," sagte Kramer, als sie in das Auto stiegen und sich auf den Weg in die Stadt machten. „Es ist unauffällig und liegt in einem Wohnviertel fern von den Augen der Bruderschaft."

Der Weg durch die Straßen Londons fühlte sich wie eine Reise in ein anderes Universum an. Die Lichter der City of London, die massiven Wolkenkratzer und das Summen der Millionen von Menschen, die sich durch die Straßen drängten, schufen eine Atmosphäre, die gleichzeitig pulsierend und bedrückend war. Olsen wusste, dass dies die Stadt war, in der das Schicksal der Bruderschaft entschieden werden konnte – oder ihre Macht zementiert werden würde.

„London," murmelte Maren, während sie aus dem Fenster sah. „Adlers Spielwiese."

„Ja," antwortete Olsen leise. „Aber diesmal spielen wir mit."

Das Taxi hielt schließlich vor einem unscheinbaren, aber gepflegten Apartmentkomplex in Kensington. Es war kein luxuriöser Ort, aber perfekt für eine verdeckte Operation. Olsen, Maren und Kramer stiegen aus und nahmen ihr Gepäck.

„Das ist es," sagte Kramer, als er den Schlüssel hervorholte. „Unser Versteck in London."

Sie betraten das Apartment, und der erste Eindruck war ermutigend. Es war schlicht, aber funktional – genau das, was sie brauchten, um in den nächsten Tagen unauffällig zu bleiben. Kramer setzte sich sofort an den Esstisch und schloss seinen Laptop an, während Maren die Räume inspizierte.

„Alles sauber," sagte sie nach einigen Minuten. „Keine Hinweise auf Überwachung."

„Gut," sagte Olsen. „Dann haben wir hier unsere Basis."

Kramer drehte sich mit seinem Laptop zu den beiden um. „Ich werde sofort mit der Überwachung der digitalen Aktivitäten Adlers beginnen. Wenn er irgendwo eine Spur hinterlässt, werden wir sie finden."

Olsen nickte und lehnte sich an die Wand. „Gut. Das wird unser Hauptquartier sein, solange wir hier sind. Wir müssen vorsichtig vorgehen. London ist nicht wie Paris – hier operieren wir in Adlers Revier."

Nachdem sie sich eingerichtet hatten, setzten sie sich zusammen, um die Strategie zu besprechen. Kramer hatte bereits damit begonnen, Adlers Netzwerke in London zu durchleuchten, und die ersten Erkenntnisse waren beunruhigend.

„Adler hat Verbindungen in jeden Winkel der City of London," erklärte Kramer und zeigte auf eine Karte der Stadt, auf der die verschiedenen Orte markiert waren, an denen Adler operierte. „Er nutzt Banken, Investmentfirmen und Immobilienfirmen, um seine Geschäfte zu tarnen. Er ist ein Experte darin, illegales Geld durch legale Kanäle zu schleusen."

Maren studierte die Karte. „Das bedeutet, dass wir ihn nicht frontal angreifen können. Wenn wir ihn direkt konfrontieren, wird er sofort alle seine Verbindungen aktivieren und uns blockieren."

Olsen nickte. „Wir müssen subtil vorgehen. Kramer, konzentriere dich auf seine nächsten Schritte. Wir wissen, dass er sich mit anderen Mitgliedern des inneren Kreises treffen wird – das ist unsere beste Gelegenheit."

Kramer lächelte leicht und tippte weiter auf seinem Laptop. „Ich werde alles in Bewegung setzen, um herauszufinden, wann und wo dieses Treffen stattfinden wird. Sobald wir das wissen können wir zuschlagen."

Olsen lehnte sich zurück und ließ seinen Blick über die Karte schweifen. „Adler hat sich lange genug im Schatten versteckt. Jetzt ist es an der Zeit, ihn ins Licht zu zerren."

Es war Kramers unermüdliche Suche nach weiteren Spuren in den Daten, die sie aus Adlers Netzwerken entschlüsselt hatten, die zu diesem entscheidenden Schritt führte. Während sie in ihrem Unterschlupf in London saßen, vertiefte Kramer sich weiter in die Finanzbewegungen von Marcus Adler. Die Daten zeigten ein komplexes Geflecht von Transaktionen, die sich bis nach Luxemburg erstreckten. Doch es war eine spezielle Nachricht, die Kramer aufmerksam werden ließ.

„Hier ist etwas," sagte Kramer plötzlich und zog Olsens Aufmerksamkeit auf sich. „Eine verschlüsselte E-Mail aus Adlers Kreisen. Sie spricht von einer Person, die aus dem inneren Kreis aussteigen will – jemand, der genug gesehen hat und sich absetzen will."

Olsen trat näher an den Bildschirm und las die Zeilen. „Ein potenzieller Whistleblower?"

Kramer nickte. „Es scheint so. Er arbeitet schon seit Jahren für Adler, aber jetzt will er aussteigen. Diese Nachricht deutet darauf hin, dass er mehr weiß, als gut für ihn ist. Ich habe die letzten Transaktionen überprüft, und eine weist direkt auf diesen Mann. Anscheinend hat er versucht, einen Fluchtplan aufzustellen, aber er steckt noch fest."

Maren lehnte sich zurück und verschränkte die Arme. „Wenn er aussteigen will, könnte er eine Goldgrube für Informationen sein."

„Ich habe noch etwas gefunden," fügte Kramer hinzu. „In den letzten Nachrichten wird erwähnt, dass dieser Mann sich in London versteckt. Er sucht nach einem Weg, aus dem Netz zu entkommen – vielleicht ist er bereit, mit uns zu sprechen, wenn wir ihn finden."

Olsen runzelte die Stirn. „Das könnte unser Durchbruch sein. Wenn er Zugang zu Adlers inneren Kreisen hatte, weiß er vielleicht von den nächsten Schritten der Bruderschaft. Aber wenn wir ihn finden können, dann können sie es auch."

Kramer zeigte eine Adresse auf dem Bildschirm. „Ich habe seine letzten Aufenthaltsorte aufgespürt. Er hat sich in einem kleinen Viertel in Shoreditch zurückgezogen. Es ist riskant, aber wenn wir ihn erreichen, bevor Adlers Leute es tun, könnte er uns alles geben, was wir brauchen."

Olsen nickte entschlossen. „Dann bleibt uns keine Wahl. Wir müssen sofort los, bevor sie ihn ausschalten."

Die Jagd begann, als Olsen und Kramer sich schnell auf den Weg machten. Sie wussten, dass die Zeit gegen sie arbeitete – die Bruderschaft würde keinen Verräter dulden, und der Whistleblower war in akuter Gefahr.

Der Informant, ein Mann mittleren Alters mit nervösem Blick, trat aus dem Schatten hervor, als sie sich näherten. Sein Gesicht war von dunklen Ringen um die Augen gezeichnet, die auf schlaflose Nächte hindeuteten. Er hatte Angst – das war ganz offensichtlich.

„Ihr seid Olsen und Kramer?" fragte er, seine Stimme flach, fast flüsternd.

„Das sind wir," antwortete Olsen ruhig. „Du hast Informationen über Adler?"

Der Mann sah sich hastig um, als würde er erwarten, dass sie bereits beobachtet wurden. „Ja... ja, ich habe lange für ihn gearbeitet," begann er. „Ich war in seinem engsten Kreis, aber irgendwann wurde mir klar, dass es nicht nur um Geld ging. Es ging um Macht, um Kontrolle über Dinge, die... gefährlicher sind, als ich es mir je vorgestellt habe."

„Was genau meinst du damit?" fragte Kramer und machte einen Schritt näher an den Informanten heran.

„Adler ist nicht einfach ein Finanzier. Er ist Teil eines viel größeren Spiels," flüsterte der Informant. „Die Bruderschaft plant eine massive Investition in eine private Sicherheitsfirma. Aber diese Firma ist nichts anderes als ein Deckmantel. Sie nutzen sie, um Waffenschmuggel in Europa und den Nahen Osten zu betreiben. Ich habe Dokumente gesehen – sie sprechen von Millionen, die in diese Firma investiert werden sollen."

Olsen und Kramer wechselten einen schnellen Blick. „Und wann soll diese Investition stattfinden?" fragte Olsen.

„Bald," antwortete der Informant und sah sich erneut um. „Sie haben bereits Treffen geplant. Eins davon findet in Luxemburg statt. Dort wird Adler sich mit anderen Mitgliedern des inneren Kreises treffen, um die endgültigen Schritte zu besprechen."

Der Informant wirkte zunehmend nervöser, als er die Details preisgab. „Die Bruderschaft arbeitet nicht nur im Verborgenen. Sie haben Verbindungen zu Regierungen, zu einflussreichen Menschen in der Industrie, in der Finanzwelt. Sie nutzen legitime Firmen, um ihre Geschäfte zu verschleiern, aber in Wirklichkeit ist alles eine Fassade."

Kramer tippte hastig auf seinem Laptop, während er die Worte des Informanten aufnahm. „Diese private Sicherheitsfirma, die du erwähnt hast... hast du einen Namen?"

Der Mann nickte und zog hastig ein zerknittertes Stück Papier aus seiner Jackentasche. „Hier... das ist alles, was ich habe.

Die Firma heißt SecuroTrust International. Offiziell bieten sie Schutzdienste an, aber in Wirklichkeit organisieren sie Waffentransporte, sowohl nach Europa als auch in den Nahen Osten."

Olsen nahm das Papier und sah es sich an. Die Details waren vage, aber es gab genug, um eine Spur aufzunehmen. „Warum kommst du jetzt zu uns?" fragte er. „Warum riskierst du dein Leben?"

Der Informant zuckte mit den Schultern, seine Augen voller Angst. „Ich dachte, ich könnte damit leben... aber was ich gesehen habe... das geht zu weit. Adler und seine Leute wollen nicht nur reich werden. Sie wollen die Kontrolle über den internationalen Waffenschmuggel erlangen. Wenn sie Erfolg haben, wird niemand sie mehr aufhalten können."

Gerade als der Informant weitersprechen wollte, hörte Olsen ein Geräusch aus der Dunkelheit. Schritte. Langsam und bedrohlich, als würden sie verfolgt werden. Sein Instinkt ließ ihn sofort reagieren. „Weg von hier! Jetzt!"

Der Informant geriet in Panik. „Sie haben mich gefunden! Sie wissen, dass ich euch Informationen gebe!"

Olsen zog seine Waffe, während Kramer den Informanten packte und in die Richtung der Hintergasse drängte. „Beweg dich!" zischte Olsen, während die Schritte näherkamen.

Plötzlich... ein Schuss durch die Dunkelheit. Olsen drehte sich um und feuerte in die Richtung der Angreifer.

Der Lärm der Schüsse hallte durch die stille Gasse, als sie hastig Deckung suchten. Kramer zog den Informanten hinter eine Ecke, während Olsen weiter das Feuer erwiderte.

„Wir müssen hier weg!" rief Kramer. „Das ist eine Falle!"

Olsen wusste, dass sie keine Zeit hatten, den Kampf auszudehnen. Sie mussten schnell fliehen, bevor Verstärkung eintraf. Mit gezielten Schüssen schaffte er es, die Angreifer zu verwirren, während Kramer den Informanten weiter in Richtung des Ausgangs schob.

Sie liefen durch die engen Gassen, das Echo ihrer Schritte und der Schüsse verfolgend. Der Informant war außer Atem aber Olsen wusste, dass sie es schaffen mussten. Wenn sie jetzt gefasst würden, käme die Bruderschaft ihrer gesamten Mission auf die Spur – und Adler würde endgültig untertauchen.

Nach einer atemlosen Flucht gelang es ihnen, das Café und die Gassen zu verlassen. Sie erreichten schließlich das Taxi, das Kramer zur Flucht vorbereitet hatte, und sprangen hinein, bevor es davonraste.

Olsen atmete schwer und sah aus dem Fenster, während die Lichter Londons an ihnen vorbeizogen.

„Das war verdammt knapp," murmelte Kramer und sah den Informanten an, der blass und zitternd auf dem Rücksitz saß.

Olsen nickte. „Aber wir haben die Informationen. Luxemburg ist der nächste Schritt."

Der Informant, der immer noch vor Angst zitterte, sah zu Olsen hinüber. „Ihr müsst Adler und seine Leute aufhalten. Wenn sie diesen Plan durchziehen, wird es kein Zurück mehr geben."

Olsen drehte sich zu Kramer um, der bereits auf seinem Laptop tippte. „Wir müssen alles über dieses Treffen in Luxemburg herausfinden," sagte er entschlossen. „Wenn Adler und die anderen sich dort versammeln, dann ist das unsere Chance."

Kramer nickte und begann, Informationen über SecuroTrust International zu sammeln. „Ich werde sofort nach Luxemburg fliegen und unsere Kontakte vor Ort aktivieren. Sie haben ein Zeitfenster, das wir nutzen müssen."

Maren, die bereits auf den nächsten Schritt vorbereitet war, trat hinzu. „Ich werde das Team in Luxemburg kontaktieren. Wir müssen uns beeilen – sie dürfen nicht entkommen."

Olsen lehnte sich zurück, seine Gedanken rasten. Luxemburg war der nächste Schritt, und diesmal mussten sie schneller und härter zuschlagen, um die Bruderschaft zu zerschlagen.

„Dann bereiten wir uns vor," sagte er ruhig. „Wir fliegen nach Luxemburg."

Luxemburger Schatten

Hamburg lag noch im Dämmerlicht, als Olsen, Kramer und Maren am Flughafen ankamen, bereit, sich auf ihre nächste Mission zu begeben. Die Luft war kühl und feucht, typisch für einen Herbstmorgen in Norddeutschland.

Olsen konnte die Anspannung in der Luft förmlich spüren – nach den jüngsten Ereignissen in London und der Begegnung mit dem Whistleblower waren sie nur einen Schritt davon entfernt, Marcus Adlers globale Machenschaften aufzudecken. Luxemburg war der Schlüssel.

„Wie sieht es mit der Unterkunft aus?" fragte Olsen, als sie durch die Sicherheitskontrollen gingen.

„Europol hat alles arrangiert," antwortete Kramer, ohne von seinem Laptop aufzusehen, während er weiterhin Adlers digitale Aktivitäten überwachte. „Ein kleines Apartment im Zentrum von Luxemburg-Stadt. Diskret, aber nah genug, um jederzeit zu handeln."

„Gut," sagte Olsen knapp und blickte zu Maren, die in Gedanken versunken war. Er wusste, dass sie die bevorstehenden Tage genauso ernst nahm wie er. Die Bruderschaft hatte sich tief in die Finanzsysteme Europas eingebettet, und Luxemburg war eines ihrer zentralen Drehkreuze.

Die Minuten zogen sich hin, bis das Boarding begann. Sie nahmen ihre Plätze im Flugzeug ein – ein direkter Flug von Hamburg nach Luxemburg, gerade einmal eine Stunde lang, doch die Schwere der kommenden Mission lastete auf ihnen wie ein transatlantischer Flug.

Olsen blickte aus dem Fenster auf die sich entfernende Startbahn und dachte über die letzten Schritte nach: London hatte ihnen gezeigt, wie weit die Bruderschaft bereit war zu gehen.

Jetzt mussten sie Adler fassen – diesmal durfte es keinen Fehlschlag geben.

Kramer saß neben ihm, die Augen fixiert auf die endlosen Datenströme auf seinem Laptop. Jede Sekunde nutzte er, um weitere Informationen über Adlers Geldströme zu sammeln, während Maren sich auf ihren Platz am Gang gesetzt hatte, ihre Gedanken unruhig, doch ihr Blick blieb entschlossen.

„Wir haben in Luxemburg keine zweite Chance," sagte Maren schließlich leise, ihre Stimme ruhig, aber fest.

Als das Flugzeug auf dem internationalen Flughafen von Luxemburg landete, spürte Olsen sofort, dass sich die Atmosphäre verändert hatte.

Luxemburg – eine kleine, aber mächtige Nation, die oft als Zentrum für europäische Finanzgeschäfte fungierte. Es war ein Ort, an dem Milliarden unbemerkt verschoben werden konnten, ein Paradies für jene, die im Dunklen operierten.

Sie verließen das Flugzeug und holten schnell ihr Gepäck. Europol hatte einen diskreten Fahrer geschickt, der sie am Ausgang des Flughafens erwartete. Der Mann, gekleidet in dunkle Kleidung, trat vor, als er sie erkannte, und führte sie schweigend zu einem unauffälligen, grauen Mercedes.

„Ihr seid das Olsen-Team?" fragte er mit einem leichten französischen Akzent. „Ich bin Damien. Europol hat mich geschickt."

„Das sind wir," antwortete Olsen knapp und ließ seinen Blick kurz über die Umgebung gleiten. „Haben Sie alles vorbereitet?"

„Ja," sagte Damien und öffnete die Türen des Wagens für sie. „Ich werde Sie zu Ihrem Apartment bringen. Es liegt im Herzen von Luxemburg-Stadt, in der Nähe des Finanzviertels."

Der Weg ins Zentrum von Luxemburg war von einer kühlen, fast unnatürlichen Ruhe begleitet.

Die Straßen waren sauber, die Gebäude ordentlich und eindrucksvoll – eine Stadt, die das europäische Kapital in sich aufsog. Doch Olsen wusste, dass die wahre Macht nicht in den glänzenden Fassaden der Banken und Firmengebäude lag, sondern in den dunklen Kanälen des Geldes, das die Bruderschaft durch die Systeme schleuste.

„Luxemburg ist perfekt für die Bruderschaft," murmelte Kramer, während er aus dem Fenster sah. „Die Banken hier sind berüchtigt für ihre Verschleierungspraktiken. Niemand stellt Fragen, solange das Geld stimmt."

Damien fuhr sie in eine Seitenstraße abseits des Hauptverkehrs und hielt vor einem schlichten, dreistöckigen Gebäude. Es sah unauffällig aus, fast zu unauffällig für das Herz einer Stadt voller Reichtum und Geheimnisse.

„Hier ist Ihr Apartment," sagte er und reichte Olsen einen Schlüssel. „Es ist komplett ausgestattet und alles ist bereit. Ich bleibe in der Nähe, falls Sie mich brauchen."

„Danke," sagte Olsen, als sie ihre Taschen nahmen und das Gebäude betraten.

Das Apartment war klein, aber funktional. Ein Wohnzimmer, zwei Schlafzimmer und eine kleine Küche – genau das, was sie für die nächsten Tage brauchen würden.

Olsen stellte seine Tasche ab und blickte sich um. „Das hier wird unser Stützpunkt sein," sagte er ruhig. „Wir müssen so unauffällig wie möglich bleiben, aber schnell handeln."

Kramer schloss sofort seinen Laptop an und begann mit der Überwachung. „Die Geldströme von Adler fließen hier durch verschiedene Banken," sagte er und zeigte auf den Bildschirm. „Wir wissen, dass Luxemburg ein Knotenpunkt ist. Aber ich muss wirklich tiefergraben, um herauszufinden, wie weit die Verstrickungen gehen."

Am nächsten Morgen begann die Operation ernsthaft. Olsen und Maren waren mit Damien verabredet, um sich mit Europol zu treffen und die ersten Schritte zur Verfolgung von Adlers Finanzströmen zu besprechen.

Sie hatten einen Termin mit einem Analysten, der über die letzten Jahre die kriminellen Aktivitäten in Luxemburg überwacht hatte.

Luxemburg, so klein es auch war, diente als Schaltzentrale für weltweite Geldwäsche.

Im Europol-Büro wurden sie von einem Mann mittleren Alters empfangen – Jacques, ein Finanzermittler, der sich seit Jahren mit den verschlungenen Geldströmen durch Luxemburgs Banken beschäftigte.

„Ich habe Sie erwartet," sagte Jacques ohne Umschweife, als er ihnen die Hand schüttelte. „Wir haben Adlers Bewegungen seit Monaten verfolgt, aber er ist ein Experte darin, seine Spuren zu verwischen."

„Das wissen wir," sagte Olsen ernst. „Aber diesmal haben wir Informationen, die uns helfen könnten, ihn direkt anzugreifen. Er und die Bruderschaft planen eine großangelegte Investition, die mit Waffenschmuggel verbunden ist."

Jacques nickte, während er ihnen Platz in einem Konferenzraum anbot. „Wir haben ähnliche Hinweise. Luxemburg wird genutzt, um Gelder aus dem Waffenhandel zu waschen und in legale Firmen zu schleusen. Die Bruderschaft hat mehrere Konten in verschiedenen Banken, die sie geschickt nutzt, um diese Geschäfte zu verschleiern."

Kramer setzte sich und begann sofort mit Jacques, die digitalen Spuren zu verfolgen.

„Adler verwendet spezielle Kanäle, um sein Geld zu bewegen," sagte Kramer und deutete auf die Bildschirme. „Wir müssen herausfinden, welche Firmen er in Luxemburg kontrolliert und wie er diese mit seinen kriminellen Aktivitäten verknüpft."

„Es gibt eine Handvoll verdächtiger Firmen," sagte Jacques und tippte auf die Tastatur. „Aber sie arbeiten alle unter dem Deckmantel legaler Geschäfte. Immobilien, Tech-Start-ups, sogar wohltätige Organisationen."

Olsen starrte auf die Daten. „Wir müssen sie aufdecken. Wenn wir diese Firmen enttarnen, können wir Adler bloßstellen – und das Netzwerk der Bruderschaft in Luxemburg zerschlagen."

Maren sah ernst in die Runde. „Adler weiß, dass wir hinter ihm her sind. Er wird versuchen, seine Spuren zu verwischen, sobald er den Verdacht schöpft."

Jacques lehnte sich zurück. „Das bedeutet, dass wir schnell handeln müssen. Wir haben möglicherweise nur eine kleine Chance, bevor er endgültig verschwindet."

Die Straßen von Luxemburg-Stadt waren ruhig, fast zu ruhig, während Olsen und Maren sich auf ihre Beobachtungsposition vorbereiteten. In einem unscheinbaren Industriegebiet, abseits der glitzernden Banken und Regierungsgebäude, sollte ein geheimes Treffen stattfinden – ein Treffen zwischen Marcus Adler und einem berüchtigten Waffenhändler, der nur unter dem Namen Ivanov bekannt war.

Olsen wusste, dass dies ein entscheidender Moment sein könnte. Sie hatten lange genug Informationen gesammelt und waren jetzt in der Lage, Adlers nächste Schritte vorherzusagen. Europol hatte Hinweise auf dieses Treffen erhalten, und die Details waren klar: Adler wollte die letzten Verhandlungen für einen großangelegten Waffenhandel abschließen, der durch die Bruderschaft organisiert wurde. Der Waffenhändler, Ivanov, war einer der mächtigsten Akteure in der internationalen Unterwelt, und dieses Treffen war der Schlüssel zu einem neuen, noch größeren Waffenumschlag.

„Alles bereit?" fragte Olsen leise, als sie sich in einem verlassenen Lagerhaus in Sichtweite des Treffpunkts positionierten. Die Nacht war kalt, und der Wind trug die Geräusche der Stadt gedämpft in ihre Richtung.

Maren nickte, während sie durch ein Fernglas die Lage sondierte. „Das Gelände ist gut gesichert. Zwei Männer am Eingang, weitere Wachen patrouillieren hinten. Aber das passt zu dem, was wir erwartet haben."

Olsen schaute ebenfalls durch das Fernglas und beobachtete die Ankunft zweier schwarzer SUVs, die sich langsam dem Gebäude näherten. „Das müssen sie sein," sagte er leise. „Adler und Ivanov."

Kramer, der sich mit Europol im Kontaktzentrum befand, meldete sich über Funk. „Ich überwache die Umgebung. Bisher sieht es ruhig aus, aber ihr müsst vorsichtig sein. Das Treffen ist größer, als wir dachten. Es könnte Komplikationen geben."

Olsen nahm die Worte zur Kenntnis, doch in seinem Inneren wusste er, dass es keine ruhige Nacht werden würde. Dieses Treffen war der Wendepunkt. Adler würde hier die endgültigen Absprachen für den Waffenhandel treffen – ein Geschäft, das die Bruderschaft tiefer in den internationalen Schwarzmarkt verstricken und ihre Kontrolle über Europa ausbauen würde.

Die beiden SUVs hielten an, und aus einem der Fahrzeuge stieg Marcus Adler, in einem eleganten Mantel, das Gesicht wie immer beherrscht und kühl. Er sah aus wie ein Geschäftsmann, der einen weiteren erfolgreichen Tag abschließen wollte, doch Olsen wusste, dass in seinem Inneren ein skrupelloser Verbrecher steckte, der vor nichts zurückschreckte.

„Adler ist vor Ort," flüsterte Olsen. „Ivanov müsste jeden Moment ebenfalls aussteigen."

Maren richtete das Fernglas auf den zweiten SUV, aus dem nun ein massiger, breit gebauter Mann stieg – Ivanov. Ein grobschlächtiger Russe, dessen Einfluss im Waffenhandel von Osteuropa bis in den Nahen Osten reichte.

Ivanov und Adler hatten sich offenbar oft genug getroffen, um eine gegenseitige Vertrautheit zu entwickeln. Sie begrüßten sich mit einem kurzen Nicken, und ohne viel Zeit zu verlieren, betraten sie das Lagerhaus.

„Sie gehen rein," meldete Maren, während sie die Tür des Lagerhauses im Blick behielt. „Wie lange, denkst du, werden sie brauchen?"

„Schwer zu sagen," antwortete Olsen. „Das Geschäft ist komplex, aber wir wissen, dass Adler keine Zeit zu verschwenden hat. Wir müssen sie weiter im Auge behalten. Wenn sie hier den Waffenhandel finalisieren, können wir sie möglicherweise auf frischer Tat ertappen."

Sie hatten geplant, die Überwachung aus sicherer Entfernung durchzuführen und Europol und die örtliche Polizei alarmiert, um im richtigen Moment zuzuschlagen. Doch in der Dunkelheit der Nacht lauerten unerwartete Gefahren, die den gesamten Plan zu zerstören drohten.

Olsen hörte plötzlich ein seltsames Geräusch. Schritte – nicht von den Wachen oder aus dem Lagerhaus, sondern aus der gegenüberliegenden Richtung. Er zog instinktiv seine Waffe und bedeutete Maren, still zu sein.

„Da ist etwas," flüsterte er ins Mikrofon, während er sich flach auf den Boden legte und die Umgebung durch das Fernglas absuchte. „Kramer, kannst du überprüfen, ob sich jemand außerhalb des Bereichs bewegt?"

Kramers Stimme kam angespannt über die Funkverbindung. „Ich habe gerade ein unbekanntes Fahrzeug entdeckt, das sich ohne Licht nähert. Es könnte Ärger geben."

Olsen kniff die Augen zusammen und sah, wie ein weiteres Fahrzeug, ein dunkler Geländewagen, langsam in eine

Seitengasse rollte – außerhalb der Sicht der Wachen, aber nah genug, um eine Bedrohung darzustellen.

„Das ist nicht gut," murmelte Olsen. „Das sieht aus, als wäre es eine rivalisierende Gruppe."

Maren warf einen Blick zu ihm. „Eine andere Fraktion? Wollen sie den Deal sabotieren?"

„Es sieht ganz danach aus," antwortete Olsen und beobachtete, wie mehrere Männer aus dem Geländewagen stiegen, schwer bewaffnet und mit schnellen, entschlossenen Bewegungen. „Sie werden nicht zum Zuschauen hier sein."

Die Männer, eindeutig gut trainierte Söldner, näherten sich dem Lagerhaus, und es war klar, dass sie nicht verhandeln wollten. Ihre Körperhaltung, die Waffen, die sie trugen – alles deutete darauf hin, dass sie gekommen waren, um den Deal zu stören und möglicherweise Adler und Ivanov zu eliminieren.

„Wir haben ein Problem," sagte Olsen ruhig. „Kramer, alarmiere Europol. Hier passiert gleich etwas Großes."

Bevor Kramer reagieren konnte, brachen plötzlich Schüsse durch die Stille der Nacht. Die Männer, die sich dem Lagerhaus genähert hatten, eröffneten das Feuer auf die Wachen, die draußen patrouillierten.

Zwei Wachen fielen sofort zu Boden, während die Angreifer blitzschnell auf das Lagerhaus zustürmten.

„Es geht los," zischte Maren und griff nach ihrer Waffe. „Was machen wir?"

„Wir bleiben in Deckung," antwortete Olsen scharf, während er sich hinter einen Metallcontainer duckte. „Wir müssen rausfinden, was ihr Ziel ist. Aber wenn Adler oder Ivanov in Gefahr geraten, könnte das unsere Chance sein."

Die Situation eskalierte rapide. Die Söldner hatten das Lagerhaus erreicht und versuchten, die Tür zu durchbrechen. Drinnen war das Feuergefecht bereits in vollem Gange.

Die dumpfen Schüsse hallten durch das Gebäude, und Olsen konnte hören, wie Ivanov und seine Leute zurückschossen.

„Sie werden sich nicht so leicht ergeben," flüsterte Olsen, als er die Szene beobachtete. „Adler ist in der Falle."

Kramers Stimme kam wieder durch das Funkgerät. „Europol ist informiert und unterwegs, aber es wird noch ein paar Minuten dauern, bis sie eintreffen."

„Wir haben keine Minuten," antwortete Olsen scharf. „Das hier könnte in den nächsten Sekunden entschieden werden."

Er sah, wie Ivanov und Adler versuchten, Deckung zu finden, während die Söldner systematisch das Lagerhaus durchkämmten. Die Lage war außer Kontrolle. Es war klar, dass der Waffenhändler und Adler nicht nur einen Deal verloren, sondern möglicherweise um ihr Leben kämpften.

Plötzlich sah Olsen, wie Adler sich in die entgegengesetzte Richtung bewegte. Er hatte offenbar einen Fluchtweg entdeckt – eine Hintertür, die aus dem Lagerhaus führte. Doch die Söldner hatten ihn ebenfalls bemerkt.

„Adler versucht zu fliehen!" rief Maren und zeigte auf die Seite des Gebäudes, wo Adler durch eine Seitentür stürmte.

„Wir müssen ihn schnappen," rief Olsen und sprintete los, während Schüsse um sie herum aufprallten. Sie rannten durch die Schatten des Industriegebiets, während das Feuergefecht hinter ihnen weiter tobte.

Adler bewegte sich schnell, aber Olsen und Maren blieben dicht an ihm dran.

Die Angreifer hatten nicht genug Leute, um ihm gleichzeitig zu folgen, und das gab ihnen den Vorteil, den sie brauchten. Sie näherten sich ihm immer mehr, doch plötzlich blitzten Scheinwerfer auf.

Ein Fahrzeug – Adlers Fluchtwagen – wartete am Ende der Straße, und bevor Olsen oder Maren reagieren konnten, sprang Adler in den Wagen und raste davon.

„Verdammt!" schrie Maren frustriert, als das Fahrzeug in der Dunkelheit verschwand.

„Wir haben ihn verloren," murmelte Olsen, während sie außer Atem stehenblieben. „Aber nicht für lange."

Während die Sirenen der eintreffenden Europol-Einheiten in der Ferne aufheulten, wussten Olsen und Maren, dass der Kampf noch lange nicht vorbei war. Sie hatten Adler entkommen lassen – diesmal. Aber der Sturm, der kommen würde, war unvermeidlich.

„Wir müssen zurück zu Kramer," sagte Olsen. „Es gibt noch eine andere Spur, die wir verfolgen können."

Die Sirenen der Europol-Einheiten verblassten langsam in der Ferne, als Olsen und Maren sich durch die stillen Straßen von Luxemburg-Stadt zurückzogen. Die Ereignisse der letzten Stunde schwirrten in ihren Köpfen. Sie hatten Adler entkommen lassen – er war in letzter Sekunde mit einem Fluchtwagen verschwunden, doch sie hatten nicht alles verloren.

„Wir müssen zurück zu Kramer," sagte Olsen, während sie sich in die Gassen schlugen, um jegliche Aufmerksamkeit zu vermeiden. „Er wird bereits an den Daten arbeiten, die wir aus dem Lagerhaus gesichert haben."

Maren nickte knapp, ihr Blick war entschlossen. „Wir haben Adler vielleicht verloren, aber er hinterlässt immer Spuren. Irgendwo in diesen Dateien muss ein Hinweis auf den nächsten Schritt der Bruderschaft sein."

Als sie schließlich das Apartment erreichten, wartete Kramer bereits auf sie. Der Laptop vor ihm glühte förmlich, während seine Finger über die Tasten flogen. „Ihr seid zurück," sagte er ohne aufzusehen. „Ich habe sofort begonnen, die Daten zu analysieren, die wir aus dem Sicherheitssystem des Lagerhauses extrahiert haben."

„Irgendwelche brauchbaren Informationen?" fragte Olsen, während er sich auf den Stuhl setzte, die Anspannung der Nacht immer noch spürbar.

Kramer nickte, aber seine Miene blieb ernst. „Wir haben Adler verloren, aber ich habe etwas gefunden, das uns vielleicht helfen könnte. Es ist eine verschlüsselte Datei – tief verborgen in einem der Systeme, die wir gehackt haben. Sie ist nicht leicht zu knacken, aber ich arbeite daran."

„Gut," sagte Olsen und lehnte sich vor. „Das könnte der Schlüssel sein. Irgendwo muss Adler einen Fehler gemacht haben."

Die Stunden vergingen quälend langsam, während Kramer unermüdlich daran arbeitete, die Datei zu entschlüsseln. Olsen und Maren saßen schweigend neben ihm, jeder in Gedanken versunken. Sie wussten, dass Adler auf der Flucht war, aber auch, dass die Bruderschaft weiter operierte. Jeder Moment der Untätigkeit fühlte sich wie eine Niederlage an.

„Ich hab's," sagte Kramer plötzlich, seine Stimme voller Triumph. „Die Datei ist entschlüsselt."

Olsen trat näher an den Bildschirm, ebenso Maren. Die Datei war eine Liste – eine Liste von Namen und Orten. Doch was wirklich auffiel, war der nächste Punkt: *Istanbul.*

„Istanbul?" fragte Maren und runzelte die Stirn. „Was hat Adler dort zu suchen?"

„Nicht nur Adler," antwortete Kramer, während er weiter die Daten durchsah. „Das hier ist ein Treffen des inneren Zirkels der Bruderschaft. Die Datei erwähnt eine Zusammenkunft in Istanbul – ein globales Treffen, bei dem die nächsten Schritte besprochen werden sollen. Es scheint, als bereiten sie einen großangelegten Deal vor, der Europa und Asien betrifft."

Olsen schnaubte leise. „Das passt zu dem, was wir in den letzten Wochen entdeckt haben. Die Bruderschaft will ihren Einfluss über den Schwarzmarkt weiter ausdehnen, sowohl im Nahen Osten als auch in Europa."

Kramer fuhr fort: „Laut dieser Informationen planen sie einen riesigen Deal, der nicht nur den Waffenhandel betrifft, sondern auch den Drogenmarkt und den Menschenhandel. Es geht darum, die Kontrolle über den Schwarzmarkt in beiden Kontinenten zu sichern."

„Und Istanbul ist das Zentrum," murmelte Maren. „Wenn sie dort diesen Deal abschließen, wird die Bruderschaft mächtiger als je zuvor."

Olsen strich sich über das Kinn, seine Gedanken rasten. „Wir müssen sie dort aufhalten. Das könnte unsere einzige Chance sein, bevor sie ihre Macht in der Region festigen."

Die Tiefe des Plans, den die Bruderschaft in Istanbul verfolgte, wurde immer klarer, je weiter Kramer in den Daten wühlte.

„Sie haben Kontakte zu internationalen Waffenschmugglern, zu korrupten Politikern und sogar zu Terrorgruppen," erklärte er. „Wenn dieser Deal zustande kommt, wird die Bruderschaft nicht nur den europäischen Schwarzmarkt kontrollieren – sie werden auch den Nahen Osten dominieren."

„Es ist schlimmer, als wir dachten," sagte Maren leise. „Sie sind nicht nur eine Verbrecherorganisation. Sie sind dabei, eine Machtstruktur zu errichten, die politisch und militärisch gefährlich werden könnte."

Olsen nickte und lehnte sich gegen den Tisch. „Es gibt noch etwas anderes. Istanbul ist ein strategischer Ort. Es liegt zwischen Europa und Asien und verbindet beide Kontinente. Wenn sie diesen Deal abschließen, wird die Bruderschaft in der Lage sein, eine Art Brücke zu schaffen, über die sie Waffen, Drogen und Menschen ungehindert transportieren können."

„Und Istanbul ist der perfekte Ort dafür," fügte Kramer hinzu. „Die Stadt hat seit Jahrhunderten als Handelszentrum gedient, sowohl legal als auch illegal. Sie könnten dort ungestört operieren, wenn sie diesen Deal abschließen."

„Das dürfen wir nicht zulassen," sagte Olsen entschlossen. „Wir müssen nach Istanbul und diesen Plan verhindern."

Maren war in Gedanken versunken. Sie wusste, dass Istanbul ein kritischer Ort war, aber gleichzeitig hatten sie Europa noch lange nicht gesichert.

Die Bruderschaft war in Luxemburg und Hamburg immer noch aktiv, und wenn sie in Istanbul zuschlugen, ohne sicherzustellen, dass ihre Basis in Europa überwacht wurde, könnte das fatale Folgen haben.

„Olsen," begann Maren zögerlich, „ich denke, es wäre klüger, wenn ich nach Hamburg zurückkehre."

Olsen sah sie fragend an. „Was meinst du?"

„Hamburg ist immer noch ein Hauptziel der Bruderschaft," fuhr sie fort. „Sie haben dort immer noch ihre Verbindungen, und wir können es uns nicht leisten, dass sie in Europa weitermachen, während wir in Istanbul sind. Ich kann die Operationen in Hamburg und Luxemburg weiter im Auge behalten. Wenn wir alle nach Istanbul gehen, riskieren wir, dass die Bruderschaft in Europa ungehindert operieren kann."

Olsen dachte einen Moment nach. Maren hatte recht.

So wichtig Istanbul auch war, sie konnten nicht zulassen, dass die Bruderschaft in Europa weiter Fuß fasste, während sie sich auf einen einzigen Ort konzentrierten.

„Du hast recht," sagte er schließlich. „Wir dürfen nicht alles auf Istanbul setzen. Wenn du nach Hamburg zurückkehrst, können wir sicherstellen, dass wir sie auf beiden Ebenen bekämpfen."

Maren nickte, ihre Entschlossenheit war ungebrochen. „Ich werde alles in Hamburg koordinieren. Während ihr in Istanbul seid, werde ich sicherstellen, dass die Bruderschaft in Europa keine weiteren Fortschritte macht."

„In Ordnung," sagte Olsen. „Du fliegst morgen zurück nach Hamburg. Kramer und ich werden nach Istanbul gehen und uns um den inneren Zirkel kümmern."

Mit der getroffenen Entscheidung, dass Maren nach Hamburg zurückkehren würde, begannen Olsen und Kramer sofort mit den Vorbereitungen für ihre Reise nach Istanbul. Die Informationen, die sie aus der verschlüsselten Datei gewonnen hatten, wiesen auf ein globales Treffen des inneren Zirkels der Bruderschaft hin – ein Treffen, das, wenn es erfolgreich war, die Macht der Organisation auf ein völlig neues Level heben würde.

„Ich habe die Flüge gebucht," sagte Kramer, während er die letzten Details auf seinem Laptop überprüfte. „Wir fliegen morgen früh direkt. Ich habe auch eine sichere Unterkunft in der Nähe des Bosporus organisiert, damit wir in der Nähe des Treffpunkts operieren können."

Olsen stand an der Wand und studierte die Karte von Istanbul. „Wir müssen schnell und präzise vorgehen. Die Bruderschaft wird nicht ohne Widerstand zulassen, dass wir uns ihnen nähern. Wenn wir Adler und die anderen dort erwischen, können wir das Netzwerk auf beiden Kontinenten erschüttern."

„Das wird keine einfache Mission," sagte Kramer und sah zu Olsen auf. „Wir haben es hier mit den einflussreichsten Mitgliedern der Bruderschaft zu tun. Es wird gefährlich."

Olsen nickte. „Das wissen wir. Aber wir dürfen nicht zögern. Wenn dieser Deal zustande kommt, wird es fast unmöglich, die Bruderschaft aufzuhalten."

Maren, die sich auf ihre Rückreise vorbereitete, trat zu ihnen. „Passt auf euch auf in Istanbul. Ich werde in Hamburg alles im Auge behalten und sicherstellen, dass keine ihrer Operationen durchkommt."

„Danke, Maren," sagte Olsen. „Wir schaffen das."

Machtzentrale Bosporus

Der Flug von Luxemburg nach Istanbul verlief reibungslos, doch die wachsende Spannung war mit jedem Kilometer, den sie sich Istanbul näherten, deutlich spürbar. Als das Flugzeug über den Bosporus flog, lag die riesige Stadt unter ihnen wie ein Moloch aus Geschichte und Moderne.

Hochhäuser ragten neben uralten Minaretten empor, während die Brücke über den Bosporus die Trennung zwischen Europa und Asien markierte. Olsen wusste, dass Istanbul mehr als nur eine Stadt war – es war das Tor zu zwei Kontinenten, und in diesen Tagen war es auch das Tor zu den dunklen Machenschaften der Bruderschaft.

„Istanbul..." murmelte Kramer, während er aus dem Fenster starrte. „Strategisch gesehen, der perfekte Ort für die Bruderschaft. Sie können hier alles tun – Waffenhandel, Drogenschmuggel, Menschenhandel – und sie sind immer nur einen Schritt entfernt von Europa oder dem Nahen Osten."

„Genau deswegen sind wir hier," antwortete Olsen und lehnte sich zurück. „Wenn sie diesen Knotenpunkt vollständig übernehmen, wird es fast unmöglich sein, sie zu stoppen."

Nachdem sie gelandet waren, wurde das Team von einem Europol-Kontakt am Flughafen erwartet. Er war ein hagerer Mann mit stechendem Blick, der sie wortlos zu einem schwarzen Wagen führte, der diskret auf sie wartete.

„Willkommen in Istanbul," sagte er schließlich, als sie das Flughafengelände verließen. „Die Bruderschaft ist hier tief verwurzelt, aber es gibt Lücken in ihrem System. Wir haben einige Hinweise darauf, dass sie sich auf eine größere Operation vorbereiten."

„Waffen, Drogen?" fragte Olsen direkt.

„Beides und mehr," bestätigte der Kontakt. „Sie haben lokale Kontakte zu kriminellen Syndikaten, aber es gibt auch Hinweise darauf, dass sie über Asien hinaus expandieren wollen – mit Istanbul als Drehscheibe."

Olsen spürte die Anspannung in sich steigen. Sie waren am Rande von etwas Großem – vielleicht zu groß, um es in einem einzigen Schlag zu stoppen. Doch das hielt sie nicht davon ab, es zu versuchen.

Das Team wurde in einem kleinen, unscheinbaren Apartmentkomplex im Bezirk Beşiktaş untergebracht – abseits der Touristenmassen und der neugierigen Blicke. Kramer baute sofort seine Überwachungsgeräte auf, während Olsen die Informationen durchging, die sie in Luxemburg gewonnen hatten.

„Istanbul ist kein Zufall," begann Kramer, als er die digitalen Netzwerke durchkämmte. „Die Bruderschaft nutzt diese Stadt nicht nur als logistischen Knotenpunkt, sondern als Zentrum ihrer Expansion nach Asien. Sie wickeln hier nicht nur Waffengeschäfte ab – sie versuchen, ganze Netzwerke in Asien zu übernehmen."

„Was genau haben wir bisher?" fragte Olsen, während er eine Karte von Istanbul vor sich auf den Tisch legte.

„Es gibt mehrere Spuren," erklärte Kramer und deutete auf einige markierte Punkte auf der Karte. „Das Hauptquartier einer angeblichen Handelsfirma im Hafengebiet – das könnte ihr Umschlagplatz für Waffen sein. Außerdem gibt es Berichte über illegale Drogenlieferungen, die über den asiatischen Teil der Stadt nach Europa geschmuggelt werden. Die Bruderschaft hat überall ihre Finger im Spiel."

Olsen sah nachdenklich auf die Karte. „Das bedeutet, wir müssen uns auf beide Seiten der Stadt konzentrieren – auf den europäischen und den asiatischen Teil. Istanbul ist riesig, und wenn sie diesen Deal durchziehen, werden wir kaum eine Chance haben, sie zu stoppen."

„Ich bin bereits im Kamera-Überwachungssystem des Hafengebiets," sagte Kramer. „Es gibt Berichte über ein bevorstehendes Treffen zwischen Adlers Leuten und einem wichtigen lokalen Kontakt. Wenn wir den Zeitpunkt erwischen, können wir zuschlagen."

Während Kramer weiterhin die digitalen Spuren verfolgte, machte sich Olsen auf, um sich selbst ein Bild von der Stadt zu machen. Die Straßen Istanbuls waren voller Leben – von den quirligen Basaren bis hin zu den modernen Einkaufszentren. Doch hinter dieser geschäftigen Fassade verbarg sich eine Stadt, die im Verborgenen operierte.

Olsen wusste, dass die Bruderschaft sich in diesen Schatten bewegte, und dass sie hier operierten, ohne dass die Behörden ihnen nahekommen konnten. Istanbul war nicht nur eine Metropole, sondern ein Labyrinth aus alten und neuen Machtstrukturen. Wenn die Bruderschaft hier ihre Kontrolle ausbaute, würden sie in der Lage sein, ihre Geschäfte völlig unbemerkt abzuwickeln.

„Es gibt Berichte über Treffen in einer alten Festung am Bosporus," sagte Kramer später, als Olsen zurückkehrte. „Einige der wichtigsten Mitglieder der Bruderschaft sollen dort demnächst einen größeren Waffendeal abwickeln."

„Also sind sie hier, um den Deal abzuschließen," murmelte Olsen. „Wenn sie das schaffen, ist die Bruderschaft kaum noch zu stoppen. Istanbul ist der Schlüssel."

Am Abend kehrten sie in ihr Apartment zurück, um die Pläne für die kommenden Tage zu besprechen. Sie hatten genug Informationen gesammelt, um zu wissen, dass die Bruderschaft versuchte, in Asien Fuß zu fassen – und dass Istanbul der zentrale Knotenpunkt für ihre Operationen war.

„Wir müssen uns auf diesen Waffendeal konzentrieren," sagte Olsen entschlossen. „Wenn wir ihn stoppen, können wir die gesamte Operation der Bruderschaft ins Wanken bringen. Aber es wird gefährlich. Sie haben hier Verbündete, und Istanbul ist eine Stadt, in der man leicht verschwinden kann."

Kramer nickte. „Die Daten zeigen, dass sie bereits Verbindungen zu verschiedenen asiatischen Syndikaten haben. Es geht nicht nur um Europa – die Bruderschaft will ihre Geschäfte auf den gesamten asiatischen Raum ausdehnen. Wenn wir sie hier nicht aufhalten, werden sie den Schwarzmarkt von Europa bis Asien kontrollieren."

„Dann müssen wir zuschlagen, bevor der Deal abgeschlossen ist," sagte Olsen. „Ich werde unsere Kontakte vor Ort aktivieren. Wir müssen wissen, wann und wo sie sich treffen, und wir müssen bereit sein."

Die nächste Phase der Operation begann – und Olsen wusste, dass dies einer ihrer gefährlichsten Einsätze sein würde. Istanbul war eine pulsierende, lebendige Stadt, doch hinter den Kulissen agierten Kräfte, die sie nur zu gut durchschauten. Dies war die letzte Chance, bevor die Bruderschaft zu groß wurde, um sie zu stoppen.

Istanbul war bereits in den frühen Morgenstunden geschäftig, als Olsen und Kramer sich durch die engen Gassen von Beyoğlu bewegten, einem der ältesten Viertel der Stadt. Sie waren auf dem Weg zu einem Treffen, das alles entscheiden könnte.

Ihr Kontakt beim türkischen Geheimdienst MIT hatte sich bereit erklärt, Informationen über die Bruderschaft und ihre Verbindungen im Nahen Osten zu liefern. Doch Olsen wusste, dass solche Treffen immer mit Vorsicht zu genießen waren – der MIT operierte nicht nur im Schatten, sondern hatte oft auch seine eigenen Interessen.

„Wir sollten vorsichtig sein," flüsterte Kramer, als sie an einem alten Café vorbeigingen. „Der MIT hat keine saubere Weste. Es ist schwer zu sagen, ob wir ihnen wirklich trauen können."

Olsen nickte zustimmend. „Trotzdem brauchen wir sie. Niemand kennt die regionalen Netzwerke besser als sie. Wenn die Bruderschaft Verbindungen zu Terrororganisationen im Nahen Osten aufbaut, dann haben sie wahrscheinlich schon Informationen darüber."

Ihr Ziel war ein unscheinbares Gebäude, versteckt zwischen zwei heruntergekommenen Lagerhäusern. Von außen war nichts Auffälliges zu sehen – keine Schilder, keine Kennzeichen, nur eine schwere Stahltür. Dies war die Art von Ort, an dem man Geschäfte machte, die niemand sehen sollte. Ein Mann in Zivil trat auf sie zu, sein Gesicht ausdruckslos, seine Haltung straff. „Olsen?" fragte er knapp.

Olsen nickte, und der Mann führte sie wortlos hinein. Die Atmosphäre war angespannt, das Licht gedämpft. Olsen wusste, dass sie hier nicht die Oberhand hatten. Der türkische Geheimdienst hatte sie gerufen, weil sie Informationen benötigten, aber die Machtbalance war klar. Sie betraten den Raum eines Spielers, der die Regeln besser kannte als sie.

In einem abgedunkelten Büro wartete bereits ihr Kontaktmann. Er war ein gut gekleideter Mann in den Vierzigern, mit scharfen Augen und einer Stimme, die die Härte jahrelanger Geheimdienstoperationen widerspiegelte. Sein Name war Mehmet Yildiz, und Olsen wusste, dass er dem MIT nicht ohne Grund vorstand.

„Herr Olsen," begrüßte Yildiz sie knapp und bot ihnen Plätze an. „Ihre Arbeit in Europa hat uns auf Sie aufmerksam gemacht. Wir wissen, dass Sie der Bruderschaft dicht auf den Fersen sind."

„Das sind wir," antwortete Olsen, der die angespannte Atmosphäre nicht entgehen ließ. „Aber ich gehe davon aus, dass Sie uns nicht nur deshalb hierher gerufen haben."

Yildiz lehnte sich zurück und faltete die Hände. „Richtig. Die Bruderschaft ist seit langem in Istanbul aktiv, aber was uns jetzt Sorgen macht, sind ihre Verbindungen in den Nahen Osten. Unsere Informationen deuten darauf hin, dass sie planen, mit bestimmten Terrororganisationen zusammenzuarbeiten."

„Terrororganisationen?" fragte Kramer, sein Blick skeptisch. „Welche genau?"

Yildiz zögerte einen Moment, bevor er fortfuhr. „Die Bruderschaft hat Kontakte zu verschiedenen Gruppen, darunter auch Fraktionen, die in Syrien und dem Irak operieren. Sie sehen in diesen Regionen eine Chance, ihren Einfluss zu erweitern, indem sie Waffen und Drogen liefern. Besonders besorgniserregend sind ihre Geschäfte mit militanten Gruppen, die nicht nur an Waffen interessiert sind, sondern auch an der Kontrolle von Schmuggelrouten."

Olsen runzelte die Stirn. „Das ist also mehr als nur gewöhnlicher Waffenschmuggel. Sie versuchen, militärische Macht in der Region aufzubauen."

„Genau," antwortete Yildiz kühl. „Unsere Analysen zeigen, dass die Bruderschaft über den Schwarzmarkt Waffen in den Nahen Osten schmuggelt und diese an Gruppen weitergibt, die die Stabilität in der Region gefährden. Im Gegenzug erhalten sie Schutz für ihre Geschäfte und Zugang zu neuen Schmuggelrouten, die von diesen Terrororganisationen kontrolliert werden."

Die Informationen, die Yildiz preisgab, malten ein noch düstereres Bild der Bruderschaft als erwartet. Olsen spürte die Schwere dessen, was sie in Istanbul aufzudecken versuchten. „Was genau wissen Sie über diese Verbindungen?" fragte er.

Yildiz aktivierte einen Bildschirm an der Wand, auf dem Satellitenbilder und Diagramme erschienen.

„Die Bruderschaft hat über Mittelsmänner Kontakte zu lokalen Gruppen hergestellt. Diese Verbindungen ermöglichen es ihnen, Waffen aus Europa in den Nahen Osten zu bringen –

aber sie gehen noch weiter. Unsere Quellen deuten darauf hin, dass die Bruderschaft auch Drogenrouten kontrolliert, die von Afghanistan über den Iran bis in die Türkei und von dort aus nach Europa verlaufen. Der Gewinn aus dem Drogenhandel wird dann in Waffendeals reinvestiert."

Kramer beugte sich vor und betrachtete die Karte. „Sie haben also ein Netzwerk, das von Europa bis tief in den Nahen Osten reicht. Sie nutzen den Krieg in Syrien und den Irak, um ihre Geschäfte abzusichern."

„Genau," bestätigte Yildiz. „Es ist ein komplexes Netz, und wir sind seit Jahren hinter diesen Verbindungen her. Aber die Bruderschaft ist gut organisiert, und ihre Strukturen sind schwer zu durchbrechen. Sie operieren nicht nur hier in Istanbul, sondern haben auch Einfluss auf Schmuggelrouten, die durch den gesamten Nahen Osten führen."

Olsen kniff die Augen zusammen, während er die Informationen auf sich wirken ließ. „Sie versorgen Terrorgruppen mit Waffen, um ihre Macht in der Region zu stärken, während sie gleichzeitig den Drogenhandel kontrollieren. Es geht ihnen nicht nur um Geld, sondern um Einfluss und Kontrolle."

„Das ist richtig," sagte Yildiz. „Und genau deshalb müssen wir sie stoppen. Ihre Operationen destabilisieren nicht nur die Region, sondern gefährden auch Europa. Wenn sie ihre Macht weiter ausbauen, wird es fast unmöglich sein, sie aufzuhalten."

Yildiz richtete seine Aufmerksamkeit auf einen anderen Abschnitt der Karte, der die aktuellen Bewegungen der Bruderschaft in Istanbul zeigte. „Wir haben Hinweise darauf, dass in den nächsten Tagen ein entscheidender Deal abgeschlossen wird. Die Bruderschaft plant, eine große Waffenlieferung nach Syrien zu schicken. Es geht um moderne militärische Ausrüstung – Waffen, die in den falschen Händen katastrophale Auswirkungen haben könnten."

„Wo soll der Deal stattfinden?" fragte Olsen, während Kramer bereits begann, Daten in seinen Laptop einzugeben.

„In der Nähe des Bosporus," antwortete Yildiz. „Ein verlassenes Industriegebiet am Rande der Stadt. Wir vermuten, dass die Übergabe dort stattfinden wird, und es werden hochrangige Mitglieder der Bruderschaft anwesend sein."

Olsen sah Kramer an, und sie wussten beide, was das bedeutete. „Das könnte unsere Chance sein, sie zu schlagen," sagte Olsen. „Wenn wir den Deal stoppen, können wir ihr gesamtes Netzwerk in der Region lahmlegen."

„Aber es wird gefährlich," warnte Yildiz. „Diese Leute sind schwer bewaffnet und skrupellos. Sie werden alles tun, um diesen Deal durchzuziehen."

Olsen nickte. „Das wissen wir. Aber wir haben keine Wahl. Wir müssen handeln, bevor sie die Waffen in die Hände dieser Gruppen geben."

Das Treffen mit Yildiz endete abrupt, nachdem sie die genauen Details des Deals besprochen hatten. Olsen und Kramer machten sich auf den Weg zurück zu ihrer Unterkunft, ihre Gedanken bereits bei der bevorstehenden Mission. Sie hatten nur wenig Zeit, den nächsten Schritt zu planen.

„Verdammt," sagte Kramer, während sie durch die engen Straßen Istanbuls gingen. „Die Bruderschaft hat nicht nur Verbindungen zu kriminellen Netzwerken, sondern arbeitet mit militanten Gruppen im Nahen Osten zusammen. Sie wollen mehr als nur Geld – sie wollen Macht."

„Genau deshalb müssen wir sie stoppen," antwortete Olsen entschlossen. „Wir können nicht zulassen, dass sie ihre Waffengeschäfte fortsetzen. Wenn dieser Deal durchgeht, könnte das das Ende unserer Chancen sein, sie zu stoppen."

Zurück in der Unterkunft bereiteten sie alles für den Einsatz vor. Sie würden in wenigen Stunden aufbrechen, um den Ort der Übergabe am Bosporus zu überwachen. Die Informationen des MIT hatten ihnen einen klaren Plan geliefert, doch sie wussten, dass dieser Schlag nicht ohne Risiko war.

„Der Deal wird in den nächsten 24 Stunden stattfinden," sagte Kramer, als er die Überwachungsgeräte überprüfte. „Wir müssen bereit sein. Europol und die örtlichen Behörden sind informiert, aber das hier wird auf uns ankommen."

Olsen nickte, während er seine Ausrüstung sicherte. „Dann brechen wir auf. Dies könnte unsere einzige Chance sein, die Bruderschaft in Istanbul zu zerschlagen."

Die Lichter des luxuriösen Hotels am Bosporus strahlten hell in die Nacht, während Olsen und Kramer im Verborgenen das Treiben vor dem Gebäude beobachteten. Es war einer der exklusivsten Orte in Istanbul, ein Symbol des Reichtums und der Macht – und perfekt für ein geheimes Treffen der Bruderschaft. Aus sicherer Entfernung hatten sie die Ankunft mehrerer schwarzer Limousinen bemerkt, die diskret auf den hinteren Parkplatz des Hotels rollten.

„Das muss es sein," murmelte Kramer, während er durch das Fernglas die Szene sondierte. „Adler und seine Leute sind definitiv hier."

Olsen nickte, die Anspannung in seinen Augen war deutlich zu sehen. „Sie machen keine halben Sachen. Wenn das der Treffpunkt ist, dann geht es um mehr als nur einen Deal. Die Bruderschaft wird versuchen, alle Fäden zu knüpfen – Europa, Asien, der Nahe Osten. Alles läuft hier zusammen."

Kramer warf einen kurzen Blick auf seinen Laptop, auf dem er die Bewegungen der Fahrzeuge und Personen verfolgte. „Unsere Informationen stimmen. Sie planen, den Deal hier zu besiegeln, bevor die Waffenlieferungen in die Krisenregionen verschickt werden."

„Wir müssen sehr vorsichtig vorgehen," sagte Olsen mit ernster Miene. „Wenn sie merken, dass wir hier sind, könnte das alles gefährden."

Sie hatten sich hinter einem kleinen Abhang positioniert, von wo aus sie das Geschehen perfekt überwachen konnten. Doch was sie nicht wussten: Die Bruderschaft war bereits auf sie aufmerksam geworden. Sie waren nicht die Einzigen, die beobachteten.

Während Kramer weiter die Überwachungsbilder studierte, bemerkte Olsen etwas in der Ferne. Eine Bewegung – nicht im Hotel, sondern am Rande ihres Blickfeldes. „Hast du das gesehen?" fragte Olsen angespannt.

Kramer sah auf. „Was meinst du?"

Bevor Olsen antworten konnte, bemerkte er es erneut: zwei Männer in dunklen Anzügen, die sich leise aus einer Seitengasse näherten. „Da ist etwas nicht in Ordnung," sagte er plötzlich. „Wir müssen hier weg."

Kramer warf einen schnellen Blick auf die Männer und erkannte sofort die Gefahr. „Verdammt! Sie haben uns entdeckt."

„Raus hier, sofort!" zischte Olsen, während er seine Ausrüstung zusammenraffte. Doch es war zu spät. Die Männer hatten sie bereits eingekreist, und noch bevor sie aufstehen konnten, hörten sie das unverkennbare Klicken von Waffen, die entsichert wurden.

„Los! Lauft!" brüllte Olsen, während er sich zur Seite warf und begann, in die entgegengesetzte Richtung zu rennen. Kramer folgte ihm, während die ersten Schüsse durch die Nacht krachten und um sie herum in den Boden einschlugen.

Die Bruderschaft hatte sie nicht nur entdeckt – sie hatten einen tödlichen Plan ausgeführt. Olsen und Kramer waren in eine Falle getappt, und nun begann der gnadenlose Wettlauf um ihr Leben.

Die engen, verwinkelten Gassen von Istanbul boten ihnen kaum Schutz, während sie durch die Dunkelheit hetzten. Hinter ihnen waren die Männer der Bruderschaft bereits auf den Fersen. Die Schüsse hallten durch die Straßen, und die Kugeln prallten von den Wänden der Gebäude ab, während Olsen und Kramer versuchten, Deckung zu finden.

„Links!" schrie Olsen, als sie um eine Ecke bogen und in eine schmale Gasse rannten, die von hohen Mauern flankiert wurde. Sie hatten keine Zeit, zurückzublicken, aber sie konnten die Verfolger hören – die schweren Schritte, das Knirschen der Kieselsteine unter den Schuhen.

„Verdammt, sie sind zu dicht dran," keuchte Kramer. „Wir müssen sie abhängen."

„Keine Wahl," zischte Olsen zurück, während er weiterlief. „Wenn sie uns kriegen, sind wir erledigt."

Die Verfolgungsjagd durch die verworrenen Straßen von Istanbul wurde immer hektischer. Die Stadt, die zuvor lebendig und pulsierend gewesen war, verwandelte sich in ein Labyrinth aus Schatten und Gefahr. Die Bruderschaft war überall, und die Nacht bot nur wenig Deckung. Sie mussten einen Weg finden, um ihre Verfolger abzuschütteln – und zwar schnell.

Olsen konnte das Adrenalin in seinen Adern spüren. Jeder Atemzug brannte, aber er wusste, dass sie nicht aufgeben durften. Die Bruderschaft kannte keine Gnade, und wenn sie gefangen wurden, würde das ihr Ende bedeuten.

Olsen führte Kramer durch eine weitere enge Straße, doch plötzlich hörten sie vor sich das Kreischen von Reifen. Sie kamen abrupt zum Stehen, als ein schwarzer Van die Gasse versperrte und mehrere bewaffnete Männer ausstiegen. „Verdammt – sie haben uns," flüsterte Kramer.

Sie waren in die Falle getappt. Vor ihnen standen bewaffnete Männer, hinter ihnen die Verfolger, die unaufhaltsam näherkamen. Olsen schätzte ihre Chancen ein – es sah nicht gut aus. „Wir müssen einen Ausweg finden," zischte er.

Die Männer vor ihnen zögerten nicht lange. Sie eröffneten sofort das Feuer, und Olsen und Kramer warfen sich hinter einige Müllcontainer. Die Kugeln prallten an den Metallwänden ab, während sie verzweifelt versuchten, Deckung zu finden.

„Wir können hier nicht bleiben," keuchte Kramer. „Sie werden uns zerlegen."

„Ich weiß," antwortete Olsen, während er nach einem Plan suchte. Seine Augen huschten durch die Gasse, bis er einen kleinen Nebeneingang entdeckte – eine unscheinbare Tür, die wahrscheinlich zu einem der alten Gebäude führte. „Da! Sieh die Tür!"

Kramer nickte, und ohne zu zögern, sprangen sie aus der Deckung und rannten los. Trotz des Kugelhagels erreichten sie die Tür und rissen sie auf. Sie stolperten in das dunkle Innere eines alten, verlassenen Lagerhauses und schlugen die Tür hinter sich zu.

Das Lagerhaus war ein dunkler, staubiger Koloss, dessen endlose Regale Schatten warfen, die sich wie Finger um Olsen und Kramer schlossen. Der Klang ihrer schnellen Schritte hallte durch die verlassenen Hallen, während die Verfolger immer näherkamen. Olsen warf einen Blick zurück – sie hatten nicht viel Zeit. Die schweren Tritte und die gedämpften Befehle der Männer der Bruderschaft verrieten, dass sie sie bald einholen würden.

„Wir müssen hier raus," keuchte Kramer, während er sich hektisch umsah. „Sonst sind wir tot."

Olsen spürte den Druck auf seiner Brust, den das Adrenalin verursachte, als seine Augen die Umgebung absuchten. In dem dichten Staub und der Dunkelheit des Lagerhauses waren sie im Vorteil, doch sie mussten einen Weg nach draußen finden –

und zwar schnell. Dann sah er es: eine rostige Metalltreppe, die nach oben führte, in die ungewisse Dunkelheit.

„Da!" rief Olsen und deutete auf die Treppe. „Schnell!"

Kramer zögerte keine Sekunde. Sie rannten los, während die Geräusche der Verfolger immer lauter wurden. Die ersten Männer betraten bereits das Lagerhaus, ihre Waffen bereit, jeder Schatten könnte ihr Ziel sein. Die beiden schafften es zur Treppe und stürmten die knarrenden Stufen hinauf, die unter ihrem Gewicht ächzten. Der Lärm hinter ihnen verstärkte sich – die Verfolger hatten sie entdeckt.

„Sie sind oben!" brüllte eine Stimme aus der Dunkelheit. „Hinterher!"

Kramers Herz raste, als sie die letzte Stufe erklommen und in einen schmalen Gang kamen, der in völliger Dunkelheit lag. Olsen tastete sich blind vorwärts, bis er schließlich auf ein Fenster stieß. Es war alt und mit Schmutz überzogen, aber es war ihr einziger Ausweg. Ohne zu zögern, zog er seine Waffe und schlug den Kolben gegen das Glas, das mit einem lauten Knirschen zerbarst. Splitter flogen durch die Luft, und kalte Nachtluft strömte herein.

„Los, raus hier!" zischte Olsen, während er Kramer half, sich durch das zerbrochene Fenster zu zwängen. Sie kletterten hinaus und fanden sich auf einem schmalen, schrägen Blechdach wieder, das sich bedrohlich unter ihrem Gewicht durchbog. Unter ihnen lag die dunkle Stadt, und über ihnen – das offene, weite Nichts der Nacht.

„Wir müssen aufs nächste Dach," sagte Olsen atemlos, während er sich an der Kante festhielt. „Spring!"

Kramer sah auf die Lücke zwischen den Dächern – es waren keine zwei Meter, aber in dieser Höhe und mit der Kälte der Nacht, die ihnen die Glieder steif machte, fühlte es sich wie ein Abgrund an. Doch sie hatten keine Wahl. Die Männer der

Bruderschaft waren direkt hinter ihnen, ihre Schritte in der Dunkelheit unaufhaltsam.

Mit einem kurzen Nicken sprang Kramer zuerst. Er landete hart auf dem gegenüberliegenden Dach, rollte sich ab und blieb einen Moment benommen liegen. Olsen folgte ihm, stieß sich ab und landete neben ihm. Ein Schuss krachte durch die Nacht, das Geräusch hallte von den Wänden wider – sie waren noch nicht sicher.

„Los, weiter!" Olsen half Kramer hoch, und sie rannten weiter über das Dach, von einem Gebäude zum nächsten, während die Kugeln hinter ihnen einschlugen. Sie spürten die Verfolger dicht auf den Fersen, die ebenfalls auf das Dach geklettert waren und jetzt durch die Dunkelheit jagten.

Eine Kugel zischte knapp an Olsens Kopf vorbei, traf ein Metallrohr neben ihm und ließ Funken sprühen. Die Nacht wurde von Schüssen durchbrochen, und sie wussten, dass es nur eine Frage der Zeit war, bis sie eingekreist würden.

„Da vorne!" schrie Kramer und deutete auf eine Feuertreppe am Ende des Dachs. „Das ist unsere Chance!"

Olsen und Kramer rannten zu einer wackeligen Metalltreppe. Sie schien endlos in die Tiefe zu führen, doch sie mussten es versuchen. Die Männer der Bruderschaft hatten die Dächer inzwischen ebenfalls erreicht, und die Schüsse kamen immer näher. Eine Kugel traf die Treppe, direkt unter Kramers Füßen, doch er blieb in Bewegung.

„Schneller!" schrie Olsen, als sie die Treppe hinunterkletterten, jeder Schritt ein riskantes Wagnis. Die alten Metallstufen ächzten unter ihrem Gewicht, und der Schwindel der Höhe machte das Ganze nicht einfacher. Doch sie hatten keine Zeit, sich zu schonen. Sie erreichten den Boden mit rasenden Herzen und brennenden Lungen. Die Straße war verlassen, die Schatten der Nacht ihr einziger Verbündeter. Doch ihre Verfolger waren noch immer dicht hinter ihnen – sie mussten verschwinden, bevor sie endgültig erwischt wurden.

„Dort drüben!" Olsen deutete auf eine kleine Seitengasse, die in eine dunkle Allee führte. Sie sprinteten darauf zu, während die Schreie und Befehle der Verfolger immer lauter wurden. Sie rannten weiter, tiefer in die Gasse, bis die Geräusche hinter ihnen verblassten.

Schließlich fanden sie Zuflucht hinter einem alten, verlassenen Gebäude. Sie blieben stehen, keuchend, ihre Körper von der Anstrengung und dem Adrenalin erschöpft. Für den Moment waren sie sicher.

„Wir haben es geschafft," keuchte Kramer und lehnte sich gegen die Wand. „Aber das war verdammt knapp."

Olsen nickte, während er schwer atmend die Dunkelheit absuchte. „Sie wissen jetzt, dass wir sie verfolgen. Aber das ändert nichts. Wir müssen weiter."

Die Bruderschaft hatte sie vielleicht gejagt, aber sie waren entkommen – dieses Mal. Doch Olsen wusste, dass die Jagd noch lange nicht vorbei war.

Die Bruderschaft würde jetzt alles daransetzen, sie zu finden und zu eliminieren. Es war nur eine Frage der Zeit, bevor sie wieder aufeinandertreffen würden.

Der internationale Drahtzieher

Nach den turbulenten Ereignissen in Istanbul, wo Olsen und Kramer nur knapp der tödlichen Falle der Bruderschaft entkommen waren, kehrte das Team erschöpft in ihr Versteck zurück. Die Nacht in Istanbul war still, doch die Anspannung war spürbar. Olsen wusste, dass sie trotz ihrer Flucht immer noch tief in den Fängen der Bruderschaft steckten. Sie brauchten mehr Informationen, um den nächsten Schritt zu planen.

Kramer hatte sofort begonnen, die Daten zu sichten, die sie bei ihrer verdeckten Operation im Luxushotel der Bruderschaft sichergestellt hatten. Es waren verschlüsselte Dokumente und digitale Nachrichten, die in der Eile extrahiert wurden. Olsen wusste, dass in diesen Daten der Schlüssel stecken musste, um das Netzwerk der Bruderschaft endgültig zu sprengen.

„Ich habe etwas," murmelte Kramer, seine Stimme drang aus der Stille des Raumes. Olsen trat näher an den Bildschirm heran, auf dem ein Name aufleuchtete, der bisher nicht in ihren Ermittlungen aufgetaucht war: Karl Ivanovich.

„Wer ist das?" fragte Olsen, seine Augen auf den Namen gerichtet.

„Laut diesen Dokumenten ist Karl Ivanovich ein international agierender Waffenhändler," antwortete Kramer, während er durch die Dateien blätterte. „Er ist einer der wichtigsten Finanziers der Bruderschaft. Sie nutzen seine Ressourcen, um ihre Waffen- und Drogenoperationen in ganz Europa zu steuern."

Olsen lehnte sich zurück, seine Gedanken rasten. „Ivanovich. Warum ist er bisher nicht aufgetaucht?"

„Weil er im Schatten arbeitet," sagte Kramer. „Seine Geschäfte sind perfekt verschleiert, aber diese Dokumente legen nahe, dass er viel mehr Kontrolle hat, als wir dachten. Er ist nicht nur ein einfacher Waffenhändler. Er könnte der Drahtzieher hinter den größten Operationen der Bruderschaft sein."

Je tiefer Kramer in die Dokumente eintauchte, desto deutlicher wurde das Bild von Karl Ivanovich. Er war kein gewöhnlicher Krimineller. Ivanovich hatte Verbindungen in die höchsten Kreise der internationalen Waffenhändler, korrupte Politiker und kriminelle Organisationen.

Seine Operationsbasis war Moskau, aber seine Macht erstreckte sich weit über Russland hinaus. Olsen erkannte, dass dieser Mann das fehlende Bindeglied war – der Mann, der die Bruderschaft mit den Ressourcen versorgte, um ihre globalen Operationen auszuführen.

„Hier steht, dass Ivanovich enge Beziehungen zu osteuropäischen Milizen hat," sagte Kramer, als er eine weitere Datei öffnete. „Er beliefert nicht nur die Bruderschaft mit Waffen, sondern auch paramilitärische Gruppen in Krisengebieten. Er hat seine Finger überall – von Syrien bis in den Kaukasus."

Olsen lauschte aufmerksam, während Kramer die Verbindungen aufzeigte. „Das erklärt, warum die Bruderschaft so gut organisiert ist. Sie haben Ivanovich im Rücken, der sie mit allem versorgt, was sie brauchen. Waffen, Kontakte, Schmuggelrouten – all das läuft über ihn."

„Und er ist gut geschützt," fügte Kramer hinzu. „Es wird nicht leicht sein, ihn zu fassen."

Ivanovich war also nicht nur ein Waffenhändler – er war der Knotenpunkt, der die gesamte Operation der Bruderschaft zusammenhielt.

„Was wissen wir über seine Basis?" fragte Olsen, während Kramer weiter durch die gesicherten Dokumente blätterte.

„Ivanovich hat seinen Sitz in Moskau," erklärte Kramer, „doch er operiert hauptsächlich über ein Netzwerk von Scheinfirmen." „Er besitzt mehrere sogenannte 'legitime' Unternehmen, die als Deckmantel für seine Waffen- und Drogengeschäfte dienen. Diese Firmen reichen von Immobilienunternehmen bis hin zu scheinbar legalen Handelsfirmen. Sie dienen dazu, seine illegalen Gewinne zu waschen."

„Moskau..." Olsen sprach das Wort langsam aus, als die Bedeutung dieser neuen Informationen zu ihm durchdrang. „Wenn wir nach Moskau gehen, wird das ein heikler Einsatz. Russland ist kein leichtes Pflaster, und Ivanovich hat dort sicher mächtige Freunde."

Kramer nickte. „Das ist richtig. Laut den Dokumenten hat Ivanovich Verbindungen zu hochrangigen Oligarchen und korrupten Beamten in der russischen Regierung. Er ist keineswegs ein unbedeutender Akteur – er ist ein Großhändler, der unter dem Schutz der einflussreichsten Kreise steht."

Olsen runzelte die Stirn. „Wir müssen diesen Einsatz sehr sorgfältig planen. Wenn wir einen Fehler machen, war's das."

„Es gibt noch etwas," fügte Kramer hinzu und rief eine neue Datei auf. „Er besitzt ein riesiges Waffenlager in Osteuropa, das die Bruderschaft nutzt, um ihre Operationen zu unterstützen. Das könnte unsere Chance sein. Wenn wir dieses Lager zerstören, unterbrechen wir einen Großteil ihrer Waffenlieferungen."

Olsen trat näher an den Bildschirm heran, während Kramer die Informationen über das Waffenlager weiter erklärte. „Das Lager liegt in einer abgelegenen Region von Belarus, nahe der Grenze zu Russland," sagte Kramer. „Es ist riesig – ein logistisches Zentrum für die Waffenlieferungen der Bruderschaft nach Europa."

„Wenn wir das zerstören, unterbrechen wir ihre Versorgungslinien," murmelte Olsen, während er die Karte betrachtete. „Das könnte ein entscheidender Schlag gegen die Bruderschaft sein. Ohne diese Waffen sind sie geschwächt."

Kramer nickte. „Es wird nicht einfach. Das Lager wird streng bewacht, und den Berichten zufolge steht dort eine gesamte Milizeinheit zum Schutz von Ivanovich und seinen Operationen. Wir werden Verstärkung benötigen."

Olsen dachte kurz nach. „Ich werde Interpol kontaktieren. Wir können das nicht allein schaffen. Aber wenn wir dieses Lager ausschalten, haben wir eine Chance, das gesamte Netzwerk der Bruderschaft zu destabilisieren."

Der Plan begann sich zu formen. Sie würden Ivanovichs Waffenlager in Belarus ins Visier nehmen – es wäre ein harter Schlag gegen die Bruderschaft und würde ihre Fähigkeit, Waffen nach Europa zu schmuggeln, erheblich beeinträchtigen. Doch Olsen wusste, dass sie schnell handeln mussten. Ivanovich war kein gewöhnlicher Gegner, und wenn er erfuhr, dass sie auf seine Spur gekommen waren, würde er alles tun, um sie zu stoppen.

„Wir müssen sofort handeln," sagte Olsen entschlossen, als sie die letzten Details des Plans durchgingen. „Je länger wir warten, desto mehr Zeit hat Ivanovich, seine Spuren zu verwischen. Er ist vorsichtig – und wenn er merkt, dass wir hinter ihm her sind, könnte er das Lager auflösen und verschwinden."

„Korrekt," antwortete Kramer. „Aber wir müssen das mit Präzision angehen. Wir brauchen Interpol, und wir brauchen genug Feuerkraft, um das Lager zu stürmen. Es wird nicht leicht, und es wird gefährlich. Wenn etwas schiefläuft, sitzen wir mitten im Nirgendwo, ohne Unterstützung."

„Das Risiko ist es wert," sagte Olsen mit fester Stimme. „Wenn wir diesen Schlag ausführen, treffen wir Ivanovich dort, wo es wehtut. Ohne seine Waffenlieferungen ist die Bruderschaft deutlich schwächer."

Sie beschlossen, sofort Kontakt zu Interpol aufzunehmen und die Operation zu koordinieren. Sie würden das Waffenlager in

Belarus angreifen – eine groß angelegte Aktion, die sie direkt in das Herz der kriminellen Aktivitäten der Bruderschaft führen würde. Es war ein verdammt riskanter Schritt, aber es war ihre beste Chance, Ivanovich und seine Operationen zu stoppen.

„Also los," sagte Olsen, als sie sich an die Arbeit machten. „Wir haben keine Zeit zu verlieren. Ivanovich weiß vielleicht schon, dass wir ihm dicht auf den Fersen sind."

Die Jagd nach Karl Ivanovich hatte begonnen – und dieser Einsatz würde alles entscheiden.

Der Flug von Istanbul nach Minsk war kurz, und die Schwere des bevorstehenden Einsatzes lastete auf den beiden. Olsen und Kramer saßen nebeneinander. Sie waren in Istanbul nur knapp der Bruderschaft entkommen, aber dieser Erfolg würde bedeutungslos, wenn sie den nächsten Schritt nicht fehlerfrei ausführen würden. Der Waffenhändler Karl Ivanovich war das Herzstück der Operation der Bruderschaft – und nun lag seine Achillesferse, das riesige Waffenlager in Belarus, offen vor ihnen.

„Wir müssen äußerst präzise vorgehen," murmelte Olsen, als er durch die Akten auf seinem Schoß blätterte. Kramer nickte und starrte auf den Bildschirm seines Laptops, auf dem er die Informationen durchging, die sie durch die entschlüsselten Dokumente erhalten hatten. „Das Lager ist riesig, und Ivanovich hält es gut versteckt. Ohne diese Dokumente hätten wir nie gewusst, dass es existiert."

Sie landeten schließlich auf dem tristen Flughafen von Minsk, wo sie von einem unauffälligen Kontaktmann von Interpol abgeholt wurden. Er war ein großer, breitschultriger Mann mit einem markanten Bart und tiefer Stimme, der sie mit einer knappen Begrüßung zu einem dunklen Geländewagen führte.

„Alles bereit?" fragte Olsen, als sie im Wagen Platz nahmen.

„Alles vorbereitet," antwortete der Mann kurz. „Ihr Team wartet in einem sicheren Haus. Der Einsatzplan steht."

Dieses sogenannte sichere Haus lag außerhalb von Minsk, in einem dichten Waldgebiet, welches ihnen Schutz vor neugierigen Blicken bot. Hier trafen Olsen und Kramer auf das Interpol-Team, das bereits auf sie wartete. Ein kleiner, abgedunkelter Raum diente als Kommandozentrale, in der Karten des Lagers und taktische Pläne an den Wänden hingen.

„Ivanovich hat hier eine Armee von Söldnern," sagte der Einsatzleiter von Interpol, als er das Team in die Lage einwies. „Das Lager liegt tief im Wald, und es ist gut gesichert. Wachtürme, Patrouillen, und mehrere Schichten an Sicherheitssystemen. Wir werden es nicht leicht haben."

Olsen beugte sich über die Karte, auf der das riesige Gelände des Lagers abgebildet war. „Wie kommen wir unbemerkt an die Mauern heran?"

„Es gibt einen schmalen Pfad durch den Wald, der uns bis auf wenige hundert Meter heranbringen kann," antwortete der Einsatzleiter. „Von dort aus müssen wir uns vorsichtig an die Sicherheitszonen heranarbeiten. Wir haben ein Zeitfenster von etwa dreißig Minuten, bevor die Patrouille ausgetauscht wird."

„Wir werden minutiös vorgehen," sagte Kramer, der die Satellitenbilder des Gebiets auf seinem Laptop analysierte. „Jede Verzögerung könnte uns auffliegen lassen."

Der Plan war riskant, aber sie wussten, dass es keine Alternative gab. Wenn sie es schafften, Ivanovichs Lager zu zerstören, würden sie die Versorgung der Bruderschaft erheblich schwächen.

Noch in der Nacht schickte das Team Drohnen aus, um das Lager zu beobachten und die Bewegungen der Söldner zu verfolgen. Olsen und Kramer saßen in der Kommandozentrale und betrachteten die Live-Bilder, die auf ihre Monitore übertragen wurden. Die Drohnen flogen leise über die Bäume hinweg und erfassten das gesamte Gelände aus der Luft.

„Das ist ein verdammtes Fort," murmelte Kramer, als er die gepanzerten Fahrzeuge und bewaffneten Wachen sah, die das Lager wie eine militärische Basis schützten. „Die sind gut ausgerüstet."

„Ivanovich weiß, wie man sich absichert," sagte Olsen. „Aber das bedeutet auch, dass er hier etwas Wertvolles versteckt. Wir müssen das Lager zerstören, bevor er diese Waffen nach Europa schicken kann."

Die Drohnenaufnahmen zeigten, wie die Wachen routiniert ihre Patrouillen abliefen, während schwere Fahrzeuge Munition und Kisten mit Waffen hin und her transportierten. Die Bruderschaft war nicht nur eine kriminelle Organisation – sie hatte das Ausmaß eines paramilitärischen Netzwerks erreicht.

„Wir haben ihre Routine," sagte der Einsatzleiter nach Stunden der Beobachtung. „Die Patrouillen wechseln alle dreißig Minuten. Wenn wir uns während eines Wechsels bewegen, können wir bis zu den Mauern kommen, bevor sie es bemerken."

Die nächste Phase der Operation war entscheidend. Das Interpol-Team stellte detaillierte Pläne auf, wie sie das Lager infiltrieren wollten. Es gab drei Haupteingänge – stark bewacht und durch Kontrollpunkte gesichert. Doch das Team hatte eine Schwachstelle gefunden: eine unbemannte Servicestation an der Rückseite des Lagers, die für technische Wartungen genutzt wurde.

„Das ist unser Eintrittspunkt," sagte der Einsatzleiter, als er auf die Karte deutete. „Wenn wir uns von hier aus annähern, haben wir eine Chance, unbemerkt hineinzukommen. Aber wir müssen schnell sein."

„Was ist mit den Söldnern?" fragte Olsen, als er die Wachtürme auf der Karte betrachtete. „Sie sind schwer bewaffnet. Wir müssen darauf vorbereitet sein, dass sie kämpfen."

„Wir rechnen mit Widerstand," antwortete der Leiter nüchtern. „Aber wir haben genug Feuerkraft, um uns den Weg freizuschießen, wenn es nötig wird."

Olsen wusste, dass dies eine riskante Mission war. Sie würden in feindliches Territorium eindringen, und ein einziger Fehler könnte katastrophal enden. Doch es war ihre Chance, die Bruderschaft empfindlich zu treffen. Interpol hatte für sie eine groß angelegte Operation geplant. Neben dem Team vor Ort würden auch andere Einheiten bereitstehen, um Verstärkung zu leisten, falls etwas schiefging. Es war ein multinationaler Einsatz, bei dem jedes Detail stimmen musste. Die Koordination zwischen den Einheiten war essenziell, und die Funkverbindungen wurden ständig überprüft.

„Wir haben Unterstützung aus der Luft," erklärte der Einsatzleiter, während er den letzten Teil des Plans durchging. „Falls es zu einem Feuergefecht kommt, können wir Helikopter anfordern, die uns herausbringen. Aber das ist der letzte Ausweg."

Olsen nickte. Die Bruderschaft war ein globaler Gegner, und dieser Schlag würde zeigen, wie tief ihre Verbindungen reichten. Wenn sie Ivanovichs Lager zerstörten, würden sie einen mächtigen Verbündeten der Bruderschaft eliminieren – aber sie mussten darauf vorbereitet sein, dass die Bruderschaft zurückschlagen würde. In den frühen Morgenstunden machte sich das Team auf den Weg durch den nebligen, dichten Wald. Die Kälte biss in ihre Haut, doch die Stille, die nur vom gelegentlichen Rascheln der Blätter durchbrochen wurde, verstärkte die Anspannung. Mit größter Vorsicht gingen sie weiter, während sie sich langsam aber unaufhaltsam dem Waffenlager näherten. Der Wald war ihr Schutz, doch sie wussten, dass dieser Schutz nicht lange anhalten würde, sobald der erste Schuss fiel.

„Wir sind nah dran," flüsterte Olsen, als sie hinter einem dichten Gebüsch in Deckung gingen. Von hier aus hatten sie einen klaren Blick auf die Rückseite des Lagers, wo die Servicestation lag. Genau dort, wo der Plan sie hingeführt hatte. „Alles läuft bisher nach Plan."

Kramer suchte die Umgebung mit seinem Fernglas ab. Die Wachtürme, von denen sie wussten, dass sie stark besetzt waren, befanden sich einige hundert Meter weiter vorne. Die Wachen patrouillierten routiniert, doch sie waren noch nicht alarmiert. „Die Patrouillen haben gewechselt," flüsterte er. „Wir haben ein Zeitfenster von etwa fünfzehn Minuten."

Olsen gab das Signal an den Einsatzleiter von Interpol weiter, der sich mit seinem Team nur wenige Meter entfernt in Position gebracht hatte. „Verstanden," kam die knappe Antwort. „Bereitmachen für den nächsten Schritt."

Die Männer des Interpol-Teams griffen nach ihren Waffen und schlichen sich weiter an die Umzäunung heran. Das Adrenalin war spürbar. Sie waren jetzt in der kritischen Phase der Operation. Wenn sie entdeckt wurden, bevor sie das Gelände erreichten, würde alles zusammenbrechen. Ihre einzige Chance war es, ungesehen bis an die Mauern des Lagers zu kommen und sich Zugang zu verschaffen, bevor die Bruderschafts-Söldner reagierten.

„Alle in Position," sagte der Einsatzleiter leise über das Funkgerät, als die ersten Männer die schmale Lücke im Sicherheitszaun erreichten, die sie zuvor identifiziert hatten. Jetzt ging es um alles oder nichts.

„Wir warten auf dein Signal," antwortete Olsen und beobachtete, wie sich die Männer in Position brachten. Alle waren bereit, der Druck auf ihren Schultern lastete schwer. Die Dunkelheit und der dichte Nebel boten ihnen Schutz, doch sie wussten, dass dies nur für den Moment galt. Die Nacht gehörte ihnen, doch sobald der erste Schuss fallen würde, würde das Lager in Flammen stehen.

Das Warten im dichten Nebel und die Anspannung im Team waren greifbar, während Olsen, Kramer und die Interpol-Einheit in Deckung blieben. Die Sekunden vergingen, und mit jedem Atemzug stieg das Adrenalin. Sie hatten die Rückseite des Lagers erreicht, die Servicestation war nur wenige Meter entfernt, verborgen hinter einem unscheinbaren Zaun. Es war der Moment, auf den sie gewartet hatten.

„Es ist Zeit," flüsterte der Einsatzleiter von Interpol ins Funkgerät. Olsen nickte, und alle Männer nahmen ihre Positionen ein. Die erste Einheit machte sich bereit, den schmalen Durchgang durch den Zaun zu nutzen, der zuvor unbemerkt geblieben war.

Der Einsatzleiter gab das Signal, und die ersten Männer huschten lautlos durch das Loch im Zaun. Sie bewegten sich schnell und leise, während sie sich entlang der Gebäudewände schlichen, ihre Waffen fest in den Händen. Olsen und Kramer folgten direkt hinter ihnen.

„Wir sind drin," flüsterte einer der Männer ins Funkgerät, als sie die ersten Gebäude erreichten. Das Team war jetzt innerhalb der Mauern des Lagers – ein riesiger Komplex aus Lagerhallen, schwer bewacht und voller tödlicher Fracht.

Kaum hatten sie die erste Ecke des Geländes erreicht, als das Unvermeidliche passierte. Eine Patrouille, die die hinteren Bereiche des Lagers absicherte, bemerkte die fremden Bewegungen. Es war nur ein Moment – eine kurze Begegnung zwischen den Männern des Interpol-Teams und den schwer bewaffneten Söldnern der Bruderschaft – doch er reichte aus.

„Kontakt!" rief einer der Männer, und schon waren die ersten Schüsse zu hören. Die Patrouille schoss sofort, und der Funkenflug von Kugeln, die gegen die Mauern prallten, beleuchtete die Dunkelheit. Der Alarm des Lagers wurde ausgelöst, und das gesamte Gelände erwachte in einem ohrenbetäubenden Chaos.

„Verdammt, sie wissen, dass wir hier sind!" rief Kramer, während er sich hinter einem Container duckte und das Feuer erwiderte.

Olsen spürte, wie sein Herz raste. „Bleibt in Bewegung! Wir müssen zu den Waffenlagern vorstoßen, bevor sie alles evakuieren!"

Die Söldner der Bruderschaft waren sofort mobilisiert worden. Überall bezogen schwer bewaffnete Männer Stellung, und der Widerstand war stärker als erwartet. Es war klar: Diese Operation war längst kein Geheimnis mehr. Das Lager verwandelte sich in ein Schlachtfeld. Schüsse hallten durch die Nacht, und das Team von Interpol kämpfte sich vorwärts, während die Kugeln in der Dunkelheit um sie herum pfiffen. Die Söldner der Bruderschaft verteidigten ihr Territorium mit allem, was sie hatten – automatische Gewehre, Scharfschützenposten und sogar stationäre Maschinengewehre, die auf den Wachtürmen montiert waren.

„Deckung! Vorwärts, jetzt!" brüllte der Einsatzleiter, als das Team in einen heftigen Schusswechsel geriet. Olsen duckte sich hinter eine niedrige Mauer und sah, wie das Feuergefecht um sie herumtobte.

Die Männer der Bruderschaft waren gut ausgebildet und organisiert. Dies war keine gewöhnliche Truppe – es war eine paramilitärische Einheit, die darauf trainiert war, ihre Positionen bis zum Letzten zu halten.

„Die versuchen, uns einzukesseln!" rief Kramer und feuerte auf einen der Wachtürme, aus dem ein Scharfschütze auf sie zielte. Der Schütze brach zusammen, doch das Feuergefecht verstärkte sich nur noch weiter.

Olsen wusste, dass sie jetzt keine Zeit zu verlieren hatten. „Wir müssen jetzt zu den Waffenlagern kommen. Wenn wir die sprengen, können wir den Widerstand brechen!"

Das Team kämpfte sich Meter um Meter vorwärts, während das Lager in ein Inferno aus Schüssen und Explosionen versank.

Endlich erreichte das Team das Zentrum des Lagers, wo sich die riesigen Hallen befanden, in denen die Waffen und Munition der Bruderschaft gelagert wurden. Diese Hallen waren das Herzstück von Ivanovichs Operation – das Rückgrat, das die Bruderschaft versorgte und ihre Macht sicherte.

„Da sind sie," sagte Kramer, als sie die schweren Tore der Lagerhallen erreichten. „Das ist unsere Chance."

Der Einsatzleiter nickte. „Wir setzen Sprengladungen an. Aber wir haben nur wenig Zeit. Die Verstärkung der Bruderschaft ist unterwegs."

Sofort machten sich die Männer daran, Sprengladungen an den Lagerhallen anzubringen. Olsen hielt währenddessen Wache und beobachtete, wie die Söldner der Bruderschaft versuchten, sich neu zu formieren. Sie schossen weiterhin, doch das Interpol-Team hielt sie zurück.

„Wie lange noch?" rief Olsen, während eine Salve von Kugeln über ihren Köpfen hinwegfegte.

„Nur noch ein paar Minuten," antwortete einer der Sprengstoffexperten, der sich hastig an den Zündern zu schaffen machte. „Wir müssen sicherstellen, dass das gesamte Lager zerstört wird."

Die Zeit drängte. Wenn die Sprengladungen nicht rechtzeitig gezündet wurden, würden sie gegen eine Übermacht kämpfen müssen.

Die letzten Ladungen waren gesetzt, und das Team zog sich in sicherer Entfernung zurück. Der Einsatzleiter überprüfte die Zünder, während das Feuergefecht unvermindert weiterging. „Bereitmachen!" rief er über das Funkgerät. „Wir sprengen in fünf Sekunden!"

Olsen und Kramer warfen sich hinter einer der Wände in Deckung und hielten sich die Ohren zu. Das Interpol-Team zog sich ebenfalls in die Sicherheitszone zurück. Dann kam der Moment. Mit einem gewaltigen Donnern explodierten die Lagerhallen. Eine ohrenbetäubende Detonation erschütterte die Nacht, gefolgt von einer Reihe von Explosionen, die die gesamte Struktur des Lagers in die Luft jagten. Eine riesige Feuerkugel stieg in den Nachthimmel, als Munition und Waffen in Flammen aufgingen.

„Ziel zerstört!" rief der Einsatzleiter triumphierend, während die Überreste des Lagers in Trümmern lagen. „Wir haben es geschafft!"

Olsen blickte auf das brennende Lager. Es war ein schwerer Schlag für die Bruderschaft – die Zerstörung ihres größten Waffenlagers würde ihre Operationen erheblich behindern. Doch er wusste, dass dies nur ein Teilsieg war. Während das Team sich zurückzog, bemerkte Olsen eine beunruhigende Tatsache: Ivanovich war nirgendwo zu sehen. Trotz des Erfolgs beim Zerstören des Lagers hatten sie den Mann selbst nicht gefasst. Er war spurlos verschwunden.

„Wo ist Ivanovich?" fragte Kramer atemlos, als sie sich in die Wälder zurückzogen. „Er hätte hier sein sollen."

Olsen runzelte die Stirn. „Er wusste, dass wir kommen. Er ist entkommen."

Der Einsatzleiter von Interpol trat neben sie und nickte grimmig. „Wir haben zwar das Lager zerstört, aber Ivanovich hat sich aus dem Staub gemacht. Er ist gut vernetzt – das wird kein einfacher Gegner."

Olsen sah in die Flammen, die den Himmel erhellten. Der Sieg war süß, doch er hinterließ einen bitteren Beigeschmack. Die Bruderschaft war angeschlagen, aber Ivanovich war immer noch dort draußen, und er würde nicht ruhen, bis er zurückschlug.

„Das war nur der Anfang," sagte Olsen leise. „Der wahre Kampf beginnt jetzt erst."

Während die Trümmer des Waffenlagers noch in Flammen standen und das Interpol-Team das Gebiet sicherte, zogen sich Olsen, Kramer und der Einsatzleiter für eine kurze Besprechung zurück. Der Erfolg des Angriffs war unbestreitbar – die Zerstörung des Lagers würde die Bruderschaft schwer treffen. Doch die Erleichterung über den Sieg wurde von einer Frage überschattet: Wo war Karl Ivanovich?

„Er hätte hier sein sollen," murmelte Kramer, der immer noch in den Überwachungsdaten wühlte.

Olsen stand nachdenklich da. „Ivanovich ist klüger, als wir dachten," sagte er schließlich. „Er hat unsere Bewegung vorausgesehen. Wahrscheinlich hat er das Lager als Lockvogel benutzt, um uns hier festzuhalten, während er sich anderswo neu positioniert."

„Das ergibt Sinn," stimmte der Einsatzleiter zu. „Aber wir können nicht länger im Dunkeln tappen. Wir müssen ihn finden, bevor er weiter untertaucht."

In diesem Moment kam ein Funkspruch von einem der Interpol-Agenten. „Wir haben etwas entdeckt," sagte die Stimme über das Funkgerät. „Es könnte wichtig sein – eine verschlüsselte Nachricht auf einem der erbeuteten Laptops."

Olsen und Kramer tauschten Blicke aus und eilten zum Fundort. Der Agent hatte einen Laptop sichergestellt, der bei der Explosion unversehrt geblieben war.

Kramer setzte sich sofort daran, die verschlüsselten Daten zu knacken, während Olsen über seine Schulter blickte. Es dauerte nicht lange, bis Kramer ein triumphierendes Grinsen aufsetzte.

„Ich hab's," sagte er, während er auf eine Zeile zeigte. „Eine verschlüsselte Nachricht, die vor dem Angriff verschickt wurde. Sie ist an Ivanovichs Kontakte in Moskau gerichtet."

Olsens Augen verengten sich, als er den Text las. „Moskau... Er hat bereits seine nächsten Schritte in Russland geplant."

„Es sieht aus, als hätte Ivanovich eine wichtige Operation dort – und er koordiniert alles von Moskau aus," erklärte Kramer. „Das erklärt, warum er hier nicht persönlich aufgetaucht ist. Er bereitet etwas Größeres vor."

Olsen nickte, seine Gedanken rasten. „Moskau ist der Schlüssel. Wenn wir ihn dort erwischen, können wir die Bruderschaft direkt an ihrer Quelle treffen."

„Aber Moskau ist kein leichtes Pflaster," warnte der Einsatzleiter. „Ivanovich hat dort mächtige Freunde. Es wird schwierig, ihn ohne politische Konsequenzen aus seinem Versteck zu locken."

„Wir haben keine Wahl," sagte Olsen entschlossen. „Wenn er Moskau als Basis nutzt, um seine Operationen weiterzuführen, müssen wir ihn dort aufspüren. Sonst entkommt er uns immer wieder."

Die Entscheidung war gefallen. Sie würden nach Moskau reisen, um den gefährlichsten Mann der Bruderschaft zur Strecke zu bringen.

„Bereite alles vor," sagte Olsen zu Kramer. „Wir fliegen so schnell wie möglich nach Moskau."

Die Jagd war noch lange nicht vorbei, und der nächste Einsatz würde sie tief ins Herz von Ivanovichs Macht führen – in eine Stadt, in der der Waffenhändler von den einflussreichsten Kreisen geschützt wurde.

Doch Olsen wusste, dass dies die letzte Gelegenheit sein könnte, den Drahtzieher der Bruderschaft endgültig zu stellen.

Spur nach Moskau

Nach der erfolgreichen Zerstörung des Waffenlagers in Belarus blieb dem Team keine Zeit zur Erholung. Ivanovich war entkommen und sie wussten, dass er in Moskau Schutz suchte. Olsen, Kramer und das Interpol-Team waren bereit für den nächsten Schritt – eine riskante Mission im Herzen von Ivanovichs Machtgebiet.

Am Morgen nach dem Angriff bestiegen sie in Minsk ein Flugzeug nach Moskau. Olsen und Kramer saßen nebeneinander, beide in Gedanken versunken, während das Flugzeug in den grauen Himmel aufstieg.

Die Aussicht auf Moskau, eine Stadt, die von den Oligarchen und kriminellen Netzwerken kontrolliert wurde, bereitete ihnen Unbehagen.

„Wir fliegen direkt in sein Territorium," sagte Kramer und klappte seinen Laptop auf, um die letzten Informationen durchzusehen. „Ivanovich hat in Moskau viele Freunde. Er wird gut geschützt sein."

„Genau deshalb ist es der perfekte Ort für ihn," antwortete Olsen. „Aber niemand ist unangreifbar. Wir müssen nur die richtige Gelegenheit abpassen."

Der Landeanflug auf Moskau war düster. Die Stadt, die sich unter ihnen ausbreitete, schien vor Macht und Intrigen zu brodeln. Sie wussten, dass dieser Einsatz keine Fehler erlaubte.

Dichter Nebel umhüllte die Stadt, und die grauen Gebäude der Vororte tauchten aus der Wolkendecke auf, während sie auf der Landebahn aufsetzten. Am Flughafen wurden sie von Dimitri abgeholt, einem russischen Informanten, der für Interpol arbeitete. Er war ein großgewachsener, breitschultriger Mann, der seine Augen hinter einer Sonnenbrille versteckte und sie wortlos zu einem schwarzen Geländewagen führte.

„Willkommen in Moskau," sagte er mit einer rauen Stimme, während er ihnen die Türen öffnete. „Ich habe eine Unterkunft für euch vorbereitet – nichts Luxuriöses, aber unauffällig und sicher."

Der Wagen fuhr durch die hektischen Straßen der Stadt. Der Lärm des Verkehrs und die schier endlose Masse an Hochhäusern machten deutlich, dass sie in eine pulsierende Metropole voller Machtspiele und Unsichtbarkeit eingetaucht waren.

Dimitri manövrierte sie in die belebte City, wo moderne Glas- und Stahlfassaden die alten Betonbauten überragten. Niemand würde hier jemanden bemerken – es war der perfekte Ort, um sich zu verstecken.

„Hier sind wir," sagte Dimitri schließlich, als er vor einem unscheinbaren Hochhaus mitten im Zentrum Moskaus anhielt. „Eine anonyme Wohnung, eine von vielen. Hier fällt niemand auf, und niemand wird Fragen stellen."

Olsen sah das Hochhaus hoch aufragen, eines von Dutzenden in der Skyline Moskaus. Perfekt, dachte er. Ein Ort, an dem sie unerkannt bleiben konnten, mitten im Trubel der Stadt, wo niemand sie vermuten würde. Der perfekte Rückzugsort für eine Operation, die absolute Diskretion erforderte. Dimitri führte sie ins Gebäude, durch einen unscheinbaren Eingang in die Lobby. Sie fuhren mit dem Fahrstuhl in die oberste Etage, wo er ihnen eine kleine, schlichte Wohnung zeigte – nichts Auffälliges, genau das, was sie brauchten. Ein einfacher Raum mit grauen Wänden, spärlich möbliert, aber mit allem ausgestattet, was sie für ihre Mission benötigten.

„Von hier aus können wir arbeiten," sagte Dimitri. „Ihr seid hier sicher. Niemand wird euch hier suchen."

Olsen nickte. Sie waren bereit. Moskau lag vor ihnen, und Ivanovich konnte sich nicht ewig verstecken. Nachdem das Team sich in der unauffälligen Wohnung eingerichtet hatte, gingen Olsen, Kramer und Dimitri direkt zur Arbeit.

Die Daten aus dem Angriff auf das Waffenlager in Belarus hatten bereits wertvolle Hinweise geliefert. Ivanovich hatte in Moskau mächtige Verbündete, und das machte ihn praktisch unangreifbar für die russischen Behörden.

„Ivanovich hat sich mit den einflussreichsten Oligarchen Moskaus verbündet," erklärte Dimitri, als er sich über die Karte der Stadt beugte, die auf dem kleinen Esstisch lag. „Er bietet ihnen Zugang zu internationalen Schmuggelrouten und beliefert ihre Milizen mit Waffen. Im Gegenzug sichern sie seine Operationen ab und halten die Polizei fern."

„Und das macht ihn so gefährlich," fügte Kramer hinzu, während er die Daten auf seinem Laptop durchging. „Er hat sich ein Netzwerk aus Schutz und Macht aufgebaut, das ihn beinahe unangreifbar macht. Niemand in der russischen Regierung wird es wagen, ihn offen zu verfolgen."

„Wir werden im Verborgenen operieren müssen," sagte Olsen mit einem leisen, entschlossenen Tonfall. „Wenn wir zu viel Aufmerksamkeit erregen, werden wir die falschen Leute auf uns aufmerksam machen – und Ivanovich wird gewarnt."

Dimitri nickte. „In dieser Stadt ist jeder Schritt ein Balanceakt. Die Bruderschaft hat hier ihre Wurzeln tief geschlagen. Ivanovich sitzt im Zentrum eines Netzes aus Korruption, das sich über ganz Russland erstreckt."

Olsen betrachtete die Karte von Moskau und überlegte, wo Ivanovich sich versteckt halten könnte. Sie mussten klug vorgehen und jeden einzelnen Schritt genau planen.

Noch in derselben Nacht begann Kramer in die Kommunikationsnetzwerke von Ivanovich einzudringen. Die verschlüsselten Nachrichten, die sie in Belarus gefunden hatten, enthielten Spuren, die sie zu den Servern führten, die Ivanovich in Moskau benutzte. Dies war ihre Chance, einen direkten Weg zu ihm zu finden.

„Ich habe mehrere IP-Adressen, die auf Kommunikationsserver in Moskau verweisen," erklärte Kramer, als er sich durch die Sicherheitsprotokolle hackte. „Es wird etwas Zeit brauchen, aber wir sollten in der Lage sein, seine Netzwerke zu infiltrieren."

Olsen beobachtete ihn, während er arbeitete. „Jeder Hinweis, den wir bekommen, ist wertvoll. Je schneller wir ihn lokalisieren, desto eher können wir zuschlagen."

„Er ist vorsichtig," fügte Dimitri hinzu, der auf die Uhr sah. „Aber niemand kann perfekt sein. Wenn er noch in der Stadt ist, werden wir ihn finden."

Es war eine Geduldsprobe, doch das Team wusste, dass dies ihre Chance war. Sie mussten unbemerkt bleiben und Ivanovich jagen, bevor er erneut entkam.

Stunden vergingen, und schließlich entdeckte Kramer die ersten brauchbaren Hinweise. „Ich habe etwas," sagte er, während er auf den Bildschirm starrte. „Eine verschlüsselte Nachricht, die Ivanovich vor kurzem über sein Netzwerk gesendet hat."

Olsen trat näher heran und las die Nachricht. „Ein Treffen. Er will sich mit hochrangigen Militärvertretern treffen."

Dimitri runzelte die Stirn. „Das passt zu seinem Muster. Ivanovich handelt nicht nur mit Waffen – er schmiedet Allianzen. Wenn er sich mit dem Militär trifft, plant er etwas Größeres."

Olsen nickte. „Das ist unsere Chance. Wir müssen herausfinden, wo dieses Treffen stattfinden soll."

„Ich arbeite daran," sagte Kramer, während er die Nachricht weiter analysierte. „Wenn wir seine Kommunikation weiter überwachen, finden wir den Ort und den Zeitpunkt heraus."

Mit den neuen Informationen war klar, dass die Zeit drängte. Ivanovich plante ein großes Geschäft, und das bedeutete, dass sie handeln mussten, bevor es zu spät war. Olsen wusste, dass der Druck jetzt auf ihrem Team lag.

„Bereite alles vor," sagte Olsen zu Dimitri. „Wir müssen bereit sein, sobald wir den genauen Ort haben. Wir dürfen ihm nicht wieder entkommen lassen."

Das Team begann, sich auf die nächste Phase der Operation vorzubereiten. Bald würden sie einen direkten Schlag gegen Ivanovich führen – doch sie wussten nicht, dass der Gegner bereits seine eigenen Pläne gegen sie schmiedete.

In der kleinen, unauffälligen Wohnung im Herzen Moskaus war es still, als Kramer vor seinem Laptop saß, die Stirn in tiefe Falten gelegt. Es war eine komplexe Aufgabe, die Kommunikationsnetzwerke von Karl Ivanovich zu knacken – der Mann war vorsichtig, und seine digitalen Spuren waren gut verschleiert. Doch Kramer wusste, dass dies ihre beste Chance war. Sie hatten Hinweise darauf, dass Ivanovich weiterhin seine perfiden Geschäfte über verschlüsselte Kanäle führte.

„Ich habe Zugang zu einem seiner Sekundar-Netzwerke," murmelte Kramer, ohne den Blick vom Bildschirm zu lösen. „Es ist ein indirekter Weg, aber wenn wir die Kommunikation von hier aus überwachen, könnten wir mehr herausfinden."

Olsen trat näher an den Bildschirm heran. „Jeder Hinweis hilft. Bleib dran."

Mit einer Kombination aus erbeuteten Verschlüsselungscodes und Kramers technischen Fähigkeiten arbeitete er sich immer tiefer in die digitalen Verstecke von Ivanovich vor.

Der Waffenhändler hatte sich gut geschützt, doch kein System war perfekt. Stunden vergingen, bis Kramer schließlich einen ersten Durchbruch erzielte.

„Da ist es," sagte er plötzlich und zeigte auf eine Datei, die gerade entschlüsselt wurde. „Ivanovich kommuniziert mit einer

Gruppe hochrangiger Kontakte. Die Verbindungen führen direkt zu russischen Militärkreisen."

Olsen lehnte sich über den Bildschirm und las die Nachrichten, die Kramer freigelegt hatte. „Er plant ein Treffen. Wenn das stimmt, könnte dies unsere Chance sein, ihn festzusetzen."

Mit den neuen Informationen begann das Team, Ivanovichs Aktivitäten in Moskau verstärkt zu überwachen. Kramer richtete eine direkte Abhörverbindung zu den Kommunikationskanälen ein, die sie gehackt hatten, und überwachte alle Nachrichten, die durch das Netzwerk liefen. Es war ein riskantes Unterfangen – sie durften unter keinen Umständen entdeckt werden.

„Wir müssen sicherstellen, dass wir nichts verpassen," sagte Kramer, während er die Datenströme beobachtete. „Wenn sie merken, dass jemand in ihre Systeme eingedrungen ist, wird Ivanovich sofort reagieren."

Olsen wusste, dass die Uhr tickte. „Halt uns auf dem Laufenden. Jede kleine Veränderung könnte entscheidend sein."

In den folgenden Tagen arbeitete das Team unermüdlich. Sie blieben in der Wohnung und gingen nur selten nach draußen, um unentdeckt zu bleiben, während sie jede Kommunikation überwachten, die über Ivanovichs Netzwerke lief. Sie wollten ihn unbedingt erwischen, doch sie mussten geduldig sein – jede überstürzte Handlung könnte die Operation gefährden.

Schließlich kam der Moment, auf den sie gewartet hatten.

„Da ist es wieder," sagte Kramer, als eine verschlüsselte Nachricht auftauchte. „Es bestätigt sich. Ivanovich wird sich in den nächsten Tagen mit hochrangigen Militärvertretern treffen."

Die Informationen, die Kramer aus dem Netzwerk extrahiert hatte, enthüllten den geplanten Ort und Zeitpunkt des Treffens. Es sollte in einem abgelegenen Industriegebiet am Rande

Moskaus stattfinden – ein Ort, an dem niemand Fragen stellte und der perfekte Schutz vor neugierigen Augen bot. Die Bruderschaft wollte anscheinend einen großen Waffendeal abschließen, und Ivanovich sollte ihn persönlich überwachen.

„Das ist unsere Chance," sagte Olsen, als Kramer den Ort auf der Karte markierte. „Wir dürfen diesen Deal nicht zulassen. Wenn sie diese Waffen in die Hände bekommen, wird es noch schwieriger, sie zu stoppen."

Kramer nickte. „Der Deal ist der Schlüssel zu Ivanovichs Macht. Wenn wir ihn beim Treffen erwischen, haben wir ihn."

Olsen wusste, dass sie diesmal alles perfekt koordinieren mussten. Der Ort war isoliert, was bedeutete, dass sie mit Vorsicht vorgehen mussten. Ein direkter Zugriff war riskant, doch es gab kaum eine andere Wahl. Ivanovich musste gefasst werden, bevor er sich erneut in die Dunkelheit zurückziehen konnte.

„Wir brauchen eine präzise Strategie," sagte Olsen zu Dimitri, der auf die Karte starrte.

Die nächsten Stunden verbrachte das Team damit, die Operation zu planen. Ivanovich würde schwer bewaffnet und gut geschützt sein, und das Industriegebiet bot viele Versteckmöglichkeiten für seine Söldner.

„Wir teilen uns auf," erklärte Olsen dem Team. „Wir brauchen ein Observations-Team, das aus sicherer Entfernung das Gelände überwacht, und eine Zugriffseinheit, die sich in unmittelbarer Nähe aufhält und bereit ist, zuzuschlagen."

Dimitri übernahm die Aufgabe, Kontakt zu den örtlichen Behörden herzustellen, um eine diskrete Unterstützung sicherzustellen. „Wir können nicht auf zu viele Leute zählen," warnte er. „Zu viele Augen hier in Moskau sind mit Ivanovich verbündet. Wir müssen so unsichtbar wie möglich bleiben."

„Was ist mit den Fluchtwegen?" fragte Kramer, während er sich die Pläne des Industriegebiets ansah. „Sie könnten jeden Moment versuchen, zu verschwinden."

„Wir werden alle Ausgänge blockieren," antwortete Olsen. „Wenn sie versuchen zu fliehen, werden wir bereit sein."

Die Planung war minutiös. Sie mussten die Kommunikation weiterhin überwachen, um sicherzustellen, dass sich nichts am Plan änderte. Jeder war sich der Gefahr bewusst, doch sie hatten keine andere Wahl. Dies war der Moment, in dem sie Ivanovich fassen konnten.

Am Morgen des geplanten Treffens machte sich das Team auf den Weg. Sie waren in ziviler Kleidung unterwegs, um keine Aufmerksamkeit zu erregen. Der Plan war klar: Olsen und Dimitri würden das Gelände aus sicherer Entfernung beobachten, während Kramer die Kommunikationskanäle im Blick behielt, um jedes Anzeichen von Veränderung sofort zu erfassen.

„Wir müssen alles genau beobachten," sagte Olsen, während sie in einem unscheinbaren Lieferwagen am Rand des Industriegebiets parkten. „Wenn Ivanovich auftaucht, dürfen wir keinen Fehler machen."

Die Minuten vergingen quälend langsam. sie beobachteten das Gelände durch Ferngläser und auch Überwachungskameras, die sie vorher platziert hatten. Es war ruhig, doch sie wussten, dass sich das Blatt jeden Moment wenden könnte. Ivanovich war kein Mann, der Risiken einging – wenn er den Verdacht schöpfte, dass etwas nicht stimmte, würde er sofort verschwinden.

„Ich habe Bewegungen an einem der Eingänge," meldete Kramer plötzlich. „Es sieht aus, als ob das Treffen gleich beginnt."

Olsen und das Team beobachteten, wie eine Reihe von schwarzen SUVs vor dem Gelände hielt. Männer in Anzügen, begleitet von bewaffneten Wachen, stiegen aus. Unter ihnen erkannte

Olsen sofort Ivanovich – er wirkte selbstbewusst und unbeeindruckt, als er sich mit den Militärvertretern traf.

„Da ist er," flüsterte Olsen, während er durch das Fernglas sah. „Das ist unsere Chance."

Sie beobachteten weiter, wie Ivanovich und die anderen Männer ins Innere des Gebäudes gingen. Es war der Moment, auf den sie gewartet hatten. Olsen gab das Signal, und das Team bereitete sich auf den Zugriff vor.

„Wir müssen schnell sein," sagte Olsen entschlossen. „Wenn er auch nur den Hauch eines Verdachts hat, ist er weg."

Die Spannung war zum Zerreißen gespannt, als das Team in Position ging. Sie wussten, dass dies ihre letzte Chance war, Ivanovich zu fassen – und diesmal würde er nicht entkommen.

Im Van herrschte angespannte Stille, während Olsen und sein Team gebannt durch die Ferngläser die Szenerie beobachteten. Ivanovich war dort – nur ein paar hundert Meter entfernt, und alles lief nach Plan. Das abgelegene Industriegebiet war ruhig, der Himmel über Moskau grau und drückend. Sie beobachteten, wie Ivanovich sich mit den hochrangigen Militärvertretern traf, sicheres Auftreten, kein Anzeichen von Argwohn. Dies war die Chance, auf die sie wochenlang hingearbeitet hatten.

„Alles ist bereit," flüsterte Olsen ins Funkgerät. „Wir haben sie genau dort, wo wir sie brauchen."

Kramer, der im Van saß und die Kommunikationskanäle überwachte, nickte und sprach leise in sein Headset. „Ich höre keine ungewöhnlichen Signale. Alles ist ruhig."

Olsen war angespannt. Die Stille war fast unnatürlich – einer der Momente, in dem alles jederzeit kippen konnte. Sie mussten in den nächsten Minuten zuschlagen – doch er spürte tief in seinem Inneren, dass etwas nicht stimmte.

„Irgendetwas fühlt sich falsch an," murmelte Olsen, als er durch das Fernglas starrte. „Sie sind zu ruhig..."

Plötzlich durchbrach ein ohrenbetäubendes Krachen die Stille.

Der Van erzitterte unter einem gewaltigen Aufprall. Die Welt schien für einen Moment stillzustehen, dann explodierte sie in einem Inferno aus Lärm und Chaos. Eine Explosion, direkt neben dem Van, schleuderte ihn zur Seite. Die Wucht war so stark, dass Olsen gegen die Wand geschleudert wurde, Blut lief ihm über die Stirn, und der Boden unter seinen Füßen schwankte.

„Was zur Hölle!" rief Kramer panisch, während er versuchte, sich an etwas festzuhalten. „Sie haben uns entdeckt!"

Eine weitere Explosion folgte, und dann das ohrenbetäubende Rattern von automatischen Gewehren. Die Söldner der Bruderschaft waren aus dem Nichts aufgetaucht, schwarz gekleidet, perfekt organisiert. Kugeln prasselten auf den Van ein, das Metall bog sich unter dem Kugelhagel.

„Raus aus dem Van! Sofort!" schrie Olsen, als er die Schiebetür mit einem Tritt öffnete und sich in die Deckung hinter einem nahen Container warf. Kramer stolperte ihm nach, während die Söldner sie gnadenlos unter Beschuss nahmen.

„Das war eine Falle! Sie haben uns erwartet!" schrie Dimitri, der ebenfalls mit blutigem Gesicht aus dem zerstörten Van kroch. „Ivanovich wusste, dass wir hier sind!"

Die Luft war erfüllt vom Zischen und Pfeifen der Kugeln, die rings um sie einschlugen. Olsen rannte geduckt durch das offene Gelände, versuchte Deckung hinter den verstreuten Metallkisten zu finden, doch die Söldner der Bruderschaft waren ihnen dicht auf den Fersen. Sie schossen präzise, zielten direkt auf ihre Köpfe, als wären sie perfekt vorbereitet auf diesen Angriff.

„Das ist Wahnsinn!" rief Kramer außer Atem, als er hinter einem Container zum Stehen kam und sein Gewehr entsicherte. „Wie haben sie uns so schnell gefunden?"

„Sie haben alles gewusst," keuchte Olsen und blickte wild umher. „Wir müssen hier raus – wir sind zu wenige, und sie haben uns eingekesselt!"

Dimitri, der verwundet war, hielt sich die Seite, während Blut aus einer klaffenden Wunde quoll. „Wir... haben nicht mehr viel Zeit," presste er hervor. „Ivanovich wird fliehen, und wir schaffen es nicht, uns zu ihm durchzukämpfen."

Kramer feuerte mehrere Schüsse ab, doch die Söldner bewegten sich wie Schatten, tauchten auf und verschwanden sofort wieder. Sie waren gnadenlos, geübt und tödlich.

Olsen atmete schwer, seine Hände blutüberströmt, als er Dimitri zu sich zog. „Wir lassen niemanden zurück," knurrte er. „Kämpft weiter!"

Die Luft war erfüllt von Rauch und dem unaufhörlichen Rattern der Maschinengewehre. Olsen, Kramer und Dimitri kauerten hinter einem Container, der unter dem Hagel von Kugeln vibrierte. Der Van, der sie ursprünglich hierhergebracht hatte, lag in Flammen – komplett zerstört und ohne jede Hoffnung auf Rückkehr.

„Der Van ist verloren," keuchte Kramer, der hektisch durch die wogenden Rauchschwaden spähte. „Wir müssen einen anderen Weg finden. Sie rücken von allen Seiten vor."

Olsen nickte, das Adrenalin pumpte durch seine Adern. „Wir haben keine Deckung mehr – wir müssen uns durch die Seitenstraßen schlagen. Das ist unsere einzige Chance."

Er zerrte an Dimitri, der aber bei Bewusstsein war. „Kannst du gehen? Wir haben nicht viel Zeit."

„Ich schaff das," stöhnte Dimitri, während er sich aufrappelte, das Gesicht vor Schmerzen verzerrt.

„Kramer, du deckst uns," befahl Olsen, während sie sich geduckt entlang der Metallcontainer bewegten, immer auf der Suche nach einem Fluchtweg aus der tödlichen Falle. Kramer entsicherte seine Waffe, kniete sich nieder und feuerte präzise Salven auf die Söldner, die sich durch den dichten Rauch bewegten und näherkamen.

„Da hinten!" rief Olsen und deutete auf eine enge Gasse, die zwischen zwei zerfallenen Lagerhallen lag. „Wenn wir es dorthin schaffen, können wir vielleicht aus dem Industriegebiet raus."

Sie rannten. Kramer schoss über die Schulter zurück, während die Söldner auf sie feuerten. Kugeln schlugen in die rostigen Metallwände um sie herum ein, Funken sprühten. Dimitri hinkte, doch Olsen zog ihn mit einem eisernen Griff vorwärts, ihre Schritte hallten dumpf über den Betonboden.

„Beeilung!" schrie Kramer, während die Gegner unaufhaltsam näher rückten. Die Gasse war ihr einziger Ausweg – sie mussten es bis dorthin schaffen, bevor sie endgültig eingekesselt wurden.

Olsen stürmte voran, Adrenalin durchströmte seinen Körper, während der Rauch hinter ihnen immer dichter aufstieg. Sie hatten es fast geschafft, doch die Schritte hinter ihnen wurden lauter – die Söldner waren ihnen dicht auf den Fersen. Kramer hatte gerade eine weitere Salve abgegeben, als sie aus der engen Gasse in einen offenen Hof stürzten.

Doch plötzlich – wie aus dem Nichts – tauchten drei schwer bewaffnete Söldner vor ihnen auf. Ihre schwarzen Sturmhauben verdeckten die Gesichter, ihre Augen funkelten tödlich im flackernden Licht des nahen Feuers. Es war eine Falle, perfekt orchestriert.

„Keine Deckung!" rief Kramer verzweifelt. „Wir haben keine Chance!"

Doch Olsen zögerte keine Sekunde. Es gab nur einen Weg: direkt durch sie hindurch. Mit einem wilden Schlachtruf warf er sich auf den ersten Söldner, packte ihn mit beiden Händen am Gewehrlauf und riss ihn zu Boden. Mit einer brutalen Bewegung verdrehte er den Lauf und drückte ihn gegen den Hals des Mannes. Ein dumpfes Knacken hallte durch den Hof, als der Söldner zu Boden ging.

Die anderen beiden Gegner waren jedoch bereit. Einer von ihnen richtete sein Gewehr auf Kramer, während der dritte Söldner auf Olsen zustürmte. Die Zeit schien langsamer zu werden. Olsen sah die tödliche Entschlossenheit in den Augen seines Angreifers, die Bewegungen wirkten für einen Moment wie in Zeitlupe – dann brach die Dynamik schlagartig wieder los.

Kramer reagierte blitzschnell. Mit einem Ruck riss er sein Gewehr hoch und feuerte. Drei gezielte Schüsse, die durch die stickige Luft schnitten. Die ersten beiden Kugeln trafen den Gegner in der Brust, die dritte Kugel landete in seiner Schulter, bevor er hart gegen die Wand prallte. Doch das Geräusch des fallenden Körpers ging beinahe im Lärm des zweiten Angriffs unter. Der dritte Söldner hatte sich Olsen gegriffen. Mit brutaler Kraft drückte er ihn gegen eine rostige Metalltür. Das Kreischen des Metalls, als Olsens Rücken dagegen schlug, ließ ihn vor Schmerz zusammenzucken, doch er biss die Zähne zusammen. Der Lauf eines Pistolenaufsatzes bohrte sich gegen seinen Kiefer.

„Das war's für dich," zischte der Söldner, die Augen wild vor Entschlossenheit.

Doch Olsen war schneller. Mit einem wuchtigen Schlag gegen die Hand des Mannes schleuderte er die Waffe weg und schmetterte seinen Ellbogen direkt in das Gesicht des Angreifers. Blut spritzte aus der zertrümmerten Nase des Söldners, doch er ließ nicht los. Er packte Olsens Hals und drückte zu, die Luft wurde dünn, der Griff war unerbittlich.

Kramer sah die Situation. Ohne zu zögern, ohne nachzudenken, zog er seine Pistole und rannte auf die beiden zu. Er zielte – es war ein riskanter Schuss, der Söldner hielt Olsen direkt vor sich, doch es gab keine Alternative.

Der Knall des Schusses hallte durch den Hof. Für einen Moment schien alles still zu stehen. Dann spürte Olsen, wie der Griff um seinen Hals lockerer wurde. Der Söldner sackte nach hinten, seine Augen weit aufgerissen, als er leblos zu Boden fiel. Kramer hatte ihn mitten ins Herz getroffen.

„Danke," keuchte Olsen, während er sich schwer atmend auf die Knie fallen ließ, den Schmerz in seinem Körper ignorierend.

„Wir sind noch nicht draußen," antwortete Kramer atemlos, während er sich hektisch umsah. „Sie kommen von allen Seiten. Wir müssen verschwinden, bevor es zu spät ist."

Olsen stützte sich auf, sein Blick war scharf, trotz des Bluts, das aus einer Wunde über seinem Auge sickerte. „Sie wollten uns vernichten. Aber wir sind nicht tot. Und Ivanovich wird dafür bezahlen."

Mit einem letzten verzweifelten Schub stürmte das Team durch die Gasse, weg von den Söldnern, die nun auf sie feuerten, aber durch den Rauch und die Zerstörung im Rückstand blieben. Olsen konnte das Dröhnen ihrer Verfolger hören, doch sie hatten einen kleinen Vorsprung gewonnen. Er wusste, dass jeder Moment zählte.

Als sie die Gasse verließen, fanden sie sich in einem verfallenen Hinterhof wieder. Eine rostige Metalltreppe führte zu einem alten Lagerhaus – und neben dem Gebäude, wie durch ein Wunder, stand ein verlassenes Auto. Es sah aus, als hätte es jahrelang dort gestanden, doch es war ihre einzige Chance.

„Das ist unsere Gelegenheit!" keuchte Olsen, während sie zu dem Wagen rannten.

Kramer riss die Tür auf und sprang auf den Fahrersitz. „Bitte, spring an..." murmelte er und drehte den Zündschlüssel. Ein Röcheln. Dann, zu ihrer Erleichterung, startete der Motor.

Olsen half dem schwer verwundeten Dimitri auf den Rücksitz, während die ersten Söldner am anderen Ende der Gasse auftauchten. „Los, Kramer, fahr los!"

Kramer trat das Gaspedal durch. Der Wagen sprang nach vorne, Reifen quietschten auf dem Asphalt, während sie in die offene Straße rasten. Im Rückspiegel sahen sie die Söldner zurückbleiben, Kugeln prallten wirkungslos von der Heckscheibe ab.

„Das war verdammt knapp," sagte Kramer, als er durch die engen Straßen Moskaus raste, der Rauch des Industriegebiets hinter ihnen.

Olsen atmete schwer, sein Blick war nach vorne gerichtet, doch seine Gedanken waren woanders. „Sie haben uns erwartet. Ivanovich weiß alles. Dies war ein geplanter Hinterhalt."

Dimitri stöhnte im Rücksitz, während Kramer das Auto mit voller Geschwindigkeit durch die Gassen manövrierte. „Was jetzt? Was machen wir?"

„Wir fahren nicht blind weiter," sagte Olsen kalt. „Ivanovich ist uns einen Schritt voraus, aber wir lassen uns nicht abschütteln. Die Jagd ist noch nicht vorbei."

Olsen und Kramer standen vor dem verlassenen Hochhaus, das ihnen als sichere Zuflucht in Moskau gedient hatte.

Die dunklen Wolken hingen tief über der Stadt, und die Luft war kalt, voller Feuchtigkeit. Es fühlte sich an, als läge ein Schatten über der Stadt – der Schatten von Ivanovich und seinem kriminellen Imperium. Sie hatten einen harten Schlag gelandet, doch der Drahtzieher war ihnen entwischt.

„Es fühlt sich unvollständig an," sagte Kramer leise, während er seine Tasche in den Kofferraum eines unauffälligen Wagens warf. „Ivanovich ist noch da draußen."

Olsen nickte, sein Blick über die trostlose Skyline Moskaus gerichtet. „Ja, aber wir haben ihm einen gewaltigen Schlag versetzt. Er wird sich nicht so schnell erholen. Es ist an der Zeit, nach Hamburg zurückzukehren und das Nächste zu planen."

Dimitri, der russische Informant, trat zu ihnen. Noch immer gezeichnet von den Kämpfen, hatte er sich schnell erholt, doch die Spuren des Einsatzes waren ihm deutlich anzusehen. „Ihr habt hier in Moskau viel riskiert," sagte er mit rauer Stimme. „Aber passt auf euch auf. Ivanovich wird nicht aufhören. Er wird zurückschlagen."

Olsen reichte ihm die Hand. „Danke für deine Hilfe, Dimitri. Ohne dich wären wir hier nicht lebend rausgekommen."

Dimitri schüttelte die Hand kräftig. „Ihr habt mein Land sauberer gemacht, aber der Kampf ist noch lange nicht vorbei."

Mit diesen Worten verabschiedeten sie sich und stiegen in den Wagen, der sie zum Flughafen bringen würde. Die Straßen Moskaus lagen im Nebel, und obwohl sie die Stadt verließen, wusste Olsen, dass die Schatten, die über Moskau lagen, sie weiterverfolgen würden.

Der Flug nach Hamburg verlief still. Kramer saß die meiste Zeit über an seinem Laptop, seine Augen müde, aber wachsam. Sie hatten einiges erreicht, aber es fühlte sich an, als hätte die Bruderschaft immer noch die Oberhand. Olsen starrte aus dem Fenster des Flugzeugs, die Gedanken noch in den verworrenen Intrigen Moskaus gefangen. Sie hatten Ivanovich nicht gefasst, aber sie waren ihm nähergekommen. Jetzt war es an der Zeit, die nächste Strategie zu besprechen – zurück in Hamburg, zurück bei Maren Starke.

Am nächsten Morgen trafen sich Olsen und Kramer mit Maren Starke im LKA. Das Büro war still, die frühen Morgenstrahlen sickerten durch die Fenster, doch die Anspannung war spürbar. Maren war erleichtert, die beiden zurück in Sicherheit zu sehen, aber sie wusste, dass die Situation immer noch brenzlig war.

„Wie war Moskau?" fragte Maren, als sie sich setzten. Ihre Augen zeigten Sorge, aber auch Entschlossenheit. Sie hatte in ihrer Abwesenheit weitergearbeitet und war auf dem Laufenden über jeden Schritt.

Olsen lehnte sich auf dem Stuhl zurück, rieb sich die Stirn und atmete tief durch. „Es war intensiver, als wir erwartet haben. Ivanovich hat uns erwartet – wir sind direkt in eine Falle gelaufen. Er war bereit, uns auszulöschen."

Maren runzelte die Stirn. „Und trotzdem seid ihr hier. Das heißt, ihr habt etwas erreicht."

Kramer nickte, während er seine Notizen auf dem Tablet durchging. „Wir haben zwar Ivanovich nicht gefasst, aber wir haben sein Netzwerk schwer getroffen. Sein Waffenlager in Belarus ist zerstört, und wir haben Dokumente gesichert, die uns mehr Einblick in seine globalen Operationen geben."

„Er wird sich nicht so schnell erholen," fügte Olsen hinzu. „Aber er ist gefährlicher denn je. Moskau ist nur ein Teil des Puzzles."

Maren lehnte sich vor und hörte aufmerksam zu, ihre Augen fest auf Olsen gerichtet. „Also, was ist der nächste Schritt?"

Olsen schwieg für einen Moment, als er die Gedanken ordnete. „Wir müssen alles zusammenbringen, was wir über Ivanovich und die Bruderschaft haben. Es ist Zeit, eine neue Strategie zu entwickeln, aber wir müssen vorsichtig sein. Sie wissen, dass wir hinter ihnen her sind."

„Und Ivanovich wird nicht zögern, alles zu tun, um seine Macht zu verteidigen," fügte Kramer hinzu. „Wir waren ihnen gefährlich nahe, und das macht uns zu Zielen."

Maren nickte ernst. „Also gut, wir müssen uns vorbereiten. Jeder Schritt, den wir jetzt machen, muss präzise sein. Aber ich glaube, dass wir Ivanovich am Rand haben. Wir dürfen jetzt nicht aufgeben."

Olsen sah Maren an und wusste, dass sie recht hatte.

Der nächste Schritt würde entscheidend sein – und sie mussten ihn mit äußerster Vorsicht planen.

Das dunkle Bündnis

Es war spät am Abend im LKA-Büro in Hamburg, als Kramer mit müden Augen auf den Bildschirm starrte. Stundenlang hatte er die Dokumente und Daten durchforstet, die sie von den Operationen in Moskau und Belarus mitgebracht hatten. Seine Finger flogen über die Tastatur, als plötzlich eine Datei aufflammte, die in den bisherigen Analysen übersehen worden war.

„Olsen, komm her!" rief Kramer, ohne den Blick vom Monitor zu nehmen. Olsen, der in Gedanken versunken an seinem Schreibtisch saß, kam herüber. Auf dem Bildschirm erschien eine Reihe verschlüsselter Nachrichten, die auf den ersten Blick harmlos wirkten. Doch dank Kramers genialen Kenntnissen konnten sie entschlüsselt werden.

„Das sind keine gewöhnlichen Geschäftsdokumente," erklärte Kramer. „Es sind codierte Nachrichten über Verhandlungen zwischen der Bruderschaft und Drogenkartellen in Südostasien und Afrika."

Olsen lehnte sich vor, sein Gesicht angespannt. „Was verhandeln sie?"

Kramer tippte einige weitere Befehle ein, und die Ergebnisse wurden klar. „Die Bruderschaft plant eine Allianz mit südostasiatischen und afrikanischen Drogenkartellen. Sie wollen den globalen Schwarzmarkt kontrollieren, indem sie den Drogenfluss von Südamerika über Afrika nach Europa lenken. Es geht nicht mehr nur um Waffen und Geld. Das ist größer – viel größer."

Olsen konnte kaum fassen, was er da sah. Die Bruderschaft war dabei, sich mit den mächtigsten Drogenhändlern der Welt zu verbünden. Es ging nicht mehr nur um lokale Operationen in Europa – es war ein globaler Coup im Gange.

„Wenn sie das durchziehen, werden sie zur dominierenden Autorität auf dem internationalen Schwarzmarkt," sagte Olsen und ließ die Augen über die Liste der Kartelle wandern. „Von Südamerika über Westafrika bis nach Europa. Sie planen, die gesamte Route zu kontrollieren."

Kramer nickte. „Diese Kartelle – vor allem in Nigeria – kontrollieren bereits einen Großteil des Kokainhandels nach Europa. Wenn die Bruderschaft diese Verbindungen festigt, haben sie eine unsichtbare Pipeline, die sie zum mächtigsten kriminellen Netzwerk der Welt macht."

Maren, die gerade das Büro betrat, hörte die letzten Worte. „Das ist mehr als nur ein logistischer Coup. Sie destabilisieren die gesamte globale Ordnung. Wenn sie mit den Kartellen zusammenarbeiten, könnten sie ganze Regierungen unterwandern."

„Diese Allianzen sind tödlich," fuhr Kramer fort, als er weiter durch die Dokumente blätterte. „Die Bruderschaft hat bereits Verhandlungen mit nigerianischen Kartellen geführt. Aber auch südostasiatische Drogenkartelle sind involviert. Hier, sie sprechen von einem Treffen in Nigeria – ein Ort, den die Bruderschaft nutzen will, um diese Allianzen zu festigen."

Olsen trat näher an den Bildschirm. „Nigeria. Das passt zu dem, was wir über die afrikanischen Drogenrouten wissen. Die Kartelle kontrollieren das Tor von Afrika nach Europa, besonders was den Kokainhandel betrifft."

Maren verschränkte die Arme, während sie nachdenklich den Bildschirm betrachtete. „Wenn sie das durchziehen, haben sie die Macht, den Schwarzmarkt vollständig zu globalisieren. Keine Region ist sicher."

„Das ist mehr als nur Drogenschmuggel," sagte Kramer. „Es geht um Macht – politische, wirtschaftliche und kriminelle Macht. Die Bruderschaft will mehr als nur Geld. Sie wollen die Kontrolle - weltweit."

Olsen sah den Ernst der Lage in Marens Gesicht. „Wir müssen diesen Pakt durchbrechen. Sie dürfen das nicht erreichen."

„Wir können das nicht alleine durchziehen," sagte Olsen und sah sowohl Maren als auch Kramer an. „Die Bruderschaft hat überall ihre Hände im Spiel, und sie hat bereits globale Allianzen geschmiedet. Wir brauchen internationale Hilfe."

„Europol, Interpol, die CIA," zählte Kramer auf. „Wir müssen alle großen Player ins Boot holen."

„Wir müssen diese Verhandlungen in Nigeria stoppen," sagte Maren entschlossen. „Wenn sie diesen Deal abschließen, wird es zu spät sein. Aber Nigeria ist gefährlich. Die Kartelle dort sind mächtig, und die Bruderschaft wird alles tun, um ihre Position zu verteidigen."

Olsen nickte. „Das Risiko ist hoch, aber wir haben keine Wahl. Wir müssen uns mit unseren internationalen Partnern absprechen und eine schlagkräftige Operation starten."

Sie beschlossen, Kontakt zu ihren Verbündeten aufzunehmen. Olsen würde sich mit den internationalen Behörden koordinieren, um den Deal in Nigeria zu verhindern. Es war ein riskanter Plan. In den folgenden Tagen bereitete sich das Team auf die gefährliche Mission vor. Olsen arbeitete eng mit Interpol und den internationalen Behörden zusammen, um eine koordinierte Operation zu planen. Der Einsatz in Nigeria würde alles entscheiden – der Deal zwischen der Bruderschaft und den afrikanischen Drogenkartellen musste verhindert werden.

„Wir müssen so unauffällig wie möglich vorgehen," sagte Olsen bei einem Briefing im LKA. „Nigeria ist ein Pulverfass. Wenn wir dort entdeckt werden, riskieren wir mehr als nur unsere Operation."

„Die Bruderschaft hat mächtige Verbündete in Westafrika," fügte Maren hinzu. „Sie sind nicht nur eine Bedrohung für Europa, sondern für den gesamten Kontinent."

„Genau deshalb müssen wir das dort stoppen," antwortete Kramer. „Es gibt ein geheimes Treffen in Lagos, und wenn wir das infiltrieren, könnten wir genug Beweise sammeln, um den Deal zu sprengen."

Olsen stand auf. „Gut. Wir fliegen nach Nigeria. Aber diesmal gehen wir mit größter Vorsicht vor – wir wissen nicht, wie tief die Bruderschaft dort bereits verwurzelt ist."

Der Flug nach Lagos war lang und anstrengend, doch die Luft im Flugzeug war nichts im Vergleich zur Spannung, die das Team mit jeder zurückgelegten Meile verspürte. Nachdem sie den kurzen Flug von Hamburg nach Amsterdam hinter sich gebracht hatten, ging es weiter auf die knapp siebenstündige Reise von Amsterdam nach Lagos. Olsen, Kramer und Maren saßen angespannt nebeneinander, jeder tief in seine eigenen Gedanken vertieft.

Olsen hatte die Aufgabe, die globalen Verstrickungen der Bruderschaft zu durchbrechen, und der Einsatz in Nigeria würde alles entscheiden. Kramer scrollte unaufhörlich durch die gesicherten Daten, versuchte, jedes noch so kleine Detail zu erkennen, das ihnen einen Vorteil verschaffen könnte. Maren hingegen hatte eine Landkarte von Lagos auf ihrem Tablet geöffnet und markierte die möglichen Verstecke der Kartelle.

„Wir betreten hier absolutes Feindesland," sagte Olsen schließlich leise. „Lagos ist eine Riesenstadt, und die Kartelle haben hier die Oberhand. Wenn wir nicht vorsichtig sind, laufen wir direkt in ihr Netz."

Nach der Landung am Murtala Muhammed International Airport empfing sie die feucht-heiße Luft Nigerias mit brutaler Wucht. Tausende Menschen drängten sich in den Terminalbereichen, Sicherheitskräfte kontrollierten alles mit scharfem Blick. Kaum hatten sie die Ankunftshalle verlassen, wurde das Team von Abdul, einem lokalen Kontaktmann, abgeholt. Abdul war ein drahtiger Mann mit einem scharfen Instinkt für Gefahren.

„Ihr müsst euch hier leise bewegen," warnte er, während er sie zu einem schwarzen SUV führte. „Die Kartelle haben überall Augen und Ohren. Wenn sie euch als Fremde wahrnehmen, werden sie schnell misstrauisch."

Die Fahrt durch die dichten Straßen von Lagos war beklemmend. Die Stadt pulsierte, aber unter der Oberfläche brodelte eine unkontrollierbare Gewalt. Olsen, Kramer und Maren wurden in eine unauffällige Wohnung in einem Hochhaus auf Victoria Island gebracht, einem der wohlhabenderen Viertel der Stadt – fern genug von den Armenvierteln, wo die Kartelle die Straßen beherrschten, aber dennoch anonym genug, um nicht aufzufallen.

Kaum angekommen, begannen Olsen und sein Team sofort, Informationen zu sammeln. Die Wohnung, die sie als ihr Versteck nutzten, war einfach, aber sicher. Kramer hatte sein technisches Equipment aufgebaut und sofort damit begonnen, die lokalen Netzwerke nach verdächtigen Aktivitäten zu durchforsten. Maren analysierte das Straßenbild von Lagos und überprüfte die Dokumente, die sie vor ihrer Reise erhalten hatten.

„Die nigerianischen Kartelle haben hier alles unter Kontrolle," berichtete Abdul, der die Stadt wie seine Westentasche kannte. „Sie beherrschen nicht nur den Drogenhandel, sondern auch Menschenhandel und Waffenschmuggel. Die Bruderschaft sucht sich immer die mächtigsten Partner aus, und die nigerianischen Kartelle sind ideal."

„Und sie haben Zugang zu den europäischen Märkten," fügte Kramer hinzu, als er einige verschlüsselte Nachrichten entschlüsselte, die er aus den vorangegangenen Einsätzen mitgebracht hatte. „Die Kartelle verschicken riesige Mengen Kokain über den Seeweg nach Europa. Wenn die Bruderschaft das kontrolliert, haben sie den Schwarzmarkt in der Hand."

Maren blickte nachdenklich aus dem Fenster. „Wenn wir das Treffen nicht verhindern, wird die Bruderschaft ihre globalen Verbindungen festigen."

Olsen nickte langsam. „Das bedeutet, dass wir schneller sein müssen als sie. Aber Lagos ist riesig, und die Kartelle verstecken sich gut. Wir brauchen konkrete Hinweise auf das Treffen."

Nach einigen Tagen intensiver Beobachtungen und Recherchen kristallisierte sich allmählich ein Muster heraus. Abdul, der in den Straßen von Lagos gut vernetzt war, brachte neue Informationen, die er durch seine Kontakte erhalten hatte. Es schien, als stünde ein Treffen zwischen den führenden afrikanischen Kartellen und der Bruderschaft unmittelbar bevor.

„Das Treffen soll in einem Lagerhaus am Rande der Stadt stattfinden," erklärte Abdul eines Abends, während das Team bei einem Lagebesprechungstermin zusammensaß. „Es liegt in einer heruntergekommenen Gegend, abseits der üblichen Patrouillen und gut bewacht von Söldnern."

Kramer bestätigte die Informationen durch weitere digitale Analysen. „Das passt zu den Nachrichten, die ich entschlüsselt habe. Die Bruderschaft plant, das Treffen zu nutzen, um den Waffenschmuggel über Westafrika zu organisieren. Sie tauschen Waffen gegen Drogen. Das Treffen ist der Schlüssel zu ihrem globalen Netzwerk."

Olsen stand auf und ging unruhig im Raum umher. „Wir müssen herausfinden, wann genau dieses Treffen stattfindet. Ohne diese Information haben wir keinen Ansatzpunkt."

Die Stadt begann sich immer mehr gegen das Team zu wenden. In den engen Gassen und belebten Märkten von Lagos spürte Olsen, dass sie beobachtet wurden. Die Kartelle hatten ihre Augen überall, und es war nur eine Frage der Zeit, bis ihre Anwesenheit auffiel.

„Wir haben ein Zeitproblem," sagte Olsen in einem angespannten Moment zu Maren. „Die Kartelle wissen, dass hier Fremde sind, und die Bruderschaft ist nicht dumm. Sie werden sich absichern."

„Wir haben in den letzten Tagen überall Sicherheitskräfte und Söldner gesehen," bestätigte Abdul. „Sie patrouillieren besonders in den Armenvierteln, wo das Treffen stattfinden soll. Wenn ihr zu nah herankommt, wird es hässlich."

Kramer runzelte die Stirn, während er die Sicherheitsprotokolle der Kartelle analysierte. „Es ist, als würden sie erwarten, dass jemand eingreift. Die Söldner sind besser organisiert als in den meisten Operationen, die wir gesehen haben. Es könnte sein, dass die Bruderschaft Informationen über unsere Anwesenheit hat."

Olsen dachte nach, sein Blick scharf auf die Karte von Lagos gerichtet. „Das heißt, wir müssen extrem vorsichtig vorgehen. Wenn wir zu früh zuschlagen, verraten wir uns. Wir müssen weiter unauffällig bleiben, bis wir genau wissen, wann und wo das Treffen stattfindet."

Jeder Tag in Lagos wurde zu einem gefährlichen Drahtseilakt. Olsen und sein Team steckten tief in den Ermittlungen, aber mit jeder Stunde wurde die Gefahr größer.

Abdul lieferte weiterhin wertvolle Hinweise, doch die endgültigen Details über den Zeitpunkt des Treffens waren immer noch unklar. Die Bruderschaft war geschickt darin, ihre Spuren zu verwischen.

„Wir müssen mehr Druck auf unsere Quellen ausüben," sagte Olsen an einem Abend, als das Team in der Wohnung saß und die neuesten Informationen analysierte. „Wir brauchen den exakten Zeitpunkt, sonst verpassen wir unsere Chance."

Abdul nickte. „Ich werde meine Kontakte in den Slums aufsuchen. Vielleicht gibt es dort noch jemanden, der mehr weiß."

Olsen war sich bewusst, dass die Zeit gegen sie arbeitete. „Sobald wir den Zeitpunkt des Treffens haben, planen wir den nächsten Schritt. Aber bis dahin müssen wir im Verborgenen bleiben. Wir können es uns nicht leisten, entdeckt zu werden."

Die Suche nach dem geheimen Treffen lief auf Hochtouren, und das Team stand kurz vor einer gefährlichen Konfrontation. Es war nur noch eine Frage der Zeit, bis sie genug Informationen hatten, um den nächsten Schritt zu planen – doch die Bruderschaft würde nicht ohne Gegenwehr handeln.

Nach Tagen intensiver Recherche, verdeckter Beobachtungen und der Analyse der Netzwerke der Kartelle in Lagos kam endlich der entscheidende Hinweis. Abdul kehrte eines Abends in die unauffällige Wohnung auf Victoria Island zurück, sein Gesicht verschlossen, aber in seinen Augen blitzte Entschlossenheit auf.

„Ich habe es herausgefunden," sagte er, während er hastig einen Stadtplan von Lagos auf den Tisch legte. „Das Treffen findet in zwei Tagen in einem verlassenen Lagerhaus in Ajegunle statt, einem heruntergekommenen Stadtviertel, das von den Kartellen kontrolliert wird."

Olsen, Kramer und Maren versammelten sich um den Plan. Ajegunle war berüchtigt für seine Kriminalität und Armut. Die engen Gassen und chaotischen Straßen boten den perfekten Schutz für ein solches Treffen.

„Das passt zu den Informationen, die wir haben," bestätigte Kramer, als er seine Daten abglich. „Es gibt kaum Polizeipräsenz dort, und die Kartelle regieren die Straßen."

„Es wird gut bewacht sein," warnte Abdul. „Die Bruderschaft wird schwer bewaffnete Söldner aus Südafrika einsetzen, und die nigerianischen Kartelle haben ihre eigenen Männer vor Ort. Sie wissen, dass dieses Treffen ein Wendepunkt ist."

Olsen sah die Karte an. „Wir müssen uns Zugang zu diesem Treffen verschaffen. Wenn wir Beweise für den Pakt sammeln, können wir den Deal verhindern und die Bruderschaft bloßstellen. Aber wir haben nur eine Chance – wenn wir scheitern, wird uns keiner mehr retten."

Die Uhr tickte. Das Treffen würde in wenigen Tagen stattfinden, und Olsen wusste, dass sie einen präzisen Plan brauchten, um erfolgreich zu sein. In der Wohnung wurde ein improvisierter Einsatzplan entwickelt. Jeder Schritt musste sitzen.

„Wir müssen dort rein, ohne entdeckt zu werden," begann Olsen, während er die Karte von Ajegunle betrachtete. „Kramer, du wirst das Sicherheitssystem knacken und die Überwachungskameras ausschalten. Abdul, du sorgst dafür, dass wir einen unauffälligen Zugang über die Rückseite des Lagerhauses finden."

„Es gibt eine alte Kanalisation, die direkt unter das Lagerhaus führt," sagte Abdul und markierte den Weg auf der Karte. „Sie wird kaum noch genutzt, aber die Patrouillen sind überall. Ihr müsst euch leise bewegen."

„Wenn wir drin sind," fügte Kramer hinzu, „werde ich das Treffen überwachen und versuchen, die Gespräche aufzuzeichnen. Wir brauchen Beweise – Fotos, Tonaufnahmen, alles, was die Allianz zwischen der Bruderschaft und den Kartellen belegt."

Maren sah sich die Details des Plans an. „Und was, wenn wir entdeckt werden?"

Olsen hielt einen Moment inne. „Wenn wir entdeckt werden, gibt es kein Zurück. Wir müssen dieses Treffen verhindern, aber unser Überleben hängt davon ab, wie geschickt wir agieren."

Es war ein waghalsiger Plan, der auf perfektes Timing und absolute Diskretion setzte. Die Gegner waren zahlreich vertreten und schwer bewaffnet, doch Olsen und sein Team wussten, dass sie keine Wahl hatten. Dies war ihre einzige Chance, den globalen Pakt der Bruderschaft zu durchkreuzen.

Am Abend vor dem Einsatz war die Anspannung im Team spürbar. Die Straßen von Lagos waren in Dunkelheit gehüllt, als Olsen, Kramer und Maren, geführt von Abdul, durch die schmalen Gassen Ajegunles schlichen. Das Viertel war ein gefährliches Labyrinth, in dem jedes Geräusch, jeder falsche Schritt tödlich enden konnte.

„Die Kartelle haben überall Patrouillen," flüsterte Abdul, als sie in einen engen Hinterhof abtauchten. „Bleibt im Schatten und vermeidet die Straßen."

Sie erreichten schließlich den Zugang zur alten Kanalisation. Der enge Tunnel war feucht und stickig, doch es war ihr einziger Weg hinein, ohne entdeckt zu werden. Kramer führte die Gruppe, während er die Pläne der Kanalisation auf seinem Tablet überprüfte.

„Noch hundert Meter," murmelte er leise, als sie sich durch die Dunkelheit bewegten. „Das Lagerhaus ist direkt über uns."

Als sie schließlich den Zugang unter dem Lagerhaus erreichten, schlich sich die Spannung auf ein unerträgliches Niveau. „Das ist es," flüsterte Abdul. „Jetzt seid ihr auf euch allein gestellt."

Olsen nickte und bedeutete seinem Team, sich auf den entscheidenden Moment vorzubereiten. „Hier trennt sich die Spreu vom Weizen," sagte er ruhig, während er sein Funkgerät überprüfte. „Wir gehen rein und sammeln die Beweise. Keiner macht einen Schritt zu viel."

Das Team schlich sich durch einen schmalen Lüftungsschacht, der in das Lagerhaus führte. Die Atmosphäre im Inneren war angespannt, die Luft erfüllt vom leisen Murmeln der Gespräche zwischen den Vertretern der Bruderschaft und den Kartellen. Olsen sah durch die Lüftungsschlitze und erblickte die versammelten Männer in einem schlecht beleuchteten Raum. Der Anführer der Bruderschaft stand in der Mitte und sprach mit dem Kartellchef, der mit schweren Goldketten behängt war.

„Das ist der Beweis," flüsterte Olsen. „Sie verhandeln über die Waffenlieferungen."

Kramer begann sofort, die Szene mit seiner versteckten Kamera zu dokumentieren. Die Gespräche wurden auf seinen Laptop übertragen, während Maren das Umfeld beobachtete. Überall waren schwer bewaffnete Söldner postiert – die Bruderschaft hatte nichts dem Zufall überlassen.

„Sie haben Verbindungen zu den größten Kartellen in Westafrika. Wenn dieser Deal durchgeht, haben sie den gesamten Schwarzmarkt unter Kontrolle" flüsterte Maren.

Plötzlich erklang ein lautes Geräusch, das das Team alarmierte. Eine der Söldnergruppen bewegte sich in ihre Richtung, als ob sie etwas Verdächtiges gehört hätten. Olsens Herzschlag beschleunigte sich, während er versuchte, ruhig zu bleiben. „Wir müssen raus, bevor sie uns entdecken," flüsterte er scharf.

Kaum hatte Olsen die Worte ausgesprochen, hörten sie Schritte, die sich rasch näherten. Kramer packte rasch seine Ausrüstung zusammen, während Olsen Maren mit einer Handbewegung anwies, sich zurückzuziehen. Sie wussten, dass es nur eine Frage von Sekunden war, bis die Wachen sie finden würden.

„Schnell! In den Lüftungsschacht zurück!" zischte Olsen, während sie sich in die schmale Öffnung zurückzogen.

Gerade als sie den Schacht erreichten, öffnete sich die Tür zu dem Raum, in dem sie sich versteckt hatten. Schwer bewaffnete Söldner betraten den Raum, ihre Waffen im Anschlag. Einer von ihnen blieb stehen und schien mit den Augen den

Raum abzusuchen. Es war ein nervenaufreibender Moment. Jeder Atemzug fühlte sich an wie ein Verrat. Es war reines Glück, dass die Söldner das Team nicht entdeckten. Olsen hielt den Atem an, als die Männer schließlich den Raum verließen und die Tür hinter sich schlossen. Sie hatten es geschafft – fürs Erste.

„Das war verdammt knapp," flüsterte Kramer, als sie langsam wieder aus dem Schacht krochen. „Wir haben die Beweise. Aber wir sind noch nicht raus aus der Sache."

Olsen nickte. „Wir haben, was wir brauchen. Jetzt müssen wir hier raus, bevor sie merken, dass wir hier waren."

Mit schnellen, vorsichtigen Schritten machten sie sich auf den Weg zurück in die Kanalisation. Der Einsatz war erfolgreich, doch sie wussten, dass die Bruderschaft und die Kartelle jede noch so kleine Unregelmäßigkeit bemerken würden. Die Jagd war noch lange nicht vorbei. Die Sonne war bereits untergegangen, und die schmalen Straßen von Ajegunle wurden in tiefe Schatten gehüllt. Olsen und sein Team hatten es nach der riskanten Infiltration des Lagerhauses gerade zurück in die Kanalisation geschafft, als sich ein mulmiges Gefühl breit machte. Irgendetwas schien eigenartig. Das dichte Gedränge, die ständige Bedrohung durch die Söldner der Bruderschaft und die Kartelle hatten sie wachsam gemacht, doch jetzt war da mehr. Ein dumpfer Druck in der Luft, als ob sie bereits ins Visier genommen worden waren.

„Könnt ihr das hören?" murmelte Maren leise und blieb abrupt stehen. Es war schwer, Geräusche zu deuten in der Enge der Abwasserkanäle, aber etwas war eigenartig.

Olsen hob die Hand, bedeutete dem Team, stillzustehen. Sie lauschten, aber alles, was sie hören konnten, war das entfernte Tröpfeln von Wasser. Doch dann war es da – ein dumpfes, rhythmisches Pochen. Schritte, die näherkamen. Olsen erstarrte.

„Sie wissen, dass wir hier sind," flüsterte er scharf.

Er drängte das Team dazu, die Kanalisation sofort und so schnell wie möglich zu verlassen. Jetzt ging es nur noch darum, zu überleben. Als das Team die Kanalisation verließ und in die schmutzigen Straßen von Ajegunle trat, waren die Straßen auffallend leer. Eine unheimliche Stille lag über dem Viertel, die sonst so geschäftigen Marktstände waren verlassen, die Geschäfte dunkel und verschlossen. Die Patrouillen der Söldner waren verschwunden.

„Das ist eine Falle," zischte Kramer und zog instinktiv seine Waffe. Olsen warf einen schnellen Blick auf die Umgebung. Das Team war umzingelt, auch wenn sie noch keine Feinde sehen konnten. Aber sie waren da – sie spürten es.

Plötzlich krachte es. Die ersten Schüsse durchbrachen die Stille, wie ein Blitz aus heiterem Himmel. Sie kamen aus allen Richtungen – von den Dächern, den dunklen Gassen, aus Fenstern, die vorher leer erschienen waren. Kugeln flogen durch die Luft, während Olsen und sein Team sich instinktiv hinter den nächsten Betonblock warfen.

„Runter!" schrie Olsen, als die Schüsse sie umhüllten. Es war klar – die Bruderschaft und ihre afrikanischen Verbündeten hatten den Einsatz von Anfang an durchschaut. Sie hatten sie in die Kanalisation gelockt, um sie in den engen Straßen zu überfallen.

„Wir müssen hier raus!" schrie Maren, während sie hinter einem Container in Deckung ging und das Feuer erwiderte. Die Schüsse hallten durch die Straßen, und der Lärm war ohrenbetäubend. Über ihnen bewegten sich Schatten – die Schützen auf den Dächern feuerten unbarmherzig weiter.

Die Zeit schien sich zu verlangsamen, als Olsen seine Waffe zog und das Feuer auf die Söldner eröffnete. Sie hatten den Vorteil der Überraschung verloren, nun mussten sie sich einen Weg aus dieser tödlichen Falle erkämpfen. Kugeln pfiffen ihnen um die Ohren, während sie sich über den Asphalt wälzten und Deckung suchten.

„Wir sind eingekesselt!" schrie Kramer über den Lärm hinweg. „Sie kommen von allen Seiten!"

Olsen sah sich hastig um. „Zurück zur Kanalisation! Das ist unsere einzige Chance!"

Doch bevor sie sich zurückziehen konnten, hörte Olsen schwere Stiefelschritte in den Straßen hinter ihnen. Eine weitere Gruppe Söldner stürmte heran, mit Sturmgewehren bewaffnet, die tödliche Salven abfeuerten. Die Deckung des Teams wurde zerschossen, Splitter flogen durch die Luft.

„Wir sind gefangen!" rief Maren. Die Straßen um sie herum waren ein Chaos aus Rauch, Kugelhagel und Schreien. Überall tauchten Feinde auf – es war ein gnadenloser Angriff.

Olsen wusste, dass sie hier nicht lange durchhalten konnten. „Wir müssen einen anderen Ausweg finden," schrie er. „Kramer, such uns einen Fluchtweg!"

Kramer war schon in Bewegung, seine Finger flogen über das Tablet, während er versuchte, einen alternativen Fluchtweg zu finden.

„Hier!" rief er und zeigte auf eine Seitengasse, die nur ein paar Meter entfernt war. „Die führt zur Hauptstraße, von da aus haben wir eine Chance, zum Treffpunkt zu gelangen!"

„Bewegung!" rief Olsen, rief Olsen und erwiderte das Feuer auf die Söldner. Die Straßen wurden enger, das Feuergefecht brutaler.

„Los, los, los!" Maren und Kramer stürmten durch die Gasse, während Olsen das Feuer deckte. Die Söldner verfolgten sie unerbittlich, ihre schweren Schritte hallten durch die Straßen. Doch als das Team die Hauptstraße erreichte, trafen sie auf eine noch größere Gruppe von Gegnern. Olsen riss die Waffe hoch und eröffnete das Feuer, während Maren und Kramer sich hinter ein umgestürztes Auto duckten. Die Söldner schienen unaufhaltsam zu sein, und es war klar, dass sie auf eine koordinierte Vernichtung ihres Teams hinarbeiteten. In der chaotischen Dunkelheit von Lagos entbrannte ein letzter, verzweifelter Kampf. Olsen und sein Team operierten am Rande ihrer Belastungsgrenze, während die Söldner unerbittlich vorrückten. Kramer hockte hinter dem Auto und feuerte blind in die Menge, während Maren versuchte, die Feinde auf der linken Seite in Schach zu halten.

„Wir müssen sie zurückdrängen!" rief Olsen, als er sah, wie sich die Söldner von beiden Seiten näherten. Er feuerte mehrere gezielte Schüsse ab und traf einen der Angreifer in die Brust, doch es waren zu viele.

Plötzlich explodierte etwas in der Nähe. Ein gewaltiger Feuerball verschlang einen Teil der Straße, und Olsen musste sich hastig ducken, als die Druckwelle ihn fast von den Beinen riss. „Verdammt!" schrie er, als Trümmerstücke in alle Richtungen flogen. Die Kartelle hatten Sprengstoff eingesetzt – sie waren bereit, alles zu zerstören, und das Team zu eliminieren.

Kramer schrie plötzlich auf. Eine Kugel hatte seinen Arm getroffen, und er taumelte zurück, das Gesicht vor Schmerz verzogen. „Ich bin getroffen!" rief er, während Maren schnell zu ihm eilte, um ihm Halt zu geben und ihn in Sicherheit zu bringen. Olsen deckte sie und feuerte ununterbrochen auf die vorrückenden Feinde.

Doch dann, wie aus dem Nichts, ertönte ein ohrenbetäubendes Geräusch. Polizeisirenen. Schüsse hallten durch die Luft, als die lokalen Sicherheitskräfte zum Einsatzort vordrangen. Die Söldner der Bruderschaft zogen sich zurück, ihre Pläne waren durchkreuzt. Olsen nutzte die Gelegenheit, packte Kramer und zog ihn in Sicherheit, während Maren das Team absicherte.

„Wir haben es geschafft!" rief Olsen, während sie hastig durch die Gassen entkamen. „Aber das war verdammt knapp."

Das geheime Netzwerk

Olsen und sein Team waren völlig erschöpft, als sie endlich wieder nach Hamburg zurückkehrten. Der Einsatz in Nigeria hatte ihnen alles abverlangt, und die Straßen von Lagos waren voller Blut und Rauch gewesen. Sie hatten nur knapp überlebt, und die Bruderschaft hatte erneut ihre brutale Macht demonstriert.

Doch trotz allem hatte das Team einen entscheidenden Sieg errungen: Sie hatten Beweise für die globale Allianz der Bruderschaft gesichert. Diese Beweise waren jedoch nur der Anfang.

„Das war knapp," murmelte Kramer, als er durch die Berichte blätterte, die sie von dem Nigeria-Einsatz mitgebracht hatten. „Aber wir haben etwas Wichtiges gefunden, das vielleicht noch größer ist, als wir gedacht haben."

Olsen blickte auf. „Was hast du gefunden?"

„Während des Angriffs auf die Lagerhalle in Lagos habe ich eine verschlüsselte Datei sichergestellt, die sehr gut verborgen war. Es war fast, als ob sie nicht dazugehörte – als ob sie absichtlich übersehen werden sollte."

Maren setzte sich aufrecht hin. „Was bedeutet das?"

„Es bedeutet, dass wir möglicherweise auf einen noch größeren Fisch gestoßen sind," sagte Kramer mit ernster Miene.

Kramer verbrachte die nächsten Stunden damit, die Datei zu entschlüsseln. Es war eine mühselige Arbeit, doch als er endlich den Code knackte, offenbarte sich etwas, das die gesamte Dynamik des Falls verändern würde.

Eine Reihe von kryptischen Nachrichten tauchte auf dem Bildschirm auf – und ein Name, den sie bisher noch nie gehört hatten: „Der Schatten".

„Hier steht, dass er der Drahtzieher hinter vielen der größten Operationen der Bruderschaft ist," erklärte Kramer und scrollte durch die Dokumente. „Er arbeitet im Verborgenen und scheint direkten Einfluss auf die höchsten Ränge der Organisation zu haben."

Olsen runzelte die Stirn. „Das ist kein gewöhnlicher Verbrecher. Wenn er sich so gut versteckt, hat er vermutlich Verbindungen, die weit über die Bruderschaft hinausgehen."

„Genau das scheint der Fall zu sein," sagte Kramer. „Ich habe einige der Nachrichten weiter analysiert, und es sieht so aus, als ob dieser ‚Schatten' tief in die Geheimdienste verschiedener Nationen verstrickt ist. Er könnte ein ehemaliger Agent sein – vielleicht sogar jemand mit Zugang zu sensiblen Informationen."

Maren sah beunruhigt aus. „Das bedeutet, dass er nicht nur ein Gegner ist, der im kriminellen Untergrund operiert. Er könnte Machtpositionen infiltriert haben, die uns unantastbar erscheinen."

In den folgenden Tagen begann das Team fieberhaft, mehr über diesen mysteriösen „Schatten" herauszufinden. Kramer durchforstete die globalen Netzwerke, untersuchte Verbindungen zwischen Geheimdiensten, internationalen Firmen und den Aktivitäten der Bruderschaft. Es wurde schnell klar, dass dieser „Schatten" ein hochintelligenter Drahtzieher war – jemand, der wusste, wie man im Verborgenen agierte, ohne Spuren zu hinterlassen.

„Er könnte überall sein," sagte Kramer eines Nachts, als er müde auf die Bildschirme starrte. „Jede Spur führt ins Leere, jede Datei ist perfekt gesichert. Es ist, als würde er absichtlich falsche Fährten legen."

Olsen lehnte sich nachdenklich zurück. „Aber warum taucht er jetzt auf? Warum hat die Bruderschaft diese Informationen in Nigeria versteckt?"

Maren warf einen Blick auf die Dokumente. „Vielleicht hat er dort etwas verloren, was nicht hätte entdeckt werden dürfen. Vielleicht war es ein Fehler. Oder vielleicht wollte er uns bewusst auf sich aufmerksam machen."

Die Atmosphäre im Raum war angespannt. Es fühlte sich an, als würden sie gegen einen unsichtbaren Feind kämpfen, der immer einen Schritt voraus war.

Je tiefer Kramer in die gesicherten Daten eintauchte, desto klarer wurde, dass der „Schatten" mehr als nur ein einfacher Drahtzieher war.

„Er scheint Zugang zu geheimen Informationen verschiedener Geheimdienste zu haben," sagte Kramer eines Morgens, als er eine weitere verschlüsselte Nachricht entzifferte. „Das hier deutet auf Verbindungen zum MI6 hin, dieses hier dagegen auf ehemalige CIA-Quellen."

Olsen zog die Augenbrauen hoch. „Wenn er tatsächlich in Geheimdienste verwickelt ist, sind wir nicht nur einem gewöhnlichen Verbrecher auf der Spur. Dieser Mann könnte gefährlicher sein, als wir uns vorstellen."

Maren nickte langsam. „Er könnte Machtstrukturen kontrollieren, die nicht nur den Drogenhandel, sondern auch politische Manipulation und militärische Operationen betreffen. Vielleicht hat die Bruderschaft genau deshalb so lange überlebt – weil sie jemanden im Inneren haben, der ihnen die richtigen Informationen liefert."

Olsen spürte, wie die Schwere der Situation auf ihm lastete. „Das bedeutet, dass wir uns in einem gefährlichen Spiel befinden. Und der Schatten spielt auf einer ganz anderen Ebene."

Die Dokumente, die Kramer entschlüsselte, brachten nach und nach mehr Licht in die dunklen Machenschaften der Bruderschaft. Immer wieder tauchte der Name „Schatten" auf, verbunden mit hochsensiblen Informationen. Doch wer dieser

Mann wirklich war, blieb vorerst im Dunkeln. Es war klar, dass er mehr war als nur ein Krimineller – er war ein Meister der Tarnung und Manipulation.

„Er scheint immer einen Schritt voraus zu sein," murmelte Kramer und blickte auf die zahllosen verschlüsselten Nachrichten. „Er hat eine einzigartige Fähigkeit, sich zu verstecken und gleichzeitig im Zentrum der Macht zu operieren. Es wirkt, als würde er die Fäden im Hintergrund ziehen und so die Welt steuern."

„Wir müssen mehr herausfinden," sagte Olsen entschlossen. „Wir müssen wissen, wer er wirklich ist, was er will und wie tief er in die Bruderschaft verstrickt ist."

„Das Problem ist," fügte Maren hinzu, „dass er uns auch beobachtet. Er weiß, dass wir ihm auf der Spur sind."

Olsen blickte aus dem Fenster, während die Stadt Hamburg unter einem grauen Himmel lag. „Dann müssen wir schneller sein als er."

Die Informationen, die sie gesichert hatten, wiesen auf etwas Ungeheuerliches hin: Der Schatten schien nicht nur die kriminellen Aktivitäten der Bruderschaft zu steuern, sondern hatte auch Einfluss auf politische und wirtschaftliche Entscheidungen in mehreren Nationen. Er hatte seine Hände in globalen Geheimdiensten, kontrollierte Wirtschaftszweige und hatte Verbindungen zu multinationalen Unternehmen.

„Das hier ist kein gewöhnlicher Gegner," sagte Olsen in einem abschließenden Briefing. „Wir haben es mit jemandem zu tun, der tief in den Machtstrukturen verwurzelt ist. Wenn wir ihn schnappen wollen, müssen wir jede seiner Bewegungen erkennen und überwachen."

Kramer nickte. „Ich werde weiter an den Daten arbeiten. Es gibt noch weitere verschlüsselte Nachrichten, die ich jetzt entschlüsseln muss. Vielleicht finden wir darin einen Hinweis auf seine wahre Identität."

„Maren, konzentrier dich auf mögliche politische Verbindungen. Der Schatten könnte enge Beziehungen zu Regierungen haben, vielleicht sogar zu internationalen Konzernen."

Olsen schloss die Besprechung mit einem entschlossenen Blick. „Wir stehen am Rande eines Krieges. Und der Gegner ist gefährlicher, als wir je erwartet haben. Aber wir werden ihn finden – und wir werden ihn stoppen."

Die Luft im Raum war fast zum Zerreißen gespannt, als Kramer endlich die letzte verschlüsselte Nachricht entschlüsselte. Seine Augen flogen über die digitalen Codes, und seine Finger tippten hektisch auf der Tastatur. Er konnte kaum glauben, was er da sah. Es war, als ob sich vor ihm ein unsichtbares Netz entfaltete, das tief in die globalen Strukturen der Macht reichte. Eine Karte der Verbindungen, die sich über den gesamten Globus erstreckte.

„Mein Gott," murmelte er und starrte auf den Bildschirm.

Olsen trat schnell an ihn heran. „Was hast du gefunden?"

Kramer zeigte auf das Diagramm, das er gerade freigelegt hatte. Es war ein Labyrinth aus Verbindungen zwischen multinationalen Firmen, Geheimdiensten und Schattenorganisationen.

„Der ‚Schatten' ist kein gewöhnlicher Taktgeber im Hintergrund. Er kontrolliert ein Netzwerk, das die Bruderschaft benutzt, um ihre Operationen zu tarnen – und es reicht bis in die höchsten wirtschaftlichen und politischen Kreise. Er nutzt Unternehmen, Banken, Scheinfirmen... es ist, als ob er die Welt von hinten regiert".

Er hat alles perfektioniert," fügte Kramer hinzu, während er weiter auf das Diagramm deutete. „Finanzströme fließen durch unzählige Offshore-Konten, Gelder werden gewaschen, indem sie von einer Firma zur nächsten transferiert werden, alles verborgen durch die Fassade legitimer Geschäftstätigkeiten."

Olsen starrte auf den Bildschirm. Er konnte spüren, wie die Schlinge der Macht um sie herum immer enger wurde. „Das ist kein Verbrechernetzwerk. Das ist ein Imperium."

Je tiefer Kramer in die verschlüsselten Dokumente eintauchte, desto beunruhigender wurden die Entdeckungen. Der Schatten hatte nicht nur Verbindungen zu den Geheimdiensten, sondern auch zu den größten Konzernen der Welt.

Die Namen, die in den Dokumenten auftauchten, waren erschreckend bekannt – Firmenchefs, Politiker, Mitglieder von Aufsichtsräten. Jeder von ihnen hatte anscheinend seine Finger in diesem Netz.

„Sieh dir das an," sagte Kramer und zeigte auf einen Namen in der Liste. „Dieser Mann sitzt im Vorstand eines der größten multinationalen Konzerne, die wir kennen. Sein Unternehmen ist einer der Hauptlieferanten für internationale Rüstungsgeschäfte."

„Und hier," fügte Maren hinzu, die sich nun auch die Liste ansah. „Diese Person ist ein hochrangiger Politiker in einem westlichen Land. Er hat Zugang zu streng geheimen Informationen, die direkt in die Hände des Schattens gelangen könnten."

Olsen konnte kaum glauben, was er sah. „Das bedeutet, dass der Schatten seine Hände überall hat. Er manipuliert nicht nur den Drogen- und Waffenhandel, sondern beeinflusst auch politische Entscheidungen auf der höchsten Ebene."

„Er kann Regierungen stürzen, Wahlen manipulieren, Kriege entfachen," sagte Kramer mit einem besorgten Blick. „Das globale Netzwerk, das er aufgebaut hat, ist undurchdringlich. Es ist unsichtbar, weil es wie eine normale Wirtschaftsstruktur aussieht."

„Und es ist ein Machtinstrument," fügte Maren hinzu. „Ein Werkzeug, um die Welt neu zu formen."

Kramer zog eine weitere Datei auf den Bildschirm, und was sie darin entdeckten, ließ alle im Raum innehalten. „Das ist der entscheidende Hinweis," sagte Kramer mit einer Stimme, die vor Anspannung zitterte. „Der Schatten war einmal ein hochrangiger Geheimdienstoffizier."

„Welcher Geheimdienst?" fragte Olsen, der sich bereits den schlimmsten Szenarien ausmalte.

„Er hat für mehrere gearbeitet," erklärte Kramer. „Er war beim MI6, dann bei der CIA, und zuletzt taucht sein Name im Zusammenhang mit einem speziellen Programm des russischen FSB auf. Er hat Informationen von allen Seiten gesammelt, und dann ist er verschwunden. Er wurde für tot gehalten."

Olsen zog die Augenbrauen hoch. „Aber er ist nicht tot. Er hat diese ganze Zeit im Dunkeln operiert, alle Informationen benutzt, die er in seiner Zeit als Agent gesammelt hat, und sich ein Imperium aufgebaut."

„Das erklärt, warum er immer einen Schritt voraus ist," sagte Maren. „Er kennt die Spielregeln – und er weiß, wie man sie bricht."

Olsen nickte langsam, während ihm das volle Ausmaß der Bedrohung klar wurde. „Das hier ist keine normale Jagd mehr. Wir haben es mit einem Mann zu tun, der das Spiel kontrolliert, weil er es geschrieben hat."

„Er nutzt die Geheimdienste wie Marionetten," erklärte Kramer, während er weiter durch die Dokumente scrollte. „Sie sind seine Werkzeuge, um Informationen zu bekommen, Gegner auszuschalten und die Bruderschaft zu schützen. Er hat Zugriff auf Operationen, die offiziell nicht einmal existieren."

„Er hat eine Schicht über das Netzwerk der Bruderschaft gelegt," fügte Olsen hinzu. „Er schützt sie nicht nur, er nutzt sie, um seine eigenen Ziele zu erreichen."

Maren runzelte die Stirn. „Was bedeutet das für uns?"

„Es bedeutet," antwortete Olsen mit grimmiger Miene, „dass wir es mit einem Mann zu tun haben, der die Macht hat, uns mit einem einzigen Knopfdruck verschwinden zu lassen. Wir sind nicht mehr nur Jäger – wir sind jetzt die Gejagten."

Die Schwere der Erkenntnis legte sich wie ein dunkler Schatten über das Team. Die Bruderschaft war nicht nur ein Kartell, das den Drogenhandel dominierte – sie war ein globales Instrument, das der Schatten benutzte, um die Welt zu manipulieren.

Und jetzt, da sie ihm zu nahegekommen waren, wusste Olsen, dass sie in größter Gefahr waren.

„Es gibt noch etwas," murmelte Kramer und zog ein weiteres Dokument auf. „Der Schatten nutzt das Chaos, um Kontrolle zu erlangen. Er destabilisiert gezielt Länder, schürt Konflikte und treibt politische Unruhen voran. Alles, um seine Macht zu erweitern."

Olsen sah ihn an. „Wie genau?"

„Er füttert beide Seiten eines Konflikts. Zum Beispiel in Westafrika: Er liefert Waffen an die Regierungen und gleichzeitig an die Rebellen. Er sorgt dafür, dass der Krieg niemals endet, weil beide Seiten von ihm abhängig sind. Und das Gleiche tut er in Europa, Asien und Südamerika."

„Er zieht die Fäden im Hintergrund," sagte Maren leise. „Er lässt die Welt brennen, damit er im Schatten herrschen kann."

Olsen atmete tief durch. „Und das macht ihn praktisch unaufhaltsam."

Kramer nickte düster. „Er weiß, dass wir ihn jagen. Aber er spielt mit uns, weil er glaubt, dass wir niemals genug Beweise sammeln können, um ihn zu stürzen."

Olsen schloss die Augen, versuchte einen klaren Gedanken zu fassen. „Wir müssen dieses Netzwerk zerschlagen, aber das wird nicht einfach. Er wird jeden Schritt, den wir machen, vorhersehen."

Das Team saß still, als die Tragweite dessen, was sie entdeckt hatten, immer klarer wurde. Sie hatten es mit einem Gegner zu tun, der nicht nur ein Meister der Tarnung war, sondern auch die globalen Machtstrukturen manipulierte. Die Welt war sein Spielbrett, und er war der unsichtbare Spieler, der die Züge bestimmte.

„Wenn wir ihn zu Fall bringen wollen," sagte Olsen schließlich, „müssen wir uns in seine Denkweise versetzen. Wir müssen ihn dort treffen, wo er es am wenigsten erwartet."

„Das bedeutet, dass wir Risiken eingehen müssen," sagte Kramer leise.

„Und das bedeutet," fügte Maren hinzu, „dass wir uns auf gefährliches Terrain begeben – politisch, wirtschaftlich und militärisch."

Olsen stand auf und sah aus dem Fenster, während draußen der Regen gegen die Scheiben prasselte. „Wir haben keine Wahl. Der Schatten denkt, er ist unantastbar. Aber jeder hat einen Schwachpunkt. Und wir werden seinen finden."

Die Atmosphäre war spannungsgeladen, als Olsen das leise Summen der Computer und Kramers konzentriertes Tippen vernahm. Es war, als ob die ganze Welt plötzlich in ein Netz aus Schatten gehüllt worden war, ein Netz, das von einem Mann gesponnen wurde, den sie nur als „den Schatten" kannten. Ein Name, der mehr Fragen aufwarf als Antworten. Ein

Mann, der über ihre Köpfe hinweg die Fäden zog – unsichtbar, aber überall präsent.

„Wir stehen am Rand eines Abgrunds," murmelte Olsen, während er aus dem Fenster blickte. Der Regen klatschte gegen die Scheiben, die Dunkelheit draußen spiegelte die Ungewissheit in ihrem eigenen Kopf wider.

Maren sah ihn schweigend an. Kramer hob den Kopf, seine Augen von langen Stunden vor dem Bildschirm müde, aber seine Stimme war fest. „Der Schatten hat uns in ein globales Labyrinth gezogen. Es gibt keine einfachen Auswege. Überall, wo wir hinsehen, hat er seine Finger im Spiel – Geheimdienste, Konzerne, Regierungen."

„Er hat uns im Visier," sagte Olsen. „Das hier wird nicht nur eine Jagd. Er wird zurückschlagen, sobald er merkt, dass wir ihn wirklich angreifen."

Maren nickte. „Wir müssen vorsichtig sein. Dieser Mann hat mehr Macht, als wir uns jemals vorgestellt haben."

„Es gibt noch etwas," begann Kramer, während er durch die neuen Daten scrollte. „Ich habe mehrere verschlüsselte Dokumente entschlüsselt. Wir reden hier nicht nur von einem Verbrecherkartell. Er kontrolliert globale Netzwerke, die uns den Atem rauben würden, wenn wir alle Details kennen würden."

Olsen trat näher an den Bildschirm, während Kramer die Diagramme aufrief. Verbindungen zu multinationalen Konzernen, zu Geheimdiensten und politischen Machtzentren tauchten auf.

„Er operiert weltweit," erklärte Kramer. „Er hat Zugriff auf Informationen, die Regierungen zum Einsturz bringen könnten, wenn er sie freisetzt. Er spielt mit der Welt."

„Es ist verrückt," fügte Maren hinzu, „dass niemand ihn je auf dem Radar hatte. Niemand weiß wirklich, wer er ist oder wie tief seine Macht reicht."

„Das ist das Problem," sagte Olsen, während er sich nachdenklich das Kinn rieb. „Er hat uns in ein Spiel hineingezogen, das er seit Jahren kontrolliert. Er weiß, wie man unsichtbar bleibt. Wenn wir ihm auf die Schliche kommen wollen, müssen wir seine Regeln durchbrechen."

„Aber wie bekämpft man jemanden, den man nicht sehen kann?" fragte Maren schließlich.

„Wir müssen ihn aus seinem Versteck locken," antwortete Olsen entschlossen. „Irgendwo gibt es einen Punkt, an dem er verwundbar ist. Er mag unsichtbar agieren, aber niemand ist völlig unantastbar."

Kramer nickte, während er durch die neuen Informationen blätterte. „Es gibt Hinweise darauf, dass er über verschiedene Kanäle agiert – er nutzt Scheinfirmen und Stiftungen, um seine Gelder zu waschen und seine Operationen zu finanzieren. Das Netzwerk ist so komplex, dass es Jahre dauern würde, alles aufzudecken."

Olsen seufzte. „Wir haben keine Jahre. Wir haben nur Tage oder Wochen, bevor er erneut zuschlägt."

Maren lehnte sich nach vorne. „Also müssen wir ihn genau da treffen, wo er am wenigsten damit rechnet."

Kramer hob den Kopf. „Und wie machen wir das? Er sieht alles, hört alles. Er hat Verbindungen zu den mächtigsten Leuten der Welt. Wenn wir eine Bewegung machen, wird er es wissen."

„Dann müssen wir uns bewegen, bevor er es merkt," sagte Olsen mit fester Stimme.

Das Team verharrte in gespannter Stille, während die Schwere der Situation auf ihnen lastete. Die Jagd auf den Schatten war kein normaler Einsatz. Es war ein Spiel, bei dem die Regeln ständig geändert wurden, und sie wussten, dass der Schatten schon lange vor ihnen auf diesem Spielfeld agierte. Er war ein

Meister darin, seine Gegner zu verwirren, falsche Fährten zu legen und gleichzeitig die Fäden in der Hand zu behalten.

„Wir können ihn nicht frontal angreifen," sagte Kramer schließlich. „Das würde uns sofort ins Verderben führen. Was wir brauchen, ist eine Strategie, die er nicht kommen sieht."

„Das bedeutet, dass wir uns in Bereiche vorwagen müssen, die gefährlicher sind als alles, womit wir bisher zu tun hatten," fügte Maren hinzu. „Wenn er merkt, dass wir zu nah sind, wird er uns auslöschen – so, wie er es mit anderen getan hat."

Olsen nickte. „Wir sind auf seinem Spielfeld. Und wir spielen nach seinen Regeln. Aber was er nicht weiß, ist, dass wir bereit sind, diese Regeln zu brechen."

Die Anspannung im Raum stieg. Sie hatten es mit einem Gegner zu tun, der sie in jeder Hinsicht übertreffen konnte – in Ressourcen, in Macht, in Informationszugang. Doch sie hatten etwas, das der Schatten nicht besaß: den Vorteil der Überraschung. Er wusste, dass sie ihn jagten, aber er wusste nicht, wie sie es tun würden.

Die Spannung im Raum war greifbar, während Olsen, Maren und Kramer die nächsten Schritte durchgingen. Die Luft schien stillzustehen, als das Team realisierte, wie tief sie jetzt in den Schatten der globalen Machtspiele eingetaucht waren.

Der „Schatten" war nicht mehr nur ein Name, er war eine lebendige Bedrohung, deren unsichtbare Hand die Fäden der Welt zog.

Olsen stand vor der Wand, an der sie bisher alle Informationen, alle Namen und alle Orte angeheftet hatten. Ein chaotisches Geflecht aus roten Fäden und Notizen, das zu den Köpfen der Bruderschaft führte. Aber mitten im Zentrum, ganz ohne Bild, ganz ohne konkreten Hinweis, stand nur ein Name: Der Schatten.

„Wir sind ihm nah," murmelte Olsen und drehte sich zu seinem Team um. „Aber wir wissen auch, dass er uns beobachtet. Jeder Schritt, den wir machen, wird von ihm registriert."

„Er wird uns nicht ewig zuschauen," sagte Kramer, während er weiter auf den Monitoren tippte. „Er wird bald handeln. Sobald wir zu nah an ihm dran sind, wird er versuchen, uns auszuschalten."

Maren nickte. „Die letzten Angriffe auf unsere Informanten waren nur der Anfang. Das war seine Art, uns zu warnen. Wenn wir weitermachen, wird er uns ins Visier nehmen – und diesmal wird er nicht zögern."

„Das bedeutet, wir haben keine Zeit zu verlieren," fügte Olsen hinzu. „Jede Sekunde, die wir hier sitzen und planen, bringt uns dem Moment näher, an dem er den ersten Schlag ausführt. Wir müssen handeln, bevor er es tut."

„Aber wie?" fragte Maren und setzte sich nachdenklich auf den Rand des Tisches. „Wir haben es hier mit jemandem zu tun, der alles sehen und hören kann. Jede falsche Bewegung, und er wird uns aus dem Spiel nehmen."

Kramer, der inzwischen die gesicherten Daten durchforstete, hielt inne und sah auf. „Wir müssen ihm einen Schritt voraus sein – wir müssen handeln, bevor er denkt, dass wir bereit sind."

Olsen runzelte die Stirn. „Das klingt gut, aber wie machen wir das? Dieser Mann hat uns überall Schachfiguren hingestellt, die uns in eine Falle führen könnten."

„Nicht überall," antwortete Kramer und zeigte auf den Bildschirm. „Es gibt Lücken in seinem Netz. Kleine, unscheinbare Lücken, die nicht sofort ins Auge springen. Ich denke, der Schatten ist so sehr daran gewöhnt, uns zu manipulieren, dass er vielleicht eine Spur übersehen hat. Eine, die wir nutzen können."

Olsen trat näher heran. „Zeig es mir."

Kramer öffnete eine Datei, die auf den ersten Blick unscheinbar wirkte. Doch was er entdeckte, ließ Olsen innehalten.

„Das ist es," murmelte er. „Ein kleines Finanzkonstrukt, das zu einer Offshore-Firma führt. Es sieht aus wie eine von Tausenden anderen, aber sie unterscheidet sich in einem entscheidenden Punkt – sie führt in eine Richtung, die der Schatten nicht vermutet: zu einem Ort, an dem er uns nicht erwartet."

„Es ist riskant," sagte Maren, die neben Kramer stand und auf den Bildschirm blickte. „Wenn er merkt, dass wir diese Spur verfolgen, wird er alles tun, um uns zu stoppen."

Olsen lächelte kühl. „Genau deshalb müssen wir diese Spur nehmen. Wir müssen ihm das Gefühl geben, dass wir in seine Falle tappen – nur um dann die Richtung zu ändern und zuzuschlagen, wo er es nicht erwartet."

„Es wird nicht leicht," sagte Kramer, der weiter die Daten analysierte. „Wir reden hier von jemandem, der Verbindungen zu den größten Geheimdiensten der Welt hat. Der Schatten hat Augen und Ohren überall. Wir müssen uns in völliger Dunkelheit bewegen, ohne auch nur einen Funken zu entfachen."

„Und das bedeutet," fügte Olsen hinzu, „dass wir uns selbst isolieren müssen. Kein Kontakt zu Europol, keine Informationen an andere Behörden. Wenn der Schatten das Gefühl hat, dass wir mit einer größeren Organisation zusammenarbeiten, wird er sofort misstrauisch."

Maren nickte, während sie auf eine Karte der Welt blickte, die auf der Wand hinter Olsen hing. „Das wird ein globaler Wettlauf. Er hat uns vielleicht noch nicht direkt attackiert, aber er wird es tun. Er könnte seine Verbündeten auf uns hetzen, oder Schachzüge ausführen, die uns mitten in einer Operation blockieren."

„Aber das ist unsere Chance," antwortete Olsen mit Entschlossenheit in der Stimme. „Wir dürfen ihm keine Zeit lassen, seinen nächsten Schritt zu planen. Wir müssen uns so schnell bewegen, dass er nicht weiß, wohin wir gehen."

„Also lassen wir ihn glauben, dass wir uns auf seine Fallen einlassen," erklärte Olsen und trat näher an die Karte heran. „Wir spielen nach seinen Regeln – bis zu dem Moment, in dem wir das Spiel wenden."

„Wir müssen uns in Bereiche begeben, die er für sicher hält," sagte Kramer. „Orte, die er bereits mit seinen Operationen infiltriert hat, aber wo er uns keine Bedrohung vermutet."

„Das klingt gefährlich," murmelte Maren. „Wenn wir einen Fehler machen, war's das."

„Das ist es," stimmte Olsen zu. „Aber wenn wir ihn wirklich zu fassen bekommen wollen, haben wir keine andere Wahl."

Es war ein Plan voller Risiken, aber die Alternative war nicht besser. Sie wussten, dass der Schatten in einer anderen Liga spielte. Er hatte die Welt über Jahre hinweg manipuliert, sein Netzwerk aus Lügen und Täuschungen gesponnen und dabei die globalen Märkte, Geheimdienste und Regierungen infiltriert. Sie würden gegen einen Gegner kämpfen, der jederzeit zuschlagen.

„Also gut," sagte Olsen schließlich, während er sich an den Tisch setzte und die letzten Details durchging. „Wir wissen, dass der Schatten uns beobachtet. Wir wissen, dass er auf unseren nächsten Schritt wartet. Aber wir werden ihn überraschen – wir werden ihm genau das zeigen, was er erwartet, während wir im Hintergrund einen neuen Plan schmieden."

Kramer nickte. „Ich werde alles vorbereiten. Wir müssen schnell handeln und dürfen keinen einzigen Fehler machen."

Maren schaute nachdenklich auf die Karte. „Wir wissen nicht genau, was er plant, aber wir wissen, dass es etwas Großes ist.

Er wird uns nicht die Gelegenheit geben, ihn ein zweites Mal zu jagen. Dies ist unsere einzige Chance."

Olsen spürte die Last der Verantwortung, aber auch die Entschlossenheit, die sie alle verband.

Die Jagd auf den Schatten hatte begonnen – und diesmal würde sie in eine Richtung gehen, die niemand vorhersehen konnte.

Der Gegner hatte seine Karten auf den Tisch gelegt, doch Olsen und sein Team hatten noch ein Ass im Ärmel.

„Es ist Zeit," sagte Olsen leise, während der Regen weiter gegen die Fenster klopfte. „Wir machen den ersten Zug."

Wettlauf gegen die Zeit

Olsen stand am Fenster seines Büros im LKA Hamburg und blickte hinaus auf die Stadt, die im sanften Dämmerlicht lag. Die Serie von Schlägen, die er und sein Team gegen die Bruderschaft ausgeführt hatten, zeigte Wirkung. Berichte aus verschiedenen europäischen Städten bestätigten, dass die Organisation schwer getroffen war. Verhaftungen von hochrangigen Mitgliedern und das Zerschlagen von mehreren Netzwerken hatten die Bruderschaft in die Defensive gedrängt.

„Es fühlt sich an, als würden wir endlich gewinnen," sagte Maren Starke, die hinter ihm stand und die neuesten Berichte durchging.

Olsen drehte sich um, ein nachdenklicher Ausdruck auf seinem Gesicht. „Das sieht nur so aus. Ich traue dem Schatten nicht. Er hat zu lange zu viel Kontrolle gehabt, um einfach mal eben so zu verschwinden."

Kramer trat ebenfalls in den Raum, eine Akte in der Hand. „Olsen hat recht. Der Schatten ist ein Meister der Täuschung. Was wir sehen, ist möglicherweise nur eine Fassade. Im Hintergrund plant er vielleicht bereits den nächsten Schritt."

Olsen setzte sich an seinen Schreibtisch. „Was auch immer es ist, wir dürfen uns nicht täuschen lassen. Die Bruderschaft mag in Bedrängnis sein, aber der Schatten ist noch lange nicht geschlagen. Wir müssen vorbereitet sein."

Die Stille im Raum war spürbar, als Kramer die Akte auf den Tisch legte und sie öffnete.

„Ich habe in den letzten Stunden einige hochbrisante Hinweise gefunden," begann er und reichte Olsen die ersten Dokumente. „Es sieht so aus, als ob die Bruderschaft noch einen letzten Zug plant, um das Blatt zu wenden."

Olsen nahm die Dokumente und überflog sie schnell, während Maren über seine Schulter spähte. Die Informationen, die Kramer gesammelt hatte, waren besorgniserregend. Es schien, als ob die Bruderschaft – oder vielmehr der Schatten selbst – einen verzweifelten letzten Plan geschmiedet hatte, um die globale Macht zu sichern.

„Ein Cyberangriff," sagte Olsen langsam und legte die Dokumente auf den Tisch. „Sie wollen die Finanzmärkte angreifen."

Kramer nickte. „Ja, und das nicht nur in einem Land. Ihre Pläne umfassen mehrere europäische Finanzzentren. Sie wollen Banken und Börsen gleichzeitig lahmlegen. Wenn das gelingt, wird das Chaos unvorstellbar sein."

Maren setzte sich und starrte fassungslos auf die Dokumente. „Das wäre ein globales Desaster. Nicht nur die Wirtschaft wäre betroffen, sondern ganze Staaten könnten ins Chaos gestürzt werden."

„Das ist der perfekte Plan für den Schatten," fügte Kramer hinzu. „Er will die Destabilisierung nutzen, um seine kriminellen Aktivitäten auszuweiten, während die Welt abgelenkt ist."

Olsen ließ die Informationen auf sich wirken, sein Blick scharf und fokussiert. „Das erklärt, warum die Bruderschaft bisher so ruhig geblieben ist. Sie haben ihre Kräfte gebündelt, um diesen letzten Schlag auszuführen. Wenn sie damit Erfolg haben, könnten sie die Weltwirtschaft über Nacht erschüttern."

„Das ist das Ziel," sagte Kramer. „Der Schatten hat diese Pläne schon lange vorbereitet. All die Daten, die wir gesammelt haben, deuten darauf hin, dass er seit Jahren auf diesen Moment hingearbeitet hat. Er wusste, dass irgendwann der Druck zu groß werden würde, und das hier ist sein Ausweg – das ultimative Chaos."

Maren runzelte die Stirn. „Und wir wissen, was passiert, wenn es so weit kommt. Während sich die Welt auf das finanzielle

Desaster konzentriert, könnte der Schatten im Hintergrund seine Kontrolle über den illegalen Handel ausweiten. Drogen, Waffen, Menschenhandel – alles würde ohne Hindernisse weiterlaufen."

Olsen stand auf und ging wieder zum Fenster. „Wir müssen diesen Plan aufhalten. Wenn der Schatten damit Erfolg hat, werden wir nicht nur gegen die Bruderschaft kämpfen, sondern gegen ein weltweites Chaos."

„Aber wie stoppen wir ihn?" fragte Maren. „Es gibt keine klaren Hinweise darauf, wo und wann dieser Angriff stattfinden wird. Alles, was wir haben, sind verstreute Hinweise."

Kramer nickte. „Das ist das Problem. Der Schatten hat es perfekt verschleiert. Wir wissen, dass er die Finanzmärkte angreifen will, aber nicht, wo genau oder wie er das bewerkstelligen will. Es könnte durch eine Vielzahl von Methoden geschehen – Hacking, gezielte Angriffe auf Infrastrukturen oder sogar durch für ihn eventuell tätige Insider bei den Banken."

Olsen drehte sich um und verschränkte die Arme vor der Brust. „Der Schatten ist in die Defensive gedrängt, das wissen wir. Doch ein verzweifeltes Tier ist am gefährlichsten. Er wird nicht zögern, alles zu tun, um die Kontrolle zurückzugewinnen."

„Genau," fügte Kramer hinzu. „Deshalb müssen wir uns schnell bewegen. Er hat zu viele Ressourcen, zu viele Kontakte. Wenn wir nicht bald herausfinden, wo dieser Angriff vorbereitet wird, könnte es zu spät sein."

„Es gibt noch eine Sache," sagte Olsen nachdenklich. „Wenn wir den Schatten zwingen können, einen Fehler zu machen, könnten wir ihn entblößen. Er ist in die Enge getrieben – vielleicht ist das unsere Chance."

Die Uhr tickte und das Team wusste, dass sie wenig Zeit hatten, um den Schatten aufzuhalten. Aber es gab noch zu viele

Unbekannte, zu viele Fragen, die unbeantwortet blieben. Olsen ging zur Wand, an der sie alle Hinweise auf den Schatten zusammengetragen hatten. Es war ein Puzzle, bei dem immer noch einige entscheidende Teile fehlten.

„Es gibt irgendwo eine Basis, von der aus sie den Cyberangriff koordinieren werden," sagte Olsen schließlich. „Wir haben die Infrastruktur noch nicht gefunden, aber sie muss existieren."

Kramer öffnete eine weitere Datei. „Ich arbeite daran. Ich versuche, Muster zu erkennen – Orte, an denen ungewöhnliche Aktivitäten in den letzten Monaten aufgezeichnet wurden. Ich bin mir sicher, dass wir bald etwas finden werden."

„Mach schnell," sagte Olsen mit festem Blick. „Wir haben keine Zeit. Der Schatten bereitet seinen letzten Zug vor, und wenn wir ihn nicht vorher aufhalten, werden wir nicht die Chance bekommen, ihn ein zweites Mal zu erwischen."

Die Jagd auf den Schatten hatte sich zu einem Wettlauf gegen die Zeit entwickelt. Der globale Cyberangriff stand bevor, und Olsen und sein Team wussten, dass sie den Schatten finden mussten, bevor das Chaos ausbrach.

Kramer saß vor dem Computer, seine Augen schienen müde. Olsen und Maren standen hinter ihm, während auf dem Bildschirm komplexe Datenströme aufleuchteten. Sie hatten bereits eine grobe Vorstellung von dem, was die Bruderschaft plante, aber jetzt musste Kramer tiefer hinein in diesen Datendschungel. Es war klar, dass der Schatten einen Angriff auf die Finanzmärkte vorbereitete, doch das Wie und Wo war noch unklar.

„Ich habe es fast," murmelte Kramer, seine Finger flogen über die Tastatur. „Da!"

Die Spannung im Raum stieg. Auf dem Bildschirm erschien eine detaillierte Übersicht der Netzwerkaktivitäten, verteilt über mehrere, zentrale europäische Knotenpunkte.

Ein ungewöhnlicher Datenaustausch fiel sofort ins Auge. Die Bruderschaft hatte versteckte Zugänge zu den Bankensystemen in ganz Europa geschaffen.

„Sie haben bereits mehrere Hintertüren eingerichtet," erklärte Kramer. „Wenn sie den Angriff starten, werden sie die Netzwerke sofort überlasten und manipulieren können. Es wird gleichzeitig in ganz Europa geschehen. Sobald der Angriff beginnt, gibt es keinen Weg zurück."

Olsen runzelte die Stirn. „Und wo befindet sich das Zentrum dieser Operation? Irgendwo muss all das koordiniert werden."

Kramer nickte. „Genau das versuche ich gerade herauszufinden. Sie müssen einen sicheren Ort haben, von dem aus sie diese Operation steuern. Wenn wir den finden, können wir den Angriff stoppen, bevor er beginnt."

„Hier," sagte Kramer plötzlich und vergrößerte einen kleinen Punkt auf der Karte. „Ich habe einen Ort gefunden. Es gibt in einer abgelegenen Region Serbiens ungewöhnlich starke Datenströme, die nicht zu den lokalen Aktivitäten passen. Es könnte ein verstecktes IT-Zentrum sein."

„Serbien?" fragte Maren, die ebenfalls auf den Bildschirm starrte. „Warum Serbien?"

„Es ist perfekt für das, was sie vorhaben," erklärte Kramer. „Abgelegen genug, um nicht aufzufallen, aber nahe genug an den europäischen Netzwerken, um den Angriff effizient zu steuern. Niemand würde hier nach einem globalen Angriffszentrum suchen."

Olsen trat näher an den Bildschirm. „Wo genau in Serbien?"

„Eine verlassene Industrieanlage in der Nähe des Dorfes Sjenica," erklärte Kramer. „Das Dorf ist kaum bewohnt, und die Anlage steht seit Jahren leer. Aber die Datenströme, die ich hier sehe, deuten darauf hin, dass die Bruderschaft dort etwas Großes aufgebaut hat."

Olsen rieb sich nachdenklich das Kinn. „Wenn sie dort operieren, dann ist das IT-Zentrum der Schlüssel. Wenn wir es ausschalten, stoppen wir den gesamten Angriff."

„Das bedeutet," begann Maren langsam, „dass wir es mit einem koordinierten Angriff auf ganz Europa zu tun haben, der über diese eine Anlage in Serbien gesteuert wird."

Kramer nickte. „Ja. Sie haben alles vorbereitet. Die Hintertüren in den Netzwerken sind gesetzt, die Infrastruktur steht. Sobald sie den Angriff starten, werden Banken und Börsen in mehreren Ländern betroffen sein. Innerhalb von Minuten könnte das europäische Finanzsystem zusammenbrechen."

„Das ist das größte Risiko, das wir bisher feststellen konnten," sagte Olsen. „Wenn sie Erfolg haben, könnten sie die Weltwirtschaft destabilisieren und ein Chaos auslösen, das die Bruderschaft für ihre illegalen Operationen nutzen wird."

„Und das ist nicht alles," fügte Kramer hinzu. „Wenn dieser Angriff gelingt, wird das Vertrauen in das gesamte Finanzsystem erschüttert. Es könnte Jahre dauern, um sich davon zu erholen. In dieser Zeit könnte der Schatten seine Kontrolle über den Schwarzmarkt weiter ausbauen."

Olsen seufzte. „Der Schatten setzt alles auf diese eine Karte. Er weiß, dass wir ihm auf den Fersen sind. Das ist sein letzter verzweifelter Versuch, uns zu entkommen."

„Es wird nicht einfach," sagte Maren nachdenklich. „Wenn dieses Zentrum so wichtig für die Bruderschaft ist, werden sie es schwer bewachen. Wir können nicht einfach dort auftauchen und es ausschalten."

„Ich habe bereits einige Informationen über die dortigen Sicherheitsmaßnahmen gesammelt," sagte Kramer. „Es sieht aus, als hätten sie eine Gruppe von Elite-Söldnern engagiert, die das Gelände bewachen. Hochmoderne Sicherheitssysteme und bewaffnete Patrouillen – es wird schwierig, in die Anlage zu kommen."

„Wir brauchen Unterstützung," sagte Olsen. „Wir können das nicht allein machen. Wir müssen die serbischen Behörden und Europol hinzuziehen. Wenn wir diesen Angriff verhindern wollen, müssen wir mit voller Kraft zuschlagen."

Maren nickte. „Aber wir müssen vorsichtig sein. Wenn der Schatten auch nur den Hauch davon bekommt, dass wir ihnen auf die Spur gekommen sind, könnten sie den Angriff früher starten. Fazit: Wir müssen präzise und schnell sein."

Olsen trat von dem Bildschirm zurück und ging zum Fenster. Der Regen prasselte gegen die Scheiben, während draußen das Leben unbeeindruckt seinen Lauf nahm. Doch er wusste, dass sie nur einen winzigen Moment davon entfernt waren, ins absolute Chaos gestürzt zu werden. Die Zeit drängte, und jeder Fehler könnte katastrophale Folgen haben.

„Also gut," sagte er schließlich. „Wir haben keine Wahl. Wir fliegen nach Serbien, lokalisieren das IT-Zentrum und zerstören es, bevor der Angriff beginnen kann."

Kramer stand auf und begann sofort, die Daten auf ein sicheres System zu übertragen. „Ich werde mit den serbischen Behörden Kontakt aufnehmen. Wir müssen alles perfekt koordinieren."

„Wir müssen uns auf das Schlimmste vorbereiten," sagte Maren und zog ihre Jacke an. „Die Bruderschaft wird das Zentrum verteidigen, und der Schatten wird alles tun, um diesen Angriff durchzuführen. Aber wir dürfen nicht scheitern."

Olsen nickte, seine Gedanken bereits beim nächsten Schritt. Sie waren nahe dran, die Bruderschaft endgültig zu zerschlagen. Doch die Gefahr war größer als je zuvor.

Der Schatten hatte seine letzten Karten ausgespielt, und jetzt lag es an ihnen, die Welt vor einem Kollaps zu bewahren.

„Wir fliegen nach Belgrad und treffen uns dort mit den serbischen Behörden," erklärte Olsen, während das Team seine Ausrüstung verstaute. „Kramer, du wirst sofort Kontakt mit den IT-Spezialisten in Belgrad aufnehmen. Sie müssen vorbereitet sein, falls wir sie brauchen."

Der Regen fiel in dichten Schleiern, als die kleine, vom LKA bereitgestellte Privatmaschine mit Olsen, Kramer und Maren an Bord auf dem Rollfeld in Hamburg bereitstand. Sie wussten, dass sie jetzt die finale Etappe ihrer langen Jagd gegen die Bruderschaft erreicht hatten. Im Dunkel der Nacht wartete Serbien – ein Land, das von der Bruderschaft als ideales Versteck gewählt wurde. Doch diesmal würde sich die Bruderschaft nicht so leicht im Schatten verstecken können.

„Ich bin dran," murmelte Kramer, während er seinen Laptop hochfuhr, bevor der Flieger überhaupt abgehoben hatte. Er wusste, dass sie keine Zeit verlieren durften.

Maren blickte aus dem Fenster, die dunklen Wolken über Hamburg spiegelten die drohende Gefahr wider. „Serbien ist ein Land, das uns nicht willkommen heißen wird, aber wir haben keine andere Wahl," sagte sie leise.

Der Flug nach Belgrad dauerte nur wenige Stunden, doch in diesen Stunden lastete eine Schwere auf dem Team. Sie wussten, dass der Schatten nun seine letzten Züge vorbereitete.

Als sie den Flughafen in Belgrad erreichten, war die Stadt in eine dichte Wolkendecke gehüllt. Die Kälte des Winters war spürbar, und ein eisiger Wind wehte durch die leeren Straßen. Am Flughafen wartete bereits Leutnant Jovanovic, ein hochrangiger Beamter der serbischen Anti-Terror-Einheit, auf sie. Er war groß und kräftig, mit einem Gesicht, das von Jahren im Einsatz geprägt war.

„Willkommen in Serbien," sagte Jovanovic in gebrochenem Englisch, als er die Hand ausstreckte. „Wir haben bereits Informationen über eure Mission erhalten und sind bereit, euch zu unterstützen. Aber seid gewarnt – die Bruderschaft ist hier gut verwurzelt. Sie werden nicht zögern, Gewalt anzuwenden."

Olsen nickte knapp. „Wir wissen, dass sie schwer bewaffnet sind. Es wird nicht einfach, aber wir müssen diesen Angriff stoppen, bevor er beginnt."

Jovanovic führte das Team zu einer unauffälligen Limousine, die sie durch die dicht bebauten Straßen Belgrads und hinaus in die karge Landschaft führte. Die Hauptstadt verblasste schnell im Rückspiegel, und vor ihnen öffneten sich die verlassenen, weiten Gebirgspässe, die Serbien durchzogen. Es war eine raue, unbarmherzige Gegend, die perfekt für eine verdeckte Operation der Bruderschaft war.

Die Fahrt nach Sjenica war lang und beschwerlich. Der Himmel wurde dunkler, je weiter sie sich in die Berge wagten, und die Straßen wurden enger und verwinkelter. Die Natur hier war wild und ungezähmt, eine perfekte Tarnung für jene, die sich vor der Welt verstecken wollten. Als sie durch die Berge fuhren, begann der Nebel immer dichter zu werden. Die Sicht war auf wenige Meter begrenzt, und die einzige Geräuschkulisse war das leise Brummen des Motors und das Heulen des Windes.

„Diese Gegend war früher ein Industriezentrum," erklärte Jovanovic, während er das Lenkrad fest umklammerte. „Doch nach dem Zusammenbruch der Sowjetunion wurde vieles hier aufgegeben. Die Bruderschaft hat die Gelegenheit genutzt, um sich in den verfallenen Gebäuden einzunisten. Es ist ein idealer Ort für jemanden, der unter dem Radar bleiben will."

Olsen und Maren tauschten Blicke. Sie wussten, dass sie in den kommenden Stunden gegen eine perfekt organisierte und schwer bewaffnete Gruppe vorgehen mussten.

Doch der Weg dorthin war nicht weniger gefährlich. „Wie viele Patrouillen gibt es auf dem Weg zur Anlage?" fragte Maren.

„Mehr als erwartet," antwortete Jovanovic. „Unsere Drohnen haben bestätigt, dass die Bruderschaft mindestens zwei Außenposten auf dem Weg zur Hauptanlage hat. Sie sind vorbereitet und werden auf jede verdächtige Bewegung reagieren."

Schließlich erreichten sie das Dorf Sjenica, ein trostloser Ort inmitten der Berge. Es war fast völlig verlassen, die wenigen Bewohner, die noch geblieben waren, mieden die Fremden und verschwanden schnell hinter geschlossenen Türen. Jovanovic führte das Team in eine heruntergekommene Unterkunft, die als ihr vorübergehendes Hauptquartier dienen sollte. Die Einrichtung war schlicht, doch es reichte, um die nächsten Schritte zu planen.

„Wir sind etwa zwei Kilometer von der Anlage entfernt," erklärte Jovanovic, während er eine Karte auf dem Tisch ausbreitete. „Das Hauptnetzwerk der Bruderschaft befindet sich in einer alten Industrieanlage, die zu Sowjetzeiten genutzt wurde. Sie haben mehrere Zugänge, die in die unterirdischen Bunker führen. Diese Bunker wurden eigens für ihre IT-Infrastruktur umgebaut."

Kramer, der sich sofort auf die Karte stürzte, murmelte nachdenklich: „Wenn sie tatsächlich den Cyberangriff von dort aus planen, dann müssen sie enorme Ressourcen mobilisiert haben. Das Netzwerk, das ich analysiert habe, deutet darauf hin, dass sie mehr als nur ein IT-Team dort stationiert haben. Sie haben eine vollständige Zentrale aufgebaut."

„Was ist mit der Sicherheit?" fragte Olsen, während er die Karte betrachtete.

„Das Gelände ist schwer bewacht," antwortete Jovanovic. „Die Bruderschaft hat erfahrene Söldner angeheuert, die Tag und Nacht patrouillieren. Sie sind extrem gut ausgerüstet und nicht zu unterschätzen. Jegliche Bewegung in der Nähe des Geländes wird umgehend registriert."

„Das bedeutet, wir haben keine andere Wahl," sagte Olsen ruhig. „Wir müssen präzise und schnell vorgehen. Aber das wird nicht heute Nacht geschehen."

Während die Nacht über Sjenica hereinbrach, trafen sich Olsen, Maren, Kramer und Jovanovic noch einmal in ihrem improvisierten Hauptquartier. Der Nebel kroch durch die Straßen des Dorfes, und das Licht im Raum warf lange Schatten auf die Wände. Die Bedrohung durch den Schatten und die Bruderschaft hing wie eine unsichtbare Last über ihnen.

„Es gibt keine andere Möglichkeit," begann Olsen. „Wir wissen, dass der Schatten seine letzte Karte ausspielt. Dieser Cyberangriff wird das globale Finanzsystem erschüttern."

„Der Schatten hat seine Augen überall," fügte Maren hinzu. „Er weiß wahrscheinlich bereits, dass wir ihm auf den Fersen sind. Das bedeutet, dass wir nicht nur auf die Anlage zugehen, sondern auch auf einen Feind, der uns vielleicht bereits erwartet."

Kramer nickte und zeigte auf die Karte. „Ich werde die serbischen IT-Spezialisten koordinieren, aber der Hauptzugriff auf ihr Netzwerk muss vor Ort geschehen. Das wird riskant."

„Wir müssen das Timing perfekt abstimmen," sagte Olsen nachdenklich. „Wenn wir zuschlagen, muss es schnell und präzise geschehen. Aber bis dahin müssen wir weiterhin beobachten. Jede unüberlegte Bewegung könnte den Schatten alarmieren."

Die Nacht verging ohne Schlaf. Das Team bereitete sich akribisch auf die bevorstehende Operation vor. Maren überprüfte ihre Ausrüstung, während Kramer die letzten Koordinaten an die serbischen Behörden schickte.

Der Sturm auf das IT-Zentrum war unvermeidlich, doch sie mussten perfekt vorbereitet sein.

„Wir greifen morgen früh an," sagte Olsen schließlich, während er sich in den Stuhl zurücklehnte und tief durchatmete.

„Es wird keine leichte Operation, aber wenn wir erfolgreich sind, dann zerschlagen wir die Bruderschaft endgültig."

„Das ist unsere letzte Chance," fügte Kramer hinzu. „Wenn wir den Schatten diesmal nicht erwischen, wird er wieder abtauchen. Und das nächste Mal wird er noch gefährlicher sein."

„Wir haben keine Wahl," sagte Olsen entschlossen. „Morgen früh beginnt der finale Schlag."

Die Stunden bis zum Morgengrauen zogen sich endlos hin. Die Vorbereitungen waren abgeschlossen, und alle wussten, dass das, was vor ihnen lag, den Lauf der Welt verändern könnte.

In den Bergen von Serbien lag das Herz der Bruderschaft – und sie waren bereit, es zu zerschlagen.

Schlag gegen die Bruderschaft

Der Morgen dämmerte über den Bergen von Serbien, als Olsen, Kramer, Maren und die serbischen Spezialkräfte in Position gingen. Der kühle Wind wehte durch die dichten Wälder, die das IT-Zentrum der Bruderschaft umgaben.

Die Nervosität war spürbar – dies war der Moment, auf den sie hingearbeitet hatten. Der geplante Cyberangriff auf die europäischen Finanzmärkte würde in wenigen Stunden beginnen, und sie wussten, dass sie nur eine einzige Chance hatten, das Netzwerk zu zerschlagen.

Olsen blickte durch sein Fernglas. Vor ihnen lag die heruntergekommene Industrieanlage, die von außen verlassen und harmlos wirkte. Doch sie alle wussten, dass dies nur eine Fassade war. Unter der Oberfläche verbargen sich die modernsten IT-Infrastrukturen der Bruderschaft, die den Angriff koordinierten.

„Sicherheitskräfte in Position," flüsterte Jovanovic, der Anführer der serbischen Spezialkräfte, neben Olsen. „Wir haben mehrere Patrouillen identifiziert. Sie sind schwer bewaffnet."

„Wir müssen das sehr leise angehen," sagte Olsen ruhig. „Sobald sie merken, dass wir hier sind, wird die Hölle losbrechen."

„Und was ist mit dem Serverraum?" fragte Maren, während sie ihr Gewehr überprüfte. „Sobald wir drin sind, müssen wir Kramer Zugang verschaffen."

Kramer, der hinter ihnen kniete, prüfte noch einmal die Ausrüstung, die er benötigen würde, um das Netzwerk der Bruderschaft zu infiltrieren. „Ich brauche zehn Minuten im System. Wenn ich es schaffe, bevor sie den Alarm auslösen, können wir den Angriff verhindern."

Olsen nickte, sein Blick fest auf die Anlage gerichtet. „Dann los. Wir haben keine Zeit zu verlieren."

Die Gruppe bewegte sich vorsichtig durch das dichte Unterholz, während die Patrouillen der Bruderschaft ihre Runden zogen. Der Plan war einfach: still und heimlich eindringen und Kramer genug Zeit verschaffen, um sich ins Netzwerk zu hacken. Doch wie bei jeder Operation in dieser Größenordnung gab es keine Garantie, dass alles nach Plan laufen würde.

„Zwei Wachen direkt vor dem Eingang," flüsterte Jovanovic ins Mikrofon. „Bereit zum Angriff?"

Olsen nickte und gab das Zeichen. In einer synchronen Bewegung näherten sich zwei serbische Soldaten den Wachen. Sie waren schnell, effizient und tödlich. In wenigen Sekunden waren die beiden Wachen lautlos außer Gefecht gesetzt.

„Wir sind drin," flüsterte Maren, als sie sich dem Eingang der Anlage näherten. „Noch keine Bewegungen im Inneren. Vielleicht haben wir Glück."

Kaum waren sie durch die massive Metalltür in die Anlage eingedrungen, als ein ohrenbetäubender Alarm losging. Ein greller, durchdringender Ton hallte durch die verfallenen Gänge, die das alte Industriegebäude durchzogen.

Die Stille, die das Team bis hierher begleitet hatte, zerbrach in einem Augenblick. Das leise Knacken des Funks schien plötzlich übertönt von den metallischen Echos der Sirenen.

„Verdammt!" fluchte Olsen und zog sofort seine Waffe. „Sie haben uns entdeckt!"

Maren und Kramer zogen sich hinter einen Vorsprung der Wand zurück, als plötzlich hektische Schritte zu hören waren. Die Luft war schlagartig wie von einer elektrischen Spannung erfüllt, als sie die schweren Stiefel der Söldner der Bruderschaft näherkommen hörten.

„Positionieren!" befahl Olsen knapp und signalisierte seinem Team, sich hinter den verrosteten Maschinen und alten Stahlträgern zu verstecken. Die Halle, die vor wenigen Sekunden noch verlassen wirkte, verwandelte sich in eine gefährliche Todeszone.

In der Ferne hallte das Klirren von Waffen nach – sie kamen. Sekunden schienen sich in endlose Minuten zu dehnen, bevor plötzlich die ersten Gestalten am anderen Ende des Raumes auftauchten. Die Söldner der Bruderschaft, schwer bewaffnet und in voller Schutzausrüstung, bewegten sich mit der Präzision von Profis.

„Kontakt!" rief Maren und eröffnete das Feuer.

Kugeln zischten durch die Luft, prallten von den rostigen Metallwänden ab und hinterließen Funken. Die Söldner der Bruderschaft reagierten sofort, gingen in Deckung und erwiderten das Feuer. Das dumpfe Rattern der Maschinengewehre mischte sich mit den Sirenen zu einem ohrenbetäubenden Crescendo.

Olsen warf sich hinter einen alten Stahlträger, Kugeln schlugen dicht neben seinem Kopf ein. „Sie sind mehr, als wir dachten!" brüllte er über den Lärm hinweg und drückte den Abzug seines Gewehrs, während er zwei Söldner im Visier hatte. Einer von ihnen ging zu Boden, doch der andere schaffte es, sich hinter einer dicken Metallkiste zu verstecken.

„Wir müssen sie hier halten!" rief Jovanovic, der neben Maren Deckung genommen hatte. „Wenn sie Verstärkung holen, sitzen wir in der Falle!"

Die Söldner kamen von allen Seiten, ihre Bewegungen präzise und koordiniert. Jeder Schuss wurde gezielt abgegeben, und die Gruppe rückte mit bedrohlicher Effizienz vor. Es waren keine gewöhnlichen Söldner – das war klar. Diese Männer waren gut trainiert, vielleicht sogar ehemalige Elitesoldaten, die jetzt für das organisierte Verbrechen arbeiteten.

„Deckung halten!" brüllte Olsen, als eine Explosion nahe der gegenüberliegenden Wand die gesamte Halle erzittern ließ. Eine Granate hatte einen Teil der alten Maschinen zerstört, und dicker Rauch quoll durch die Risse.

Kramer, der immer noch versuchte, sich hinter einer der alten Maschinen durchzuschlängeln, um an den Serverraum zu gelangen, drückte sich gegen den Boden, als eine Salve von Kugeln über ihn hinweg pfiff. „Olsen, ich brauche eine Öffnung!"

„Halt durch!" rief Olsen zurück und feuerte eine Serie von Schüssen ab, die eine der gegnerischen Patrouillen zurückdrängte.

Die Söldner waren unerbittlich, sie rückten Schritt für Schritt vor und ließen keinen Zweifel daran, dass sie gewillt waren, ihr Leben für den Schutz des Netzwerks zu geben.

Maren warf sich hinter einen aufgebrochenen alten Schrank, während Kugeln aus allen Richtungen auf sie zuzukommen schienen. „Wir müssen sie zurückdrängen!" schrie sie und feuerte auf einen der Söldner, der sich gerade aus der Deckung wagte.

Jovanovic nickte und warf einen gezielten Blick in die Richtung, aus der die meisten Feinde kamen. „Granate raus!" rief er und schleuderte eine Splittergranate über die Deckung der Feinde hinweg. Der Knall war ohrenbetäubend, und die Druckwelle erschütterte den Boden unter ihnen.

Eine Sekunde lang schien die Zeit stillzustehen. Der Rauch der Explosion verschleierte das Sichtfeld, und in dieser kurzen Atempause herrschte eine gespenstische Stille.

Doch diese Ruhe währte nur einen Moment. Aus dem Nebel tauchten weitere Söldner auf, diesmal mit schweren Maschinengewehren.

„Sie haben Verstärkung!" rief Jovanovic, während die Luft erneut von Kugeln durchschnitten wurde.

„Wir halten sie hier!" brüllte Olsen und feuerte weiter, obwohl ihm die Munition langsam knapp wurde. „Kramer, du musst jetzt los!"

„Noch ein paar Meter!" keuchte Kramer, der sich so gut es ging nach vorne schob, während die Kugeln weiterhin in seiner Nähe einschlugen. Der große Serverraum lag direkt vor ihm, doch das Feuergefecht machte es ihm unmöglich, den letzten Sprint zu wagen.

„Olsen, wir verlieren hier die Kontrolle!" rief Maren, als eine Kugel die Wand direkt neben ihrem Kopf durchschlug. „Wenn wir nicht bald eine Lücke schaffen, sind wir erledigt!"

Olsen spürte die Brisanz der Situation. Die Söldner der Bruderschaft waren zu zahlreich und zu gut organisiert.

Doch Olsen wusste auch, dass sie nur diesen einen Versuch hatten. Kramer musste in das Netzwerk eindringen, sonst würde der geplante Cyberangriff Europa ins Chaos stürzen.

„Jovanovic, wirf noch eine Granate!" rief Olsen, während er versuchte, das Feuer der Söldner zu erwidern.

„Granate raus!" rief Jovanovic erneut und schleuderte eine zweite Granate in die Mitte der feindlichen Truppen. Ein weiterer ohrenbetäubender Knall erschütterte die Halle, und diesmal gelang es ihnen, die Söldner ein Stück weit zurückzudrängen.

„Kramer, JETZT!" brüllte Olsen.

Die Deckung war für einen Moment vorhanden – Kramer wusste, dass dies seine einzige Chance war.

Mit einem letzten Sprint erreichte er den Eingang zum Serverraum, während hinter ihm das Feuergefecht weiter tobte.

Der Lärm des Gefechts hallte noch durch die Gänge, als Kramer den Zugang zum Serverraum erreichte. Sein Herz raste, während er sich durch die enge Tür zwängte, die hinter ihm mit einem metallischen Klicken ins Schloss fiel. Der Raum vor ihm war in kaltes Neonlicht getaucht, und das Summen der Hochleistungs-Server füllte die Stille.

Es war, als wäre er in eine völlig andere Welt eingetreten – eine, in der sich der Krieg in Einsen und Nullen abspielte.

Der Serverraum war größer, als Kramer erwartet hatte. Reihen von flimmernden Monitoren und blinkenden Geräten erstreckten sich über den gesamten Raum. Auf der linken Seite standen mehrere riesige Server-Racks, die von dicken, schlangenartigen Kabeln durchzogen wurden. Dazwischen blinkten Kontrolllampen in einem unregelmäßigen Rhythmus, als ob das Netzwerk bereits unter Hochdruck lief.

„Das ist es also," murmelte Kramer, während er sich hastig den Rucksack von den Schultern zog und seine Ausrüstung auspackte. „Das Herz des geplanten Cyberangriffs."

Er wusste, dass er nur wenige Minuten hatte, bevor die Bruderschaft erkennen würde, dass jemand in ihr System eingedrungen war.

Sein Blick fiel auf die drei Hauptserver, die jeweils mit einem Sicherheitsterminal verbunden waren. Kramer wusste, dass er sich schnell Zugang zu den Hauptsteuerungen verschaffen musste – sonst wäre alles verloren.

Er rannte zu den Server-Racks und zog ein kleines tragbares Hacking-Tool aus seiner Tasche. „Okay, du Miststück," flüsterte er, als er das Gerät an eines der Hauptkabel anschloss, das zu den Servern führte. Es war, als wenn ein Summen durch die Kabel gehen würde, als das Tool begann, sich durch die ersten Schutzschichten der Sicherheitsprotokolle zu arbeiten.

Auf den Bildschirmen vor ihm blinkten endlose Zahlenreihen, die sich in rasender Geschwindigkeit veränderten. Kramer biss sich auf die Lippe, während er versuchte, sich auf das Muster zu konzentrieren. Er wusste, dass er die richtigen Ports finden musste, um sich Zugang zu den Kontrollsystemen zu verschaffen.

Doch die Sicherheitssysteme der Bruderschaft waren komplex – viel komplexer, als er befürchtet hatte.

„Olsen, ich bin drin," flüsterte Kramer ins Funkgerät, während er fieberhaft weiterarbeitete. „Aber es ist ein verdammt dickes Ding. Die haben hier mehrere Ebenen von Firewalls aufgebaut."

„Beeil dich, Kramer," kam Olsens Stimme knapp durch den Funk zurück, unterbrochen von den Geräuschen des Gefechts. „Wir halten sie hier nicht mehr lange auf."

Kramer spürte den Druck auf seinen Schultern. Er konnte die Anspannung in Olsens Stimme hören, aber er konnte nicht schneller arbeiten, als es die Systeme es zuließen. Seine Finger flogen über die Tastatur, während er sich durch die Verschlüsselungen kämpfte. Es war ein Rennen gegen die Zeit – gegen den Countdown, der bereits für den Cyberangriff lief.

„Fast da..." murmelte er, als er schließlich eine der Hauptschaltflächen auf dem Bildschirm erreichte. Der Zugriff auf das Netzwerk war nun möglich. Der Raum schien mit einem Mal noch kälter, als die Monitore aufleuchteten und ihm den Zugriff gewährten.

Kramer wusste, dass er jetzt das Zentrum des Angriffs vor sich hatte. Eine komplexe Matrix aus Verbindungen zu verschiedenen Finanzinstitutionen in Europa – Banken, Börsen, Investmentgesellschaften.

Die Bruderschaft hatte das perfekte Netz aus Chaos und Zerstörung gesponnen. Einmal aktiviert, würde es Milliarden von Euros in einem Bruchteil einer Sekunde verschieben, Konten einfrieren und die Märkte zusammenbrechen lassen.

Seine Hände zitterten leicht, als er begann, die Steuerung des Netzwerks zu übernehmen. Der Cyberangriff war bereits vorprogrammiert, er brauchte nur noch wenige Minuten, um vollständig freigegeben zu werden.

„Sie haben einen Countdown gestartet," murmelte er. „Noch vier Minuten bis zum Angriff."

„Kramer, verdammt noch mal, mach hin!" rief Olsen über Funk, die Geräusche der Schüsse im Hintergrund immer lauter werdend.

„Ich arbeite daran!" antwortete Kramer scharf und begann, die ersten Sicherheitsprotokolle zu deaktivieren. Seine Finger flogen über die Tasten, während er versuchte, die Verbindungen zu den Börsen zu kappen. Es war wie eine tickende Zeitbombe, die er entmanteln musste, Schicht für Schicht, bevor sie explodierte.

„Verdammt!" fluchte Kramer, als plötzlich eine neue Sicherheitsabfrage auf dem Bildschirm aufleuchtete. „Sie haben noch ein zweites Sicherheitssystem versteckt – das ist eine Falle."

Die Falle war raffiniert – ein Notfallprotokoll, das ausgelöst wurde, sobald jemand versuchte, den Angriff zu stoppen. Die Bruderschaft hatte an alles gedacht. Sie wollten sicherstellen, dass der Angriff selbst bei einem Eindringen nicht mehr gestoppt werden konnte.

„Kramer, was ist los?" fragte Maren über Funk, ihre Stimme klang angespannt.

„Sie haben eine Falle eingebaut," keuchte Kramer, während er verzweifelt versuchte, den Code zu umgehen. „Ich muss das zweite System hacken, sonst wird der Angriff trotzdem ausgelöst."

Er hatte nicht viel Zeit. Die Minuten tickten unaufhörlich herunter, und die Zahlen auf dem Bildschirm jagten unerbittlich Richtung Null. Kramer atmete tief durch und konzentrierte sich. Seine Finger tanzten über die Tasten, während er das neue Protokoll knacken wollte.

„Ich habe es fast..." murmelte er, als er den Code umging und die Kontrollsysteme der Bruderschaft übernahm. Der Zugriff auf den Cyberangriff war nun in seiner Hand.

Mit einem letzten Druck auf die Enter-Taste kappte er die Verbindung zu den Finanzinstitutionen. Die Bildschirme vor ihm erloschen, und der Countdown stoppte.

„Der Angriff ist gestoppt," keuchte Kramer und lehnte sich erschöpft zurück. „Wir haben es geschafft."

Kramer starrte noch einen Moment lang auf die dunklen Bildschirme vor sich. Die Monitore, die eben noch die drohende Katastrophe dargestellt hatten, waren jetzt schwarz und still. Die Gefahr war abgewendet, der Cyberangriff gestoppt.

Doch die Anspannung in seinen Schultern löste sich nicht. Es fühlte sich nicht wie ein Sieg an – nicht wirklich. Die Sirenen in der Ferne und das unaufhörliche Knattern der Schüsse draußen in der Anlage erinnerten ihn daran, dass der Kampf noch längst nicht vorbei war.

„Kramer, komm raus! Wir müssen uns zurückziehen!" Olsens Stimme dröhnte durch das Funkgerät, seine Worte hastig, voller Dringlichkeit.

Kramer packte seine Ausrüstung zusammen, stopfte das Hacking-Tool in seinen Rucksack und eilte durch die Tür des Serverraums. Er blickte kurz zurück auf die riesigen Server-Racks, die stummen Zeugen eines verhinderten Desasters. Dann rannte er los.

Draußen tobte immer noch das Feuergefecht. Kugeln flogen durch die Luft, prallten von den rostigen Wänden der alten Industrieanlage ab und ließen Funken sprühen.

Olsen und Maren hatten sich weiter hinter den verrotteten Maschinen verschanzt, während Jovanovic und die serbischen Spezialkräfte an der Seite Deckung suchten. Sie waren immer noch umzingelt von den schwer bewaffneten Söldnern der Bruderschaft, die nicht bereit waren, das Netzwerk so leicht aufzugeben.

„Kramer!" rief Olsen und winkte ihn zu sich. „Wir müssen hier raus, bevor sie Verstärkung holen."

Kramer rannte geduckt zu ihm, während über ihnen Kugeln in das rostige Metall einschlugen. „Der Angriff ist gestoppt, aber das Netzwerk der Bruderschaft ist nicht vollständig zerstört. Sie werden sich neuformieren."

„Dann haben wir nur diesen Moment!" antwortete Olsen und sah sich um. „Maren, wie sieht es auf der anderen Seite aus?"

Maren riskierte einen Blick über die Deckung. „Sie ziehen sich zurück, aber nicht weit. Sie werden uns hier festsetzen, bis ihre Verstärkung eintrifft."

„Wir müssen einen Weg nach draußen finden," sagte Jovanovic grimmig. „Wenn die Söldner Verstärkung rufen, sitzen wir in der Falle. Wir schaffen es nicht lebend raus, wenn sie uns hier einkesseln."

Olsen nickte und warf einen schnellen Blick auf den Plan der Anlage. „Wir nehmen die Seitengänge. Es gibt einen alten Wartungstunnel, der zur Rückseite der Anlage führt. Wenn wir schnell genug sind, können wir ihn nutzen, bevor sie uns dichtmachen."

„Dann los," sagte Maren und schob ein neues Magazin in ihr Gewehr.

Das Team bewegte sich hastig durch die engen Korridore, während das Feuergefecht draußen immer lauter wurde. Sie mussten sich durch die düsteren, heruntergekommenen Gänge der alten Industrieanlage schleichen, die voller verfallener

Maschinen und Trümmer waren. Der Rauch des Gefechts hing schwer in der Luft, und der Gestank von verbranntem Metall und Schießpulver brannte in ihren Nasen.

Jovanovic führte das Team durch die Seitengänge, die in das Innere der Anlage schnitten. Die Schritte der Söldner hinter ihnen waren kaum zu hören, doch sie wussten, dass sie nicht viel Zeit hatten. Jeder Moment zählte. Schließlich erreichten sie den Eingang zum alten Wartungstunnel und stemmten gemeinsam die schwere, rostige Tür auf.

„Hier raus," befahl Olsen und winkte Jovanovic, Kramer und Maren durch die enge Öffnung.

Der Tunnel war feucht und dunkel, der Boden rutschig von Schmutz und Abfall. Die Stille in dem engen Gang stand im krassen Gegensatz zum tobenden Kampf draußen. Es war ein riskanter Rückzug, doch sie hatten keine andere Wahl.

Als sie das Ende des Tunnels erreichten, sahen sie das fahle Licht des Morgens, das durch den Auslass auf der Rückseite der Anlage schimmerte. Sie waren beinahe frei. Doch in der Ferne konnten sie Motorengeräusche hören. Die Söldner der Bruderschaft würden nicht so schnell aufgeben.

„Schneller!" rief Jovanovic, als sie die letzten Meter aus dem Tunnel hechteten.

Olsen drehte sich kurz um, die letzten Reste des Chaos hinter sich lassend. Das IT-Zentrum der Bruderschaft war zerstört, aber es fühlte sich nicht wie ein endgültiger Sieg an. Sie hatten die Pläne der Bruderschaft durchkreuzt, doch der Schatten und seine Leute würden es nicht dabei belassen. Dies war nur ein Schritt in einem viel größeren Spiel.

„Wir haben den Angriff gestoppt," sagte Kramer schwer atmend, als sie sich den wartenden Fahrzeugen näherten. „Aber sie werden wiederkommen. Das war nicht das Ende."

Olsen nickte. „Nein. Das war nur der Anfang."

Als sie in die Fahrzeuge sprangen und sich auf den Weg machten, um das Gebiet hinter sich zu lassen, wussten sie, dass der nächste Schlag der Bruderschaft nicht lange auf sich warten lassen würde. Doch sie waren bereit. Die Jagd würde weitergehen – und diesmal würde es der finale Schlag sein.

Der Cyberangriff war gestoppt, das IT-Netzwerk der Bruderschaft lahmgelegt. Doch eine bedrückende Spannung blieb bestehen.

Olsen spürte, dass etwas nicht stimmte – es war zu einfach gewesen. Der „Schatten" hatte seine Operationen stets mit doppeltem Boden durchgeführt, und obwohl Kramer den Angriff abgewehrt hatte, blieb bei Olsen das Gefühl zurück, dass sie in eine Falle getappt waren.

Kramer sagte plötzlich. „Olsen, ich glaube, wir haben ein Problem."

Olsen blickte zu Kramer hinüber, der auf sein Laptop starrte. „Was meinst du? Wir haben das Netzwerk doch zerstört."

Kramer runzelte die Stirn. „Ja, aber bevor das System komplett abgeschaltet wurde, habe ich ein letztes Signal entdeckt – es war schwach, aber ich konnte es noch abfangen. Es sieht aus wie ein Notbefehl. Es wurde an ein anderes Netzwerk geschickt, irgendwo außerhalb dieser Anlage."

Olsens Magen zog sich zusammen. „Was für ein Befehl?"

„Es ist eine Art Reorganisationssignal," erklärte Kramer. „Der Schatten hat in den letzten Sekunden einen Befehl an seine internationalen Kontakte geschickt. Er wusste, dass wir den Angriff stoppen würden. Also hat er Vorkehrungen getroffen."

Olsen knirschte mit den Zähnen. „Verdammt. Wir haben ihre Infrastruktur zerstört, aber der Schatten hat schon den nächsten Schritt geplant."

Kramer nickte, während er hastig weiter durch die abgerufenen Daten scrollte. „Sie hatten eine Art Backup-Plan, falls wir das Hauptnetzwerk zerschlagen. Der Schatten hat die Anweisung gegeben, dass sich die verbleibenden Strukturen der Bruderschaft auf andere Märkte verlagern – besonders in den Nahen Osten und Asien. Sie planen, den Verlust ihres europäischen Netzwerks zu kompensieren."

Olsen lehnte sich zurück, seine Gedanken rasten. „Er wusste, dass wir kommen. Das bedeutet, der Schatten wird nicht nur seine Verbindungen reaktivieren, sondern auch einen neuen Angriff vorbereiten."

Maren, die vorne im Fahrzeug saß, drehte sich um. „Was genau bedeutet das für uns?"

„Es bedeutet," sagte Olsen mit bitterem Unterton, „dass dieser Kampf noch nicht vorbei ist. Sie werden nach dem Verlust dieser Basis ihre Operationen in andere Länder verlagern und von dort aus weitermachen. Die Bruderschaft ist verwundbar, aber nicht erledigt."

Jovanovic, der das Fahrzeug lenkte, nickte stumm. „Was auch immer sie planen, es wird auf anderen Ebenen stattfinden. Banken, Infrastruktur, vielleicht sogar Militär. Sie sind überall."

Während Kramer weiter die verschlüsselten Signale durchging, entdeckte er eine weitere Datei, die während des Angriffs gesendet worden war. „Da ist noch etwas," sagte er leise und tippte auf den Bildschirm. „Eine Nachricht – sie wurde direkt vom Schatten gesendet."

Olsens Augen verengten sich, als Kramer die Nachricht entschlüsselte. Es war kurz, aber eindeutig: „Der Angriff mag gestoppt sein, aber der Krieg hat gerade erst begonnen. Ich bin unaufhaltsam. Ihr werdet mich nicht finden – aber ich werde euch vernichten."

Maren las die Worte über Kramers Schulter mit und schüttelte den Kopf. „Dieser Kerl hat ein Ego wie kein anderer."

„Es ist nicht nur Ego," sagte Olsen. „Es ist eine Warnung. Er will uns in Angst versetzen, während er seine nächsten Schritte plant. Der Schatten weiß, dass wir hinter ihm her sind. Das macht ihn gefährlich."

„Was tun wir jetzt?" fragte Kramer, während er die Nachricht speicherte. „Er hat den nächsten Schlag vorbereitet, das ist sicher."

Olsen starrte nach draußen auf die vorbeiziehenden Berge, die im Dunst verschwanden. „Wir müssen den Schatten finden, bevor er seine neuen Pläne umsetzen kann. Er ist der Kopf der Bruderschaft – wenn wir ihn ausschalten, bricht das gesamte Netzwerk zusammen."

Während die Fahrt durch das ländliche Serbien fortschritt, begann Kramer die letzten gesicherten Daten noch einmal gründlich zu durchsuchen. Seine Finger flogen über die Tasten, als er auf eine verschlüsselte Datei stieß, die ihn innehalten ließ.

„Olsen, ich habe noch etwas." Kramer klang aufgeregt. „Ich denke, ich weiß, wo der Schatten als nächstes zuschlagen will."

Olsen lehnte sich nach vorn. „Was hast du?"

„Die Daten zeigen, dass ein großer Teil der finanziellen Mittel der Bruderschaft in Dubai angelegt wurde," erklärte Kramer und zeigte auf die digitalen Transaktionen. „Es gibt dort zahlreiche Offshore-Konten, die mit Waffendeals und Drogenkartellen in Verbindung stehen. Dubai ist der perfekte Ort, um sich neu zu organisieren."

„Also ist das unser nächstes Ziel," sagte Maren, die ihre Hände verschränkt hatte. „Wenn der Schatten in Dubai operiert, müssen wir ihn dort aufspüren, bevor er seine Macht wiederherstellt."

„Aber es gibt noch mehr," fügte Kramer hinzu. „Die Verbindungen nach Dubai sind deutlich tiefgehender. Es scheint, dass ein großer Deal bevorsteht – etwas Großes, das möglicherweise die gesamte Bruderschaft wieder auf die Beine bringen könnte."

Olsen runzelte die Stirn. „Wir müssen nach Dubai. Wenn der Schatten dort einen neuen Deal vorbereitet, könnten wir ihn dort ein für alle Mal erwischen."

Als das Team schließlich die serbischen Berge hinter sich ließ und wieder auf sicherem Boden stand, wusste Olsen, dass ihr nächster Schritt entscheidend sein würde. Der Schatten war clever, gut vernetzt und bereit, alles zu tun, um seine Organisation zu retten. Doch jetzt hatten sie eine Spur – Dubai.

„Wir haben nicht viel Zeit," sagte Olsen entschlossen, als sie das sichere Haus in Belgrad erreichten. „Wenn der Schatten sich in Dubai reorganisiert, dürfen wir keinen Moment verlieren."

Kramer nickte und klappte seinen Laptop zu. „Wir müssen uns gut vorbereiten. Dubai ist kein leichtes Pflaster – besonders nicht, wenn es um internationale Verbindungen wie diese geht."

„Dann bereiten wir alles vor," sagte Olsen entschlossen. „Die Bruderschaft wird sich nicht erholen. Das ist unsere Chance, den Schatten zu stoppen, bevor er Europa und die Welt erneut ins Chaos stürzt."

„Dubai also," murmelte Maren, während sie ihre Ausrüstung überprüfte. „Es wird nicht einfach, aber wir haben schon größere Herausforderungen gemeistert."

„Das hier ist anders," sagte Olsen leise. „Das ist der letzte große Kampf."

Nach dem Rückzug aus dem zerstörten IT-Zentrum versammelte sich das Team in ihrer sicheren Unterkunft in Belgrad.

Kramer saß vor seinem Laptop, die Augen auf die letzten verbliebenen Dateien geheftet, die sie aus der Anlage mitgenommen hatten.

Olsen und Maren standen daneben, die Luft im Raum war schwer von der Anspannung und dem Bewusstsein, dass die Bruderschaft noch nicht am Ende war.

„Ich habe es geschafft, mehr Informationen aus den verschlüsselten Finanzdaten herauszuholen," erklärte Kramer, als eine neue Datei auf seinem Bildschirm aufleuchtete. „Dubai ist das Herzstück der globalen Operationen der Bruderschaft. Hier sind nicht nur Offshore-Konten und Investitionen ersichtlich, sondern auch die Vermögenswerte, die ihre Expansion in den Nahen Osten und Asien finanzieren."

„Das bedeutet, Dubai ist mehr als nur ein Rückzugsort," sagte Olsen nachdenklich. „Es ist ihre finanzielle Drehscheibe."

„Genau," bestätigte Kramer. „Die Bruderschaft hat dort Millionen angelegt, um ihre Operationen zu sichern und sich neu zu organisieren. Wir können diese Vermögenswerte nicht einfach ignorieren – sie sind der Schlüssel, um die Bruderschaft endgültig zu Fall zu bringen."

Während Kramer weiter in den Daten wühlte, offenbarte sich die wahre Macht Dubais für die Bruderschaft. Es stellte sich heraus, dass nicht nur Waffendeals und Drogengelder über Dubai flossen, sondern auch Verbindungen zu Banken und Immobilienprojekten in ganz Asien und Europa existierten.

„Diese Stadt ist die perfekte Tarnung," erklärte Kramer. „Sie nutzen legale Geschäfte, um ihre illegalen Gewinne zu waschen. Immobilien, Handelsfirmen – alles scheint legal, bis man tiefer gräbt. Die Verbindungen reichen bis zu den höchsten Ebenen der internationalen Finanzwelt."

Olsen sah Maren an. „Wir müssen nach Dubai. Das wird der letzte Schritt sein, um den Schatten zu erwischen."

Als Kramer weiter die gesicherten Daten durchging, wurde ihm klar, dass seine Arbeit vor Ort in Serbien beendet war. Die Server des IT-Zentrums der Bruderschaft waren zerstört, und es gab keine weiteren Informationen, die er hier noch auswerten konnte. „Olsen," sagte Kramer nachdenklich, „wir haben hier alles ausgeschaltet. Ich kann mehr aus dem LKA in Hamburg tun – mit den Systemen dort bin ich besser ausgestattet."

Olsen nickte, während er die Lage überdachte. „Stimmt. Hier in Serbien gibt es nichts mehr für dich. Wir brauchen dich zurück in Hamburg. Dort kannst du mit der vollen Infrastruktur des LKA weiterarbeiten."

„Ich werde sofort aufbrechen," sagte Kramer, während er seine Ausrüstung zusammenpackte. „Vom LKA aus kann ich jede digitale Spur überwachen, die die Bruderschaft noch hinterlässt. Dort habe ich die nötigen Ressourcen."

Maren, die gerade ihre eigenen Vorbereitungen traf, nickte. „Du wirst dort bessere Chancen haben, die Verbindungen des Schattens aufzuspüren."

Olsen sah Kramer fest an. „Sobald du im LKA bist, halte uns auf dem Laufenden. Wir brauchen alle Informationen, die du findest – besonders, wenn wir in Dubai zuschlagen."

Der Morgen war düster und wolkenverhangen, als das Team das sichere Haus in Belgrad verließ.

Kramer verabschiedete sich von Olsen und Maren, bevor er in den Wagen stieg, der ihn zum Flughafen bringen würde. Die Straßen waren ruhig, doch die Anspannung war allgegenwärtig.

„Pass auf dich auf," sagte Olsen und klopfte Kramer auf die Schulter. „Wir sehen uns in Hamburg, sobald wir mit dem Schatten fertig sind."

Kramer nickte ernst. „Ich werde von dort aus alles überwachen und euch jede Bewegung der Bruderschaft melden. Ich sorge dafür, dass wir sie diesmal endgültig erwischen."

Der Wagen entfernte sich und brachte Kramer zum Flughafen, wo er den Flug nach Hamburg antrat. Er wusste, dass die nächsten Tage entscheidend sein würden – nicht nur für Olsen und Maren, die bald in Dubai agieren würden, sondern auch für ihn. Vom LKA aus würde er die letzten digitalen Spuren der Bruderschaft verfolgen und sicherstellen, dass sie nirgendwo mehr ein Versteck fanden.

Nachdem Kramer abgereist war, kehrten Olsen und Maren in ihre Unterkunft in Belgrad zurück. Es war klar, dass der nächste Schritt in Dubai erfolgen musste. Doch die Vorbereitung auf diesen Einsatz verlangte äußerste Präzision.

„Dubai wird ein anderes Terrain sein," sagte Maren, während sie sich die neuesten Berichte über die Verbindungen der Bruderschaft in den Emiraten ansah. „Die Stadt ist ein Knotenpunkt für internationale Finanzströme – aber auch ein Versteck für diejenigen, die genug Macht haben."

„Der Schatten hat dort alles vorbereitet," sagte Olsen entschlossen. „Wenn wir ihn in Dubai nicht erwischen, entkommt er uns für immer."

Sie verbrachten die nächsten Stunden damit, alle verfügbaren Informationen zu sammeln und ihre Kontakte in den Emiraten zu aktivieren. Es war ein riskanter Plan, aber sie hatten keine Wahl. Der Schatten war in Dubai, und dort würde die Bruderschaft ihre letzte Bastion verlieren – oder Olsen und Maren würden alles verlieren.

Am Abend war alles bereit. Olsen und Maren verließen Serbien und begaben sich zum Flughafen, um nach Dubai zu fliegen. Sie trafen ihre letzten Vorbereitungen.

„Das wird der letzte große Schritt," sagte Olsen, als sie in das Flugzeug stiegen. „Wenn wir den Schatten in Dubai nicht erwischen, ist alles, was wir bisher erreicht haben, umsonst gewesen."

Maren nickte ernst. „Aber diesmal sind wir bereit. Wir kennen seine Pläne – und wir wissen, dass er in Dubai verletzlich ist."

Als das Flugzeug abhob und sie in Richtung des Mittleren Ostens flogen, wusste Olsen, dass dies der Höhepunkt ihrer Jagd sein würde.

Kramer würde sie vom LKA aus unterstützen, während sie im Herzen der Bruderschaft zuschlugen.

Der letzte Kampf stand bevor – und diesmal würde es keinen Raum für Fehler geben.

Jagd nach dem Schatten

Olsen und Maren Starke saßen in der engen Kabine des Flugzeugs, das sie von Belgrad nach Dubai brachte. Beide waren in Gedanken versunken, während sie über das Mittelmeer hinwegflogen. Die Hitze, die sie erwarten würde, stand im krassen Gegensatz zur kühlen Luft Serbiens. Doch es war nicht das Klima, das sie beschäftigte. Sie wussten, dass dies ihre letzte große Chance war, den „Schatten" zu finden.

„Dubai", murmelte Olsen, während er durch das kleine Fenster auf die vorbeiziehenden Wolken starrte.

„Wir dürfen nicht vergessen, dass die Bruderschaft hier ihre stärksten finanziellen Verbindungen hat", sagte Maren, die sich gerade eine Akte durchlas. „Wir betreten das Herz ihres Netzwerks. Es wird nicht einfach sein, die Spuren zu verfolgen."

Olsen nickte. „Aber diesmal haben wir den Vorteil. Dank Kramers Arbeit in Belgrad und Hamburg wissen wir, dass der Schatten hier seine letzten Fäden zieht. Dubai ist das Zentrum seiner Macht. Wenn wir ihn hier nicht finden, wird er uns entgleiten."

Als das Flugzeug landete und sie die Stufen hinabstiegen, schlug ihnen die feuchte, heiße Luft Dubais entgegen. Die gewaltige Skyline der Stadt ragte in der Ferne auf, ein unerschütterliches Symbol des Reichtums und der Macht. Olsen und Maren wurden am Flughafen von einem lokalen Verbindungsmann der Emirate-Behörden abgeholt.

Ihr Kontaktmann, Ibrahim, war ein ruhiger, aber entschlossener Offizier, der sich bereits durch seine Arbeit gegen den internationalen Finanzbetrug einen Namen gemacht hatte. „Willkommen in Dubai", sagte er mit einem ernsten Blick, als sie ins Auto stiegen.

„Die Stadt mag prächtig wirken, doch unter der Oberfläche verbirgt sich mehr Dunkelheit, als die meisten ahnen."

Während sie durch die breiten Straßen fuhren, erklärte Ibrahim, dass die Bruderschaft seit Jahren hier operierte, gut getarnt hinter Offshore-Konten und scheinbar legitimen Firmen. „Ihr habt vielleicht das IT-Zentrum in Serbien zerstört, aber das hier... Dubai ist eine Festung der Bruderschaft. Es wird schwer, den Schatten hier zu fassen."

Maren lehnte sich nachdenklich zurück. „Wenn er sich wirklich irgendwo sicher fühlt, dann hier. Wir müssen extrem vorsichtig vorgehen."

Am nächsten Morgen begann die eigentliche Arbeit. Ibrahim führte sie zu einem unscheinbaren Gebäude im Finanzviertel, das als Büro einer angeblich legitimen Beratungsfirma fungierte. Hier befanden sich die ersten Spuren, die sie zur Bruderschaft führen sollten.

Olsen und Maren betraten das Büro mit der nötigen Vorsicht – sie wussten, dass jede Bewegung überwacht werden könnte.

„Diese Firma ist ein klassisches Beispiel für die Tarnung der Bruderschaft", erklärte Ibrahim leise, während sie in die Büros gingen. „Offiziell handelt es sich um eine Investmentberatung, aber in Wirklichkeit wird das Geld hier gewaschen und zu den Kartellen und Waffenhändlern in Asien und Afrika geschickt."

Maren durchsuchte einige Dokumente, während Olsen einen Blick auf die Computer warf. Es dauerte nicht lange, bis sie auf Hinweise stießen.

Zahlreiche Kontobewegungen und Transaktionen führten zu Offshore-Konten, die auf den „Schatten" und seine Operationen zurückzuführen waren.

„Er hat seine Fäden tief in die Finanzmärkte Dubais gesponnen", sagte Maren. „Wir müssen weiter graben."

„Das ist nur die Oberfläche", sagte Ibrahim. „Der Schatten hat viel tiefere Wurzeln. Aber es gibt jemanden, der uns vielleicht helfen kann."

Am Abend trafen sich Olsen und Maren mit Ibrahim und einem geheimnisvollen Informanten, der bereit war, gegen den Schatten auszusagen. Der Mann war nervös, seinen Namen gab er nicht preis, seine Hände zitterten leicht, als er ihnen die Details lieferte. Er hatte in der Vergangenheit für die Bruderschaft gearbeitet, aber nachdem er realisiert hatte, dass sein Leben bedroht war, hatte er sich entschieden, zu kooperieren.

„Der Schatten benutzt Dubai, um alles zu finanzieren", flüsterte der Informant. „Er hat nicht nur Offshore-Konten, sondern auch Scheinfirmen überall in der Stadt. Immobilien, Luxusgeschäfte – alles dient dem Zweck, Geld zu waschen und seine Macht zu sichern."

„Und wo genau ist er jetzt?" fragte Olsen scharf.

Der Informant zuckte mit den Schultern. „Niemand weiß genau, wo er ist. Er bewegt sich ständig. Aber eines weiß ich – es gibt ein Netzwerk von geheimen Orten, wo er sich versteckt halten könnte. Die Spuren führen tief in die Stadt, in die exklusivsten Gegenden. Ihr müsst vorsichtig sein."

Maren und Olsen sahen sich an. „Wir müssen an diese Informationen kommen", sagte Maren leise. „Wenn wir ihn nicht bald finden, könnte er wieder verschwinden."

Zurück in ihrem provisorischen Quartier in einem abgelegenen Teil der Stadt, setzten Olsen und Maren sich zusammen, um den nächsten Schritt zu planen.

Mit den Informationen des Informanten und den Daten, die sie aus dem Büro der Beratungsfirma erhalten hatten, war klar, dass sie den Schatten nähergekommen waren.

Doch noch immer hatten sie keinen genauen Aufenthaltsort.

„Dubai ist groß, und der Schatten hat hier viele Verstecke", sagte Ibrahim, der sich ihnen angeschlossen hatte. „Aber mit diesen neuen Informationen haben wir eine Chance. Wir müssen tiefer in die Finanzströme eintauchen und seine Verbindungen kappen."

„Wir sollten versuchen, ihn aus der Deckung zu locken", schlug Maren vor. „Er muss irgendwann aktiv werden, besonders wenn wir Druck auf seine Netzwerke ausüben."

Olsen nickte. „Wir setzen ihn unter Druck. Aber wir dürfen keine Fehler machen. Wenn wir einen falschen Schritt tun, ist er weg. Also müssen wir ihn auf frischer Tat erwischen."

Die Jagd nach dem Schatten hatte in Dubai offiziell begonnen. Doch Olsen wusste, dass sie in einem tödlichen Spiel mit einem Gegner steckten, der jedes Mittel nutzen würde, um sich selbst zu schützen.

Die Sonne begann bereits hinter den glitzernden Türmen Dubais zu versinken. Der Tag war lang gewesen, und die Informationen, die sie gesammelt hatten, zeigten, dass sie dem „Schatten" immer näherkamen. Doch es war ein eigenartiges Gefühl, das Olsen schwer im Magen lag. Die Stadt wirkte noch immer zu perfekt, zu ruhig – und genau das machte sie gefährlich.

Maren hielt inne und schaute sich um. „Irgendwas fühlt sich eigenartig an," murmelte sie, während sie die schimmernden Fenster der umliegenden Gebäude musterte. Es war ein sechster Sinn, den sie sich in den vielen Jahren an der Seite von Olsen angeeignet hatte. „Hast du das gesehen?"

Olsen folgte ihrem Blick, seine Augen suchten die Straßenecken, die Autodächer und die Balkone hoch oben in den Wolkenkratzern ab. „Ja," antwortete er leise. „Wir werden beobachtet."

Er deutete unauffällig mit dem Kopf auf einen schwarzen SUV, der bereits seit einigen Minuten auf der anderen Straßenseite parkte. Die getönten Scheiben ließen keinen Blick ins Innere zu, doch es war offensichtlich, dass das Fahrzeug nicht ohne Grund dort stand.

„Das ist vermutlich ein Elitekommando des Schattens," sagte Maren entschlossen. „Sie wissen, dass wir ihnen zu nahegekommen sind."

Olsen nickte ruhig, obwohl sein Puls schneller schlug. „Wir müssen los. Sofort."

Olsen und Maren gingen zügig die Straße hinunter, ihre Schritte gleichmäßig, während sie nach einem Weg suchten, unbemerkt zu entkommen. Doch das Elitekommando war professionell – der schwarze SUV setzte sich langsam in Bewegung, folgte ihnen in sicherem Abstand, während zwei weitere Fahrzeuge auf der Parallelstraße auftauchten. Sie wurden eingekesselt.

„Wir haben keine Zeit mehr," zischte Olsen. Er deutete auf eine Seitenstraße. „Los!"

Sie rannten. Ihre Schritte hallten auf dem Asphalt, während sie durch enge Gassen und verwinkelte Passagen hetzten. Die Verfolger, gut trainierte Mitglieder des Kommandos, waren jedoch schnell hinter ihnen. Olsen warf einen Blick über die Schulter und sah zwei Männer, die sich von den Fahrzeugen gelöst hatten und ihnen nun zu Fuß folgten, die Hände an den Holstern ihrer Waffen.

„Verflucht," murmelte Olsen. „Sie wollen uns in die Enge treiben."

Maren sprintete neben ihm her, ihre Augen suchten fieberhaft nach einem Fluchtweg. „Da vorne, die Baustelle!" rief sie und deutete auf ein halb fertiges Gebäude, dessen Stahlgerüst in die Luft ragte.

Sie hetzten über die staubige Baustelle, die sich wie ein Labyrinth aus Metall und Beton auftat.

Hinter ihnen hörten sie Schritte, das metallische Klirren von Waffen, die gezogen wurden. „Sie kommen!" rief Maren und duckte sich hinter einen Betonsockel.

Olsen tat es ihr gleich, seine Hand fest um die Waffe in seinem Holster. Ein Moment der Stille senkte sich über die Baustelle, doch es war die Ruhe vor dem Sturm. Dann hallte ein Schuss durch die Luft – der erste Angriff.

„Runter!" rief Olsen, als die Kugeln durch die Luft pfiffen. Sie hatten keine Wahl mehr. Olsen feuerte zurück, seine Augen konzentriert auf die Schatten, die sich zwischen den Gerüsten bewegten. Doch das Spezialkommando des Schattens war verdammt gut ausgebildet – sie nutzten die Deckung perfekt, während sie sich langsam näherten.

„Wir sitzen in der Falle," sagte Maren, ihre Stimme angespannt, während sie um die Ecke spähte. „Die haben uns komplett eingekreist."

Olsen warf einen raschen Blick auf die nahenden Angreifer. „Nicht ganz. Sie wollen uns hier festnageln. Aber ich habe eine Idee."

Olsen sprang plötzlich auf und lief in Richtung der oberen Stockwerke der Baustelle, Maren dicht hinter ihm. Die Verfolger eröffneten erneut das Feuer, Kugeln prasselten auf den Beton und das Metall um sie herum ein. Doch Olsen wusste, dass sie nur so eine Chance hatten – sie mussten höher hinaus und die Verfolger verwirren.

„Folge mir!" rief Olsen, als er über eine wackelige Metallbrücke sprintete, die in den dritten Stock der unfertigen Struktur führte. Sie erreichten eine provisorische Plattform, die hoch über der Stadt schwebte, als eine Explosion hinter ihnen die Luft zerfetzte.

„Sie haben Granaten!" schrie Maren und duckte sich hinter eine Säule.

Der Boden bebte unter ihnen, und Olsen wusste, dass sie nicht mehr viel Zeit hatten. Die Verfolger drangen von allen Seiten vor, während das Metall unter ihren Füßen ächzte und knarrte.

Olsen blickte auf die Stadt unter ihnen. „Wir müssen einen Weg nach unten finden – schnell."

Olsen warf einen schnellen Blick auf den Kran, der wie ein gigantisches Metallungetüm über die Baustelle ragte. Es war ein Turm-Kran, der sich über das gesamte Baugelände erstreckte, mit einem langen horizontalen Ausleger, der in schwindelerregender Höhe hing und ein weiteres Gebäude auf der gegenüberliegenden Seite der Baustelle streifte. Der Kran schien die einzige Möglichkeit zu bieten, der Falle des Elitekommandos zu entkommen.

„Der Kran," rief Olsen. „Wir klettern rüber!"

Maren sah den massiven Kran skeptisch an. Der Hauptturm war über zwanzig Meter hoch, und der schmale Ausleger führte zu einem unfertigen Gebäude, das mehrere Stockwerke tiefer endete. Es war gefährlich, doch sie hatten keine andere Wahl.

„Das ist Wahnsinn!" rief Maren, doch sie folgte Olsen bereits, als er losrannte und den Aufstieg über die steilen Sprossen des Krans begann. Der Hauptturm bot genug Halt, doch der Weg nach oben war lang und jeder Schritt ließ die schweißnassen Hände von Olsen fester nach den kalten Stahlstreben greifen. Der Turm wackelte leicht im Wind, das Metall ächzte unter ihren Füßen.

Unter ihnen hörten sie das Getrampel des Elitekommandos, das sie nun von allen Seiten jagte. Ihre Verfolger hatten sie entdeckt und eröffneten das Feuer. Kugeln prallten gegen die Streben des Krans, die Funken flogen in alle Richtungen.

Maren duckte sich instinktiv, als eine Kugel nur knapp an ihrem Kopf vorbeizischte.

„Schneller!" brüllte Olsen, während sie die letzten Meter des Kranturms erklommen.

Endlich erreichten sie den schmalen Ausleger, der sich horizontal über das Baugelände erstreckte. Er wirkte viel schmaler als erwartet, und das Gleichgewicht auf der schmalen Plattform zu halten, war eine Herausforderung.

Olsen ging als Erster, sein Körper angespannt und die Hände fest an den Seiten des Krans. Der Ausleger führte zu einer unfertigen Ebene des benachbarten Gebäudes, etwa zehn Meter unter ihnen. Wenn sie den Ausleger hinüberquerten, konnten sie dort hinabklettern und eine Fluchtmöglichkeit finden.

„Halte dich gut fest," sagte Olsen, als sie vorsichtig über den schmalen Stahlsteg balancierten. Unter ihnen gähnte der Abgrund, und jeder Schritt fühlte sich an wie ein Spiel mit dem Tod.

Die Verfolger waren ihnen dicht auf den Fersen, doch der Kran schien sie zunächst abzuschrecken. Olsen und Maren erreichten den anderen Rand des Auslegers und blickten hinunter auf die unfertige Ebene, die etwa vier Meter unter ihnen lag. Es war nicht perfekt, aber es war der einzige Weg, den sie hatten.

„Wir müssen springen," sagte Olsen und atmete tief durch.

Maren schaute hinunter. „Das sind gut vier Meter... Wenn wir falsch landen, war's das."

„Ich weiß," erwiderte Olsen ruhig, „aber sie sind direkt hinter uns."

Hinter ihnen erklangen Rufe und Schritte – das Elitekommando war nun auch auf den Kran gestiegen und näherte sich schnell. Sie hatten keine Zeit zu verlieren. Olsen nahm all seinen Mut zusammen und sprang als Erster. Er rollte sich bei der Landung ab und stieß einen gedämpften Schmerzlaut aus.

Maren folgte nur einen Augenblick später, ihre Landung war etwas härter, aber sie hatte sich gut abgefedert. „Alles in Ordnung?" fragte Olsen, als sie sich gegenseitig überprüften. Sie nickte hastig, während sie auf die Straße hinunterblickten, die etwa drei Meter unter der unfertigen Ebene lag.

Olsen blickte über die Schulter und sah, wie das Elitekommando immer näherkam. Sie konnten nicht mehr länger hierbleiben. „Noch einmal," sagte er entschlossen.

Ohne zu zögern, sprangen sie erneut – diesmal von der unfertigen Ebene auf die dunkle Straße. Die Landung war hart und ließ sie beide taumeln, doch sie blieben unverletzt. Es gab jedoch keine Zeit zum Ausruhen.

In der Ferne hörten sie das vertraute Dröhnen eines Motors – ein Auto raste auf sie zu. Es war Ibrahim, der offensichtlich die Straßen patrouilliert hatte und nun im richtigen Moment auftauchte.

„Schnell!" rief er aus dem offenen Fenster. „Rein mit euch!"

Olsen und Maren sprangen ins Auto, und Ibrahim trat aufs Gaspedal. Die Reifen quietschten, als das Auto in die Nacht von Dubai raste. Hinter ihnen hallten noch Schüsse durch die Luft, doch sie hatten es geschafft. Sie waren dem Elitekommando des Schattens knapp entkommen – diesmal.

Das Auto raste durch die engen Straßen Dubais, während Olsen und Maren keuchend auf den Rücksitzen saßen. Ibrahim konzentrierte sich auf den Verkehr vor ihnen, seine Hände fest am Lenkrad.

Die Stadt, die noch vor wenigen Minuten in glitzerndem Luxus gebadet hatte, wirkte jetzt wie ein gefährlicher Dschungel. Olsen wusste, dass sie nur knapp entkommen waren – doch der „Schatten" würde nicht ruhen, bis er sie ausgeschaltet hatte.

„Wo sollen wir hin?" fragte Ibrahim hastig. „Sie sind überall."

Olsen schaute Maren kurz an, bevor er sich zu Ibrahim nach vorne beugte. „Wir brauchen einen sicheren Ort, um die Informationen auszuwerten. Es muss jemand in der Stadt sein, der noch für uns arbeitet."

Maren schüttelte den Kopf. „Unser Netzwerk ist hier fast völlig zusammengebrochen. Aber es gibt da noch jemanden... einen Informanten. Jemand, der dem 'Schatten' nahesteht und sich überworfen hat." Sie hielt kurz inne. „Ich habe mit ihm in Hamburg Kontakt gehabt. Er nannte sich 'Asim'."

Olsen hob die Augenbrauen. „Und du meinst, er ist bereit, uns zu helfen?"

Maren nickte. „Er schuldet uns noch einen Gefallen. Er könnte die Schlüsselperson sein, um den Aufenthaltsort des 'Schatten' zu finden."

„Gut," sagte Olsen und wandte sich an Ibrahim. „Wir müssen diesen Asim treffen. Weißt du, wo wir untertauchen können, ohne aufzufallen?"

Ibrahim warf einen Blick in den Rückspiegel, seine Augen suchten die Straßen nach Verfolgern ab. „Ich kenne einen Ort in Deira. Dort versteckt sich niemand so schnell."

Wenige Minuten später bogen sie in die engen Gassen von Deira ein, einem älteren Stadtteil von Dubai. Hier war die Welt anders – keine glänzenden Wolkenkratzer, sondern enge Straßen, überfüllte Märkte und staubige Fassaden. Ibrahim parkte das Auto vor einem unscheinbaren Gebäude, dessen bröckelnde Wände perfekt in die Kulisse passten.

Sie betraten den schmalen Eingang und stiegen die alte Treppe hoch in die obere Etage, wo Ibrahim ein kleines, verstecktes Büro kannte.

Maren nahm sofort ihr Telefon und wählte Asims Nummer. Die Zeit schien endlos, als das Freizeichen ertönte. „Asim? Hier ist Maren."

Eine kurze Pause folgte, bevor eine raue Stimme antwortete. „Ich wusste, dass ihr mich irgendwann braucht."

„Du kennst die Lage," sagte Maren knapp. „Wir sind in Dubai, und wir brauchen Informationen über den 'Schatten'."

„Ich weiß, dass ihr hinter ihm her seid," antwortete Asim. „Aber es wird teuer werden. Er ist nicht ohne Grund ein Geist."

Maren sah Olsen an, der den Kopf schüttelte. „Kein Verhandeln mehr. Wir brauchen den Standort jetzt."

Es folgte ein langer Moment des Schweigens, bevor Asim schließlich sprach. „Okay. Es gibt einen Bunker. Tief unter einem der ältesten Viertel Dubais. Dort versteckt er sich, wenn es brenzlig wird. Ihr werdet ihn finden, aber es ist gut gesichert. Kein leichtes Ziel."

„Schick uns die Koordinaten," sagte Maren.

„Ihr bekommt sie. Aber macht schnell. Er hat Pläne, und wenn ihr ihn nicht bald findet, wird es zu spät sein."

Wenige Minuten später erhielt Maren die Nachricht von Asim mit den Koordinaten des Bunkers. Olsen beugte sich über das Handy und betrachtete die Lage auf der Karte. Der Bunker befand sich unter einem unscheinbaren Gebäude in einem Industriegebiet im südlichen Teil von Dubai, weit entfernt von den glänzenden Fassaden der Innenstadt. Es war ein perfekter Ort, um sich zu verstecken – abseits des Trubels, gut geschützt und leicht zu übersehen.

„Wir müssen uns beeilen," sagte Olsen, während er die Karte studierte. „Wenn Asim recht hat, ist das unser einziger Weg, um den 'Schatten' zu fassen. Doch dieser Bunker wird garantiert nicht unbewacht sein."

Maren nickte und überprüfte ihre Waffe. „Das wird kein einfacher Einsatz. Aber wenn wir ihn ausschalten, könnte das der finale Schlag sein."

Ibrahim startete den Wagen erneut, und sie machten sich auf den Weg. Der Verkehr in Dubai hatte sich gelegt, die Straßen waren nun fast menschenleer. Das Gefühl der Anspannung war greifbar, als sie in Richtung des Industriegebiets fuhren. Jeder Kilometer brachte sie näher zur finalen Konfrontation mit dem Mann, der die Bruderschaft aus den Schatten herausgeführt hatte.

Als sie sich dem Industriegebiet näherten, verließ Olsen den Wagen und musterte die Umgebung. Der Bunker lag unter einer verlassenen Fabrik, die heruntergekommen und völlig verlassen wirkte. Der perfekte Ort für den „Schatten", um sich zu verbergen. Doch Olsen wusste, dass dies nur eine Fassade war. Darunter verbarg sich die eigentliche Gefahr – eine Festung, die schwer zu durchdringen war.

Maren beobachtete die Gebäude in der Nähe. „Er muss hier irgendwo Zugangspunkte haben. Belüftungsschächte, Fluchtrouten..."

„Stimmt," sagte Olsen leise. „Und er weiß, dass wir kommen. Wenn wir das falsch angehen, laufen wir in eine Falle."

Sie suchten die Umgebung ab, während Ibrahim das Fahrzeug sicher parkte und im Hintergrund wachte. Es dauerte nicht lange, bis Maren den ersten Hinweis fand – eine kaum sichtbare Kameralinse, die unauffällig über der Eingangstür der alten Fabrik angebracht war.

„Er beobachtet uns bereits," flüsterte sie.

„Das wissen wir," erwiderte Olsen. „Aber es gibt keinen anderen Weg. Wir müssen rein."

„Wir haben nicht viel Zeit," sagte Olsen mit fester Stimme, während er die Umgebung im Auge behielt. Die verlassene

Fabrik, unter der sich der Bunker des „Schatten" verbarg, war nicht nur gut versteckt, sondern auch schwer gesichert. Maren überprüfte die schmalen Kameralinsen, die an den Ecken der Gebäude versteckt waren. Der „Schatten" beobachtete sie bereits.

Maren flüsterte: „Er hat mit Sicherheit einen speziellen Kampftrupp hier stationiert, um seinen Bunker zu schützen. Wahrscheinlich gut ausgerüstete Söldner, die wissen, was sie tun."

Olsen nickte nachdenklich. „Wir müssen vorsichtig vorgehen. Wenn wir uns zu früh verraten, schlagen sie sofort zu."

Die Information von Asim hatte ihnen verraten, dass der Bunker tief unter der Erde lag, verborgen durch einen unscheinbaren Zugang im Hinterhof der alten Fabrik.

Doch dieser Zugang war höchstwahrscheinlich mit mehreren Schichten von Sicherheitsvorkehrungen gesichert – Fallen, Sensoren und, wie Maren richtig vermutete, einem gut ausgebildeten Kampftrupp, der bereit war, jede Bedrohung für den „Schatten" auszuschalten.

„Wir müssen leise vorgehen," sagte Olsen. „Sie werden nicht erwarten, dass wir sie so schnell finden, aber wir müssen mit dem Schlimmsten rechnen. Die Söldner des 'Schattens'... dieser spezielle Kampftrupp, den er schickt, ist nicht hier, um uns gefangen zu nehmen. Sie sind hier, um zu töten."

„Was also ist dein Plan?" fragte Maren und überprüfte ihre Ausrüstung.

Olsen schob seine Waffe in den Holster und blickte in die Richtung der Fabrik. „Wir gehen rein, um den 'Schatten' zu fassen. Du kümmerst dich um das Sicherheitssystem, und ich nehme die Leute im Inneren ins Visier. Sobald wir in der Nähe des Bunkers sind, müssen wir schnell handeln. Keine Zeit für Fehler."

Maren blickte skeptisch in die Dunkelheit. „Und wenn sie uns entdecken, bevor wir reinkommen?"

„Dann wird es hart," antwortete Olsen knapp. „Diese Leute sind Profis. Aber wir müssen es versuchen – wenn wir den 'Schatten' hier nicht erwischen, verschwindet er endgültig."

Die Straßen in der Umgebung waren still, als sich Olsen und Maren langsam auf den Eingang zubewegten. Der spezielle Kampftrupp des „Schattens" war irgendwo in der Nähe – das spürten sie. Mit jedem Geräusch und jeder Bewegung riskierten sie ihre Anwesenheit zu verraten und die Gegner zum Angriff herauszufordern. Der Weg zum Zugang des Bunkers führte durch eine schmale Gasse, die von den verlassenen Gebäuden der Industrieanlage gesäumt war.

Olsen blieb kurz stehen und hob die Hand. „Warte," sagte er leise. Vor ihnen befand sich der versteckte Eingang – eine schwere Metalltür, die halb im Schatten lag und durch eine elektronische Zugangssicherung gesperrt war. Direkt neben der Tür entdeckte Maren mehrere unscheinbare Kabel und Sensoren.

„Bewegungssensoren," murmelte sie und zog ein kleines Gerät aus ihrer Tasche. „Ich kann sie vielleicht abschalten, aber es wird ein paar Minuten dauern."

Olsen nickte und nahm Position ein, seine Augen ruhten auf der Gasse, die hinter ihnen lag. „Wir haben nicht viel Zeit. Mach es schnell."

Maren arbeitete leise und effizient, ihre Finger flogen über das Gerät. Die Spannung wuchs mit jeder Sekunde. In der Stille hörte man nichts außer ihrem konzentrierten Atmen und dem leisen Klicken der Sensoren, die nach und nach deaktiviert wurden.

„Fast fertig," flüsterte sie. Olsen warf einen schnellen Blick auf die Umgebung, doch alles blieb ruhig. Aber er wusste, dass dieser spezielle Kampftrupp nicht weit sein konnte. Die Männer waren gefährlich, trainierte Söldner, die in unzähligen Konflikten ihre Kampffähigkeiten perfektioniert hatten. Wenn sie angriffen, würde es tödlich werden.

Plötzlich ertönte ein leises Piepen – alle Sensoren waren deaktiviert. „Geschafft," sagte Maren und richtete sich auf. „Der Zugang ist frei."

Olsen nickte, die Anspannung in seiner Brust wuchs. „Gut, dann los."

Vorsichtig schob er die schwere Metalltür auf. Dahinter offenbarte sich ein enger Treppenabgang, der tief in die Dunkelheit führte. Sie wussten, dass dies der einzige Weg war, um zum Bunker zu gelangen.

Unten wartete der „Schatten" – und vermutlich eine ganze Armee von Männern, die bereit waren, bis zum letzten Atemzug zu kämpfen.

„Bereit?" fragte Olsen und blickte Maren an.

Sie nickte entschlossen. „Lass uns das beenden."

Nach einem letzten tiefen Atemzug begaben sie sich auf den Weg nach unten – dem „Schatten" entgegen, der vermutlich schon in seinem Versteck auf sie wartete.

Finaler Schlag in Dubai

In der Dunkelheit des Bunkers bewegten sich Olsen und Maren wachsam durch die verlassenen Korridore. Die Luft war kalt und still, jeder ihrer Schritte hallte durch das unterirdische Versteck. Olsen wusste, dass dies der letzte Zufluchtsort des „Schatten" war, und hier würde alles entschieden werden.

„Dieser Ort ist eine Festung," sagte Maren leise, als sie sich umblickte. „Es gibt nur einen Weg rein und raus."

„Perfekt für ihn," antwortete Olsen. „Aber auch sein Grab, wenn wir schnell genug sind."

Ihre Schritte beschleunigten sich, als das Piepen eines Funksignals sie kurz innehalten ließ. Es war ein verschlüsseltes Signal, das aus Hamburg kam – Kramer.

„Ich habe eine Übertragung abgefangen," hörten sie Kramers ruhige Stimme über ihre Headsets. „Es gibt Hinweise auf eine Bombe im Zentrum des Bunkers. Sie ist mit mehreren Zündern ausgestattet."

Olsen sah Maren an, die ihren Blick verhärtete. „Also hat er uns doch eine Falle gestellt."

„Schaffst du es, sie zu entschärfen?" fragte Olsen und hörte das Zögern in Kramers Stimme.

„Es wird schwierig," antwortete Kramer. „Aber Maren hat die Fähigkeiten dafür. Ich kann ihr von hier helfen. Es gibt nur einen Timer, aber mehrere Sprengköpfe."

Olsen sah Maren fragend an. „Bist du bereit?"

Maren nickte, obwohl ihre Miene konzentriert und angespannt wirkte. „Es muss ja jemand tun. Ich mache das."

Kaum hatten sie den nächsten Korridor erreicht, als ein Elite-kommando des „Schatten" zuschlug. Im Gang tauchten plötzlich maskierte Männer auf – ein spezieller Kampftrupp, der auf den Schutz dieses Verstecks vorbereitet war. Ihre Waffen blitzten im düsteren Licht des Bunkers auf, und die erste Salve krachte durch den Raum.

„Deckung!" schrie Olsen, als die Kugeln um ihn herum einschlugen. Er zog Maren hinter eine Betonstütze, während das Team des „Schatten" unbarmherzig weiterfeuerte.

„Sie lassen uns nicht durch," flüsterte Maren und warf einen kurzen Blick um die Ecke. „Sie sind bereit zu sterben, um ihn zu schützen."

Olsen zischte vor Wut. „Wir müssen uns durchkämpfen. Die Bombe tickt."

Die Angreifer waren brutal und gut trainiert. Ihre Schüsse zielten präzise auf die Deckungen, hinter denen Olsen und Maren Schutz suchten.

Doch Olsen wusste, dass sie keine Wahl hatten. Sie mussten sich ihren Weg freischießen, oder sie würden hier enden, bevor sie den „Schatten" überhaupt erreichen konnten.

Mit einem schnellen Wink gab er Maren zu verstehen, dass sie zurückfeuern müssen. Ihre Kugeln trafen die ersten beiden Gegner, die mit dumpfen Schreien zu Boden sanken.

„Vorwärts," rief Olsen und schob sich weiter vor. Der Kampf war erbittert, der schmale Korridor ließ wenig Raum für Taktik, aber sie mussten weiter.

Nach einem intensiven Schusswechsel erreichten Olsen und Maren endlich die Tür zum innersten Heiligtum des „Schatten". Der Raum war eine unheimliche Mischung aus High-Tech-Überwachungssystemen und kalten Betonwänden. Aber im Zentrum des Raumes auf einem Tisch stand, was sie am meisten fürchteten – eine Bombe, deren Timer unerbittlich herunterzählte.

„Es sind nur noch zehn Minuten," sagte Kramer über das Headset aus Hamburg. „Maren, du musst sofort anfangen."

Maren kniete sich vor den Sprengsatz, während Olsen weiter den Raum absicherte. Die Bombe sah aus wie ein technisches Meisterwerk des Schreckens – sie war sorgfältig konstruiert, mit Drähten in verschiedenen Farben, die sich wie ein tödliches Netzwerk um den Sprengstoff wanden. Ein roter LED-Timer blinkte unaufhaltsam.

„Das ist kein einfacher Sprengsatz," murmelte Maren, als sie das Gehäuse vorsichtig öffnete. „Es gibt mindestens zwei Sicherungssysteme."

„Bleib ruhig," sagte Kramer beruhigend über das Headset. „Du hast das schon einmal gemacht. Konzentrier dich. Ich habe die Baupläne aus den Dokumenten analysiert, die wir aus dem IT-Zentrum haben. Der Aufbau könnte ähnlich sein. Zuerst die äußeren Drähte, dann die internen Zünder."

Maren wischte sich den Schweiß von der Stirn und begann, die Drähte zu inspizieren. Ihre Augen wanderten von den roten, blauen und gelben Kabeln zu einem kleinen metallischen Zylinder im Inneren der Bombe.

„Da ist ein Primärzünder, der den ganzen Mechanismus aktiviert," sagte sie leise, als ihre Finger die feinen Drähte berührten. „Aber hier... es gibt noch einen sekundären Zünder. Das bedeutet, wenn ich den falschen Draht durchschneide, geht alles sofort hoch."

Olsen spürte, wie sich die Anspannung in der Luft verdichtete. „Wie lange brauchst du?"

„Ich arbeite daran," antwortete sie, ihre Stimme fest, aber konzentriert.

Sie nahm ein kleines Spezialwerkzeug aus ihrer Tasche und begann, die ersten Verbindungen zu lösen. Jeder Handgriff musste perfekt sein – ein einziger Fehler, und es wäre vorbei.

Kramer sprach ruhig und gab Anweisungen, basierend auf den analysierten Plänen. „Das System ist doppelt gesichert, Maren. Du musst erst den primären Zünder deaktivieren, bevor du die Drähte anfasst. Der blaue Draht rechts könnte die erste Sicherung sein."

Maren überprüfte die Konfiguration und atmete tief ein. „Ja, ich sehe es. Der blaue Draht ist an den primären Zünder gekoppelt. Aber daneben ist ein verdeckter Mechanismus. Wenn ich den blauen Draht zu früh durchschneide, wird der sekundäre Zünder aktiviert."

Ihre Hände zitterten leicht, doch sie konzentrierte sich. Die Zeit tickte unerbittlich weiter, die rote Anzeige zeigte nur noch sieben Minuten.

„Okay," murmelte sie, als sie vorsichtig das Werkzeug ansetzte und begann, den ersten Draht zu lösen. Ihre Bewegungen waren präzise, doch jeder Schnitt fühlte sich wie ein Drahtseilakt an. „Der Primärzünder ist jetzt fast deaktiviert."

Olsen hielt die Augen auf die Eingänge des Raumes gerichtet, während das Klicken von Marens Werkzeug und das Ticken der Bombe die Stille füllte.

„Fünf Minuten noch," meldete sich Kramer wieder, diesmal mit einem ernsteren Ton. „Du bist fast durch, Maren. Aber vorsichtig, jetzt wird es kritisch."

„Ich weiß," sagte sie und arbeitete weiter mit atemberaubender Ruhe an der Zündung. „Der nächste Schritt... der rote Draht ist mit der sekundären Zündung verbunden. Sobald ich den Primärzünder deaktiviere, muss ich den roten Draht kappen."

Olsen stand hinter ihr, die Waffe fest im Griff, während er jeden möglichen Angriff erwartete.

Die Zeit lief ihnen davon – die Bombe tickte weiter, und draußen konnte jederzeit ein neuer Angriff des Spezial-Kampftrupps des „Schatten" erfolgen.

Plötzlich hörten sie eine kalte, ruhige Stimme. „Ihr seid schneller gekommen, als ich dachte."

Olsen drehte sich um und sah den Mann, den er so lange gejagt hatte. Der „Schatten" trat aus der Dunkelheit hervor, eine fast unnatürliche Ruhe lag in seiner Haltung. Seine Augen musterten Olsen kalt, als ob alles nur ein Spiel für ihn wäre.

„Das Spiel ist vorbei," sagte Olsen und richtete seine Waffe auf den Mann. „Du hast keine Chance mehr."

Der „Schatten" lächelte sanft, als ob Olsen ihn belustigte. „Ihr versteht es nicht, oder? Ich habe schon gewonnen. Selbst wenn ihr mich tötet, geht mein Plan weiter."

„Maren, wie sieht's aus?" rief Olsen, ohne den „Schatten" aus den Augen zu lassen.

„Noch ein paar Sekunden," murmelte sie und arbeitete fieberhaft weiter an der Bombe.

Der „Schatten" hob langsam die Hände, als wolle er zeigen, dass er keine Waffe trug. „Selbst wenn ihr diese Bombe entschärft – die Bruderschaft wird überleben. Ihr habt nur die Spitze des Eisbergs gesehen."

Olsen spürte den Zorn in sich aufsteigen, doch er wusste, dass sie ihn nicht provozieren durften. Der Mann war gefährlich – jeder Schritt, den er unternahm, war durchdacht.

„Noch ein Schritt, Maren," sagte Kramer leise über das Headset. „Konzentrier dich. Schneide den roten Draht durch – aber warte auf das richtige Signal."

Maren zitterte innerlich, doch ihre Hände blieben ruhig, fast mechanisch. „Noch 10 Sekunden," sagte sie leise zu sich selbst.

Der Schweiß lief ihr die Stirn hinunter, als sie das Werkzeug langsam an den roten Draht ansetzte. Die Sekunden fühlten sich wie Stunden an.

Maren setzte das Werkzeug an – die Zeit schien stillzustehen, als sie den roten Draht mit einem leichten Druck durchtrennte.

Stille. Für einen Moment schien die Zeit anzuhalten.

Dann erlosch das rote Licht der Bombe. Der Timer stoppte bei genau 3 Sekunden.

Der „Schatten" zog plötzlich etwas aus seiner Tasche. Eine kleine Fernbedienung, deren rote Leuchte aufblinkte.

„Stopp!" rief Olsen und richtete seine Waffe auf den Mann.

Der „Schatten" lächelte kalt. „Ihr dachtet wirklich, ich hätte nur eine Bombe vorbereitet? Ihr seid naiv."

Olsen spürte, wie das Adrenalin durch seinen Körper schoss. „Lass das Ding fallen," befahl er scharf.

„Ihr habt keine Kontrolle mehr," sagte der „Schatten" leise. „Mein Plan wird weitergehen, und keiner von euch kann ihn aufhalten."

Maren stand langsam auf. „Es ist vorbei," sagte sie fest. „Du hast keine Macht mehr."

Doch der „Schatten" bewegte seine Hand langsam in Richtung der Fernbedienung. „Sehen wir, wie viel Zeit ihr wirklich habt."

In einem kurzen Moment drückte er den Knopf, und ein grelles Licht blitzte auf. Doch statt einer Explosion hörten sie nur ein Summen – eine letzte Drohung, die sich als Bluff entpuppte.

„Das war's," sagte Olsen ruhig. „Deine Zeit ist um."

Olsen wusste, dass sie nicht zulassen konnten, dass der „Schatten" entkommt. Der Mann, der so viele Leben ruiniert und die Bruderschaft gelenkt hatte, würde alles daransetzen, zu überleben. Und doch war sein Gesicht nun von einer seltsamen Ruhe gezeichnet, als ob er das Ende akzeptierte.

„Ihr habt mich lange genug gejagt," sagte der „Schatten" mit einer fast gelassenen Stimme, während er ganz langsam eine kleine Phiole mit einer klaren, schimmernden Flüssigkeit aus seiner Tasche zog. Seine Bewegung war ruhig, fast feierlich. „Aber ich werde nicht zulassen, dass ihr mich wie ein Tier behandelt."

„Stopp!" rief Olsen, als er sah, wie der „Schatten" die Phiole an seine Lippen führte. Ein Schuss aus Olsens Waffe dröhnte durch den Raum, aber er verfehlte sein Ziel. Es war zu spät. Mit einem letzten, triumphierenden Lächeln trank der „Schatten" das Gift.

Der Moment zog sich in die Länge. Der „Schatten" ließ die leere Phiole fallen, sie klirrte leise auf dem Boden, und er sank langsam auf die Knie. Seine Augen wurden glasig, als das Leben aus ihm wich.

Selbst im Tod strahlte er einen Hauch von Überlegenheit aus – als hätte er die letzte Entscheidung doch noch selbst getroffen.

Olsen stand über ihm, während die Stille den Raum einnahm. Die tickende Bedrohung der Bombe war vorbei, der letzte Kampf war vorbei – und doch fühlte es sich nicht wie ein wirklicher Sieg an. Das Feuer des Adrenalins wich einer bedrückenden Schwere.

Maren trat neben Olsen und sah den „Schatten" an, der nun leblos auf dem Boden lag. Der Mann, der sie und so viele andere in den Abgrund gezogen hatte, war tot – aber die Last, die sie alle auf ihren Schultern trugen, blieb.

„Es ist vorbei," sagte Olsen leise, seine Stimme klang müde.

Maren atmete tief durch, ihre Hände zitterten noch leicht von der Anspannung der letzten Minuten. „Ja," sagte sie, aber in ihrer Stimme lag keine wirkliche Erleichterung.

„Doch nur für ihn," fügte Olsen hinzu und schaute auf den leblosen Körper hinab. „Die Bruderschaft lebt weiter. Sie werden nicht aufhören, nur weil ihr Anführer tot ist."

Maren nickte und wischte sich den Schweiß von der Stirn. Sie wusste, dass er recht hatte. Ein wichtiger Gegner war besiegt, aber die Maschinerie, die er geschaffen hatte, arbeitete noch weiter – im Verborgenen, tief in den Netzwerken der Bruderschaft.

„Wir müssen nach Hamburg zurück," sagte Olsen schließlich und richtete sich auf. „Kramer muss die Daten durchgehen, die wir hier gesammelt haben. Wir haben vielleicht das Zentrum gestoppt, aber die Tentakel der Bruderschaft reichen weiter."

Maren sah ihn an, ihre Augen ernst. „Glaubst du, das wird jemals enden?"

Olsen schwieg einen Moment, bevor er antwortete. „Es wird enden, wenn wir dafür sorgen, dass niemand die Bruderschaft weiterführen kann. Aber dafür müssen wir weiterkämpfen."

Der Raum fühlte sich plötzlich bedrückend leer an, als sie sich zum Ausgang wandten. Der „Schatten" war besiegt, aber sein Vermächtnis blieb – und die endgültige Zerschlagung der Bruderschaft lag noch vor ihnen.

Die Morgensonne über Dubai brannte schon früh auf die glänzenden Fassaden der Wolkenkratzer, als Olsen und Maren das Hotel verließen.

Die hektischen Ereignisse der letzten Tage hatten ihre Spuren hinterlassen. Olsen spürte den Druck auf seinen Schultern, den die Hitze der Stadt nur verstärkte.

Ibrahim wartete am Ausgang des Hotels mit seinem Wagen – der Mann, der ihnen so oft geholfen hatte, stand nun stumm da, während die Stadt um sie herum erwachte.

„Wir haben es geschafft," sagte Ibrahim leise und nickte ihnen zu, als sie die letzten Schritte zur Limousine machten. Seine Stimme klang fast überrascht, als könne er selbst noch nicht glauben, dass sie den „Schatten" tatsächlich gestellt hatten.

Olsen erwiderte den Blick, doch er war zu müde, um eine Antwort zu finden. Der „Schatten" war besiegt, aber der Sieg fühlte sich unvollständig an. Es war nicht das Ende, das er sich vorgestellt hatte – nicht für ihn, und sicher nicht für die Bruderschaft.

„Ihr wisst, dass dies noch nicht vorbei ist," fügte Ibrahim hinzu, als er den Kofferraum des Wagens schloss.

Maren nickte. „Ja, das wissen wir."

Der Abschied war kurz und wortlos. Olsen wusste, dass die Verbindungen, die sie hier in Dubai geknüpft hatten, noch nützlich sein könnten. Doch nun mussten sie nach Hamburg zurückkehren. Das nächste Kapitel wartete, und sie mussten sich darauf vorbereiten.

Der Flughafen von Dubai war so geschäftig wie immer, Menschen aus allen Ecken der Welt eilten an ihnen vorbei. Die Sicherheitskontrollen und Formalitäten gingen wie in Trance an ihnen vorüber. Olsen fühlte sich leer, wie ein Soldat nach einer Schlacht, der zwar überlebt hatte, aber immer noch das Echo des Kampfes in sich trug.

Während sie am Gate warteten, saßen Olsen und Maren schweigend nebeneinander. Sie sprachen nicht über den „Schatten", nicht über den Bunker oder die Bombe. Beide wussten, dass es noch viel zu verarbeiten gab.

Doch jetzt, in diesem Moment, schien es nichts zu sagen zu geben.

Zwischen ihnen herrschte nur Stille, durchbrochen gelegentlich von den Durchsagen der Fluggesellschaften, die Passagiere zu ihren Gates riefen.

„Denkst du, es wird jemals vorbei sein?" Maren durchbrach schließlich das Schweigen, ihre Stimme war ruhig, aber voller Zweifel.

Olsen starrte auf das Rollfeld draußen, beobachtete, wie ein Flugzeug in den Himmel abhob. „Ich weiß es nicht," antwortete er ehrlich. „Aber wir kommen einem Ende immer näher."

Der Flug von Dubai nach Hamburg verlief in gleichmäßiger Monotonie. Das leise Dröhnen der Triebwerke lullte Olsen in einen Zustand zwischen Schlaf und Wachsein. Doch selbst hier, in der scheinbaren Ruhe über den Wolken, kreisten seine Gedanken unaufhörlich um den „Schatten".

Wer war dieser Mann wirklich gewesen? In den letzten Stunden vor seinem Tod hatte er keine wirklichen Antworten geliefert, nur verschlüsselte Andeutungen. Selbst sein richtiger Name war noch unklar. Der „Schatten" – das war alles, was sie von ihm kannten. Ein Codename, ein Mythos, den er selbst zu seinem Schutz aufgebaut hatte.

Kramer hatte den Namen Vladimir Gavrilov aus den erbeuteten Dateien extrahiert – ein ehemaliger hochrangiger Geheimdienstoffizier, der in den Wirren nach dem Kalten Krieg in die Schattenwelt abgetaucht war. Er war der Mann gewesen, der die Bruderschaft von Anfang an gesteuert hatte.

Ein Phantom, das die globalen Finanzströme gelenkt und Kriege finanziert hatte, ohne jemals selbst im Rampenlicht zu stehen. Gavrilov war die Verkörperung des Bösen, das im Verborgenen operierte.

Olsen dachte an die letzten Minuten im Bunker zurück. Der „Schatten" hatte seine Rolle in der Bruderschaft akzeptiert – aber auch seinen Tod.

Sein Gesicht war gelassen gewesen, fast triumphierend, als er das Gift zu sich genommen hatte. Es war, als hätte er noch ein letztes Ass im Ärmel gehabt, einen letzten Plan, der über seinen Tod hinausgehen würde.

Maren saß neben Olsen und blätterte mechanisch durch einen Stapel Berichte. Auch sie schien von Gedanken abgelenkt zu sein, als ob sie nicht wirklich bei der Sache war. Beide wussten, dass der Tod des „Schatten" nicht das endgültige Ende bedeutete.

Die Bruderschaft war wie eine Hydra – ein Kopf mochte gefallen sein, doch viele weitere warteten nur darauf, an seine Stelle zu treten.

„Wir haben Gavrilov besiegt," sagte Olsen schließlich, ohne den Blick vom Fenster abzuwenden. „Aber wir haben nicht alles gestoppt. Seine Organisation ist immer noch da draußen."

„Was meinst du?" fragte Maren, obwohl sie die Antwort vermutlich schon kannte.

„Die Finanzströme, die Netzwerke. Sie sind tief verwurzelt. Gavrilov hat sie nicht allein aufgebaut. Da sind noch andere, die das Ruder übernehmen werden, wenn wir nicht weiter Druck machen."

Maren nickte langsam. „Aber wir haben einen großen Schritt gemacht. Ohne Gavrilov wird die Bruderschaft nicht mehr dieselbe sein."

Olsen schnaubte leise. „Vielleicht. Aber ich frage mich, ob er noch einen letzten Plan hatte, den wir nicht sehen."

Als das Flugzeug begann, seinen Sinkflug Richtung Hamburg einzuleiten, fühlte sich Olsen unruhig. Die Bruderschaft war angeschlagen, aber nicht vernichtet. Sie hatte ihren Anführer verloren, doch ihre Strukturen blieben intakt – und weiterhin gut verborgen.

„Was denkst du, was jetzt kommt?" fragte Maren leise und warf einen kurzen Blick aus dem Fenster.

Olsen schwieg einen Moment.

„Kramer ist in Hamburg," sagte er schließlich. „Er wird an den Daten arbeiten, die wir aus dem IT-Zentrum in Serbien gesichert haben. Vielleicht finden wir etwas, das uns zu den restlichen Strukturen führt. Wir können es uns nicht leisten, jetzt aufzuhören."

„Nein," stimmte Maren zu. „Aber vielleicht wird es nach Gavrilov leichter."

Olsen schaute sie an, seine Augen dunkel vor Sorge. „Leichter vielleicht. Aber nicht weniger gefährlich."

Letzte Verstrickungen

Die Sonne schien über Hamburg, als Olsen und Maren Starke an diesem klaren, aber kühlen Vormittag durch die Straßen fuhren. Nach den intensiven Einsätzen in Dubai und Serbien fühlte es sich fast surreal an, wieder im vertrauten Hamburg zu sein. Doch die Ruhe täuschte – die Bruderschaft war zwar angeschlagen, aber noch lange nicht vollständig besiegt. Es war ein trügerischer Moment des Friedens.

Im LKA, wo Kramer bereits auf sie wartete, sollte sich das Blatt endgültig wenden. Sie betraten das Gebäude, und sofort war die drückende Spannung der letzten Wochen wieder spürbar. Kramer hatte eine Nacht durchgearbeitet, das sah man ihm an. Dennoch funkelten seine Augen vor Entschlossenheit, als er sich über den Tisch beugte und auf den Monitor deutete.

„Ich habe was gefunden," sagte Kramer ohne Umschweife. Olsen und Maren wechselten einen Blick, bevor sie sich setzten.

„Ich habe in den Servern aus Serbien einen Bruchteil von Daten wiederherstellen können, der ursprünglich gesichert wurde, bevor wir sie gelöscht haben," erklärte Kramer und drehte den Monitor zu ihnen. „Die Bruderschaft hat ein Versteck, tief im Rhodopen-Gebirge in Bulgarien."

„Was wissen wir darüber?" fragte Olsen ruhig.

„Es ist ein abgelegener Ort, schwer zugänglich. Ein perfekter Rückzugsort für die verbliebenen Köpfe der Bruderschaft. Laut meinen Informationen halten sich dort mehrere hochrangige Mitglieder versteckt."

Kramer zoomte den Kartenausschnitt des Rhodopen-Gebirges näher heran. Die dichten Wälder erstreckten sich kilometerweit, und zwischen den Bergkämmen, in einer abgelegenen Region, lag ein unscheinbarer Punkt – das vermutete Versteck.

„Sie haben sich in den Rhodopen verschanzt, südlich von Plovdiv, in einem schwer zugänglichen Gebiet," erklärte Kramer. „Das Gebiet ist berüchtigt für seine dichten Wälder und steilen Klippen. Nur wenige kennen diese Region gut genug, um sie zu durchqueren. Es gibt kaum befestigte Straßen dorthin, was es für uns extrem schwierig machen wird, unbemerkt zu operieren."

Olsen ließ die Informationen einen Moment sacken, bevor er entschlossen nickte. „Das muss ihr letztes Versteck sein. Sie versuchen, sich neu zu formieren."

Maren trat näher an den Bildschirm. „Also das ist ihre letzte Bastion. Wenn wir sie dort erwischen, haben wir die Reste der Bruderschaft endgültig zerschlagen."

„Das wird kein leichter Einsatz," sagte Kramer. „Aber wenn wir sie in den Bergen fassen, wird das der endgültige Schlag gegen ihre operativen Strukturen sein."

Olsen verschränkte die Arme und blickte auf die Karte. „Wir müssen dorthin. Und zwar schnell."

Kramer nickte. „Ich habe bereits die ersten Vorbereitungen getroffen. Es gibt Kontaktpersonen in Bulgarien, die uns unterstützen können. Die örtlichen Behörden sind bereits informiert, und Europol wird uns mit Ausrüstung und Unterstützung versorgen. Wir müssen jedoch unauffällig agieren – die Bruderschaft darf keinen Wind von unserer Ankunft bekommen."

„Also dringen wir leise und unauffällig ins Gebiet ein," sagte Maren und verschränkte die Arme vor der Brust. „Wenn sie merken, dass wir kommen, werden sie fliehen."

Olsen nickte. „Genau. Sie haben noch zu viele Ressourcen, um vollständig enttarnt zu werden. Wir müssen schnell und präzise zuschlagen."

Sie einigten sich auf die Details des Einsatzes. Der Plan war es, in einem kleinen Team nach Bulgarien zu reisen, ohne Aufsehen zu erregen. Die Zusammenarbeit mit den bulgarischen Behörden und Europol war entscheidend, doch sie wollten verhindern, dass es zu viel Aufmerksamkeit auf sich zog. Der Erfolg hing von der Überraschung ab.

Nachdem Kramer die entscheidenden Hinweise zum Versteck der Bruderschaft geliefert hatte, wurde im LKA schnell klar, dass jeder Schritt jetzt perfekt geplant sein musste. Olsen und Maren saßen mit Kramer im Besprechungsraum, Karten und Berichte waren auf dem Tisch verteilt. Der Raum war erfüllt von angespannter Stille – jeder wusste, dass dies der letzte große Schlag gegen die Bruderschaft sein könnte.

„Wir reisen als kleines Team," begann Olsen, während er die Route auf der Karte verfolgte, die Kramer ihnen zeigte. „Unauffällig und schnell."

„Die bulgarischen Behörden sind bereit, uns zu unterstützen, aber sie haben uns geraten, den Einsatz so unauffällig wie möglich zu halten," fügte Kramer hinzu. „Je weniger wir in die Region eingreifen, desto besser. Das Rhodopen-Gebirge ist weitgehend unbesiedelt, und die wenigen Dörfer dort sind misstrauisch gegenüber Fremden. Wenn wir entdeckt werden, könnte die Bruderschaft Wind von uns bekommen."

Maren nickte und blickte von der Karte auf. „Wir brauchen eine klare Strategie. Sobald wir in Plovdiv sind, setzen wir die bulgarischen Kontaktpersonen ein, um uns so nah wie möglich an das Gebiet heranzuführen. Von da an bewegen wir uns zu Fuß."

„Richtig," sagte Olsen und deutete auf das unwegsame Gelände auf der Karte. „Das Gebiet ist extrem schwer zugänglich. Keine Fahrzeuge, keine Straßen – nur dichte Wälder und steile Pfade. Wir müssen alles mitnehmen, was wir für mehrere Tage im Wald brauchen."

„Ich habe die letzten Details bereits organisiert," fuhr Kramer fort. „Wir werden in Plovdiv mit der Ausrüstung versorgt. Das bulgarische Team wird uns nicht direkt begleiten, aber sie sichern das Gebiet, sodass niemand entkommen kann."

Olsen sah ihn ernst an. „Das ist gut. Wir dürfen keine Fehler machen. Dieses Mal müssen wir die letzten Köpfe der Bruderschaft fassen – kein Entkommen mehr."

Die Atmosphäre im Raum war elektrisierend. Jeder im Team wusste, dass dieser Einsatz alles entscheiden könnte. In den letzten Jahren hatten sie die Bruderschaft Stück für Stück geschwächt, doch dieser Schlag würde die Organisation endgültig zerschlagen.

„Also, machen wir uns bereit," sagte Olsen und erhob sich. „Es wird nicht leicht, aber das hier ist unsere beste Chance."

Der Tag des Aufbruchs kam schneller als erwartet. Olsen, Maren und Kramer bestiegen am frühen Morgen die Maschine nach Sofia, von wo aus sie nach Plovdiv weiterreisen würden.

Die Spannung lag in der Luft. Der kommende Einsatz würde entscheidend sein, nicht nur für sie, sondern für den gesamten Kampf gegen die Bruderschaft.

Während des Fluges ging Olsen die Informationen immer wieder durch. Die Rhodopen waren weit entfernt von den High-Tech-Schauplätzen in Dubai oder den Städten Europas, in denen sie bisher operiert hatten. Doch gerade die Abgeschiedenheit und die Wildheit der Gegend machten dieses Gebiet zum perfekten Versteck.

„Denkst du, wir erwischen sie dieses Mal alle?" fragte Maren leise, als sie aus dem Fenster des Flugzeugs blickte.

Olsen lehnte sich zurück. „Wir müssen. Wenn sie dort entkommen, haben sie immer noch genug Einfluss, um zurückzukehren."

Nach der ruhigen Zwischenlandung in Plovdiv bestieg das Team einen kleineren Helikopter, der sie näher an das unwegsame Rhodopen-Gebirge heranbringen sollte. Ihr Ziel war ein winziger, abgelegener Außenposten, tief in den südlichen Wäldern Bulgariens, nahe der Grenze zu Griechenland. Dieser Ort war als Trigrad bekannt, ein kleines Dorf, versteckt zwischen den Bergen, das nur über schmale Bergstraßen zu erreichen war.

„Das hier ist unsere Basis," sagte Olsen, als sie auf den Helikopter warteten. „Von Trigrad aus müssen wir zu Fuß weiter."

Die Anspannung wuchs, als der Helikopter über die wilden und dichten Wälder flog. Die schroffen Bergkämme und tiefen Schluchten unter ihnen ließen keinen Zweifel daran, wie abgelegen dieses Gebiet war. Kaum jemand verirrt sich in diese Region – perfekt für die Bruderschaft, um sich zu verstecken.

Die Landung auf der Rollbahn des improvisierten Außenpostens war hart. Eine kleine Gruppe bulgarischer Sicherheitskräfte empfing sie und übergab ihnen die Ausrüstung für die bevorstehende Mission. Trigrad würde ihr letzter logistischer Halt sein, bevor sie zu Fuß in die Tiefen des Waldes aufbrechen würden.

„Hier endet unsere komfortable Anreise," sagte Maren trocken, als sie die Ausrüstung überprüfte.

Olsen nickte. „Von hier an geht's nur noch zu Fuß. Es wird keine leichten Wege geben, und wir müssen vorsichtig sein."

Die Wildnis vor ihnen war gnadenlos, und Olsen wusste, dass der Weg ins Herz der Rhodopen alles von ihnen fordern würde.

Am frühen Morgen kroch die Kälte des Rhodopen-Gebirges durch den dichten Wald, als Olsen und Maren sich auf den Weg machten. Die bulgarischen Sicherheitskräfte hatten ihnen die Route gezeigt, die zum Kloster der Heiligen Kyriaki führte. Diese uralte Stätte, die einst Pilger aus der ganzen Region anzog, war nun ein verfallener und vergessener Ort – perfekt für die verbliebenen Mitglieder der Bruderschaft, um unterzutauchen. Die verschlungenen Pfade, die in das Herz der Wildnis führten, waren längst von der Natur zurückerobert worden.

„Es ist seltsam," murmelte Maren, als sie sich durch das dichte Gestrüpp kämpften. „Ein Ort der Heiligen Kyriaki – jetzt Zuflucht für Kriminelle."

„Ironisch, aber nicht ungewöhnlich," erwiderte Olsen. „Orte wie dieser bieten Schutz und Abgeschiedenheit. Die Bruderschaft hat klug gehandelt, das Kloster zu wählen."

Die bulgarische Kontaktperson, ein älterer Mann mit tiefen Falten und stahlblauen Augen, nickte. „Das Kloster ist weit mehr als ein Versteck. Es wurde vor Jahrhunderten gegründet, und es gibt viele Geschichten über Wunder und Schutzpatronen. Doch nun ist es verflucht, heißt es." Er lachte trocken. „Zumindest für die, die sich dorthin flüchten."

„Wie weit noch?" fragte Maren, während sie über einen glitschigen Baumstamm kletterte.

„Bald werden wir die ersten alten Mauern sehen," antwortete der Mann und blickte über seine Schulter. „Es liegt direkt hinter dem nächsten Hügel."

Sie stiegen weiter, jeder Schritt auf dem schmalen Pfad hallte in der Stille wider. Das Gefühl der Isolation nahm zu, je weiter sie ins Herz des Waldes vordrangen. Die alten Bäume, die das Kloster umgaben, wirkten wie stumme Wächter eines vergessenen Geheimnisses. Nach einigen Stunden des Marschierens erreichten sie eine Anhöhe, von der aus man auf das verlassene Kloster blicken konnte.

Die Ruinen zeichneten sich in der Ferne ab, teils von Nebel verhüllt, teils von den Bäumen verdeckt. Das alte Bauwerk wirkte wie ein Relikt aus einer anderen Zeit – und gleichzeitig wie eine Festung, die tief im Wald versteckt lag.

„Dort ist es," flüsterte Maren und richtete ihr Fernglas auf die Struktur.

Olsen nahm das Fernglas und musterte die Szenerie. Das Kloster war in einem beklagenswerten Zustand – zerfallene Mauern, eingestürzte Türme und Moos, das die Steine überwucherte. Doch es war deutlich zu erkennen, dass hier Leben war. Auf einem der Höfe sah er Bewegung – zwei Gestalten, die wachsam das Gelände beobachteten.

„Sie sind vorbereitet," sagte Olsen leise. „Das Kloster mag alt sein, aber sie haben es in eine moderne Festung verwandelt."

Maren nickte. „Es gibt keine Fahrzeuge, keine sichtbaren Straßen. Der Zugang ist begrenzt – sie haben die Oberhand."

Die Spannung im Team wuchs. Sie wussten, dass es sich bei der Bruderschaft nicht um Amateure handelte. Die Männer, die sich hier verschanzt hatten, waren gefährlich und bereit, ihr Leben zu verteidigen. Jeder Schritt in Richtung Kloster könnte das letzte Signal für eine tödliche Falle sein.

„Wir dürfen keinen Fehler machen," warnte Olsen. „Wir müssen beobachten, planen und im richtigen Moment zuschlagen. Die Gegner sind uns zahlenmäßig überlegen, aber wir haben den Überraschungseffekt auf unserer Seite."

Das Team hielt inne und beobachtete die Wachen, die um das Kloster patrouillierten. Es war klar, dass die Bruderschaft diesen Ort nicht nur als Versteck, sondern als Operationsbasis nutzte.

Der Hof war von mehreren Männern besetzt, die sorgfältig ihre Waffen trugen – moderne Sturmgewehre, Funkgeräte und taktische Ausrüstung, die auf professionelle Söldner hinwies.

„Sie haben Wachwechsel," stellte Maren fest, als sie die Bewegungen der Männer verfolgte. „Jede halbe Stunde kommt Verstärkung. Sie wissen, dass jemand nach ihnen suchen könnte."

Olsen nickte. „Sie sind verdammt gut vorbereitet. Das macht unseren Job schwieriger, aber es bedeutet auch, dass wir auf der richtigen Spur sind. Sie verstecken sich nicht nur – sie koordinieren etwas."

Durch das Fernglas konnte Olsen erkennen, dass es mehrere Zugänge zum Kloster gab. Ein großer Haupteingang, der von zwei Wachen bewacht wurde, und kleinere Nebeneingänge, die wahrscheinlich früher als Lagerräume dienten.

„Sieht aus, als wäre der Nebeneingang unsere beste Option," sagte Olsen. „Wir müssen die Patrouillen genau im Auge behalten. Sobald wir wissen, wann die Wachen am schwächsten sind, schlagen wir zu."

Die bedrohliche Stille des Waldes, durchbrochen nur vom leisen Rauschen der Bäume, verstärkte die Anspannung. Jeder von ihnen wusste, dass der kleinste Fehler tödlich enden könnte.

Zurück im improvisierten Lager, das sie am Rand des Waldes errichtet hatten, entwarf Olsen mit Maren und den bulgarischen Agenten einen detaillierten Plan. Der Zugriff musste präzise und ohne Verzögerung erfolgen. Sie wussten, dass die Bruderschaft keine Gnade zeigen würde, falls sie entdeckt wurden.

„Es gibt einen alten, fast eingestürzten Tunnel auf der Nordseite," erklärte einer der bulgarischen Kontaktleute. „Früher wurde er genutzt, um Vorräte ins Kloster zu bringen. Er könnte ein versteckter Zugang sein."

„Wie sicher ist dieser Tunnel?" fragte Maren skeptisch. „Wenn er einstürzt, sind wir gefangen."

„Es ist ein Risiko, ja," räumte der Mann ein. „Aber es ist unsere beste Chance, ungesehen in das Kloster zu gelangen."

Olsen sah auf die Karte, die vor ihm ausgebreitet war. „Wir müssen das in Betracht ziehen. Der direkte Weg ist zu gefährlich – sie haben den Haupteingang stark gesichert. Der Tunnel könnte uns den Vorteil verschaffen, den wir brauchen."

„Und was ist mit ihrer Kommunikation?" fragte Maren. „Wir müssen verhindern, dass sie Verstärkung rufen."

Kramer, der aus der Ferne das Team über Funk unterstützte, meldete sich: „Ich kann versuchen, ihre Kommunikationskanäle zu blockieren. Wenn sie Funkgeräte verwenden, könnten wir ihre Signale stören. Aber das wird nicht lange anhalten."

„Das reicht," sagte Olsen. „Sobald wir drinnen sind, gibt es keinen Weg zurück. Wir müssen schnell sein."

In den nächsten Stunden beobachteten Olsen und Maren weiterhin die Patrouillen und sammelten so viele Informationen wie möglich. Der Plan war riskant, doch es gab keine andere Wahl. Die Bruderschaft durfte keine Zeit haben, ihre Pläne umzusetzen oder zu fliehen.

„Der Nebeneingang ist unser Ziel," flüsterte Olsen und deutete auf einen versteckten Zugang, der in die Klostermauern führte. „Wenn wir diesen Tunnel benutzen, haben wir eine Chance, sie zu überraschen."

„Aber wir dürfen uns nicht sicher fühlen," fügte Maren hinzu. „Sie haben das Kloster gut gesichert. Es wird kein leichter Zugriff."

Während der Nacht studierten sie jede Bewegung, analysierten die Positionen der Wachen und notierten sich die Zeiträume, in denen der Patrouillenwechsel stattfand. Jeder Fehler konnte dem Team das Leben kosten, und Olsen wusste, dass sie jetzt ihren Instinkten vertrauen mussten.

Der nächste Morgen brach an, und alle waren bereit. Ihre Ausrüstung war überprüft, die Waffen geladen, und jeder war auf seine Rolle vorbereitet. Der Plan war einfach, aber riskant: Sie würden den Tunnel nutzen, um unbemerkt in das Kloster einzudringen, und dann gleichzeitig die inneren Bereiche des Klosters angreifen.

„Es wird nicht einfach," sagte Olsen, als sie sich um die Karte versammelten. „Aber dies ist unsere Chance, die letzten Köpfe der Bruderschaft zu erwischen."

Maren blickte in die Ferne, wo das Kloster im Nebel verschwand. „Es ist unser letzter Schlag. Wenn wir hier scheitern, war alles umsonst."

„Wir werden nicht scheitern," sagte Olsen fest. „Nicht jetzt, wo wir so nah dran sind."

Das Team legte die Ausrüstung an, und die Stille des Waldes wurde lediglich vom sanften Rascheln der Blätter unterbrochen. Sie waren bereit – bereit, die letzte Bastion der Bruderschaft zu stürmen und das Netz endgültig zu zerschlagen.

Der Morgen dämmerte leise über den dichten Wäldern der Rhodopen, und das alte Kloster der Heiligen Kyriaki stand still in der Ferne. Olsen stand mit Maren Starke und dem kleinen bulgarischen Unterstützungsteam in der kalten Morgenluft, verborgen hinter den hohen Bäumen, die das Gelände umschlossen. Ein Nebel hing wie ein Schleier über dem Wald und tauchte die Szenerie in eine gespenstische Atmosphäre. Alles schien ruhig, aber jeder im Team wusste, dass der Moment der Entscheidung gekommen war.

Olsen warf einen Blick auf seine Uhr. „Es ist so weit," murmelte er. Das Team hatte die ganze Nacht gewartet, das Kloster umzingelt und jeden ihrer Schritte geplant. Sie wollten im Schutz des Morgens zuschlagen, bevor die Bruderschaft überhaupt realisierte, dass sie gefunden worden waren. Der Überraschungsmoment war ihre größte Waffe – aber auch ihr größtes Risiko. Die Informationen aus den Observationsberichten bestätigten, dass das Kloster schwer bewacht war. Die Bruderschaft hatte Leibwächter um sich geschart, die bis zum Letzten kämpfen würden, um ihr Versteck zu schützen.

„Wir sind bereit," flüsterte Maren und blickte durch ihr Fernglas auf das alte Gemäuer. „Es gibt keine Bewegung draußen, aber das kann sich schnell ändern."

Olsen nickte knapp und gab das Zeichen an die Männer von Europol und an die bulgarischen Spezialkräfte weiter, die sich am Rand des Klosters positioniert hatten. Jeder war in Position. „Los geht's," sagte er leise.

Langsam und beinahe lautlos begannen sie ihren Vorstoß. Olsen und Maren führten die Spezialeinheit an, geduckt und wachsam, als sie den offenen Platz vor dem Kloster überquerten. Die alten Mauern erhoben sich wie ein dunkler Koloss über ihnen, moosbewachsen und verfallen, doch die Gefahr darin war real. Der Plan war klar: Sie würden unbemerkt ins Kloster eindringen, die Führungsmitglieder der Bruderschaft festnehmen und das Netzwerk zerschlagen.

Das Herz klopfte schneller in Olsens Brust, als sie den Eingang des Klosters erreichten. Die Stille war beunruhigend, fast erdrückend. Er wusste, dass die Wachen der Bruderschaft drinnen lauerten. Sie würden sich nicht kampflos ergeben, und jeder Fehler konnte verheerend sein.

„Bereit?" flüsterte Olsen, während er Maren einen Blick zuwarf. Sie nickte, ihre Augen voller Konzentration.

Doch in genau diesem Moment spürte Olsen ein merkwürdiges Kribbeln im Nacken – das ungute Gefühl, dass sie beobachtet wurden.

„Deckung!" schrie er plötzlich, als die ersten Schüsse aus den Fenstern des Klosters hagelten. Die Bruderschaft hatte sie entdeckt.

Ein brutales Feuergefecht entbrannte. Die Leibwächter der Bruderschaft schossen aus den Fenstern und Torbögen des Klosters, und Olsen und sein Team warfen sich auf den Boden, während die Kugeln um sie herum einschlugen.

„Zurückziehen!" rief Olsen, doch sie hatten keine Zeit, sich neu zu formieren. Die Bruderschaft hatte den ersten Schlag ausgeführt, und sie würden keine Gnade walten lassen.

Maren duckte sich hinter eine Steinmauer, ihr Blick auf Olsen gerichtet. „Wir müssen näher ran, sonst kriegen sie uns einen nach dem anderen!" rief sie durch den Lärm der Schüsse.

Olsen wusste, dass sie recht hatte. Der ursprüngliche Vorteil eines Überraschungsmoments war verloren, aber sie konnten das Kloster nicht aufgeben.

„Wir müssen durchbrechen!" schrie er, während er sein Team nach vorn kommandierte. „Deckungsfeuer!"

Das Team von Europol und den bulgarischen Einheiten schoss zurück, während Olsen und Maren sich an der Seite des Klosters entlang schlichen, auf der Suche nach einem alternativen Eingang. Das alte Gemäuer bot genug Deckung, doch die Wachen der Bruderschaft waren zäh. Sie schossen aus jeder Ecke, jede Kugel zielgerichtet, um die Angreifer aufzuhalten.

Nach einem brutalen Feuerwechsel gelang es Olsen und Maren, das Kloster durch eine seitliche Tür zu betreten. Der Eingang war eng, und die Luft war schwer und stickig. Olsen spürte die Anspannung in seinen Gliedern, als sie sich vorsichtig durch die dunklen Korridore bewegten. „Wir sind drin," flüsterte er ins Funkgerät. „Aber es wird nicht leicht. Bleibt draußen, bis wir den Weg freigemacht haben."

Drinnen herrschte eine unheimliche Stille. Die Schritte hallten auf den alten Steinfliesen wider, und jeder Schatten schien sich zu bewegen. Sie wussten, dass die Bruderschaft hier irgendwo war – versteckt und bereit zum Kampf. Olsen hielt seine Waffe vor sich, sein Atem ging flach, als er die Dunkelheit durchquerte.

Plötzlich hörten sie ein Geräusch, das von hinten kam – schwere Schritte, dann das metallische Klicken einer Waffe.

„Kontakt!" rief Olsen, als aus einem Nebenraum eine Gruppe bewaffneter Männer stürmte.

Das Feuergefecht entbrannte erneut, und die Wände schienen unter dem ohrenbetäubenden Lärm der Schüsse zu vibrieren.

Es gab keinen Ausweg mehr. Olsen und sein Team waren tief im Kloster, eingekesselt von den Leibwächtern der Bruderschaft, die erbittert kämpften. Die Kugeln pfiffen durch die engen Gänge, und die Wände waren von Einschusslöchern übersät. Die Mitglieder der Bruderschaft hatten sich in den inneren Räumen verschanzt, und es war klar, dass sie nicht kampflos aufgeben würden.

„Vorsicht!" rief Maren, als sie eine der Wachen niederstreckte, der aus einer Ecke sprang. „Wir müssen uns nach oben durchkämpfen!" Olsen nickte, und gemeinsam stürmten sie eine alte Wendeltreppe hinauf, die in den oberen Teil des Klosters führte. Der Feind war überall, aber sie hatten keine Wahl. Rückzug war keine Option mehr.

Oben angekommen, fanden sie eine Gruppe der verbliebenen Anführer der Bruderschaft – Männer, die sich verzweifelt in den Gemäuern verschanzten. Doch auch hier war der Widerstand hart. „Gebt auf!" rief Olsen, doch die Antwort kam in Form von Schüssen.

Der Kampf tobte unbarmherzig weiter, doch Olsen spürte, dass die Entschlossenheit der Bruderschaft langsam nachließ. Die Leibwächter der verbliebenen Anführer kämpften verbittert, doch einer nach dem anderen fiel unter dem konzentrierten Feuer des Spezialteams.

„Vorwärts! Wir haben sie fast!" rief Olsen, als sie endlich den Hauptsaal des Klosters erreichten. Ein monumentaler Raum, hoch und erhaben, mit einer großen hölzernen Tafel in der Mitte, an der die Mitglieder der Bruderschaft wahrscheinlich ihre letzten Pläne geschmiedet hatten. Der Raum war in düsteres Halbdunkel getaucht, die einzigen Lichtquellen waren die

Taschenlampen der Angreifer, die über den bröckelnden Stein-
boden glitten.

„Da vorne!" Maren deutete auf den gegenüberliegenden Teil des
Raumes, wo sich einige Männer hastig hinter der Tafel ver-
schanzt hatten. Es waren die letzten Reste der Anführer –
Männer, die Olsen jahrelang gejagt hatte, die unter dem
Schutz des „Schatten" ihr Imperium aufgebaut hatten. Nun sa-
hen sie, dass alles zusammenbrach.

„Gebt auf! Es ist vorbei!" rief Olsen, doch die Antwort war das
Klicken von Waffen, das den bevorstehenden Widerstand an-
kündigte.

Plötzlich hallten Schüsse durch den Raum, und Olsen und
sein Team warfen sich in Deckung. Die Anführer der Bruderschaft versuchten, ihre letzte Bastion bis zum bitteren Ende zu
verteidigen. Der Raum füllte sich mit dem schrillen Knallen der
Schüsse, während die Kugeln die alten Steinmauern zerfetzten.
Trümmer flogen durch die Luft, und der Staub legte sich wie
ein Schleier über die Szene.

„Bleibt unten!" rief Olsen, während er sich weiter vorarbeitete.
Jede Sekunde zählte. Die Mitglieder der Bruderschaft mussten
lebend gefangen genommen werden – sie waren der Schlüssel,
um das Netzwerk endgültig zu zerschlagen. Ein weiterer
Schuss löste sich, und Olsen spürte den Einschlag dicht neben
sich, als eine Kugel nur wenige Zentimeter an seinem Kopf vorbeizischte.

„Wir müssen näher ran!" Maren warf sich neben ihn, das Gesicht schmutzig von Staub und Schweiß. Sie hatten keine
Wahl mehr – der Widerstand der Bruderschaft war unerbittlich. Olsen nickte ihr knapp zu. Sie wussten beide, dass dies
der entscheidende Moment war. Wenn sie jetzt nicht durchbrachen, würden sie den Zugriff verlieren.

Olsen gab das Signal. Mit einem koordinierten Angriff stürmte
sein Team nach vorn, über die zerbrochenen Steinplatten

hinweg. Die restlichen Leibwächter der Bruderschaft fielen in den letzten, verzweifelten Schüssen. Olsen spürte das Adrenalin in seinen Adern, als er und Maren die letzten Meter bis zur Tafel zurücklegten.

Einer der hochrangigen Anführer der Bruderschaft, ein hagerer Mann mit tiefen Furchen im Gesicht, stand auf. Sein Blick war starr vor Angst, doch seine Hände zitterten nicht, als er die Waffe hob.

Doch Maren war schneller. Mit einem präzisen Schuss traf sie ihn in die Schulter, er fiel zurück und verlor dabei seine Waffe.

„Es ist vorbei!" rief sie und richtete ihre Waffe auf die verbliebenen Männer.

Das Echo ihrer Worte hallte in dem riesigen Raum wider. Der Kampf war zu Ende. Die Männer, die noch in der Lage waren, zu kämpfen, ließen ihre Waffen fallen und hoben die Hände. Die letzten Funken von Widerstand verglühten in ihren Augen.

Olsen ging zu dem Anführer der Bruderschaft, der mit einem schmerzerfüllten Gesicht gegen die Tafel lehnte.

„Das Imperium ist gefallen. Es gibt kein Entkommen mehr." Der Mann starrte ihn an, sein Stolz gebrochen, seine Macht dahin. Er sagte kein Wort.

Es war vorbei. Die Bruderschaft, die so lange im Schatten operiert hatte, war zerschlagen. Das alte Kloster, das als ihr letztes Versteck diente, war nun in den Händen der Behörden.

Olsen atmete tief durch und blickte in den Raum, wo die gefangenen Männer der Bruderschaft von den Spezialeinheiten in Handschellen abgeführt wurden. Der Kampf war gewonnen, aber der Krieg fühlte sich noch nicht wirklich vorbei an.

Die Sonne begann gerade sich über den dichten Wäldern Bulgariens zu erheben, als die Konvois mit den gefangenen

Mitgliedern der Bruderschaft auf die Autobahn Richtung Sofia rollten.

Unter schwerer Bewachung wurden die festgenommenen Anführer in gepanzerten Fahrzeugen transportiert. Ziel war eine Hochsicherheitsanlage, eine von der bulgarischen Regierung errichtete Festung, die speziell für die gefährlichsten Kriminellen des Landes genutzt wurde. Olsen und Maren fuhren im vordersten Wagen mit, ihre Augen aufmerksam auf den vorbeiziehenden Verkehr gerichtet, bereit für jede mögliche Bedrohung.

„Es fühlt sich seltsam an," sagte Maren, als sie auf die gefesselten Männer im hinteren Fahrzeug blickte. „Diese Männer haben so viel Chaos und Leid verursacht, und jetzt... jetzt ist es einfach vorbei."

Olsen nickte, während er die unendlichen Straßen vor ihnen betrachtete. „Zumindest für sie ist es vorbei. Aber wir wissen beide, dass die Auswirkungen ihrer Machenschaften noch lange nachwirken werden." Seine Stimme war ruhig, aber voller Entschlossenheit.

Sie näherten sich der Hauptstadt, und die gewaltige Silhouette der Hochsicherheitsanlage tauchte am Horizont auf. Ein kalter, monolithischer Bau, umgeben von Wachtürmen und hohen Zäunen, die mit Stacheldraht gesichert waren. Hier würde die Bruderschaft ihr Ende finden, eingesperrt und ohne Möglichkeit zur Flucht.

Die Fahrzeuge hielten vor einem massiven Stahltor. Wachposten, bewaffnet bis an die Zähne, überwachten jeden Schritt. Die Türen der gepanzerten Fahrzeuge öffneten sich schwerfällig, und die gefesselten Anführer der Bruderschaft wurden unter strenger Bewachung herausgeführt. Ihre Gesichter waren von einer kalten Ruhe gezeichnet, als ob sie wüssten, dass dies das Ende ihrer Freiheit bedeutete.

Olsen und Maren traten zur Seite und beobachteten, wie die bulgarischen Spezialeinheiten die gefangenen Männer in die Anlage führten.

Jeder Schritt hallte auf dem Betonboden wider, als die Gefangenen durch die Tore gingen, die sich mit einem metallischen Dröhnen hinter ihnen schlossen.

„Das war's," murmelte Maren leise. „Kein Entkommen mehr."

„Ja," antwortete Olsen. „Aber das ist nur der Anfang. Die Prozesse werden lange dauern, und die Netzwerke, die sie aufgebaut haben, müssen vollständig zerschlagen werden." Sein Blick blieb auf den schweren Mauern des Gefängnisses hängen. „Wir haben einen großen Schritt gemacht, aber die Arbeit ist noch nicht vorbei."

Die Gefangenen wurden in die inneren Bereiche der Anlage geführt, wo sie unter strengsten Sicherheitsvorkehrungen auf ihre Gerichtsverfahren warten würden. Internationale Ermittler würden bald eintreffen, um die Anklagen zu erheben und die Verantwortlichen zur Rechenschaft zu ziehen.

Olsen und Maren saßen in einem der Besprechungsräume der Hochsicherheitsanlage, während sie auf das Eintreffen der bulgarischen Behörden und der Europol-Verbindungsbeamten warteten. Die Atmosphäre war ruhig, aber erfüllt von einer leisen Zufriedenheit. Der Erfolg ihrer Mission war deutlich – die Bruderschaft war zerschlagen, und ihre wichtigsten Köpfe saßen nun hinter Gittern.

„Ich hätte nie gedacht, dass wir so weit kommen," sagte Maren und lehnte sich zurück. „All die Jahre der Jagd, der Rückschläge... und jetzt sitzen sie endlich dort, wo sie hingehören."

Olsen nickte, während er auf seine Notizen blickte. „Es war ein langer Weg. Aber es zeigt, dass man mit genug Entschlossenheit selbst die gefährlichsten Netzwerke zerschlagen kann."

Die Tür öffnete sich, und ein ranghoher Beamter der bulgarischen Behörden betrat den Raum. „Herzlichen Glückwunsch, Herr Olsen. Das war ein großer Erfolg. Wir werden jetzt alles daransetzen, dass diese Männer für ihre Verbrechen vor Gericht gestellt werden."

Olsen schüttelte die Hand des Beamten und nickte. „Das ist alles, was wir uns erhoffen können. Der Kampf gegen diese Art von Verbrechen endet nie, aber heute haben wir einen bedeutenden Sieg errungen."

Nachdem die Formalitäten abgeschlossen waren, machte sich das Team bereit, die Hochsicherheitsanlage zu verlassen. Draußen wartete ein Hubschrauber, der sie zurück zum Flughafen in Sofia bringen würde. Die Sonne stand hoch am Himmel, und die schwere Last der letzten Monate schien für einen Moment von ihren Schultern genommen.

„Es fühlt sich gut an, oder?" fragte Maren, als sie neben Olsen auf den Hubschrauber zuging. „Zu wissen, dass sie nicht mehr entkommen können?"

„Ja," antwortete Olsen mit einem leichten Lächeln. „Es fühlt sich gut an. Aber ich weiß auch, dass noch mehr auf uns zukommen wird."

Maren nickte, und sie stiegen gemeinsam in den Hubschrauber. Als die Rotorblätter sich in Bewegung setzten, spürten sie beide, wie sich das Kapitel langsam dem Ende zuneigte. Die Bruderschaft, die jahrelang unantastbar schien, war endlich gestürzt. Doch tief in Olsens Gedanken blieb die Erkenntnis, dass dieser Kampf nie wirklich enden würde.

Der Flug zurück nach Hamburg verlief ruhig. Olsen und Maren saßen still nebeneinander, jeder in seine eigenen Gedanken versunken. Der Erfolg der Mission in Bulgarien war unbestreitbar, doch der Weg, der vor ihnen lag, schien immer noch lang und steinig zu sein.

„Glaubst du, es ist wirklich vorbei?" fragte Maren, als sie durch das Fenster auf die Wolken blickte.

„Zumindest für diese Männer," antwortete Olsen nachdenklich. „Doch es gibt immer noch andere, die im Verborgenen lauern. Es wird niemals vollständig vorbei sein. Aber wir haben einen entscheidenden Schritt vorwärts gemacht."

Als das Flugzeug in Hamburg landete und sie ausstiegen, fühlten sie die kühle, frische Luft des norddeutschen Herbstes auf ihren Gesichtern. Es war eine willkommene Rückkehr nach den Monaten intensiver Verfolgung und Kämpfe.

„Zurück ins LKA?" fragte Maren, als sie gemeinsam in Richtung Ausgang gingen.

„Ja," sagte Olsen mit einem leisen Seufzen. „Es gibt noch viel zu tun."

Doch für einen Moment, während sie durch die Straßen Hamburgs fuhren, spürte Olsen eine seltsame Ruhe.

Der Kampf war gewonnen, und die Bruderschaft war gefallen.

Die Abrechnung

Nach der Zerschlagung der Bruderschaft und der Verhaftung ihrer Mitglieder in Europa und Asien begann die wahre Dimension ihres Einflusses ans Licht zu kommen. Kramer hatte während seiner Untersuchungen zahlreiche Hinweise auf die Verbindungen der Bruderschaft zu hochrangigen Politikern und Geschäftsleuten in Europa aufgedeckt. Was zunächst als Verdacht galt, entfaltete sich nun zu einem riesigen Skandal, als die ersten Beweise in die Öffentlichkeit drangen. Dokumente, die im IT-Zentrum der Bruderschaft und bei den letzten Operationen sichergestellt wurden, enthüllten eine beunruhigende Tatsache: Die Bruderschaft hatte es geschafft, sich tief in politische Kreise in Deutschland, Frankreich und Großbritannien einzuschleusen.

Die Verstrickungen, die nun bekannt wurden, hatten weitreichende Folgen. In Deutschland war es besonders schockierend, als sich herausstellte, dass einige der wichtigsten Entscheidungsträger Verbindungen zur Bruderschaft unterhielten. Minister und Abgeordnete, die bisher als Vorbilder der politischen Integrität gegolten hatten, wurden beschuldigt, mit der kriminellen Organisation kollaboriert zu haben.

Sie hatten nicht nur Gelder der Bruderschaft gewaschen, sondern auch Einfluss genommen, um Gesetze zu manipulieren, die den Machenschaften der Bruderschaft zugutekamen. Viele dieser Enthüllungen wurden von mutigen Whistleblowern aus den Regierungsbehörden unterstützt, die jahrelang in Angst gelebt hatten und nun endlich ihre Geschichten erzählen konnten.

Auch in Frankreich und Großbritannien zeigten sich ähnliche Muster. Dort waren es ebenfalls Politiker, die über geheime Kanäle Gelder der Bruderschaft in politische Kampagnen investiert hatten. Einige dieser Politiker hatten sogar direkt von den illegalen Aktivitäten der Bruderschaft profitiert.

Als die Medien begannen, diese Verstrickungen zu enthüllen, breitete sich eine Welle der Empörung unter der Bevölkerung aus. Menschen forderten Erklärungen, Rücktritte und Gerechtigkeit.

Die Reaktionen auf diese Enthüllungen ließen nicht lange auf sich warten. In Deutschland trat der erste Minister nur wenige Tage nach der Veröffentlichung der ersten belastenden Beweise zurück. Was als kleiner Rücktritt begann, entwickelte sich rasch zu einer Kettenreaktion, die das politische System in den Grundfesten erschütterte. Ministerien wurden durchleuchtet, politische Karrieren endeten abrupt, und die Ermittlungsbehörden erhoben reihenweise Anklagen.

Was die meisten überraschte, war die Tiefe der Korruption – es betraf nicht nur einzelne Politiker, sondern ganze Netzwerke, die jahrzehntelang unentdeckt operiert hatten.

In Frankreich entfaltete sich ein ähnliches Szenario. Ein bekannter Senator, der stets als Verfechter von Transparenz und Anti-Korruptionsgesetzen galt, geriet in den Fokus der Ermittlungen, als sich herausstellte, dass er verdeckte Verbindungen zur Bruderschaft hatte. Er war einer der größten Unterstützer der Bruderschaft in Europa und half, Gesetze zu blockieren, die ihre kriminellen Operationen hätten einschränken können. Auch hier folgten Rücktritte und öffentliche Entschuldigungen – doch die Wut der Bevölkerung wuchs weiter.

In Großbritannien erreichte der Skandal seinen Höhepunkt, als eine Gruppe hochrangiger Abgeordneter in direkten Zusammenhang mit den illegalen Finanzströmen der Bruderschaft gebracht wurde.

Es stellte sich heraus, dass diese Politiker nicht nur Geld angenommen hatten, sondern auch Einfluss auf wichtige sicherheitspolitische Entscheidungen genommen hatten, die die Bruderschaft schützten. Besonders schockierend war die Entdeckung, dass einer der führenden politischen Berater des Premierministers jahrelang Gelder der Bruderschaft erhalten hatte und sogar dazu beigetragen hatte, Ermittlungen gegen die Organisation zu behindern.

Dieser politische Sturm führte zu einer Krise, wie sie das Vereinigte Königreich seit Jahrzehnten nicht erlebt hatte. Regierungsbehörden wurden gezwungen, sich selbst zu überprüfen, und viele forderten Neuwahlen, um das Vertrauen in die Demokratie wiederherzustellen. Die öffentliche Empörung war überwältigend, und die britische Presse stürzte sich auf die Geschichte mit beispielloser Intensität.

Die Bruderschaft hatte es geschafft, die höchsten politischen Kreise Europas zu infiltrieren. Was einst nur ein Netzwerk aus Drogenhändlern, Waffenhändlern und Kriminellen schien, entpuppte sich als viel tiefer verwurzelt in den Machtstrukturen Europas.

Der Skandal breitete sich wie ein Lauffeuer aus und erfasste immer mehr Länder. Die Ermittlungen führten zu Enthüllungen in Belgien, Spanien und sogar in den Vereinigten Staaten, wo die Verbindungen der Bruderschaft zu Lobbygruppen und politischen Akteuren plötzlich ans Licht kamen.

In jedem Land wurde deutlich, dass die Bruderschaft nicht nur ein kriminelles Syndikat war, sondern im Verborgenen auch explizit politische Entscheidungen und damit das wirtschaftliche Mächteverhältnis beeinflusste.

Der Skandal nahm ein derartiges Ausmaß an, dass europäische und internationale Institutionen gezwungen waren, sich damit auseinanderzusetzen und Maßnahmen zu ergreifen. Ein politisches Erdbeben war im Gange, das nicht nur das Vertrauen in die Regierungen erschütterte, sondern auch die Stabilität Europas infrage stellte.

Als die Prozesse gegen die hochrangigen Drahtzieher der Bruderschaft begannen, kam es zu einem beispiellosen Medienrummel. Was als Aufarbeitung eines Verbrechensnetzwerks begonnen hatte, entwickelte sich zu einem gigantischen Tribunal, bei dem nicht nur Kriminelle, sondern auch prominente politische Figuren und Wirtschaftsbosse Europas auf der Anklagebank saßen. Die Gerichtssäle in Paris, London und Berlin waren überfüllt, und die Presse stand Schlange, um jeden Moment der Verhandlungen zu dokumentieren.

Im Zentrum dieser Prozesse standen Politiker, die ihre Macht und ihr Amt genutzt hatten, um die Bruderschaft zu schützen und deren Machenschaften zu ermöglichen. Diese Männer und Frauen, die einst auf den Gipfeln der politischen Hierarchie standen, wurden nun als Schlüsselfiguren eines kriminellen Netzwerks entlarvt.

Unter den Angeklagten waren prominente Minister, einflussreiche Senatoren und Abgeordnete sowie hochrangige Berater, die über Jahre hinweg mit den Anführern der Bruderschaft konspiriert hatten.

Tag für Tag förderten die Prozesse neue Enthüllungen zutage, die die Öffentlichkeit in Staunen und Wut versetzten. Ehemalige politische Größen gaben vor Gericht zu, dass sie Bestechungsgelder von der Bruderschaft angenommen hatten, um ihre eigenen Wahlkampagnen zu finanzieren oder Gesetze zu verhindern, die die kriminellen Operationen der Organisation hätten behindern können.

Einige dieser Politiker waren tatsächlich direkt in die Geldwäscheaktivitäten verwickelt und hatten geholfen, illegale Gelder über Scheinfirmen in den legalen Wirtschaftskreislauf einzuschleusen.

Besonders schockierend waren die Verbindungen zwischen der Bruderschaft und einer Gruppe europäischer Wirtschaftseliten.

Einem Top-Manager eines multinationalen Konzerns wurde vorgeworfen, für die Bruderschaft nicht nur illegale Gelder gewaschen, sondern auch deren Expansion in den internationalen Waffen- und Drogenhandel aktiv unterstützt zu haben.

Die Beweise, die in den Prozessen präsentiert wurden, waren erdrückend: geheime Absprachen, Korrespondenzen mit kriminellen Bossen und verschleierte Transaktionen, die über Offshore-Konten abgewickelt wurden.

Die Anklagen und Enthüllungen trafen das politische Establishment mit voller Wucht. Viele der Angeklagten hatten jahrzehntelang in den höchsten Ämtern ihrer Länder gedient. Ihre Rücktritte lösten nicht nur Schockwellen in ihren Parteien aus, sondern auch eine tiefe Vertrauenskrise in den Regierungen Europas. Zahlreiche Politiker, die nicht direkt angeklagt wurden, aber als Mitwisser oder stille Unterstützer der Bruderschaft galten, sahen sich gezwungen, ihre Ämter niederzulegen.

In Frankreich war es besonders dramatisch, als der einst angesehene Senator Charles Delacroix, der als Verfechter der Rechtsstaatlichkeit galt, vor Gericht gebracht wurde.

Delacroix hatte verdeckte Verbindungen zur Bruderschaft unterhalten und aktiv an deren Einflussnahme auf das politische System mitgewirkt. Sein Prozess wurde zum Symbol für den moralischen Verfall der europäischen Eliten. Er und andere wie er hatten das Vertrauen der Bevölkerung missbraucht und das System korrumpiert. Die politischen Umwälzungen, die folgten, führten zu einer ganzen Reihe von Neuwahlen und zur Bildung von Untersuchungsausschüssen, die weitere Aufklärung verlangten.

Während die Prozesse fortschritten, explodierte das mediale Interesse. Nachrichtensender und Zeitungen widmeten den Prozessen rund um die Bruderschaft tagtäglich Schlagzeilen. Besonders die sozialen Medien spielten eine bedeutende Rolle bei der Mobilisierung des öffentlichen Drucks. Bürger in ganz Europa forderten nicht nur strafrechtliche Konsequenzen, sondern auch strukturelle Reformen, um die politischen Systeme gegen derartige Einflüsse in Zukunft zu schützen.

Investigativ-Journalisten gruben immer tiefer und enthüllten weitere Verstrickungen zwischen der Bruderschaft und mächtigen internationalen Firmen sowie Lobbygruppen, die den Drahtziehern hinter den Kulissen geholfen hatten, ihre Netzwerke zu verschleiern.

Die Berichterstattung über die Prozesse wurde zu einem regelrechten medialen Spektakel. Livestreams aus den Gerichtssälen, Enthüllungsreportagen und investigative Dokumentationen machten den Fall der Eliten zu einem allgegenwärtigen Thema.

Doch das öffentliche Interesse war nicht nur auf Sensationslust beschränkt – die Menschen forderten echte Reformen. Die Prozesse gegen die politischen und wirtschaftlichen Eliten führten zu einer Welle von Protesten in den Hauptstädten Europas. Die Bevölkerung wollte mehr Transparenz, und es wurde zunehmend klar, dass die Verstrickungen der Bruderschaft viel tiefer reichten, als zunächst angenommen.

Die Medien übernahmen eine moralische Funktion und halfen dabei, die kriminellen Machenschaften der Eliten aufzudecken.

Während die letzten Urteile gesprochen wurden und viele der Drahtzieher zu langen Haftstrafen verurteilt wurden, zeichnete sich ein tieferes, langfristiges Problem ab: Die Bruderschaft hatte sich über Jahrzehnte ein Netz aus Einfluss und Macht gesponnen, das weit über die verhafteten Figuren hinausging. Es war nicht nur der Fall einzelner Eliten, sondern der Zusammenbruch eines Systems, das kriminellen Netzwerken ermöglicht hatte, unbemerkt in den höchsten Machtzentren Europas zu operieren.

Die Prozesse endeten zwar mit zahlreichen Verurteilungen, doch für Olsen und sein Team sowie für die europäische Öffentlichkeit war klar, dass der Kampf gegen die Korruption noch lange nicht vorbei war. Der Fall der Eliten führte zu einer intensiven Debatte über die Notwendigkeit von Reformen. Neue Gesetze wurden verabschiedet, um die Transparenz in politischen Prozessen zu erhöhen, und internationale Initiativen wurden ins Leben gerufen, um die Verbindungen zwischen Wirtschaft und Politik strenger zu kontrollieren. Europäische Institutionen mussten sich den Vorwürfen der Inkompetenz und Korruption stellen und auf eine Zukunft hinarbeiten, in der solche kriminellen Netzwerke nie wieder so tief in das Herz des Systems eindringen konnten.

Am Ende hatten die Prozesse gegen die Eliten nicht nur den Zerfall der Bruderschaft markiert, sondern auch den Beginn eines neuen Kapitels in der europäischen Politik – eines Kapitels, das hoffentlich von mehr Transparenz, Rechenschaftspflicht und moralischer Integrität geprägt sein würde. Doch wie bei jeder großen Umwälzung würde es Jahre dauern, bis sich das Vertrauen der Bevölkerung in die politischen Institutionen vollständig erholen würde.

Was als europäische Strafverfolgungsoperation begonnen hatte, entpuppte sich schnell als ein globales Problem, das weit über den Kontinent hinausreichte. Die Bruderschaft hatte, wie ein Krebsgeschwür, über Jahrzehnte hinweg ihre Fühler in alle wichtigen Institutionen und Märkte ausgestreckt und agierte aus dem Schatten heraus, geschützt durch Korruption, Bestechung und Manipulation.

Doch Europa war nur ein Puzzleteil in einem weit größeren Spiel, das auch die Mächtigen anderer Kontinente erfasste.

Die Folgen dieser Enthüllungen waren erschütternd. Regierungen auf der ganzen Welt sahen sich gezwungen, ihre Geheimdienste, Banken und Strafverfolgungsbehörden unter die Lupe zu nehmen, da die Verbindungen der Bruderschaft überall sichtbar wurden. Es stellte sich heraus, dass dieses Netzwerk nicht nur in Europa, sondern auch in den USA, Südamerika, Asien und Afrika operierte. Ein globales System aus Schmuggelrouten, Geldwäsche und illegalen Finanztransaktionen kam ans Licht – ein System, das von der Bruderschaft perfektioniert und ausgenutzt worden war.

Besonders die Geheimdienste und ihre Versäumnisse gerieten weltweit in den Fokus der Kritik. Die Enthüllungen offenbarten, dass die Bruderschaft oft genau jene Institutionen infiltriert hatte, die eigentlich dazu da waren, solche Netzwerke zu bekämpfen. In den Vereinigten Staaten war der CIA in Erklärungsnot, als herauskam, dass einige ihrer Operationen in den 2000er-Jahren unwissentlich (oder absichtlich?) die Machenschaften der Bruderschaft begünstigt hatten. Geheime Waffenlieferungen in Krisengebiete, die von der CIA kontrolliert wurden, waren von der Bruderschaft abgeschöpft und auf den Schwarzmarkt umgeleitet worden.

Auch in Großbritannien stand der MI6 unter schwerem Verdacht. Die Bruderschaft hatte es geschafft, hochrangige Verbindungen zu einflussreichen Oligarchen in Osteuropa und Russland zu nutzen, um Waffen- und Drogengeschäfte zu koordinieren, und dabei gleichzeitig politische Kontakte in der britischen Regierung zu pflegen. Die schockierendsten Enthüllungen kam jedoch aus Frankreich, wo der nationale Geheimdienst nachweislich Informationen über die kriminellen Machenschaften der Bruderschaft zurückgehalten hatte, um eigene politische Interessen zu schützen. Diese Tatsache führte zu einer Welle von Rücktritten und zur Neuorganisation des gesamten Geheimdienstapparats.

Während diese Fälle in den westlichen Medien heiß diskutiert wurden, trat auch der Nahe Osten ins Rampenlicht. In Beirut und Dubai hatten die Ermittlungen bereits begonnen, als bekannt wurde, dass die Bruderschaft systematisch korrupte Regierungen in der Region unterstützt hatte, um ihre Waffenschmuggeloperationen und Terrornetzwerke zu sichern. In Ländern wie Libyen und Syrien, die ohnehin von Krieg zerrüttet waren, hatte die Bruderschaft gezielt Lücken in den Strafverfolgungssystemen ausgenutzt, um ihre Geschäfte zu maximieren. Weltweit wurden die Geheimdienste und ihre Kontrollmechanismen in Frage gestellt – sie hatten versagt, die Bruderschaft zu stoppen.

Der nächste große Schock kam von den globalen Finanzmärkten. Durch die Enthüllungen über die Bruderschaft wurde deutlich, wie sehr das internationale Bankensystem zu einem Werkzeug krimineller Netzwerke geworden war. Besonders Offshore-Finanzzentren wie die Cayman Islands, Zypern und Luxemburg waren Hotspots der Geldwäsche, die von der Bruderschaft und ihren Verbündeten genutzt wurden. Doch es stellte sich heraus, dass auch bedeutende Banken in London, New York, Dubai und Hongkong in das Netz verstrickt waren.

Multinationale Finanzinstitute, die von ihrer engen Verbindung zur Bruderschaft profitierten, hatten mit Offshore-Konten und komplexen Scheinfirmen Strukturen geschaffen, die illegales Geld in Milliardenhöhe waschen konnten, ohne dass die Regulierungsbehörden einschritten.

Die Banken, die immer wieder behaupteten, nicht in illegale Aktivitäten verwickelt zu sein, mussten nun zugeben, dass ihre Compliance-Programme versagt hatten – oder schlimmer noch: Dass sie absichtlich weggesehen hatten.

Diese Enthüllungen führten zu einem massiven Vertrauensverlust in das globale Finanzsystem. Die G20-Staaten kündigten umfassende Reformen an, um gegen Geldwäsche und Finanzbetrug vorzugehen. Internationale Abkommen über den Informationsaustausch wurden verstärkt, und Steueroasen sahen sich gezwungen, ihre Gesetze zu ändern, um strengere Kontrollen zu gewährleisten. Banken, die sich in kriminelle Aktivitäten verstrickt hatten, wurden zu massiven Strafen verurteilt, und die globalen Börsen erlebten eine Phase der Unsicherheit.

Angesichts des globalen Ausmaßes der Bruderschaftsoperationen erkannten die Vereinten Nationen und andere internationale Organisationen, dass eine koordinierte Reaktion erforderlich war. Es entstand ein neues internationales Gremium, das sich aus Sicherheits- und Rechtsexperten zusammensetzte mit dem Ziel, die kriminellen Netzwerke weltweit zu zerschlagen.

Dieses Gremium sollte nicht nur die bisherigen Schwachstellen der Geheimdienste und Banken beheben, sondern auch sicherstellen, dass die Verbindungen zwischen staatlichen Institutionen und kriminellen Organisationen in Zukunft härter überwacht werden.

Die Vereinten Nationen initiierten mehrere Resolutionen, die neue Standards für die internationale Strafverfolgung festlegten. Besonders das Thema der staatlich unterstützten Kriminalität wurde zu einem Schwerpunkt: Länder, die kriminellen Organisationen absichtlich Schutz boten, sollten in Zukunft Sanktionen oder sogar militärischen Druck seitens der internationalen Gemeinschaft ausgesetzt werden.

Die UN verpflichtete sich, besonders in Regionen wie Afrika, dem Nahen Osten und Südostasien aktiver zu werden, wo die Bruderschaft ihre größten Einflussbereiche gehabt hatte.

Ein weiteres wichtiges Thema war der internationale Menschenhandel, der von der Bruderschaft organisiert und profitabel genutzt worden war. Ein Zusammenschluss von Ländern startete umfangreiche Initiativen, um den illegalen Handel von Menschen und Drogen in den Griff zu bekommen.

Interpol, Europol und die Weltzollorganisation richteten neue Kooperationsprojekte ein, um grenzüberschreitend gegen das organisierte Verbrechen vorzugehen und gleichzeitig die Transparenz der internationalen Strafverfolgung zu verbessern.

Der Fall der Bruderschaft und die umfassenden Enthüllungen, die ihn begleiteten, wirkten wie ein Weckruf für die internationale Gemeinschaft. Kriminelle Netzwerke wie die Bruderschaft waren nicht nur ein lokales oder nationales Problem – sie waren ein globales Phänomen, das die Schwächen und Lücken in den Systemen ausnutzte, die eigentlich dazu da waren, die Gesellschaft zu schützen. Die Ermittlungen und Prozesse hatten gezeigt, dass Korruption, Inkompetenz und Machtmissbrauch sich durch alle Ebenen der internationalen Gemeinschaft zogen.

Für viele Regierungen war es der Beginn einer neuen Ära. Europa, Afrika, Asien und die Vereinigten Staaten begannen, ihre internen Strukturen zu reformieren und politische Maßnahmen zu ergreifen, die verhindern sollten, dass sich ein Netzwerk wie die Bruderschaft jemals wieder so tief in die Gesellschaft eingraben konnte.

Geheimdienste wurden reorganisiert, und der Fokus auf interne Aufklärung und Korruptionsbekämpfung wurde massiv verstärkt.

Die Bruderschaft war besiegt – doch ihr Fall war eine Lektion für die Welt: Das organisierte Verbrechen war ein Gegner, der sich in den dunkelsten Ecken der Gesellschaft verstecken und die Mächtigsten der Welt beeinflussen konnte.

Nur durch globale Zusammenarbeit, Transparenz und strenge Überwachung konnten solche kriminellen Netzwerke in Zukunft unter Kontrolle gehalten werden.

Abschied in den Ruhestand

Die Sonne stand hoch am Himmel, und die goldenen Strahlen glitzerten auf der Alster, während Bernd Olsen auf einer ruhigen Parkbank saß und das Treiben um sich herum beobachtete. Jogger liefen vorbei, Kinder spielten am Ufer, und auf dem Wasser glitten kleine Boote friedlich dahin. Alles wirkte so normal. Es war schwer zu glauben, dass er vor wenigen Wochen noch im dichten Netz internationaler Verbrecher operierte, dass er und sein Team auf Leben und Tod kämpfte.

Jetzt war der Lärm der Verfolgung und der ständige Druck abgeebbt, zurückgeblieben war nur Stille – und die Gedanken, die immer wieder zu ihm zurückfanden. Die Alster hatte für ihn immer etwas Beruhigendes gehabt. Die klare Luft, das Wasser, die Bewegung des Windes – all das war in solch einem Gegensatz zu den dunklen Räumen und gefährlichen Orten, die er in seiner Karriere so oft gesehen hatte. Heute ließ er all das hinter sich. Heute war sein Tag der Reflexion.

Olsen schloss für einen Moment die Augen und ließ die Ereignisse der letzten Monate an sich vorbeiziehen. Bilder blitzten in seinem Geist auf – Bilder von Schießereien in den Straßen von Lagos, von finsteren Machenschaften in Moskau und dem brutalen Zugriff auf das IT-Zentrum der Bruderschaft in Serbien. Das Lächeln des „Schattens" kurz bevor er das Gift nahm, war immer noch tief in sein Gedächtnis eingebrannt.

Dieser Triumph, der ihm zu spät gekommen war, brachte eine eigenartige Bitterkeit mit sich. „Wie viele haben wir gerettet?" fragte er sich leise, den Blick auf die glitzernden Wellen gerichtet. Und wie viele hatten sie nicht retten können? Die Gesichter der Opfer, die über die Jahre durch die Bruderschaft zerstört wurden, tauchten auf. Familien, deren Leben durch Drogen, Gewalt oder Menschenhandel ruiniert wurden.

In seinem Kopf formte sich ein leiser, aber eindringlicher Monolog: „Was hat es wirklich gekostet, diese Organisation zu Fall zu bringen? Und was haben wir verloren?" Sein eigenes Leben war geprägt von der Jagd nach diesen Schatten. Olsen wusste, dass er Opfer gebracht hatte – zu viele. Beziehungen, persönliche Glücksmomente, die er der Gerechtigkeit geopfert hatte. Doch auch das fühlte sich richtig an. „Es musste jemand tun," sagte er sich erneut.

Langsam hob Olsen den Kopf und atmete tief durch. Trotz der Last auf seinen Schultern verspürte er auch einen tiefen Stolz. Der Fall der Bruderschaft war nichts Geringeres als ein Triumph. Jahre der harten Arbeit, der Entbehrungen und Risiken hatten sich gelohnt.

Das globale Netz aus Verbrechen, das die Weltwirtschaft und politische Systeme korrumpierte, war zerschlagen. Der „Schatten", die mysteriöse Schlüsselfigur, war tot, und die Hauptakteure der Bruderschaft saßen hinter Gittern. In Europa, Afrika und Südamerika liefen die Prozesse gegen hochrangige Politiker und Wirtschaftsbosse.

„Endlich," dachte er, „endlich wird Gerechtigkeit ausgeübt." Ein schwaches Lächeln glitt über sein Gesicht, als er an sein Team dachte – an Maren Starke, die nie von seiner Seite gewichen war, und Moritz Kramer, den brillanten IT-Spezialisten, der immer wieder den Unterschied gemacht hatte. Ohne sie hätte er es nicht geschafft. „Sie sind bereit, weiterzukämpfen," sagte er leise, fast stolz. „Sie werden die nächsten Schritte gehen, wenn ich es nicht mehr tue."

Der Wind spielte mit den Blättern der Bäume, während Olsen gedankenverloren auf die Alster blickte. In wenigen Stunden würde die Sonne untergehen, und der nächste Tag würde seinen Abschied einleiten.

Es war merkwürdig, sich vorzustellen, dass er in den Büros des LKA Hamburg, die ihm so vertraut waren, morgen das letzte Mal als Ermittler erscheinen würde.

Die Räume, die Gespräche, die Routine – all das würde bald Vergangenheit sein. „Ein Kapitel schließt sich," dachte er. Morgen würde man ihn ehren. Er wusste, dass es keine gewöhnliche Abschiedsfeier werden würde. Zu viele Emotionen waren im Spiel. Maren, Kramer und die anderen Kollegen – sie würden dort sein, und er würde sich bei ihnen für die vielen Monate der Zusammenarbeit bedanken.

„Es wird schwer," dachte er. „Aber es ist der richtige Moment." Sein letzter Arbeitstag als Ermittler würde emotional werden, das wusste er. Doch ein Teil von ihm freute sich auch auf das, was danach kommen würde: ein Leben ohne ständige Gefahr, ohne den endlosen Kampf gegen die Schatten. Für heute ließ er die Gedanken zur Ruhe kommen. Morgen würde er in das LKA zurückkehren, aber es war nicht mehr sein Kampf.

Es war ein klarer, frischer Morgen in Hamburg, als Bernd Olsen sich vor dem Spiegel zurechtrückte. Zum ersten Mal seit langer Zeit trug er einen Anzug. Das dunkelblaue Jackett saß wie angegossen, doch es fühlte sich ungewohnt an. Heute war der Tag, an dem er offiziell in den Ruhestand treten würde. Er atmete tief durch, strich sich über die Krawatte und blickte noch einmal in den Spiegel.

Draußen wartete ein Taxi, um ihn ins LKA zu bringen. Das Gebäude, das so lange Zeit sein zweites Zuhause gewesen war, schien an diesem Tag weiter weg als sonst. Als er ankam, bemerkte er, wie ungewöhnlich ruhig die Stadt wirkte – als ob sie wüsste, dass heute ein besonderer Tag war.

Vor dem Haupteingang hielt er kurz inne, warf einen Blick auf die Fassade und betrat das Gebäude, das ihn durch so viele Ermittlungen und Schlachten begleitet hatte. Der Weg zum Versammlungssaal fühlte sich plötzlich lang und schwer an.

Als Olsen durch die Flure des LKA schritt, kam ihm alles so vertraut vor, und doch war heute alles anders. Vor der großen Aula, die man für diese Verabschiedung vorbereitet hatte, blieb er kurz stehen und er hörte die leisen Stimmen.

Die Tür öffnete sich, und plötzlich war der Raum gefüllt mit Applaus. Es schien, als ob das gesamte Team dort versammelt war – alle Kollegen, Ermittler, Techniker, Assistenten, mit denen er über etliche Monate zusammengearbeitet hatte.

Die Aula des LKA, sonst eher nüchtern, war für diesen Anlass mit schlichten, aber respektvollen Dekorationen geschmückt worden. Auf einem Podium wartete der Leitende Kriminaldirektor, der die Ehrung vornehmen sollte.

Als Olsen nach vorne gerufen wurde, verstärkte sich der Applaus. Mit jedem Schritt, den er auf das Podium zuging, spürte er die Emotionen in sich aufsteigen – eine Mischung aus Stolz, Wehmut und Erleichterung.

Der Leitende Kriminaldirektor trat ans Mikrofon und sprach mit ruhiger, aber fester Stimme:

„Bernd Olsen, Ihre Verdienste um das LKA und die Sicherheit dieser Stadt sind beispiellos. Sie haben nicht nur in den schwierigsten Zeiten einen klaren Kopf bewahrt, sondern unsere gesamte Einheit mit Ihrer Integrität und Entschlossenheit geführt."

Mit diesen Worten überreichte er Olsen eine Ehrenurkunde, die seine Verdienste offiziell anerkannten. Dann folgte der Moment, auf den Olsen sich so lange vorbereitet hatte: die Übergabe der Entlassungsurkunde. Damit war er nun offiziell aus dem aktiven Dienst entlassen – ein Moment, der für viele Polizisten gleichermaßen erlösend und schmerzhaft ist.

Nach der offiziellen Zeremonie wurde Sekt gereicht. Olsen stand mit seinem Glas in der Hand, während das gesamte Team um ihn herum war. Es gab gelöste Gespräche, Lachen und Erinnerungen, die ausgetauscht wurden. Es fühlte sich fast an wie das Ende eines langen Abenteuers – eine letzte Gelegenheit, gemeinsam auf all das zurückzublicken, was sie durchgemacht hatten. Doch es lag etwas Schweres in der Luft. Ein Kapitel schloss sich, und jeder im Raum wusste das.

Als die Zeit fortschritt, begannen die Kollegen, einer nach dem anderen, an Olsen heranzutreten, um sich persönlich zu verabschieden. Maren Starke, die ihn all die Jahre über unterstützt hatte, hielt ein Glas in der Hand, doch ihre Augen glänzten bereits vor Emotionen.

„Ich hätte mir keinen besseren Partner wünschen können," sagte sie mit einem erzwungenen Lächeln, während sie ihn fest umarmte. Auch Moritz Kramer, der stets die IT-Hintergründe gesichert hatte, trat an ihn heran und umarmte ihn leicht unbeholfen, doch die Tränen in seinen Augen verrieten, wie schwer ihm der Abschied fiel.

Die Verabschiedungsrunde dauerte lange. Jeder wollte Olsen ein letztes Mal die Hand schütteln, ihm für die Zusammenarbeit danken, ihn umarmen oder eine Erinnerung teilen. Es gab nicht wenige, die Tränen in den Augen hatten. Selbst die Kollegen, die sonst immer stoisch und professionell wirkten, hatten Mühe, die Fassung zu wahren. Es war nicht nur ein Abschied von einem Kollegen – es war der Abschied von einem Mann, der für viele ein Mentor, eine Stütze und ein Vorbild gewesen war.

„Es wird nicht mehr dasselbe sein ohne dich," sagte ein junger Kollege, der vor kurzem zum Team gestoßen war. „Du hast mir gezeigt, was es heißt, wirklich für Gerechtigkeit zu kämpfen."

Olsen lächelte und klopfte ihm auf die Schulter. „Die Arbeit hier hört nie auf," sagte er leise. „Aber es gibt immer Menschen wie dich, die das Erbe weiterführen."

Es war ein seltsames Gefühl. Einerseits war da die Erleichterung, dass er diese schwere Verantwortung ablegen konnte, aber auch die Erkenntnis, dass er einen Teil seiner Identität hier im LKA zurückließ.

Als der Vormittag voranschritt, leerte sich der Raum langsam. Die Gespräche verstummten, die letzten Hände wurden geschüttelt.

Olsen hatte sich vorgenommen, als Letzter zu gehen, ein stilles Ende, wie er es bevorzugte. Mit einem letzten Blick auf das vertraute Team, das sich nun in kleinere Gruppen auflöste, wandte er sich schließlich der Tür zu.

Draußen war es ruhig geworden. Die warme Mittagsluft empfing ihn, als er die Stufen des LKA hinabstieg. Jeder Schritt fühlte sich schwer an, als ob die Bedeutung des Augenblicks mit jedem Meter, den er sich vom Gebäude entfernte, größer wurde. Am Ende der Treppe hielt er noch einmal inne und blickte zurück. Es war nicht nur ein Gebäude – es war ein Ort voller Geschichten, Erfolge, Verluste und Momente, die ihn geprägt hatten.

Olsen zog den Mantel enger um sich. Ein Kapitel war zu Ende, doch irgendwo in ihm war das Gefühl, dass die Geschichte des Lebens weiterging – nur in einer anderen Form. Morgen würde er offiziell im Ruhestand sein, doch das Feuer, das ihn all die Jahre angetrieben hatte, brannte immer noch.

Olsen ging die Stufen vor dem LKA herab. Er blieb kurz stehen und blickte über die Schulter auf das Gebäude, das so viele Jahre lang sein berufliches Zuhause gewesen war. Jetzt war alles anders. Heute hatte er sich verabschiedet – von Kollegen, von einer Ära, von einem Leben im Dienst. Ein Taxi stand bereits wartend am Bordstein, der Fahrer lehnte am Wagen und zündete sich gerade eine Zigarette an.

Olsen trat heran, zog die Wagentür auf und ließ sich auf den Rücksitz fallen. Der Fahrer, ein älterer Mann mit müden Augen, warf ihm einen neugierigen Blick zu. „Wohin darf's gehen?"

Olsen atmete tief durch. „Moorhof 10, Poppenbüttel," antwortete er ruhig.

Während das Taxi sich durch die lebhaften Straßen von Hamburg schlängelte, lehnte Olsen sich zurück und schloss für einen Moment die Augen.

Die Stadt zog an ihm vorbei, aber seine Gedanken waren weit weg, in den Erinnerungen an vergangene Jahre, an harte Kämpfe, die er geschlagen hatte. Heute war er bereit, diesen Teil seines Lebens hinter sich zu lassen.

Das Taxi hielt schließlich vor seinem Haus in der ruhigen Straße von Poppenbüttel. Olsen bezahlte den Fahrer, bedankte sich kurz und stieg aus.

Er stand einen Moment lang auf dem Bürgersteig, blickte auf das vertraute, dreistöckige Haus, das ihm immer ein Zufluchtsort gewesen war. Er spürte die Ruhe, die ihn umgab. Hier gab es keine Eile, keinen Druck, keinen Schatten, der über ihm hing. Nur Stille.

Mit ruhigen Schritten ging er auf die Haustür zu und trat ein. Drinnen herrschte die gewohnte Stille des späten Abends. Olsen schloss die Tür hinter sich und begann den langsamen Aufstieg zu seiner Wohnung im dritten Stock.

Oben angekommen, öffnete Olsen die Tür zu seiner Wohnung und ließ die vertraute Atmosphäre auf sich wirken. Er zog seinen Mantel aus, hängte ihn an den Haken und ging zum Fenster. Mit einem leisen Klicken öffnete er es. Die Straße unter ihm war relativ ruhig.

Er lehnte sich ans Fensterbrett und ließ seinen Blick über die Gegend gleiten. So viele Jahre hatte er in der Hektik des Lebens gestanden, immer auf der Suche nach der nächsten Spur, dem nächsten Verdächtigen. Doch jetzt, in diesem Moment, konnte er die Ruhe spüren.

Die Bruderschaft war besiegt. Er hatte alles gegeben – seine Zeit, seine Energie, manchmal sogar einen Teil seiner Seele. Doch jetzt war es vorbei.

Die letzten Wochen zogen noch einmal vor seinem inneren Auge vorbei.

Die Kämpfe, die Verfolgungen, der „Schatten". Alles hatte zu diesem Moment geführt, und jetzt… war es vorbei. Kein gefährliches Spiel mehr, keine Feinde, die im Dunkeln lauerten.

Olsen ließ die Stille in sich hinein und wusste, dass dies ein endgültiger Abschied war. Die Bruderschaft lag hinter ihm, genauso wie die langen Nächte, die durchkämpften Tage und die unzähligen Opfer, die er gebracht hatte.

Er hatte gewonnen – nicht nur den Kampf gegen die Bruderschaft, sondern auch gegen sich selbst, gegen die Zweifel, die ihn all die Jahre begleitet hatten.

„Der Schatten ist endlich vorbei," murmelte er leise vor sich hin.

Mit einem letzten Blick auf die ruhige Straße schloss er das Fenster, drehte sich um und ließ sich in seinen Sessel fallen. Zum ersten Mal seit langer Zeit fühlte er eine tiefe Ruhe in sich – eine Ruhe, die er sich nach all den Jahren mehr als verdient hatte.

Es war Zeit, in Frieden zu leben.

Bernd Olsen hatte den Kampf gewonnen, und endlich war auch er frei.

Epilog

Mit diesem dritten Buch endet die Reise von Bernd Olsen, und damit auch die Trilogie, die Sie, liebe Leserinnen und Leser, von Anfang an begleitet haben. Was als lokaler Fall in Hamburg begann, hat sich zu einem globalen Kampf gegen eine mächtige und skrupellose Organisation ausgeweitet – die Bruderschaft, deren Schatten sich über die gesamte Welt erstreckt hat. Dieser finale Kampf brachte nicht nur Olsen, sondern auch uns als Beobachter an die Grenzen dessen, was man sich vorstellen kann.

Die Geschichte zeigt uns, wie tief die Verbindungen der internationalen Kriminalität tatsächlich reichen. Es sind keine losgelösten Netzwerke, die abseits der Gesellschaft agieren, sondern mächtige Strukturen, die sich geschickt in die Weltwirtschaft und politische Systeme einfügen.

Die Bruderschaft stand symbolisch für die Art von krimineller Macht, die die Gesellschaft von innen heraus bedroht – sei es durch Drogenhandel, Menschenhandel oder den Missbrauch von Finanzströmen.

Olsens Weg führte ihn über Kontinente hinweg, immer tiefer in diese Netzwerke hinein. Doch letztlich war es kein unbesiegbarer Feind, dem er gegenüberstand. Es war eine Organisation, die, obwohl sie sich im Verborgenen bewegte, durch Hartnäckigkeit, Entschlossenheit und den Mut derer, die für Gerechtigkeit kämpfen, zerschlagen werden konnte.

Trotz all der Entbehrungen und Verluste, die dieser Weg mit sich brachte, bleibt am Ende die Erkenntnis, dass das Gute gewinnen kann – aber nicht ohne hohen Preis.

Olsens Kampf war geprägt von Verlusten, Zweifeln und Opfern, und dennoch zeigt er uns, dass der Einsatz für das Richtige niemals vergeblich ist.

Diese Geschichte mag ein fiktives Ende haben, aber sie spiegelt Realitäten wider, die auch in unserer Welt existieren: das Ringen mit Korruption, Machtmissbrauch und unsichtbaren Mächten, die das Leben vieler Menschen beeinflussen.

Danke, dass Sie Bernd Olsen auf seiner Reise begleitet haben. Sein Weg mag zu Ende sein, aber die Werte, für die er kämpfte, bleiben bestehen.

Und vielleicht erinnern auch Sie sich daran, dass der wahre Kampf für Gerechtigkeit in den stillen Momenten entschieden wird – von jenen, die sich nicht davon abhalten lassen, das Richtige zu tun, selbst wenn niemand hinsieht.

In Verbundenheit,

Peter Grosche

Die Serie „**Im Netz der Schatten – Olsen ermittelt**" im Überblick:

Band 1

Das Tattoo
· Symbol des Todes ·

ISBN:
978-3-7597-9256-3

Band 2

Pakt mit dem Teufel
· Die falsche Allianz ·

ISBN:
978-3-7693-0122-9

Band 3

Die Bruderschaft
· Endspiel im Dunkeln ·

ISBN:
978-3-7693-0123-6

Mehr vom Autor:

Zwischen Himmel und Hölle
· Der bittere Preis der Freiheit ·

Eine Familie zwischen Leben und Tod

ISBN:
978-3-7597-7999-1

In den Slums von Lagos, wo Gewalt und Hoffnungslosigkeit das Leben bestimmen, steht die Familie Ajayi vor einer letzten, verzweifelten Entscheidung: Flucht oder Untergang. Ohne Aussicht auf ein besseres Leben wagen sie eine der gefährlichsten Reisen ihres Lebens - den Weg nach Europa. Was als Flucht vor Armut und Unterdrückung beginnt, entwickelt sich schnell zu einem erbarmungslosen Überlebenskampf.
Die Familie durchquert die gnadenlosen Weiten der Sahara, gerät in die Fänge skrupelloser Schlepper und muss das Chaos und die Brutalität der Kriegszonen Libyens überstehen, um ihre Kinder zu retten.

Auf der verzweifelten Überfahrt nach Lampedusa werden sie Zeugen des Grauens, als andere Flüchtlinge im Mittelmeer ertrinken. Doch auch nach dieser Hölle sind die Herausforderungen nicht vorbei: Die Flucht durch Italien und über die gefährlichen Schweizer Alpen bringt sie an die äußersten Grenzen ihrer Kräfte. In Deutschland angekommen, erwartet sie keine Erlösung, sondern neue Bedrohungen, endlose Bürokratie und die ständige Konfrontation mit Fremdenhass.

Zwischen Himmel und Hölle - Der bittere Preis der Freiheit - offenbart die schonungslose Realität, der sich Millionen von Flüchtlingen weltweit stellen müssen.
Dieser Roman fesselt bis zur letzten Seite und zeigt die dunklen Abgründe, die auf dem Weg in die Freiheit lauern - und dass Hoffnung manchmal der einzige Anker ist, der einen davon abhält, in die Dunkelheit zu stürzen.